Kathrin Gottlieb
Dark Syrup – Das Aroma von Rauch und Honig

Kathrin Gottlieb wurde 1991 in einem Dorf zwischen Bremen und Osnabrück geboren. Sie liebt grünen Tee, Kekse, Pen-and-Paper-Rollenspiele – und Bücher in fast allen Farben und Formen. Im Sommer 2022 brach sie für acht Monate nach Japan auf, wo in kleinen Cafés und verschiedensten Zimmern Rosas Geschichte entstand.

Kathrin Gottlieb

Dark Syrup

Das Aroma von Rauch und Honig

PIPER

Mehr über unsere Autoren und Bücher:
www.piper.de

Wir produzieren nachhaltig
www.piper.de

ISBN 978-3-492-50693-9

Redaktion: Fam Schaper
Satz auf Grundlage eines CSS-Layouts
von digital publishing competence (München)
mit abavo vlow (Buchloe)
Covergestaltung: Emily Bähr, www.emilybaehr.de
Covermotiv: Shutterstock (Ivan Kovbasniuk, SOBOLEV NIK, ekosuwandono); Freepik (rawpixel.com, freepik)
Printed in the EU

Triggerwarnung:

Posttraumatische Belasungsstörung,
bleibende Verletzungen nach einem Brand

Kapitel 1

Ich liebte Kaffeesirup.

Das war nicht meine beste Angewohnheit, denn das Zeug war viel zu süß und furchtbar ungesund, und das wusste ich. Aber trotzdem ging nichts über einen Latte Macchiato mit einem Schuss Haselnuss, Karamell oder Schokolade.

In diesem Fall war mir beim Verzieren des Kakaos für Tisch fünf ein wenig dunkle Schokolade neben das Tablett getropft. Ich wischte sie rasch mit dem Finger auf und kostete davon. Es war schwer zu widerstehen, wenn dunkle Schokolade doch mein Lieblingsgeschmack war.

»Tisch fünf ist immer noch ohne Getränke«, sagte Juli, die gerade mit einem klirrenden Tablett voll leerer Gläser und Teller in die Küche kam. Ihr hinterher wehte das Stimmengewirr von alten und jungen Leuten, Touristen und Einheimischen, allen, die heute im Café *Honigmond* eingekehrt waren, um Hamburgs bestes Honiggebäck zu genießen.

»Ich bin unterwegs!«, rief ich, bevor ich mir einen tadelnden Blick von Bea – unserer Chefin – einfangen konnte. Dann malte ich schwungvoll eine Sirup-Spirale auf das Sahnehäubchen und stellte die Kakaotasse zusammen mit dem Rest der Bestellung auf ein Tablett.

»Prüft bitte gleich einmal die Auslage«, hörte ich Bea noch sagen, dann schwang die Tür zur Küche zu und der unverwechselbare Duft des Cafés empfing mich, ein Aroma aus Holz, Kaffee und den schweren Blüten des Blauregens, der von der Decke hing. Jetzt, im Mai, erstrahlten die Blüten in Weiß, hellem Lila und Babyblau und ihr Honig schmeckte ein wenig cremiger und nicht so vollmundig wie der dunkle Sommerhonig.

Ich schlängelte mich vorbei an vollbesetzten Stühlen und gedeckten Tischen aus schnörkeligem, weißem Holz hinüber zu Tisch fünf.

»Ein Kakao mit dunkler Schokolade – und ein Latte Macchiato mit Hafermilch.«

Ich stellte die Getränke ab und trat einen Schritt zurück. »Darf es sonst noch etwas sein?«

Das Mädchen mit den dunklen Haaren und großen Rehaugen hatte noch nichts bestellt und vorhin gesagt, sie würde sich später entscheiden. Jetzt sah sie zu mir auf, öffnete den Mund, kam allerdings nicht zu Wort.

»Sind die Blumen echt?« Das Mädchen zu ihrer Rechten – Kakao mit dunkler Schokolade – deutete an die Decke. »Ich hab gehört, das ist nur so ein 3D-Effekt.«

»Das sieht doch viel zu echt aus für 3D«, gab das Mädchen zurück, das ihr gegenüber saß und den Macchiato bestellt hatte.

»Ihr könnt die Blumen gern berühren, wenn ihr möchtet.«

Die beiden blickten mich unsicher an. Dann stand das Kakao-Mädchen auf und streckte die Hand aus. Um diese Jahreszeit hingen die Blüten besonders tief – Juli musste sich teilweise darunter hindurchbücken. Ich dagegen hatte die Statur meiner japanischen Mutter geerbt, war damit gerade mal so groß wie eine Parkuhr und hatte mit tiefhängenden Blumen absolut kein Problem.

Das Kakao-Mädchen war nicht so groß wie Juli, erreichte den Blauregen aber mühelos und schnappte nach Luft, als ihre Finger die Blüten berührten. »Das fühlt sich total echt an!«

»Sicher? Ist das nicht Plastik?«

Während die beiden diskutierten, beugte ich mich ein wenig vor, damit das Mädchen mit den Rehaugen endlich zu ihrer Bestellung kam.

»Ich würde gern was von der *Wish-Hour*-Karte nehmen«, sagte sie und schob mir ein Kärtchen hin. »Den Cappuccino und das Honig-Joghurt-Dessert im Glas?«

Ich legte meine Finger auf das Kärtchen und lächelte. »Gerne. Kommt sofort.«

***

Ich eilte zurück in die Küche und stellte mich an den Tisch in der Ecke, der uns zumeist als Ablagefläche diente.

Dort drehte ich das Kärtchen um. Zur *Wish Hour* lagen diese kleinen, mit Goldschrift bedruckten Karten an jedem Tisch zum Ausfüllen aus.

Was wünschst Du Dir?

»Eine Medaille beim Leichtathletik-Wettbewerb am Samstag«, las ich leise den Text, der in runden, dicken Buchstaben darunter geschrieben worden war, und runzelte die Stirn. »Sie hat das Kleingedruckte wohl nicht gelesen.«

Oder vielleicht hatte sie gehofft, es würde trotzdem funktionieren. Das passierte schon mal – es fiel Menschen schwer, ihre Wünsche richtig zu formulieren.

Ich zog ein frisches Kärtchen aus meiner Schürze und schrieb:

Erfolg beim Leichtathletik-Wettbewerb am kommenden Samstag.

Damit sollte es gehen.

»War da wieder jemand zu gierig?«, fragte Bea, die gerade aus der Speisekammer kam und einen Hauch getrockneter Kräuter mitbrachte.

Ich stand auf. »Eher ein wenig zu konkret.«

Wir hatten nun einmal unsere Regeln. Wir waren keine Wunschgeister.

Wir waren Hexen.

Ich holte eine Schale, legte das Kärtchen hinein und entschied mich nach einigem Überlegen für den Haselnusssirup.

»Erfolg beim Sport, so so«, erklang Beas Stimme direkt hinter mir und beinahe hätte ich die Flasche losgelassen. Meine Chefin schaute mir über die Schulter und ihre wachen Augen schienen das Kärtchen nahezu zu durchleuchten. »Sehr ehrgeizig.«

»Sie wirkte eher, als müsste sie sich etwas beweisen.« Ich träufelte Haselnuss-Sirup auf das Papier und gab nach kurzer Überlegung getrocknete Brennnessel hinzu. Dann legte ich Zeige-, Mittel- und Ringfinger beider Hände aneinander und schauderte ein wenig, weil die Finger meiner linken Hand eiskalt waren. »Also. Erfolg beim Leichtathletik-Wettbewerb am kommenden Samstag. Wir müssen ihre eigenen Kräfte aus ihr herausholen.«

»Du wirst bis an dein Lebensende mit deinen Zaubern reden, oder, Rosalie?«

»So kann ich mich besser konzentrieren«, log ich und widmete mich wieder der Mischung in der Schale.

Normale Hexen wirkten Magie, indem sie die Finger aufeinanderlegten und ihre Energie in den Zauber fließen ließen. Mehr Finger, mehr Magie. Das hier war ein Sechs-Finger-Zauber, komplexe Veränderungen und leichte Heilung. Genug für einen wachen Körper und belastbare Muskeln. Genug für Erfolg bei einem Leichtathletik-Wettbewerb.

Aber ja. *Normale* Hexen wirkten ihre Zauber stumm und schickten ihre Gedanken der Energie voraus. Anders als ich.

Ich atmete tief aus.

Magie rauschte einem Windhauch gleich an mir vorbei. Es fühlte sich an wie eine sanfte, vertraute Berührung. Die Buchstaben auf dem Kärtchen lösten sich auf, verschwanden im dunklen Sirup. Es roch so unglaublich stark nach Nuss, dass ich den Kopf abwenden musste. Also, wenn das Mädchen jetzt nicht mindestens auf Platz drei landen würde, dann hatte sie entweder nicht die Veranlagung dafür oder sollte dringend mehr trainieren gehen.

Ich mischte den fertigen Zauber mit ein wenig mehr Sirup und gab ihn schließlich in den Cappuccino. Dazu stellte ich ein Dessertglas mit Biskuitteig, Joghurt, Honig und Nüssen und schon konnte ich mich wieder auf den Weg nach draußen machen.

Wenn ich ehrlich war, hätte ich mir diesen Wettbewerb gern angeschaut, einfach um zu sehen, wie der Zauber wirkte. Aber das ging nicht.

Ich rümpfte die Nase für einen so kurzen Moment, dass hoffentlich kein Gast es gesehen hatte.

Nein, Samstag hatte ich leider etwas anderes vor.

***

»Und dann war sie beleidigt und hat den Kuchen wieder zurückgehen lassen.« Juli zog das Zopfband aus ihrem Haar und ein Schwall honigblonder Haare ergoss sich über ihre Schultern. »Als könnte ich was dafür, dass sie nicht weiß, dass Heidelbeeren Blaubeeren sind.«

»Kannst du nicht«, sagte ich und versuchte, meine Schürze noch langsamer zusammenzufalten. Aber wenn ich das Tempo noch mehr drosselte, faltete ich gleich rückwärts.

Juli merkte das zum Glück nicht. Sie hatte sich ihre Jacke übergestreift und ein breites Grinsen aufgesetzt. »Aber ihre Begleitung war so peinlich berührt, dass sie mir später extra Trinkgeld zugesteckt hat. Liegt jetzt in der Box, *du-weißt-schon-wo.*«

Die letzten Worte flüsterte sie und ich musste schmunzeln. »Dann hat es sich doch gelohnt.«

»Immerhin.« Juli nickte. »Tut mir leid, Rosa, aber ich muss zur Bahn. Wir sehen uns morgen?«

»Natürlich.«

»Ich freu mich!« Sie hob die Hand zum Gruß und verschwand dann durch die Tür an der linken Seite des Raumes nach draußen.

Ich atmete auf und knüllte meine Schürze und die gelbe Bluse der Café-Uniform zwischen meinen Fingern zusammen. Jetzt, wo Juli weg war, konnte ich meinen Spind endlich weiter als ein paar Zentimeter aufmachen. Die kleinen geöffneten Flakons, die auf der obersten Ablage aufgereiht waren, sollte Juli nämlich nicht sehen. Die sollte niemand sehen.

Ich griff gerade nach meiner Jacke, da verriet ihn ein Kribbeln in meinem Nacken – nur den Bruchteil einer Sekunde, bevor sein Karamellduft meine Nase erreichte. Ich wandte mich um zu der Gestalt mit den zerzausten dunklen Haaren und den geistergrauen Augen, und hob die Augenbrauen. »Bist du lebensmüde?«

Javid grinste und nahm mir die Bluse aus der Hand. »Im Gegenteil: Ich bin mal wieder dein Retter. Die hier wolltest du mitnehmen und waschen.«

»Das wusste ich. Ich wollte sie gerade in die Tasche packen.«

»Natürlich. Wie an den letzten drei Tagen, an denen du sie vergessen hast.«

Ich kräuselte die Nase und nahm ihm die Bluse wieder ab. Ja, Javid hatte recht – vor drei Tagen hatte ich mir vorgenommen, die Bluse zu waschen, und jedes Mal hatte ich wieder routiniert meine gesamte Arbeitskleidung in den Spind geworfen und war nach Hause gegangen. Zu meinem Lebensretter machte das Javid damit zwar nicht gerade, aber wahrscheinlich zu meinem Schweißflecken- und Geruchsretter.

»Ich pack sie ein, siehst du? Und jetzt verschwinde wieder, bevor Bea dich bemerkt. Die anderen sind ja auch …« Aber ich war einen Schritt zur Seite getreten und konnte nun an ihm vorbeischauen. Javid war nicht allein, auch Elyar und Nika hatten ihre Gestalt angenommen und saßen auf der Bank gegenüber der Spinde.

Wären wir woanders gewesen – zu Hause oder auf einer Parkbank oder in einem Café weit weg von hier – dann hätte ich mich neben Nika gesetzt, meinen Kopf auf ihre Schulter gelegt und ihr von meinem Tag erzählt. Aber hier im Umkleideraum konnte ich nicht mehr tun, als die drei mit meinen Blicken zu erdolchen.

Natürlich ignorierten sie das gekonnt.

»Bea ist drinnen und macht die Abrechnung«, sagte Nika.

»Und freut sich über die zusätzlichen Einnahmen heute am Tresen«, fügte Elyar hinzu.

Ich gab die erdolchenden Blicke auf. »Sie hat Trinkgeld bekommen?«

»Einiges. Irgendein zufriedener Kunde vom letzten Mal hat ihr ordentlich was in die Hand gedrückt für die kleine Tüte Honigbonbons, die er da gekauft hat. Hat wohl seine Erkältung auf ein paar Tage verkürzt.«

Nachdenklich stopfte ich Bluse und Schürze in meine Tasche. Aus dem Augenwinkel konnte ich beobachten, wie Javids Lippen sich zu einem amüsierten Lächeln hoben. Was war denn jetzt schon ... Ah.

Während ich die Schürze betont lässig wieder aus meiner Tasche zog und in den Spind warf, sagte ich: »Dann gibt es demnächst wenigstens mal neue Räucherstäbchen. Nelke wurde mir langsam zu langweilig.«

»Das liegt daran, dass du sie allesamt nicht magst«, erwiderte Nika amüsiert.

»Wenn sie nach Schokolade riechen würden, würde ich sie vielleicht mögen.«

Räucherstäbchen waren ein zweischneidiges Schwert für unsereins. Rauch war tot, etwas vom Feuer Verzehrtes, und blockierte deshalb die magischen Ströme in der Luft und auch die Wirksamkeit von Zaubern. Wir konnten damit ungebetene

Geister fernhalten und Zauber mildern, schwächten aber auch uns selbst.

Wenn ich in meiner Zeit im *Honigmond* allerdings eines gelernt hatte, dann dass Bea zwei Dinge besonders liebte: ihre Bienen und hochwertige Räucherstäbchen.

Letztere kaufte sie regelmäßig, immer dann, wenn das Trinkgeld dafür reichte. Irgendwann hatten wir Angestellten uns Horrorszenarien ausgemalt, in denen Bea die Miete für das Café nicht mehr zahlen konnte, weil sie sich mit einer Bestellung hochwertigem *Kyara Fugaku* (roch angenehm süßlich und ließ sich einiges kosten) übernommen hatte. Seither bewahrten wir unser Trinkgeld in einer Notfallbox auf – für den Moment, in dem Bea eines Tages unsere Hilfe brauchte. Ein Leben ohne das Café konnte – und wollte – ich mir nämlich nicht vorstellen.

Ich warf noch mal einen Blick in meine Tasche, um sicherzugehen, dass ich jetzt wirklich nur die Bluse eingepackt hatte.

Ja, sie war da. Und die schwarze Schürze mit dem Logo des Cafés und die schwarze Hose, die ich meist bei der Arbeit trug, lagen beide im Spind. Ich strich mein T-Shirt glatt. »Wartet ihr hier? Ich gehe mich eben verabschieden.«

»Verquatsch dich nicht wieder. Sonst haben wir keine Zeit mehr, dir die Haare zu färben«, sagte Elyar, der für meine ständig wechselnden farbigen Haarsträhnen verantwortlich war.

»Ich beeil mich, versprochen.«

Ihre Gestalten lösten sich in Luft auf und ein Hauch von Magie gefolgt vom Duft nach Schokolade und Haselnuss fegte an mir vorbei. Javid verblasste erst einen Moment später – wahrscheinlich, damit ich mich noch mal ausgiebig über sein amüsiertes Lächeln ärgern konnte. Manchmal machte diese wissende Miene mich wahnsinnig. Aber Javid gab stets auf mich Acht und war zur Stelle, wenn ich ihn brauchte. Da durfte er zwischendurch mal überheblich auf mich hinunter lächeln.

Ich schraubte die Flakons zu, an die sich meine Flaschengeister gebunden hatten, und räumte sie in meine Tasche, bevor ich mich zurück in den Hauptraum traute.

Nach Feierabend war das immer goldene Licht des Cafés erloschen und von irgendwo hinter dem Blauregen ließ ein bläuliches Nachtlicht die hölzernen Bodendielen gespenstisch blass erscheinen. Der Geruch nach Kaffee, Blumen und Holz hing immer noch in der Luft, wie ein Echo des bunten Treibens zwischen den Menschen und ihren Wünschen.

Bea saß bei Kerzenschein und einem angezündeten Räucherstäbchen mit einem Stapel Unterlagen an Tisch neun. Der Rauch von Myrrhe und Sandelholz sollte die Bienen fernhalten, die tagsüber versteckt zwischen den Blüten herumschwirrten und ihre Nistplätze im Innenhof hatten. Sie krabbelten nämlich gerne mal über Beas Finger, wenn die ihren Papierkram erledigte.

Eine Blumenwiese mitten in der Stadt – so hatte Bea das Café mal betitelt. Der letzte grüne Fleck auf Erden und eine Zuflucht für Wild- und Honigbienen, egal welche Katastrophe kommen würde. Und eine Zuflucht für mich, weshalb sie nicht nur die Bienenkönigin war, sondern auch irgendwie meine. Meine Queen-Bea.

»Ah, Rosalie.«

Ich hieß nicht einmal Rosalie, aber sie nannte mich so, weil sie den Klang dieses Namens lieber mochte als *Rosa.* Und manchmal nannte ich sie dafür Queen-Bea und an dem ganz leichten Lächeln um ihre Mundwinkel herum erkannte ich immer, dass ihr dieser Titel besser gefiel, als sie zugab. »Ich bin jetzt weg, bis morgen.«

Sie saß gar nicht mehr an den Abrechnungen, das sah ich von hier.

»Ich sitze gerade an den Schichtplänen«, sagte Bea da auch schon. »Du hast Freitag und Samstag Mittelschicht und am Sonntag Frühschicht eingetragen.«

Bea machte das gern. Sie sagte etwas, das nach einer Feststellung klang und in Wirklichkeit eine Frage war. Langsam nickte ich. »Ja ... Ich hab da ein ... Familiending am Samstag und deshalb passt mir die Spätschicht nicht.«

Bea begutachtete mich mit undurchschaubarem Gesicht. Im zuckenden Kerzenlicht schimmerte ihre Haut samten und auf dem bunten Tuch, das ihr die Haare aus dem Gesicht hielt, tanzten die Schatten. »Ein *Familiending.*«

Das war wieder eine Frage. Eine, die ich eigentlich nicht näher beantworten wollte – aber wenn Bea fragte, konnte ich nicht ausweichen. »Ja, eine Feier. Abends.«

Bea nickte langsam und runzelte dann die Stirn. »Isa hatte gefragt, ob sie die Schicht tauschen kann. Aber dann muss ich es anders machen. Soll ich dir am Sonntag frei geben? Dann würde ich deinen freien Tag von Montag auf Sonntag legen.«

Rasch steckte ich meine Hände in die Jackentaschen, damit ich gar nicht erst nervös an meinem T-Shirt herumzupfen konnte. Bea hatte mich schon mehrfach dafür gescholten. »Nein, nicht ... Ich meine, ich brauche den freien Montag für die Uni.«

Bea hob eine Augenbraue. »Familie sollte über der Uni stehen, Rosa.«

»Ihr seid doch meine Familie, Queen-Bea.«

»Sei nicht albern.« Bea schmunzelte. »Das hier ist ein Arbeitsplatz und keine Familie.«

Ich sagte nichts darauf und lächelte einfach weiter in der Hoffnung, dass sie es dabei belassen würde. Je weniger ich darüber redete, desto weniger musste ich selbst darüber nachdenken. Und ich hatte es mir in den letzten Jahren abgewöhnt, viel über meine Familie nachzudenken.

Eine Weile hörte man nur das leise Summen der letzten Bienen irgendwo im Blauregen. Dann sagte Bea: »Gut, ich verstehe. Dann frage ich Juli morgen. Gute Nacht, Rosa.«

»Gute Nacht, Bea.«

Ich wandte mich um und sah zu, dass ich den Raum verließ, bevor die ungestellten Fragen mich einholen konnten.

Kapitel 2

»Hier, sie haben Hortensien. Wären die nicht was?«

Ich spürte nur Widerwillen beim Anblick der pompösen blauen Blüten. Viel zu groß, viel zu wuchtig. »Ich hatte eher an etwas Schlichtes gedacht ...«

Elyar bedachte mich mit einem spielerisch tadelnden Blick. Nur seine vollen, geschwungenen Lippen verrieten die Ungeduld dahinter – immerhin jagte ich ihn nun schon durch den zweiten Blumenladen und lehnte jeden seiner Vorschläge ab. Aber er beschwerte sich nicht. »Rosa. Wir können keinen Strauß aus Veilchen und Gänseblümchen mitbringen. Für irgendetwas wirst du dich entscheiden müssen«, sagte er stattdessen.

Ja, das wusste ich doch. Ich wollte ja auch einen Blumenstrauß mitbringen ... Aber es sollte nicht so wirken, als hätte ich mir viel Mühe gegeben – und auch nicht so, als hätte ich mir gar keine Mühe gegeben und einen Fertig-Strauß gekauft. Die Blumen sollten nicht zu bedeutsam sein, aber auch nicht wild zusammengewürfelt ...

Ich nagte an der Innenseite meiner Wange herum und deutete schließlich auf ein paar weiße Schnittrosen. »Was ist damit?«

»Das sind ... Rosen.«

»Die sind nicht zu groß. Aber auch keine Gänseblümchen.«

»Das schon, aber sind Rosen nicht ...«

»Rosen haben nicht so die Bedeutung für uns.« Ich wollte seinen Einwand gar nicht hören. »Ja, ich glaube, wir sollten etwas mit Rosen machen. Mit weißen. Oder den blassgelben da drüben. Und nicht zu bunt!«

»Das wäre mir im Traum nicht eingefallen.«

Binnen weniger Minuten hatte Elyar mir aus blassgelben Rosen und orangefarbenen und roten Gerbera einen Strauß zusammengestellt, wie ich ihn mir in etwa vorgestellt hatte. Ich ließ die Blumen an der Kasse mit ein wenig grünem Farn und Eukalyptusblättern binden und in Papier einwickeln, zahlte und verließ den Laden schließlich mit einem Strauß im Arm.

»Es ist einfacher, dir die Haare zu färben, als Blumen für dich auszusuchen«, sagte Elyar draußen vor der Tür.

»Die Haare kann ich ja auch jederzeit umfärben.«

Es tat mir ja leid. Seine Vorschläge im ersten Laden waren wirklich toll gewesen – ein Hexenladen mit magisch gezüchteten zartblauen Tulpen und weißen und orangefarbenen Mini-Sonnenblumen, prächtig und perfekt für einen besonderen Strauß, aber eben nicht das Richtige für heute Abend.

»Du kannst die Blumen auch jederzeit ändern. Ein Fingerschnippen, und aus der Rose wird doch noch eine Hortensie.«

»Wag es und ich mach den Deckel von deinem Flakon nie wieder auf.«

Wenn die Flakons geschlossen waren, konnten die Geister sie nicht verlassen und ebenso wenig hören oder sehen, was außerhalb vor sich ging. Das war wie Hausarrest.

Ich drehte mich so, dass Elyar den Blumenstrauß nicht mehr erreichen konnte, und er hob die Finger. »Nur wenn du es wünschst, natürlich. Aber ich wäre bereit.«

»Nimm die Finger runter.«

Wir lieferten uns ein Blickduell, das Elyar ganz sicher verloren hätte, wenn nicht in diesem Moment Nikas warme Stimme erklungen wäre. »Sie haben tatsächlich was gefunden.«

»Daran hat ja auch nie jemand gezweifelt«, gab Elyar zurück und ich löste mich aus meiner verdrehten Haltung.

Javid und Nika hatten im ersten Laden aufgegeben und sich verzogen. Offenbar waren sie aber nicht – wie ich erst gedacht hatte – zurück in ihre Flakons verschwunden, die sicher verstaut in meiner Umhängetasche lagerten, sondern in das Treiben rund um den Gänsemarkt eingetaucht. Zumindest hatten die beiden Kaffeebecher mit dem Logo der Stadtbäckerei gegenüber in ihren Händen, von denen Javid nun mir und Elyar einen reichte. »Wir haben auch was gefunden.«

»Aber Vorsicht: Er hat sich vorhin noch daran zu schaffen gemacht«, ergänzte Nika, ihr Blick aus dicht bewimperten geistergrauen Augen lag auf mir. Ich runzelte die Stirn und warf Javid einen Blick zu, der wiederum mit der Zunge schnalzte.

»Probier. Sie hatten den Geschmack, den ich wollte, nicht. Also hab ich es selbst aromatisiert.«

Javid hatte zu Recht darauf verzichtet, auf meinen Becher einen Deckel zu setzen. Ich schnupperte immer zuerst an meinem Latte Macchiato, gerade wenn jemand anders ihn mir kaufte. Jetzt roch ich die süßliche Milch und den herben Kaffee und darunter ... Ich nahm einen Schluck. »Kokos?«

Seine zufriedene Miene sagte alles. Erst nach meinem zweiten Schluck sagte er: »Ich dachte, du könntest etwas Leichtes gebrauchen.«

Damit hatte er recht. Ich wusste nicht, wie ein Blumenkauf zu so einem Stressfaktor werden konnte, aber der helle Geschmack von Kokos durchflutete meinen Kopf wie eine sanfte Welle kühlen Wassers und der Stress fiel von mir ab. Ich hatte die Blumen und einen Plan. Alles war gut.

Die Erleichterung musste sich auf meinem Gesicht abzeichnen, denn Nika warf Javid einen frustrierten Blick zu. »Schön. Du darfst morgen Abend den Film aussuchen.«

»Du hast nicht wirklich mit ihm gewettet«, sagte Elyar.

Nika zuckte mit den Schultern. »Ich hätte zu hundert Prozent auf Schokolade getippt.«

Ich grinste in meinen Becher hinein.

Meine Geister erfüllten schon seit Jahrzehnten die Wünsche jener Menschen, die ihre Gefäße fanden und sie daraus befreiten. Sie alle hatten ein Gespür für Wünsche und Nöte – aber Javid übertrumpfte die anderen um Längen. Wenn es darum ging zu wissen, was mir gerade guttat, hatte er bisher nicht ein einziges Mal verloren. Er wusste es einfach – schon bevor ich es wusste. Einen Latte Macchiato mit Kokosaroma hätte ich mir in diesem Moment zum Beispiel nie bestellt, aber mit dem ersten Schluck war mir klar geworden, dass ich genau das gebraucht hatte.

Die beiden anderen verließen sich auf ihn wie auf einen älteren Bruder, und ich mochte diese Vorstellung. Wir waren eine Familie, obwohl wir eigentlich keine waren. Aber irgendwie doch. Weil wir aufeinander Acht gaben und weil sie sich ebenso sehr nach Zuhause anfühlten wie das *Honigmond.*

Während die anderen drei über den Film für morgen Abend diskutierten, schlenderte ich in Richtung U-Bahn und schlürfte weiter an meinem Macchiato.

Jetzt lag erst einmal eine Viertelstunde Bahnfahrt bis Harvestehude vor mir – das war genug Zeit, um ein paar Ideen für die Gruppen-Exkursion vorzubereiten, die im Sommer anstand. Seit anderthalb Jahren studierte ich nun Biologie an der Universität Hamburg und Gruppenarbeiten waren mir immer noch ein Gräuel. Viel lieber arbeitete ich zu Hause in meiner kleinen Wohnung. Allein – mit einem süßen Kaffee auf dem Tisch und Flaschengeistern, die um mich herumschwirrten. Die Geister redeten mir wenigstens nicht rein. Und wenn doch, dann konnte ich sie ignorieren, weil sie nicht an meinen Hausarbeiten beteiligt waren.

Ich war gerne gut vorbereitet und die grobe Struktur für unsere Versuche hatte ich bereits im Kopf. Ich wollte es gerne genau so machen. Nicht anders. Nicht mal ein bisschen anders. Aber Gruppenmitglieder neigten eben dazu, doch noch mal etwas *ein bisschen anders* machen zu wollen.

Ich warf einen Blick auf mein Handy, um zu schauen, ob wir uns schon auf eine Uhrzeit geeinigt hatten, aber mein Vorschlag stand immer noch von allen gelesen und unbeantwortet im Raum.

Im Chat darunter war die überraschende Nachricht, die ich heute Morgen erhalten hatte.

Hab das Geschenk, bringst du Blumen mit?

Typisch, wie immer auf die letzte Sekunde.

»Du musst da übrigens nicht hin. Ich könnte dich nach Italien schicken. Oder nach Paris. Oder wäre dir Hawaii lieber?«

Ich hatte gar nicht gemerkt, wie Javid neben mich getreten war. Wir tauchten ein in das Innere der U-Bahn-Station, die Sonne wich kühlem Schatten und der typische Geruch nach billigem Putzmittel und menschlichen Ausdünstungen nahm zu.

»Ich muss ... Ich *will* dahin«, korrigierte ich mich. »Und du kannst mich nicht einfach nach Italien versetzen, ich muss morgen arbeiten.«

Javid verschränkte die Arme vor der Brust und sah wie so oft auf mich hinunter. Er war heute mal wieder eine besonders eindrucksvolle Erscheinung, enges T-Shirt und Sonnenbrille im zerzausten Haar. Auf dem Marktplatz hatte man ihm nachgestarrt, das hatte ich genau gesehen. Ich dagegen fand diese Aufmachung irgendwie unnötig. Mein liebster Javid war der, der morgens in schlabberigen Klamotten durch die Wohnung taperte und die Pflanzen goss. Aber er gab nun mal gern an, etwa genauso gern, wie er aus den Augenwinkeln auf mich hinuntersah. »Du könntest die Arbeit aussetzen. Einfach mal Urlaub machen.«

»Ich lasse Bea aber nicht sitzen.« Ich boxte ihm sanft in die Seite. »Außerdem haben wir einen Deal und der Deal besagt, dass ihr mir in meinem *Alltag* helfen müsst. Nicht in meinem Urlaub. Ich will mich nicht nach Italien absetzen.«

»Aber es wäre definitiv Italien und nicht Hawaii?«

»Javid …«

Er grinste. »Ich mein ja nur. Du hattest gerade diese Sorgenfalte auf der Stirn.«

Wir schlängelten uns an einer Gruppe Mädchen vorbei, die direkt am Fuß der Treppe stand, und ich hatte Zeit, meine Sorgenfalte zu glätten. Zu Javid sagte ich: »Das war keine Sorgenfalte. Ich hab über die Ökologie-Exkursion nachgedacht.«

»Natürlich«, sagte er sarkastisch.

»Ich hab wirklich nur über die Uni nachgedacht. Hier.« Ich hob den eingepackten Blumenstrauß in die Höhe. »Damit bin ich zufrieden. Was jetzt kommt, wird ganz entspannt.«

Es wirkte nicht so, als würde er mir glauben.

Die gehobenen Augenbrauen sprachen zum Beispiel nicht dafür.

»Was ist?«, fragte ich.

»Nichts.« Endlich wandte er den Blick ab. »Ich dachte, du wärst besorgt. Aber ich hab mich wohl geirrt.«

»Hast du.« Ich warf einen weiteren Blick auf mein Handy, dann sah ich mich nach Nika und Elyar um, die uns in einigem Abstand folgten. Mit einem Winken machte ich sie auf mich aufmerksam und bedeutete ihnen, sich zu beeilen. »Und jetzt los, die Bahn kommt gleich und ich will nicht noch später kommen.«

***

Die Wahrheit war, dass ich gern noch später kommen wollte.

Und dass ich sehr wohl besorgt war.

Als ich kleiner gewesen war, wäre beides nicht vorgekommen. Damals hatten wir aber auch noch im Haus in Ohlsdorf gewohnt, wo in jedem Raum Kübel voller Blumen standen und alles nach Lilien roch. Wo ich auf der Terrasse jedes Mal halb auf dem Tisch gesessen hatte, um meiner Mutter beim Herstellen von Zaubern zuzusehen. Wo ich beschlossen hatte, Heilerin zu werden.

Diese Erinnerungen waren wie ein Traum aus Rosa und Gelb und Weiß und dem schweren Duft tausender Blüten und poliertem Parkett. Der Traum war schon vor Jahren zerplatzt, als Pa nach Mas Tod das Haus verkauft hatte und nach Winterhude gezogen war.

Das neue Haus hatte einen gepflegten grünen Rasen und eine ebenso gepflegte Hecke und lustige weiße Fensterläden. Es lag in der Scheffelstraße, nur wenige Minuten Gehweg von der Alster entfernt. Der frische Wind fegte an mir vorbei und puderte die parkenden Autos mit gelben Pollen. Das Vogelzwitschern, der Duft nach Blüten und Bäumen, das satte Grün über mir – all das schrie nach Frühling und Wärme und meine Hände waren eiskalt und mein Herz klopfte wie ein verzweifelter Gefangener in seinem Käfig.

Ich hasste es, so viel Panik vor diesem Abend zu haben. Aber seit zwei Jahren war jeder Besuch eine Zerreißprobe und jeder Abschied von hier machte mich um mehrere Zentner leichter.

Die kleinen Flakons in meiner Tasche wogen schwer, aber obwohl sie geschlossen waren und meine Geister nichts mitbekommen würden, wollte ich nicht zögern, nicht mal eine Sekunde lang. Energisch streckte ich die Hand nach dem Klingelknopf aus.

Mein Finger war noch ein paar Zentimeter von der Klingel entfernt, da öffnete sich die Tür und Indigos breitschultrige Gestalt kam zum Vorschein. »Da bist du ja. Ich hatte gesehen, dass jemand vor der Tür stand.«

Er trainierte zu viel. Bald waren seine Oberarme so groß wie sein Kopf. Wenn ich ihn jetzt ansah, fiel es mir schwer, mir den Spargeljungen vorzustellen, mit dem ich mich im Kindergarten zusammen unter der Holzburg auf dem Spielplatz versteckt und Unkraut zerpflückt hatte.

Ich schmunzelte. »Ich wollte gerade klingeln.«

»Soll ich die Tür wieder zu machen?«

»Quatschkopf. Lass mich rein.« Ich trat an ihm vorbei in das Haus, in dem es nach Lack und Papier roch – und nach irgendetwas Gebratenem. Mein Magen rumorte, obwohl mein Appetit auf dem Weg hierher verloren gegangen war. »Sind schon alle da?«

»Ja. Du bist die Letzte.«

Ich streifte meine Schuhe ab und folgte Indigo den cremefarbenen Flur hinunter. Wenn ich an dieses Haus dachte, dachte ich zuerst an Cremeweiß. Die Tapeten waren creme, die Möbel weiß, die Blumenvasen auf den Möbeln weiß, die Papierblumen in den Vasen staubig cremefarben ... Es war, als hätte mein Vater keinen Platz mehr für Farben in seinem Leben gehabt.

Deshalb überkam mich bei diesen Besuchen auch jedes Mal der Drang, ebenso farblos zu sein. Heute hatte ich mich nach Feierabend auf die Mitarbeitertoilette verzogen, damit Elyar mir die blauen Strähnen aus den Haaren entfernen konnte. Normalerweise kam ich ohne ein paar bunte Strähnen nicht aus – jetzt aber trug ich nur meinen langweiligen schwarzen Bob, dazu eine schwarze Stoffhose und eine weiße Bluse mit Spitze am Saum und einem kleinen Silberknopf oben am Kragen.

Indigo war heute auch komplett in Schwarz, elegant und traurig zugleich – und weil Indigo es trug, sah es ziemlich gut aus. Alles, was Indigo trug, sah gut aus. In meiner Teenager-Zeit hatte ich heftig für ihn geschwärmt und mir romantische Szenen ausgemalt, in denen er endlich merken würde, dass wir mehr als Kindergarten-Freunde waren. Irgendwann waren wir dann mehr geworden.

Und jetzt waren wir nicht einmal mehr wirklich Freunde.

»Deine Haare sind länger geworden, oder?«, fragte er. »An Weihnachten waren sie richtig kurz.«

»Ich hatte dich ganz schön schockiert damit.«

»Unsinn.«

»Ich erinnere mich gut an deinen Blick. Versuch erst gar nicht, es abzustreiten.«

Indigos Lächeln wurde zu einem breiten Grinsen. »Schön. In meinem Kopf hattest du eben noch lange Haare. Du hättest uns ja auch vorwarnen können. Oder ein Foto schicken.«

»Dann hätte ich mir dein Gesicht ja entgehen lassen.«

Er gab mir einen freundschaftlichen Schubs, der meinem Arm weniger wehtat als meinen Eingeweiden. Ich mochte sein Lächeln immer noch. Und seine Art. Und wenn ich es zugelassen hätte, dann hätte ich mich in seiner Gegenwart unheimlich wohlfühlen können.

Nein, ich hatte ihnen meine kurzen Haare nicht verschwiegen, um sein entsetztes Gesicht live sehen zu können – und das wusste er auch. Er wusste nur nicht, warum ich stattdessen kaum noch mit ihnen sprach.

Wir betraten das Wohnzimmer, in dessen cremefarbener Einrichtung der große schwarze Fernseher fast bunt aussah. Der Glastisch in der rechten Hälfte des Raumes war für fünf Leute gedeckt und die Tür zur Küche geschlossen. Der Geruch nach Gebratenem wurde mit jedem Schritt intensiver.

In der linken Hälfte des Raumes, dort wo der Fernseher stand, hing Amber auf einem der Sofas, halb sitzend, halb liegend. Mit dem weißen Kleid und der hellen Haut war sie beinahe unsichtbar auf dem weißen Bezug. Sie hatte das käsekuchenblonde Haar brav geglättet und mit einem Haarreif zurückgeschoben und ließ mich an Beas berüchtigte Honig-Baiser-Torte denken, die es immer nur im Sommer und an ganz besonderen Tagen gab.

Amber war damals das Kind gewesen, das sich am meisten geprügelt hatte und stets mit mindestens einem aufgeschürften Knie nach Hause gekommen war. Für Unkraut unter Spielplatz-Burgen hatte sie keine Zeit gehabt – dafür aber, um mit mir zu Hause Zauber auszuprobieren, mit denen wir am Ende dann Teppiche oder Kissen in Säure auflösten oder unsere T-Shirts zu Zeltgröße wachsen ließen.

»Rosie!« Kaum hatte sie uns bemerkt, klappte Amber das Buch in ihren Händen zu, sprang auf und drückte mich. »Ich dachte schon, du sagst ab. Dann hätte ich mich hier mal wieder zu Tode gelangweilt. Komm!« Sie zog mich auf das zweite Sofa. »Bring mich auf den neusten Stand. Was macht das Studium? Du hast viel Zeit. Leo und Jan diskutieren noch in der Küche.«

Das fand ich gut, aber mein Magen leider nicht. Ich zog die Knie an, damit man ihn nicht so sehr grummeln hören konnte. »Worüber diskutieren die beiden denn?«

Amber schnaubte. »Frag mich nicht. Aber Leo hat sich unheimlich aufgeregt. Sprechen wir sie lieber nicht drauf an.«

Ähnlich wie Indigo, Amber und ich, kannten auch Leo und mein Vater sich schon seit Ewigkeiten. Sie hatten alles gemeinsam durchgemacht, Schule, Uni, Liebeskummer, Hochzeiten – und sich damals geschworen, ihre Kinder nach Farben zu benennen, sollten sie mal welche haben. Und deshalb klangen wir alle wie Charaktere aus einem Kinderbuch. Vor allem Indigo hatte das in der Pubertät nicht lustig gefunden.

»Hauptsache, sie zerfetzen da drinnen nicht das Chop Suey.« Indigo ließ sich in den Sessel fallen. »Ich hab nämlich aufs Mittagessen verzichtet für dieses Abendessen.«

Er wedelte mit dem Zeigefinger, das Buch in Ambers Hand entriss sich schwungvoll ihrem Griff und landete ebenso schwungvoll auf meiner Nase. Ich packte es mit vorwurfsvollem Blick.

»Hör auf mit dem Quatsch. Bist du nicht medizinischer Assistent? Was soll die Telekinese?«, schimpfte Amber.

»Hab ich mir selbst beigebracht, in meiner Freizeit.«

»Ach? Letztens sagtest du noch, ihr hättet so viel zu tun, dass ihr keine Freizeit habt?«

»Ist auch so. Aber davor halt.«

Amber warf mir einen entnervten Blick zu. »Entschuldige meinen Bruder. Seit er seinen Job hat, trägt er die Nase ganz schön weit oben.«

»Hat er doch schon immer.«

»Ich meine *noch* weiter oben.«

»Ich kann euch übrigens hören«, sagte Indigo und zog mit einem Fingerschnippen zwei weitere Bücher aus dem Regal hinter dem Sofa, auf dem Amber saß. Mit diesen dreien jonglierte er betont lässig.

Amber lehnte sich in meine Richtung und sagte: »Du darfst mir jetzt gerne erzählen, wie es bei dir läuft, und den aufgeblasenen Gockel da vorne ignorieren. Wie waren deine Prüfungen?«

Das Schlimmste war, dass diese beiden sich wirklich nie veränderten. Indigo machte Unsinn. Amber schimpfte mit ihm. Nur versetzte sie ihm mittlerweile keine Tritte mehr.

Ich blendete Indigo aus – er war noch schlimmer im Angeben als Javid – und versuchte, mich an meine Prüfungen zurückzuerinnern. Die waren ein paar Monate her. »Gut. Sie waren weniger schwer, als ich gedacht hatte.«

Amber nickte und lehnte sich wieder ein Stück zurück, ihr Haar hüllte mich für einen Moment in eine Wolke aus Pfirsichgeruch. »Bei mir auch. Obwohl das natürlich etwas komplett anderes ist.«

»Ist es gar nicht so sehr ...«, hob ich an, aber Amber ließ mich nicht weiter reden.

»Doch, schon. Meine praktischen Prüfungen hättest du locker geschafft, ehrlich. Einfach weil du ein Talent für so etwas hattest.«

Hattest.

Ich sprach es nicht aus und sagte stattdessen: »Unsinn.«

»Doch, wirklich.«

»Sag das nicht so.«

Sie lachte. »Ich kann es dir eh nicht beweisen, außer du schreibst dich endlich für Heilmagie ein. Machst du das, wenn du fertig mit deinem Bachelor bist?«

Sie meinte es nicht böse, aber trotzdem versetzte mir dieser Kommentar einen Stich. Sie konnte ja nicht wissen, dass ich mich nicht aus Trotz für Biologie und gegen ein magisches Studienfach entschieden hatte.

Nach der vierten Klasse hatten wir uns geschworen, gemeinsam an die WUH zu gehen, *die* Universität für Hexen in Norddeutschland – und ich war es gewesen, die schließlich einen Rückzieher gemacht und sie damit verletzt hatte.

Aber ich konnte unmöglich Heilmagie oder magische Erziehung studieren, wenn ich für alles ab einem Vier-Finger-Zauber einen Flaschengeist brauchte. Im Café war das in Ordnung, da half ich mit kleinen Tricks nicht-magischen Menschen. Aber ein Studium schaffte ich entweder selbst oder gar nicht. Ich würde keinen Abschluss erwerben, weil ich eine miese Hochstaplerin war.

Und genau das war ich.

Eine Hochstaplerin und Lügnerin.

Und deshalb sagte ich auch nicht Nein, sondern nur: »Mal sehen. Erst einmal muss ich den Bachelor abschließen.«

»Kannst du mit deinem Bachelor denn was anfangen?«, fragte Indigo und das nicht zum ersten Mal in diesen anderthalb Jahren. So wie ich ihn kannte, tat er das in diesem Fall aber nur, damit wir ihm wieder beim Jonglieren zusahen.

Amber blickte ihn an, als wollte sie ihn vielleicht doch wieder treten. Oder mit einem Kissen bewerfen.

»Kann ich. In den meisten Punkten stimmen Magie und Naturwissenschaft überein, egal was der Irrglaube sagt«, sagte ich. Indigos fließende Bewegungen gerieten leicht ins Straucheln und ich fuhr fort: »Biologie ist nur ein anderer Blickwinkel und es ist gar nicht so falsch, den auch mal kennenzulernen – gerade für magische Pädagogik oder Heilung.«

»Guter Punkt«, sagte Amber. »Medizinisch könnten die magischen und nicht-magischen Felder sehr voneinander profitieren.«

Ich grinste und fühlte mich für einen Moment wieder wie damals, als wir ein unzertrennliches Trio gewesen waren. Aber nur für einen Moment. Dann umklammerte ich im Schoß meine linke Hand und das Wie-früher-Gefühl zog sich zurück in seine Schublade meiner Erinnerungen.

»Das Gesetz sagt aber, dass magische und nicht-magische Medizin zwei unterschiedliche Praktiken sind, die man zum Schutz beider Berufszweige nicht vermischen darf«, dozierte Indigo.

Diesmal warf Amber wirklich etwas. Allerdings kein Kissen, sondern ein Buch. »Mach bitte deine Tricks und nerv nicht.«

Das Buch stoppte auf halbem Weg und fügte sich dem ewigen Jonglier-Kreislauf, den Indigo jetzt mit einer Hand meisterte.

Ich verdrehte die Augen. Vielleicht war er in den letzten Jahren noch ein bisschen mehr zum Angeber geworden. Ich konnte es ihm allerdings nicht so wirklich verübeln.

Er war unheimlich magisch begabt – so sehr, dass er die Ausbildung zur medizinischen Assistenz in Rekordzeit absolviert und direkt eine Stelle bei einer Hexe in der Stadt gefunden hatte. Aber da lag seine Grenze. Denn nur Hexen konnten Zauber herstellen und sie auf lebendige und nicht lebendige Dinge wirken. Indigo oder auch mein Vater dagegen waren, wie fast jeder Mann in der magischen Gesellschaft, sogenannte Trickster, Menschen ohne schöpferische Energie. Sie konnten Gegenstände zum Schweben bringen, nicht lebendige Dinge erwärmen oder erkalten lassen und in seltenen Fällen vergrößern oder verkleinern. Während Amber und ich also früher Teppiche mit Zaubern aufgelöst hatten, hatte Indigo mit einem Erste-Hilfe-Kasten daneben gesessen und zugeschaut.

»Machst du es deshalb?«, fragte Amber da und ich war so versunken in den Gedanken an verätzte Teppiche, dass ich nicht wusste, was sie meinte. »Was?«

»Das Studium. Für einen Perspektivenwechsel. Sonst hättest du doch auch an der WUH studiert.«

Ich starrte sie an und wusste nicht, was ich darauf sagen sollte. »Na ja ...«

Aber in diesem Moment ging die Tür zur Küche auf, heiße Luft trug den Duft von Gemüse, Sesamöl und Sojasoße herein, und ihr folgten Leo und mein Vater, beide mit roten Wangen und einem leichten Schweißfilm auf der Nase.

»Essen!« Indigo ließ die Bücher fallen.

Der Blick seines Vaters huschte einen Moment über die Szenerie, aber er kommentierte sie nicht. Seelenruhig stellte er die Schüssel mit Gemüse und Tofu auf den Tisch und wandte sich mir mit einem Lächeln zu. »Und Rosa ist auch da. Schön, dich mal wieder zu sehen.«

»Freut mich auch, Leo. Ich kann nur nicht lange bleiben, ich hab morgen Frühschicht.«

»Wie so oft, du Arbeitstier.«

Ich lächelte und ließ mich von ihm umarmen. Dann wandte ich mich an Pa.

Mein Vater war eine eindrucksvolle Gestalt von fast zwei Metern Größe mit einer ziemlich markanten Nase und stechend blauen Augen. Ich sah ihm kaum ähnlich und kam viel mehr nach meiner Mutter – das hatte mir die markante Nase erspart und dafür hellbraune Augen und ziemlich viele Leberflecke beschert. Leider reichte ich meinem Vater deshalb aber auch nur knapp über den Bauchnabel.

Das war jedoch nicht der Grund, weshalb ich mich kaum bewegen konnte und meine Hände schon wieder eiskalt wurden.

Ich versuchte ein Lächeln und dann hatten sich Pas Arme auch schon um mich geschlungen. »Hallo, Rosa.«

»Hey, Pa.« Deo und eine leichte Note von Lavendel. Zuhause. Pa, wie er die Tapete reinigte, die ich aus Versehen gefärbt hatte. Pa, der stolz lächelte, als ich ihm mein Zeugnis präsentierte. Pa am Flughafen, wie er mir zuwinkte. Mein Herz wurde schwer, weil all das nicht mehr war. Ich löste mich von ihm und strahlte ihn trotzdem an, die gute Lügnerin, die ich nun einmal war. »Alles Gute zum Geburtstag.«

***

Wenig später hatte Pa das Buch über die Hexenverbrennungen von Salem ausgepackt, das Indigo von einem Freund aus den USA hatte verschicken lassen, weil es nicht bis nach Europa verkauft wurde.

Pa war an der WUH angestellt, zur Hälfte als Professor für die Geschichte der Hexen und Trickster und zur anderen Hälfte als Chronist. Seine Sammlung an Büchern über die Geschichte magisch Begabter war riesig und früher hatte ich die besonders alten Wälzer gern aus dem Regal gezogen und einfach die schnörkelige Schrift und die Bilder aus dicken Tuschestrichen betrachtet. Manchmal hatte ich mit Amber einen Lesewettbewerb veranstaltet – wer im Buch zuerst das Wort *hingerichtet* oder *verhext* fand. Manchmal durfte Indigo mitmachen, dann suchten wir nach dem Wort *Trickster*. Wenn ich die Augen schloss, konnte ich wieder den alten Staub und die vergilbten Seiten riechen, war wieder sieben Jahre alt und saß in Pas Arbeitszimmer.

Jetzt wusste ich nicht einmal mehr, wie viele Bücher in der Zwischenzeit hinzugekommen waren. Amber hatte das Salem-Buch als Geschenk vorgeschlagen, sie hatte durch Leo davon gehört. Nach Pas leuchtenden Augen zu urteilen, war das Buch bisher nicht in seinem Besitz gewesen und er würde es aufklappen, sobald wir aus dem Haus waren. Aber vorerst legte er es neben die Vase, in die er den Strauß aus Rosen und Gerbera gesteckt hatte, auf den kleinen Couchtisch.

»Du bist die Einzige, die ihm keine Lilien geschenkt hat, glaube ich«, sagte Amber leise, als wir uns an den blitzblank geputzten Glastisch setzten. Und als ich mich umsah, fügte sie hinzu: »Er hat sie vorhin alle nach oben gebracht. Sträuße von der Uni und so.«

Ich nickte vor mich hin und eine leise Stimme sagte mir, dass es andersherum hätte sein müssen. Dass *ich* als Pas Tochter ihr das erzählte.

»Hätte er Lilien haben wollen?«, fragte ich ebenso leise zurück und bemerkte nur am Rande, wie Indigo mir Reis auf den Teller schaufelte.

Amber zuckte mit den Schultern. »Er hat gesagt, es mache ihm nichts aus.«

Vielleicht hatte Pa die Lilien meinetwegen aus dem Wohnzimmer geräumt. Solange Ma gelebt hatte, waren sie seine Lieblingsblumen gewesen – auch, weil Ma auf Lilienbasis gezaubert hatte. Wir alle hatten unsere eigene Basis, wir fanden sie irgendwann ganz von selbst. Sie war ein Teil unserer Persönlichkeit. Beas Zauber basierten auf Honig, Mas auf Lilien und Ambers auf Salz.

Meine Basis war Zucker – am liebsten brauner Rohzucker, aber seit ich die Geister hatte, nutzte ich die für mich weniger energetische Version in Form von Kaffeesirup. Es war die beste Lösung gewesen, meine Geister zu verstecken. Sie brauchten ein Gefäß und ich brauchte eine Möglichkeit, mit ihnen auch während der Arbeitszeit in Kontakt zu treten. Und niemand wunderte sich über Kaffeesirupflaschen in einem Café. Solange meine »Zauber« funktionierten, stellte auch niemand in Frage, ob Sirup nun eine gute Basis war oder nicht.

Ich merkte, wie ich unverwandt meinen Reis anstarrte, und setzte rasch ein Lächeln auf. Neben mir nahm Indigo sich gerade von dem Chop Suey und ich wartete, bereit, ihm die Schale abzunehmen.

»Wir machen das viel zu selten«, sagte Leo da. Als ich mich ihm zuwandte, lächelte er. Er war kleiner als Pa und weniger eindrucksvoll, hatte dunkelblondes Haar und eine Hakennase und unheimlich viele Lachfalten unter den Augen, weil seine Augen meist lächelten, bevor es seine Mundwinkel taten. »So zusammensitzen. Seit ihr alle studieren gegangen seid, sieht man euch kaum noch.«

»Wir treffen uns mindestens einmal im Monat«, widersprach Indigo und reichte mir das Chop Suey.

Ich wich seinem Blick über die Schüssel hinweg aus und erwiderte: »Ich hab eben viel zu tun. Das Studium und der Nebenjob – und ohne den Job wird es mit der Miete eng.«

»Du weißt, dass ich dir immer aushelfen werde, wenn es nur darum geht«, sagte Pa. Ich öffnete den Mund, aber er war schneller und fügte sanft hinzu: »Aber ich weiß ja, dass es dir wichtig ist, das allein hinzubekommen.«

»Genau.«

Ich schöpfte so schwungvoll Chop Suey aus der Schüssel, dass ein paar Spritzer davon auf meiner Bluse landeten. Großartig.

Als hätte ich einen Alarmknopf gedrückt, starrten alle den Fleck an.

»Kastanienschale müsste im Badezimmerschrank liegen«, sagte Pa.

Amber schob ihren Stuhl ein Stück zurück. »Ich mach das. Das Salz steht ja schon hier. Oder soll ich dir den Zucker aus der Küche holen?«

»Nein, ich ...« Ich brach ab. Flecken zu entfernen erforderte die Veränderung von Molekülen. Das war ein Vier-Finger-Zauber, den konnte ich nicht so einfach ausführen. Nicht ohne die Hilfe der Geister.

Für einen Moment haderte ich mit mir, aber es ging nicht. Ich konnte nicht einfach vor den Augen meines Vaters so tun, als würde ich zaubern. Also schüttelte ich den Kopf. »Ich glaub, es geht schneller, wenn du es machst. Danke.«

Und wieder einmal wünschte ich mir, ich wäre doch zu Hause geblieben.

Amber rutschte von ihrem Stuhl und eilte los, wovon sie nicht einmal der mahnende Ruf ihres Vaters abhalten konnte.

»Bei so einem Vier-Finger-Zauber ist das doch nur eine Frage von Sekunden«, sagte Pa. »Zumal es beim Zaubern nicht um Schnelligkeit gehen sollte.«

»Ich weiß«, antwortete ich. »Es war stressig heute, mir fehlt gerade die Konzentration.«

Und es war, als würden die Flakons in meiner Tasche im Flur mich rufen, als würden sie an mir ziehen und mich dazu verführen wollen, diese Lüge auffliegen zu lassen.

Aber ich blieb sitzen und wartete, bis Amber sich mit ihrer Mixtur aus Kastanienschale, Salz und Wasser neben mich stellte, Daumen und Zeigefinger der rechten und linken Hand aneinanderlegte und ihre Magie in die Mixtur einwebte. Danach war die Flüssigkeit weiß und dickflüssig, ohne einen einzigen Klumpen, perfekt ausgeführt. Ich tupfte etwas davon auf die Soßenflecke und sie verschwanden binnen einer Minute.

Amber war unheimlich gut geworden.

Aber als die Perfektionistin, die sie nun einmal war, schob sie das Käsekuchenhaar über die Schulter und runzelte die Stirn. »Das ging nicht so flüssig, wie es hätte sein sollen.«

»Es war großartig«, erwiderte ich und deutete auf ihren Stuhl, damit sie sich wieder hinsetzte. »Man merkt, dass du deine Topnoten beibehältst.«

»Du wärst besser.«

Gewesen.

Ich bemerkte Pas stolze Miene in Richtung Amber und schon verknotete sich mein Magen. Ich konnte hier unmöglich etwas essen. Egal, wie gut Pa kochte.

Ma hatte nie gekocht, sie war zu beschäftigt mit ihren Zaubern gewesen. Sie hatte einen sehr guten Ruf genossen und Pa hatte immer gesagt, ich hätte ihr Talent geerbt. Seine Hoffnungen in mich waren riesig. Viel zu riesig. Er wartete darauf, dass ich Karriere machte, mit Bestnoten die Uni abschloss und dass mein Name irgendwann in den Büchern zu finden sein würde, die er sammelte und las.

Was würde er sagen, wenn er wüsste, dass seine einzige Tochter keine Magie mehr wirken konnte?

Ich hatte mal versucht, es mir auszumalen, und ich würde um jeden Preis verhindern, dass ich je in diese Situation kam. Und wenn das hieß, dass er jetzt Amber stolz ansah und nicht mich.

»Dein Zauber war sehr gut, Liebes«, mischte Leo sich nun ein. »Lass doch das Vergleichen – selbst wenn Rosa irgendwann die Heilmagie wieder aufnimmt, werdet ihr da beide euren ganz eigenen Weg finden.«

»Vor allem wirst du fertig sein, bevor ich damit anfange«, fügte ich hinzu.

Zu meiner Überraschung sah Pa daraufhin gar nicht so kritisch drein, wie er sonst bei dem Thema dreinschaute. Stattdessen legte er den Löffel nieder. »Wenn wir schon dabei sind – ich habe mir selbst auch etwas zum Geburtstag geschenkt.«

Dabei? Wo dabei?

Und warum sah Leo Pa plötzlich kritisch an, inklusive der drei tiefen Finde-ich-nicht-gut-Falten auf seiner Stirn? »Wollten wir nicht erst essen? Das ist kein guter Zeitpunkt.«

»Ja. Das Essen wird kalt«, kam es von Indigo, der seinen Löffel immer noch in der Hand hielt.

Pa machte eine wegwerfende Handbewegung. »Rosa.« Er richtete sich so plötzlich an mich, dass ich meinen Löffel beinahe in Ambers Reinigungszauber gesteckt hätte.

»Pa?«

Sein feierlicher Blick behagte mir gar nicht. Hinter meinem Lächeln wurde ich zu Stein und Eis und mein Herz wollte panisch aus meinem Brustkorb springen.

Bei meinem Auszug hatte Pa mich zu überreden versucht, bei ihm wohnen zu bleiben, weil wir uns nach Mas Tod doch brauchten.

Aber da hatte er recht schnell eingesehen, dass er mich nicht zwingen konnte. Heute würde es ebenso sein, egal worum es ging.

Ja.

Ganz sicher.

»Leo hat recht damit, dass wir uns viel zu selten sehen«, sagte Pa und in Leos Gesicht zuckte es. Er blieb aber still sitzen und starrte Pa an, ein Mahnmal am Esstisch. »Ich sehe, wie Amber in ihrem Studium unheimliche Fortschritte macht, aber dich, Rosa, sehe ich so gut wie gar nicht.«

Ich legte den Löffel hin – nicht in den Reinigungszauber – bereit meine Litanei an Ausreden aufzusagen. »Ich weiß, aber ich …«

»Das ist schon in Ordnung«, unterbrach Pa mich jedoch. »Ich merke ja auch, wie die Kluft zwischen euch größer wird und dir ist es nicht leicht gefallen, deinen Traum vom magischen Studium aufzugeben. Du konntest verletzungsbedingt nach deinem Busunfall in Thailand nun einmal nicht an der Aufnahmeprüfung teilnehmen.«

Ja, auch wenn sie nie erfahren hatten, wie schwer ich verletzt gewesen war. Von meinem wochenlangen Krankenhausaufenthalt hatten sie nichts erfahren, damit sie sich keine Sorgen machten. Und auch, damit ich mir einreden konnte, dass ich die Magie in meinem linken Arm noch zurückgewinnen konnte.

Aber warum musste Pa das jetzt erwähnen? Hatte er nicht gesagt, er wollte sich selbst etwas zum Geburtstag schenken? Warum ging es dann plötzlich um mich und mein nie begonnenes Studium?

Ich merkte, wie das Lächeln von meinem Gesicht verschwand. Indigo neben mir tippte mit seinem Löffel unablässig auf den Reis und das kaum hörbare Geräusch kam mir unheimlich laut vor, wie das Ticken einer Bombe.

»Was ich sagen will, ist: Ich möchte nicht, dass wir uns weiter entfremden«, fuhr Pa fort. »Ich möchte nicht, dass du dich schlecht fühlst oder etwas aufgeben musstest, und uns deshalb meidest. Ich möchte, dass du zufrieden bist.«

Ich war zufrieden.

So zufrieden, wie man eben in dieser Situation sein konnte.

»Deshalb habe ich Kontakt zu Martha Waris aufgenommen. Sie war eine Kollegin deiner Mutter und gilt mittlerweile als Beste auf dem Gebiet der Heilung. Sie sucht momentan nach

Auszubildenden und ich habe deinen Namen in den Ring geworfen.« Pa strahlte. »Was sagst du dazu, Rosa?«

In meinem Schoß ruhte meine linke Hand auf meinem Oberschenkel, fünf Leberflecke in Form eines Ws auf dem Handgelenk, zwei eingerissene Nagelbetten, ein kleiner Kratzer von einer Rose aus dem Blumenladen. Und kein Tropfen Magie in meinen Fingerkuppen.

In einem anderen Leben wäre dieses Angebot die Erfüllung all meiner Träume gewesen, als hätte man mir den Mond vom Himmel geholt und mit Schleife drumherum überreicht. Aber das hier war dieses eine Leben, in dem ich nur noch halbseitig magisch war und nicht ausgebildet werden konnte. Wir mussten die Fingerkuppen aufeinander legen, um die magische Energie fließen zu lassen, als wären wir ein magischer Stromkreis. Das funktionierte nicht länger.

Ich konnte dazu nichts sagen, mein Kopf war wie leergefegt. Ich konnte ihn nicht einmal anlügen. Wenn ich jetzt ablehnte, würde er sich fragen, wieso.

Als ich mit Biologie begonnen hatte, hatte ich ihm gesagt, ich wolle erst andere Perspektiven kennenlernen, bevor ich mich weiter der Magie widmete. Ich hatte die Aufnahmeprüfung für die magische Heilung wegen meiner Verletzungen ohnehin nicht antreten können. Das hatte er – wenn auch nur widerwillig – verstanden und ich hatte gehofft, dass sein Ehrgeiz mir gegenüber sich mit der Zeit legen würde. Dass er mich aufgeben würde.

Aber das tat er nicht.

»Du sagst nichts dazu?«, fragte Pa und ich rief mich zur Ordnung.

»Das ist ein ... unglaubliches Angebot. Ich weiß gar nicht, was ich sagen soll.«

»Und das ist verständlich.« Leo klang ruhig, aber so bestimmt, dass ich ahnte, was sie vorhin in der Küche diskutiert hatten. »Immerhin würde das eine große Veränderung bedeuten. Du müsstest überlegen, was du mit deinem jetzigen Studium machst.«

Ich nickte. »Ja. Ich muss erst darüber nachdenken.«

Wieso ließ Pa mich nicht einfach studieren? Warum kam er jetzt mit so einem Angebot?

Aber ich erinnerte mich daran, was er gesagt hatte. Er tat das, weil ich mich zurückzog. Er tat das unseretwegen, für diese Menschen, die unsere Familie waren.

Das konnte ich ihm nicht kaputtmachen. Zumindest nicht heute. Nicht hier. Nicht an seinem Geburtstag. Ich musste so tun, als würde ich ernsthaft darüber nachdenken – und Zeit schinden, bis mir etwas einfiel.

Also stand ich auf und schlang die Arme um Pa, drückte meine Wange gegen seinen Bauch. »Danke. Wirklich. Ich bin nur einfach perplex.«

Lüge.

Ich spürte seine Hände auf meinem Rücken. »Das kann ich verstehen. Natürlich.«

Seine Hoffnungen in mich waren riesig. Viel zu riesig.

Ich hörte es in seinem verständnisvollen Ton, die unterschwellige Enttäuschung in jeder Silbe. Unser kleiner Rest Familie hing an meiner Lüge und ich musste mir jetzt gut überlegen, wie ich dieses fragile Werk vor der Zerstörung bewahrte.

Kapitel 3

Ich kehrte zurück in eine stille, dunkle Wohnung, in der noch ein Hauch von Knoblauch aus meinem Mittagessen lag. Mein kleines Reich bestand aus zwei Zimmern – eine Wohnküche mit Dachschräge und ein Schlafzimmer, in das nur mein Bett und eine Kleiderstange passten. Dazu standen überall Pflanzen. Es ging einfach nicht ohne. Im alten Haus in Ohlsdorf war alles voll damit gewesen und lange Zeit war das sanfte Kribbeln der Energie in den Blüten und Blättern mein steter Begleiter gewesen. Jetzt spürte ich diese Energie kaum noch. Aber ich konnte dieses Leben trotzdem nicht aus meiner Wohnung verbannen.

Ebenso wenig konnte ich die Stille ertragen. Stille war schwierig – sie zwang mich dazu, an Dinge zu denken, an die ich nicht denken wollte.

Ich schaltete das Licht ein, reihte die Flakons aus meiner Tasche auf der Anrichte auf, die meine Küche vom Rest des Raumes trennte, und schraubte die Deckel ab.

Nur Sekunden danach vertrieb der süße Geruch nach Karamell und Schokolade die Knoblauchnote und als ich mich zum Sofa drehte, waren sie bereits alle da: Elyar mit den geschwungenen Schmolllippen auf der Sofalehne, Nika mit dem geheimnisvollen Sphinx-Lächeln, die Beine übereinandergeschlagen auf dem Sofa. Ein cappuccinotassengroßer Widder, der nach Pumpkin Spice duftete, und ein ebenso großes Kokos-Kaninchen, meine zwei weniger starken Geister, die nur einfache Wünsche erfüllen und keine menschliche Gestalt annehmen konnten. Und natürlich Javid, der in seinen coolen Klamotten vom Vormittag auf dem Boden vor dem Sofatisch saß und mich mit den Augen durchleuchten wollte.

Ich war froh, dass er das nicht konnte. Nicht einmal meine Geister kannten das Häufchen Elend hinter der Fassade der perfekten Rosa, und genau so sollte es bleiben. Ich war eine selbsterfüllende Prophezeiung. Solange alle glaubten, dass ich mich und mein Umfeld im Griff hatte, solange hatte ich das auch.

Gleichzeitig war es Javid, mein Javid, der morgens in Jogginghosen meine Pflanzen goss und mir jeden Sirupgeschmack von den Augen ablas. Jedes Mal, wenn er so vor mir auftauchte und mich ansah, musste ich lächeln.

Das tat gut.

Meine Mundwinkel hoben sich und die Stille war egal und ich konnte wieder das Ich sein, das ich gern gewesen wäre.

»Wie war das Essen?«, fragte Nika und stieß nebenbei Elyar von der Lehne, der sie die ganze Zeit mit dem Fuß angestupst hatte. Elyar war geistesgegenwärtig genug, sich ein Kissen zu zaubern, das seinen Sturz abfing. Sowohl Nika als auch ich ignorierten seinen empörten Blick.

»Das Essen? Lecker. Leo und Pa kochen ausgezeichnet.« Ich umrundete den Sofatisch und setzte mich neben Nika, lehnte den Kopf an ihre Schulter und genoss den Duft dunkler Schokolade – und wich damit ihrem Blick aus, der garantiert tadelnd war.

»Ich meine, wie es war, deine Familie wiederzusehen. Du hast sie seit Weihnachten nicht besucht.«

Schmerzhaft war es. Ich war nicht wirklich da und nicht wirklich weg – und das hatte ich mir selbst so ausgesucht. Aber ich hatte keine Wahl gehabt.

Ich war alles, was Pa noch hatte, nachdem Ma gestorben war. Damals hatte ich einen Plan gehabt. Ich hatte versucht, Ma zu ersetzen so gut ich konnte und ich war mehr als bereit gewesen, so großartig zu werden wie sie. All seine Hoffnung lag auf mir.

»Du kannst so berühmt werden wie deine Ma«, hatte er mal gesagt.

Ich hoffte, dass man mir mein schweres Herz nicht ansah. Ich lächelte auf jeden Fall weiter, damit keiner von ihnen merkte, dass ich gerade um zehn Kilo schwerer geworden war. Mindestens. »Wir haben viel gequatscht. Amber hat ihre Prüfung mit Bestnoten bestanden, natürlich. Und Indigo hat sich selbst Telekinese beigebracht. Und mich mit einem Buch abgeworfen.«

»Ist das eine Art Liebesbeweis?«, kam es von Elyar, der sich mittlerweile neben dem Sofa niedergelassen hatte.

»So drückt er gerne seine Sympathie aus.« Jetzt wurde mein Lächeln echt. »Hat er schon immer so gemacht.«

Und irgendwie hatte ich das an ihm gemocht. Er war ein Quatschkopf, aber er hatte mich immer zum Lachen gebracht. Er war einfach er selbst, ganz unverstellt. Das war schön.

Gewesen.

»Und das ist alles?«, fragte Javid da und weckte mich wieder aus meinen Gedanken. Nika hatte begonnen, mir den Nacken zu kraulen und zusammen mit ihrem bittersüßen Geruch und dem Essen in meinem Magen machte mich das ziemlich schläfrig.

Ich wollte nicht denken. Vor allem nicht an Pas Angebot und was das für mich bedeutete. Ich konnte es nicht annehmen, weil ich die Praktiken nicht anwenden konnte. Ich konnte es nicht ablehnen, weil Pa sich fragen würde, warum ich das tat. Ich brauchte eine gute Ausrede. Die nächste Lüge.

Aber solange man mir nicht ansah, dass mir das zusetzte, setzte es mir auch nicht zu. Die Geister wussten nichts, ihre Flakons waren verschlossen gewesen. Und so sollte es auch bleiben. »Pa mochte die Blumen. Er hat sonst nur Lilien bekommen, hat Amber gesagt.«

»Dann hat sich das Shoppen doch gelohnt«, sagte Nika, vielleicht an mich gewandt, vielleicht an Elyar. Ich wusste es nicht.

Ich schloss die Augen und genoss die Finger in meinem Nacken und machte nur: »Hmm.«

Vor allem musste ich so niemanden anschauen und noch mehr Fragen beantworten. In meinem Kopf kreisten die Gedanken schon genug.

Ich konnte sagen, dass ich erst die Uni abschließen wollte. Leo hatte mir eine gute Vorlage gegeben und im Grunde war es nicht falsch. Ich hatte nicht schon drei Semester wie verrückt für meine guten Noten gelernt und mich durch Chemie geboxt, um jetzt einfach alles hinzuschmeißen.

Pa würde das sicher verstehen, er war schließlich ähnlich ehrgeizig wie ich. Das wiederum hatte ich leider von ihm – Ma war da entspannter gewesen.

Leider wusste er deshalb wohl auch, dass ich zu ehrgeizig war, um eine solche Chance nicht anzunehmen. Eine Lehrstelle bei Martha Waris, einer der bestbesuchten Heilerinnen der Stadt? Sogar jetzt spürte ich den Drang, einfach zuzusagen. Die Chance war einmalig.

Wenn ich also mit der Uni argumentieren wollte, musste ich mir mehr einfallen lassen.

Vielleicht konnte ich es einfach vergessen und die Deadline verschlafen und dann betroffen tun – aber nein. Pa würde mich hundertmal erinnern, er hatte ein Gedächtnis wie ein Elefant. Nicht umsonst war er Historiker und Chronist, die ganze Menschheitsgeschichte war da irgendwo in seinem Kopf verankert.

Das hier war wie ein schwieriges Rätsel – etwas, das ich früher gern gelöst hatte. Aber nicht, wenn es um meinen Vater ging.

Ich möchte nicht, dass wir uns weiter entfremden.

Ach Pa. Ich tat das doch für dich.

Warum nur hatte er es nicht einfach dabei belassen können?

***

In dieser Nacht kehrte der Traum zurück. Und wie immer zeigte er mir nicht die Realität, sondern war viel grausamer und löste alles ins Gute auf. Heute zum Beispiel war es Nika, die im Traum plötzlich neben mir kniete und sagte: »Zum Glück kann ich Wünsche erfüllen. Sonst wärst du nicht mehr zu retten gewesen.«

Ich sah auf meinen linken Arm hinunter, der völlig unversehrt war, und wusste, dass sie recht hatte. Vor Erleichterung wachte ich auf.

Und war zurück in meinem Schlafzimmer mit meinem kalten linken Arm, der nur noch äußerlich so wirkte, als sei er unversehrt.

Einen Moment lang blieb ich einfach liegen und wartete ab, bis das trügerische Gefühl der Traum-Erleichterung in die Matratze gesickert war. Nicht Erleichterung, weil ich Magie benutzen konnte – sondern weil ich Pa nicht mehr anlügen musste.

Früher war ich stolz darauf gewesen, dass er so große Hoffnungen in mich setzte. Jetzt wünschte ich mir, er würde einfach zufrieden mit mir sein, wie ich war. Wie Bea. Der war es egal, aus welcher Familie ich kam, ob ich vielversprechend war oder nicht – Hauptsache, ich lächelte die Kunden an und erfüllte ihre Wünsche. Diese Erwartungen waren für mich machbar.

Der Geruch von Honig und Kamille holte mich aus dem wirren Halbschlafgefühl zurück ins dämmrige Schlafzimmer. Jemand hatte mir eine Tasse mit gesüßtem Tee auf den Nachtschrank gestellt.

Ich setzte mich auf, nahm die warme Keramik in beide Hände und atmete den Honigduft ein. Einmal. Zweimal.

Der Raum fühlte sich allmählich wärmer an, das Licht der niemals schlafenden Stadt drang durch das Fenster und von der Wohnküche nebenan hörte ich das Knuspern von Chips. Unter dem Türspalt kam ebenfalls Licht hindurch.

Alles war gut. Ich war sicher. Zumindest für den Moment.

Nach zwei Schlucken Tee wollte ich mich wieder in die Kissen sinken lassen – aber dann fiel mir auf, dass ich meine Zähne nicht geputzt hatte und noch Make-up und meine Kontaktlinsen trug. Ich musste an Nikas Schulter eingeschlafen sein, ich erinnerte mich an das einlullende Kraulen.

Ich schlug die Decke zurück und tapste zur Tür.

Die Geister waren noch wach und bemerkten mich, kaum dass ich die Tür auch nur einen Spalt breit geöffnet hatte.

»Doch wieder wach«, sagte Elyar. »Ich hätte gewettet, du würdest einfach durchschlafen.«

»Tut mir leid.« Ich schloss die Tür hinter mir und trat näher. »Hat nicht ganz geklappt.«

»War der Tee denn noch warm?«, fragte Nika.

Ich nickte. »War das deine Idee?«

Sie grinste und deutete mit dem Kopf in Richtung Javid, der sich ebenfalls zu mir umgedreht hatte. Ich begegnete seinem Blick und in dem Moment kam ich mir dumm vor, es nicht geahnt zu haben. Natürlich hatte Javid gewusst, was ich nach dem Aufwachen brauchen würde.

Garantiert hatte er sogar gewusst, dass ich aufwachen würde.

Ich lächelte und er grinste zurück. »Das ist mindestens noch einen Film wert, finde ich.«

Nika schnaubte nur zur Antwort.

Damit war der Moment gekommen, an dem ich eigentlich ins Bad gehen und Zähne putzen sollte – allerdings wollten meine Füße das nicht. Ich starrte auf die kleine Runde, die offene Chipstüte, die Karten.

Mein sicherer Hafen bestand aus Honigmagie und Geisteraugen. Morgen würde ich ins Café zurückkehren und alles würde wieder normal sein. Bis dahin aber …

Wollte ich wirklich zurück in meine Träume, die mich ebenso belogen wie ich meinen Vater?

Ich rieb mir den Schlaf aus den Augen und verwischte dabei bestimmt meinen Lidstrich. Und es war egal, weil ich für die

Geister nicht perfekt geschminkt sein musste. »Braucht ihr zufällig noch eine vierte Person?«

Elyar schmunzelte. »Hier liegt schon längst ein Kissen für dich.«

Kapitel 4

»Dornröschen ist da«, verkündete Robin, mein Kommilitone, als er mir am Montag die Tür zu seiner Wohnung in der Brandstwiete öffnete. Ich trat an ihm vorbei und landete direkt in der Küche. Neben mir stand ein wackeliges Holzregal mit Gewürzen und trockenen Zutaten, dahinter erstreckten sich Herd und Ofen, Schränke und ein Regal mit stylischen Gläsern voller Nudeln. Das Herzstück des Raumes war ein großer Tisch unter einer altersschwachen Lampe, die wahrscheinlich den ganzen Tag brannte, weil der Raum keine Fenster hatte.

Konstantin und Vanessa aus meinem Studiengang saßen bereits am Tisch vor je einer Kaffeetasse und einem Teller mit Keksen.

Ich beugte mich ein wenig nach hinten zu Nika. »Wann wird er endlich aufhören, mich so zu nennen?«

»Wenn du dich nicht mehr damit ärgern lässt«, schlug sie vor und wahrscheinlich hatte sie damit recht. Im Grunde ärgerte es mich auch nicht, im Gegenteil. Die schlafende Prinzessin hinter einer Dornenhecke zu sein, war genau das Image, das ich in meinem Studiengang brauchte. Robin hatte nach unserer ersten Gruppenarbeit angefangen, mich so zu nennen, zum einen wegen meines Namens – und zum anderen, weil ich nie etwas mit den anderen unternahm und kaum über mein Privatleben sprach. Ich war unerreichbar wie in einem mit Rosen umrankten Turm. Robin war so stolz auf diese Idee, dass er es bei jeder sich bietenden Gelegenheit wiederholte. Und ich ließ mich vielleicht deshalb so gerne damit ärgern, damit er weitermachte.

Außerdem mochte ich Robin. Das hier war unsere dritte Gruppenarbeit und bisher waren wir gut miteinander ausgekommen. Man konnte sich leicht mit ihm unterhalten und mit seinem runden Gesicht und den dunklen Augen erinnerte er mich an einen Babylöwen – einen mit coolem Baseballcap auf dem Kopf und in schlabberigen Hosen. Ich konnte auf jeden Fall verstehen, warum ich ihn innerhalb dieser anderthalb Jahre an der Universität Hamburg schon mit mindestens sechs verschiedenen Mädchen knutschend vor der Bibliothek oder an der Bushaltestelle vorgefunden hatte. Wer konnte schon einem Babylöwen widerstehen?

»Das wird auch nichts mehr nützen«, sagte der jetzt und schob die Tür hinter uns zu. »Ich hab es mittlerweile erfolgreich etabliert. Sogar Konstantin hat dich eben *Prinzessin* genannt.«

»Hab ich nicht«, sagte Konstantin mit seinen wie immer nach oben gekräuselten Lippen, sodass es schwer zu erraten war, ob er das scherzhaft oder ernst meinte.

»Hast du«, erwiderte Robin.

»Hast du«, echote Vanessa neben ihm.

Und Konstantin hüllte sich in Schweigen und nippte an seinem Kaffee.

Robin grinste mir zu. »Siehst du. Setzt euch, Prinzessin eins und zwei. Wollt ihr Kaffee?«

Nika setzte sich gegenüber von Vanessa auf einen freien Stuhl und sagte: »Gern.«

»Nicht nötig, danke.« Ich ließ meine Tasche von der Schulter auf den freien Platz neben ihr sinken und zog den Reißverschluss auf. »Ich hab Kaffee dabei.«

Robin sah erst mich und dann meinen Thermobecher an, den ich gerade auf den Tisch stellte. »Traust du unserem Kaffee nicht?«

»Doch.« Ich grinste. »Die Prinzessin traut eurem Kaffee, aber nicht eurem Kaffeesirup.«

»Welchem Sirup?«

»Eben.« Ich tippte gegen meine Thermoskanne. »Da ist Schokolade drin.«

Empfehlung von Javid – wie immer exakt das, was ich brauchte.

Robin hob die Schultern. »Nein, mit so was Erlesenem kann ich nicht dienen, Eure Hoheit.«

»Sag ich doch.«

»Sirup in Kaffee ist aber ja auch sehr süß«, kam es von Vanessa. »Ich trink den Kaffee ja, um den Kaffee zu schmecken und nicht Schokolade, oder?«

Ich schraubte den Becher auf und hob ihn aus Gewohnheit an die Nase. Durch das Schokoladen- und Kaffeearoma hindurch sah ich Vanessa an und machte nur: »Hm.«

Das hier war meine zweite Gruppenarbeit mit Vanessa und darauf wiederum hätte ich gern verzichtet. Wir waren nicht auf derselben Wellenlänge. Dabei wusste ich, dass sie fotografierte und ein gutes Auge für Schönheit und Details hatte. Ich mochte ihre Fotos – aber sie selbst war einer dieser Menschen, denen ich absolut nichts zu sagen hatte.

»Und ich mag Schokolade, bin aber zu faul für Thermobecher«, sagte Nika und nahm von Robin eine Tasse entgegen. »Danke dir.«

Damit war das Thema gegessen und ich war mal wieder froh, dass Nikas Neugierde auf die Menschheit so groß war, dass sie freiwillig mit mir studierte – und zwar mit allem drum und dran, inklusive Prüfungen und anstrengenden Gruppenarbeiten. Sie liebte es, sagte sie. Das einfache, normale Leben.

Für mich war das großartig, weil ich jemanden hatte, an den ich mich in der Uni halten konnte. Jemanden, der von meinen Fähigkeiten und Macken wusste. So war es leichter, die Prinzessin im Turm zu sein. Ich musste mit niemandem eine Freundschaft aufbauen und war nicht gezwungen, über Dinge zu reden, über die ich nicht reden wollte. Familie, zum Beispiel. Oder Hobbys. Oder meine Schulzeit. Quasi alles.

»Rosa wird schon wissen, was schmeckt und was nicht«, sagte Robin da und setzte sich ans Tischende zwischen Nika und Vanessa. Sein Blick, inklusive Babylöwen-Lächeln, lag auf mir. »Du arbeitest doch in diesem Café, oder nicht? Das beim Neuen Wall mit den Blumen an der Decke? Das man die ganze Zeit auf Instagram sieht?«

Ich nickte. Und Vanessa hob die beinahe farblosen Augenbrauen. »Ist das das, wo Bienen frei herumfliegen dürfen? Ich hab mich die ganze Zeit gefragt, ob das nicht total gefährlich ist.«

»Das sind Bienen, keine Vampire«, gab Robin trocken zurück.

Ich hätte gern wieder »Hm« gesagt, aber ich wusste, dass Bea das nicht gutgeheißen hätte. Hier ging es immerhin um potenzielle Kunden und Kundinnen.

Ich stellte meinen Thermobecher ab. »Die Bienen halten sich die meiste Zeit in den Blumen an der Decke auf und tun niemandem was. Die haben kein Interesse an den Besuchern. Dafür verleihen sie dem Raum eine schöne Energie, finde ich.«

Vanessa neigte den Kopf und runzelte die Stirn. »Energie? Was meinst du damit?«

»Ist das so was wie Feng Shui?«, fragte Konstantin.

»Mit Feng Shui hat das nichts zu tun.« Innerlich biss ich mir auf die Lippe und ärgerte mich. Energie – das war ein tragendes Wort für die magische Bevölkerung. Alles Lebendige war Energie. Früher hatte man diese Energie für Götter gehalten und noch heute nannten wir sie so: die kleinen Götter in jeder Pflanze, in jedem Lebewesen. Aber das wussten die nicht-magischen Menschen nicht und deshalb redeten sie nie darüber. Und deshalb behielt ich mein Lächeln und erwiderte: »Es ging mehr um die … Raum-Atmosphäre.«

»Also mehr so Esoterik.«

»Nein, mit Esoterik hat das auch nichts zu tun.«

Ich hätte doch einfach »Hm« machen sollen.

»Aber es klingt schon ein bisschen nach so ... Naturkram.« Vanessa stützte die Ellenbogen auf. »Du isst auch kein Fleisch, oder?«

Fleisch war ja auch energielos.

Ich kam nicht mal dazu, etwas zu erwidern und wahrscheinlich war das gut so. Robin kam mir zuvor. »Das erinnert mich an diese Leute, die jetzt überall auftauchen und behaupten, sie hätten magische Kräfte. Hat das jemand mitbekommen?«, fragte er.

»Klar«, erwiderte Vanessa mit einem kurzen Seitenblick auf mich. »Aber ich weiß nicht ... das ist wie bei Hellsehern oder diesen Mönchen in Tibet. Wer weiß schon, ob die das ernst meinen oder nicht.«

»Ich find die amüsant«, sagte Konstantin. »Ich habe da letztens einen Clip gesehen ...«

Ich nippte an meinem Kaffee mit Schokolade und wäre gern gegangen. Das Thema machte mich müde. Ich sagte mir immer, dass ich froh sein sollte – immerhin wurden wir heutzutage nicht mehr verbrannt oder ertränkt für unsere Kräfte. Stattdessen wurde uns aber nicht geglaubt.

Die magische Bevölkerung hatte seit Erfindung des Internets und der immer größer werdenden Vernetzung der Menschheit aus ihrem Versteck treten wollen, immer wieder gezögert und letztendlich so lange damit gewartet, dass viele Zauber als Effekt, Werbegag oder billige Zauberkunst abgetan wurden. Natürlich nicht nur. Erst neulich hatte ein Trickster für Schlagzeilen gesorgt, indem er ein Auto hatte fliegen lassen. Aber solche Spielereien waren nicht der Sinn von Magie und kein magischer Mensch war den nicht-magischen Menschen eine Erklärung schuldig und musste sich beweisen. Und so blieb die wahre magische Kunst eben Effekt. Oder Esoterik.

Auch deshalb war ich besser das Dornröschen im Turm – so musste ich mich nicht damit auseinandersetzen und anderen unsere Welt erklären.

Oder wohl eher *deren* Welt. So richtig zu dieser Welt gehörte ich ja auch nicht mehr. Ich tat nur noch so, ich spielte eine Hexe, ohne eine zu sein. Und wenn Pa herausfand, dass ich keine Magie mehr wirken konnte, dann war ich nicht mal mehr die Rolle einer Hexe. Keine selbsterfüllende Prophezeiung.

Mit dem Ellenbogen stupste ich Nika an, um nicht in diesen Gedanken zu versinken, und sie wandte sich mir zu und verdrehte die Augen. Das machte mein Lächeln wieder eine Spur echter. »Wollten wir nicht Projektarbeit machen?«, fragte ich.

Sie schmunzelte. »Wollten wir. Dachte ich zumindest.«

»Ich höre Negativität aus dieser Ecke des Tisches«, sagte Robin und unterbrach sich damit selbst in einer Erzählung. »Ich unterhalte mich jetzt lieber noch eine Stunde – wer will schon unbedingt planen, wie er Käfer in einem Kuhtümpel fängt? Im *Juli.*«

»Wir, weil Artenvielfalt ein superwichtiges Thema ist«, sagte Vanessa. »Du hast wahrscheinlich einfach nichts vorbereitet.«

Robin setzte seinen Babylöwen-Blick wieder auf. »Und du hast eben noch Bienen gefährlich gefunden.«

»In einem geschlossenen Raum voller Menschen, ja. Das ist was anderes.«

»Ich hab auch nichts vorbereitet«, kam es von Konstantin.

»Rosa hat was vorbereitet«, schaltete Nika sich ein, während ich in meiner Tasche nach meinen Notizen suchte.

Ich hörte Robin aufseufzen. »Ich wusste, auf Rosa kann man sich verlassen. Deshalb ist sie die Prinzessin.«

»Das ergibt keinen Sinn«, sagte Vanessa trocken.

»Du bist ja nur neidisch, weil du keine bist.«

»Gar nicht wahr.«

Indessen hatte ich meinen Notizblock aufgeschlagen und in die Mitte des Tisches geschoben. Vanessa und Robin hörten auf, sich zu kabbeln, und Robin beugte sich vor.

»Es sind nur grobe Notizen«, sagte ich. »Aber so weit bin ich gekommen.«

Und dann fingen wir an, und Hexen waren zum Glück kein Thema mehr. Weder für die anderen noch für meinen Kopf.

***

Ich ließ den Kopf auf Nikas Schulter sinken, kaum dass wir in der S1 Richtung Poppenbüttel saßen. Es war mäßig voll und wir hatten zwei Plätze mit durchgesessenen muffigen Polstern ergattern können.

Ich schloss die Augen und ließ das Chaos in meinem Kopf aus Gesprächsfetzen über Ökologie, Professoren, Hexen und Bienen langsam in die Untiefen der Vergessenheit sinken. Ich wusste schon, warum ich lieber allein arbeitete. Danach fühlte ich mich nicht so, als wäre ich einen Marathon gelaufen.

»Das war anstrengend«, nuschelte ich und wusste gleichzeitig, dass Nika das nicht so empfand. Nika war zu gerne unter Menschen.

»Das sagst du ständig.« Sie klang amüsiert und vielleicht ein bisschen tadelnd. »Dabei hat es Spaß gemacht, auch dir, oder nicht? Du bist immerhin ihre Prinzessin, Prinzessin.«

Ich musste grinsen. »Wenn du das sagst, macht mir das nichts aus, das weißt du. Das hast das schon immer gemacht und bei dir ist es kein Spitzname.«

»Sondern?«

»Ein Kosename.«

Nika schnaubte. »Wo ist da der Unterschied?«

So genau erklären konnte ich das auch nicht. Aber es war nun einmal ein Unterschied, ob Nika mich so ansprach oder Robin. Robin tat das, weil ich für ihn Dornröschen war. Nika tat es, weil sie Nika war. Es war ein neckischer Kosename, den sie mir verpasst hatte, kaum dass wir uns kannten.

Nika, mein wundervoller erster Flaschengeist, mit dem alles angefangen hatte. Ich hatte sie aufgesucht in der Hoffnung, sie könne meinen Arm heilen – das war mein erster Wunsch an sie gewesen. Und sie konnte. Äußerlich. Da waren keine Brandwunden mehr auf meinem Arm, keine Narben, keine Spuren von dem Unfall in Thailand. Aber das war es nicht, was ich gewollt hatte. Die Narben waren nicht das Problem. Die Magie war das Problem, aber ein magisches Geschöpf konnte keine magische Quelle erschaffen.

Und dann hatte sie es gesagt.

Wir können zusammen eine Lösung suchen. Ich kann deine Magie sein. Lass du mich dafür ein Mensch sein.

Ich hatte mich mit Flaschengeistern und ihrer magischen Bindung an ein Gefäß beschäftigt, mit Abkommen und Zaubern und schließlich hatte ich meinen ersten Deal mit einem Flaschengeist abgeschlossen. Von da an waren mehr gefolgt, Elyar und der Widder, das Kaninchen, Javid.

Automatisch lächelte ich, als ich daran dachte. Es war immer das Gleiche. Sogar als Javid das erste Mal vor mir aufgetaucht war, hatte ich lächeln müssen.

Sie alle waren nun meine Magie – nur helfen konnte mir keiner von ihnen.

»Wir wurden übrigens zu einer Party eingeladen.«

Nikas warme Stimme brach durch meine Erinnerungen – und das mit einem so unerwarteten Satz, dass ich den Kopf von ihrer Schulter löste und die Augen öffnete.

Sie hatte ihr Handy in der Hand und den Chat für unsere Gruppenarbeit offen. Mittlerweile fuhr die Bahn überirdisch und das Sonnenlicht von draußen spiegelte sich auf dem Display, sodass ich die Nachrichten nicht lesen konnte. »Party? Wo? Wer?«

Nika drehte das Handy so, dass die Sonne nicht mehr spiegelte. »Robin. Hat er gerade in die Gruppe geschrieben.«

Wir machen eine WG-Party am Donnerstag in zwei Wochen bei uns in der Wohnung. Wenn ihr Lust habt, kommt vorbei!

»Tatsache.« Ich ließ den Kopf wieder auf Nikas Schulter sinken.

Nach dem ersten Semester hatten es eigentlich alle aufgegeben, mich einzuladen.

Nika steckte das Handy in ihre Tasche. »Möchtest du nicht hin?«

»Möchtest du?«

»Natürlich. Ich bin neugierig, wer alles kommt. Je mehr, desto besser. Das gibt interessante Gespräche.«

Sie war so gut darin geworden. Im ersten Semester noch hatte sie sich zurückgehalten. Sie hatte Jahrhunderte in einer Flasche abseits von der Welt verbracht, aber sich binnen kürzester Zeit an diese neue Gegenwart angepasst. Mittlerweile bewegte sie sich in der Uni wie ein Fisch im Wasser.

Ich schloss die Augen wieder. »Gespräche darüber, dass du Esoterikerin bist?«

Ein leichtes Beben ihrer Schultern verriet ihr Lachen. »Genau genommen haben sie das nur über dich gesagt, nicht über mich.«

»Du bist auch magisch.«

»Vielleicht sage ich einfach niemandem, dass Bienen eine gute Energie haben.«

Ich knuffte sie in die Seite. »Als wäre das alles. Was für dich normales Vokabular ist, ist für die anderen eben seltsam. Ohne, dass du es merkst.«

»Möglich.« Sie knuffte mich zurück. »Dann rede ich eben über etwas anderes. Oder stelle Fragen. Leute mögen es, wenn man ihnen Fragen stellt.«

»Ist das so?«

Eine andere Bahn rauschte an uns in die Gegenrichtung vorbei, der Boden wackelte und die Türen ratterten.

»Du machst dir zu viele Gedanken«, sagte Nika, als der Lärm sich gelegt hatte. »Und wenn du etwas Seltsames sagst, sei es drum. Es ist nicht so wichtig, was andere von dir denken.«

»Das stimmt nicht.« Ich ließ die Augen geschlossen und wartete auf die Durchsage. *Landwehr* konnte eigentlich nicht mehr weit sein. Aber die Sekunden verstrichen und so fuhr ich fort: »Das wird einem immer gesagt. In Filmen und Büchern. Aber das stimmt nicht. Es hat Auswirkungen auf dein Leben, was die Menschen von dir denken. Es ist nie egal. Menschen sind Rudeltiere.«

Jetzt war es an Nika »Hm« zu machen.

Da. Die kratzige Stimme aus den Lautsprechern verkündete unsere Haltestelle.

»Also wirst du nicht gehen?«, fragte Nika.

Ich hob den Kopf, griff nach meiner Tasche. »Vielleicht. Wärst du traurig, wenn ich nicht gehe?«

»Ich würde gerne mit dir hingehen, Prinzessin. Aber ich zwinge dich nicht. Komm einfach mit, wenn du willst.«

Die Bahn hielt, die Türen gingen auf und der muffige Bahngeruch wurde vertrieben von einer frischen Maibrise.

Ich folgte Nika nach draußen, im Schatten ihrer anmutigen Statur.

Sie zwang mich nicht. Sie verurteilte mich nicht. Deshalb war sie für mich Freundin und Schwester und Mitbewohnerin zugleich – ich hatte nicht das Gefühl, unter Druck zu stehen. Meine Geister kümmerten sich nicht um meinen Turm.

Und das war alles, was ich brauchte.

***

Wir machen eine WG-Party am Donnerstag in zwei Wochen bei uns in der Wohnung. Wenn ihr Lust habt, kommt vorbei!

Und noch eine Nachricht.

Rosie, komm doch bald mal zum Abendessen vorbei. Wann hast du Zeit?

Ich sagte mir, dass ich später antworten würde, und ließ das Display meines Handys wieder dunkel werden. Dann wandte ich meine Konzentration der Schale vor mir auf der Anrichte zu. Der braune Zucker darin verströmte eine dezente Karamellnote, die getrocknete Brennnessel dazu einen herben, waldigen Geruch. Ich nahm den Becher mit lauwarmem Wasser, goss die Mischung damit auf und legte Daumen und Zeigefinger der rechten Hand aneinander.

Zwei-Finger-Zauber: Moleküle bewegen und vergrößern. Alles, was ich noch tun konnte.

Die magischen Enden in meinen Fingerspitzen verknüpften sich, meine Finger kribbelten leicht und die Magie floss durch mich hindurch in den Zucker, sprang auf die Brennnessel über, glitt durch das Wasser und webte sie alle ineinander wie bunte Fäden, die zu einem Teppich verknüpft werden.

Die Flüssigkeit wurde milchig weiß mit einem leichten Stich ins Grüne, aber gleichmäßig, ohne dass nur ein Stückchen Zucker oder Brennnessel übrig blieb.

Ich löste die Finger wieder voneinander, die Verbindung brach, die Welt drehte sich weiter und ich sah zufrieden hinunter auf meinen makellosen Zauber. Ein Baby-Zauber, aber immerhin.

»Du musst uns nur darum bitten und wir halten deine Blumen unendlich frisch«, sagte Javid neben mir.

Ich sah kurz auf, nahm die Schale von der Anrichte und goss den Zauber in meine kleine Gießkanne. »Was ich selbst zaubern kann, will ich auch selbst zaubern.«

Jedwede Erwiderung verhinderte ich, indem ich den Wasserhahn auf volle Kraft stellte und die Gießkanne mit Wasser füllte. Danach hielt ich sie Javid hin, der bereits mit ausgestreckten Händen dastand und wartete. Das Gießen der Pflanzen war zu seiner Aufgabe geworden – er kümmerte sich um das Einblatt neben dem Sofa, das Flammende Käthchen neben den Küchenkräutern und die Usambara-Veilchen auf dem Regal neben der Tür zum Bad.

Mit der Gießkanne in der Hand umrundete Javid die Anrichte und deutete im Vorbeigehen auf mein Handy. »Möchtest du hingehen?«

»Keine Ahnung. Überleg ich mir dann.«

Er grinste. »Welches von beiden?«

»Beide.«

»Ist aber ungewöhnlich, oder?«

»Was?«

»Dass dein Vater dich zum Essen einlädt? Das hat er sonst nicht gemacht.«

Nein, das hatte er irgendwann aufgegeben. Wie auch meine Kommilitonen es irgendwann aufgegeben hatten, mich zu Partys einzuladen, weil ich sowieso nie hingegangen war.

Javid ging zum Einblatt neben dem Sofa, wo Elyar gerade lag wie hingeworfen – die Beine auf der Lehne, den Körper unbequem verdreht und so geneigt, dass er schräg in das Buch in seiner Linken schauen konnte. Abgesehen davon hatte er mal wieder meine Brille auf der Nase, die er nur anzog, weil sie ihm stand.

Ich taperte hinter Javid her und hockte mich neben das Einblatt, während er mindestens zwei Drittel des Wassers in den Topf schüttete.

»Es säuft wie ein Loch. Wenn du es so weiter düngst, dann wächst es dir über den Kopf«, kommentierte Javid, während er es goss.

»Das ist nicht schwer«, erwiderte ich und berührte eines der Blätter mit den Fingern der rechten Hand. Es kitzelte ganz leicht und ich spürte einen sanften Strom von Energie und ein Echo meines eigenen Zaubers. »Dabei trinke ich mindestens so viel Kaffee wie das Einblatt Wasser bekommt.«

Javid hielt mir die Gießkanne über den Kopf. »Soll ich dich gießen?«

»Wag es ja nicht.«

Ich richtete mich auf, bevor er seine Drohung wahrmachen konnte. Keine Ahnung, was dieser Wachstumszauber mit meinen Haaren tun würde.

»Hey.« Er sagte es leise, aber ernst.

Mit meinem gewohnten Lächeln sah ich zu ihm auf und begegnete seinem neugierigen Blick.

»Irgendeine Idee, warum dein Vater dich zum Essen einlädt?«

Ja, es war nicht egal, was Leute von mir dachten. Es war wichtig, damit ich für meinen Vater weiterhin die gute Tochter sein konnte – die, die seine Frau ersetzte und in ihre Fußstapfen trat. Das hatte ich mir geschworen und ihm versprochen.

Ich starrte Javid an und ein Teil von mir wollte ihm die Wahrheit sagen. Ich wollte ihn sagen hören, dass alles gut würde.

Vielleicht hätte ich es sogar getan, wenn nicht Elyar mit im Raum gewesen wäre – und wenn ich hinter Javid nicht gerade Nika in die Küche hätte treten sehen.

Es würde nicht alles gut werden, wenn ich den Mund aufmachte. Ich war nur so lange stark und unfehlbar, wie das jeder glaubte. Sogar meine Geister.

»Ich weiß nicht«, sagte ich, viel zu spät. »Vielleicht, weil es sein Geburtstag war. Und er Ma vermisst.«

Und dann floh ich vor seinem Blick, der mich viel zu fragend anschaute.

Es würde alles gut werden.

Aber nur, wenn ich durchhielt.

Kapitel 5

»Zwei Kaffee, ein Honig-Baiser und einmal die Honig-Mandel-Torte.« Ich verstaute den Block in meiner Bauchtasche und streckte die Hände aus. »Kann ich dann eure Karten haben? – Dankeschön.«

Noch während ich gesprochen hatte, hatten die beiden Jungs am Tisch mir ihre *Wish-Hour*-Karten zugeschoben. Ich nahm sie so auf, dass keiner den Wunsch des anderen sehen konnte, und steckte sie ein. »Kommt sofort.«

Und damit wandte ich mich in Richtung Küche, in der es heute einlullend nach Zuckerstaub und Mandeln roch. Ich hatte gedacht, dass Bea ihre Baisers immer nur zu besonderen Anlässen machte, aber heute Morgen hatte sie in der Küche vor der Eischnee-Zucker-Mischung gestanden und gemeint: »Manchmal ist mir einfach nach Baiser-Desserts, Rosalie. Unsere Wünsche sollten Anlass genug sein, etwas zu tun.«

Da konnte ich nicht widersprechen – allgemein widersprach man Bea nicht. Das hier war ihr Reich, eines aus Goldlicht und Zucker und Honig, und ich war nur ein Teil des Hofstaates. Aber während ich die Theke umrundete, das Surren der Bienen und Gespräche in den Ohren, schätzte ich mich mal wieder sehr glücklich darüber. Sogar Pa und Martha Waris hatten hier keinen Einfluss auf mich. Hier war ich sicher. Einfach ich. Solange es das Café gab, konnte es in meinem Leben zumindest nicht völlig den Bach runtergehen.

»Die Leute lieben deine Baisers«, sagte ich, nachdem ich die Küche betreten hatte. Bea füllte gerade neue Bohnen in die

Kaffeemaschine, Mandeln und Zucker wurden begraben unter herbem Aroma.

Nur kurz blickte sie über die Schulter, ihre wachsamen Augen tadelten mich wortlos. »Natürlich tun sie das.«

Ich grinste und setzte mich an den Tisch, um die Karten näher in Augenschein zu nehmen. Eine konnte ich bis zum Ende lesen, die zweite wollte ich gerade umdrehen, als die Tür aufschwang.

Juli schritt herein und stellte ihr Tablett so schwungvoll auf die Anrichte über der Spülmaschine, dass die Gläser umkippten. Dank Julis Reflexen landeten sie jedoch nicht auf dem Boden.

Juli grinste beschämt unter Beas strengem Blick. »Ich bin sehr enthusiastisch, weil es heute Baisers gibt.«

»Ist das ein Grund, meine Gläser zu Boden zu werfen?«

»Nein ...«

Juli machte die Spülmaschine auf und warf mir dabei einen verschwörerischen Blick zu. Ich hob die Augenbrauen und reagierte sonst besser nicht – Bea hatte auch im Hinterkopf Augen und sah es garantiert, wenn wir uns jetzt Grimassen schnitten.

»Hab ich dir eigentlich schon gesagt, wie sehr ich deine Haare liebe?«, sagte Juli stattdessen und stellte die Gläser in die Spülmaschine.

»Nur fünfmal.«

»Ich sag's dir auch noch zehnmal. So ein Lila ist meine Lieblingsfarbe.«

Ich musste lachen. »Auch das sagst du schon zum fünften Mal.«

»Merk dir das für mein Geburtstagsgeschenk.«

»Nur brave Kinder bekommen Geschenke«, sagte Bea.

»Zu Weihnachten vielleicht«, hielt Juli dagegen. Sie klappte die Spülmaschine zu und kam zu mir hinüber. »Neue Wünsche? Darf ich mitlesen?«

Juli war nicht-magisch und so ganz hatte ich noch nicht durchschaut, ob sie den magischen Anteil am Café ernstnahm oder nicht – aber immerhin verglich sie unsere Existenz nie mit Feng Shui oder Esoterik und trug sich so oft sie konnte für die Nachmittagsschichten ein, um bei der *Wish-Hour* dabei zu sein.

Dennoch bemerkte ich Beas skeptischen Blick, während Juli sich über die Karten beugte und las. »*Dass Niko mit mir ausgeht, wenn ich ihn morgen frage.*« Sie blinzelte. »Ist das erlaubt? Liebe zu wünschen?«

»Man darf sich alles wünschen«, sagte Bea.

»Aber dürfen wir das erfüllen?«

»Er fragt ja nicht nach Liebe.« Tatsächlich fand ich den Wunsch sehr gut formuliert. »Er fragt nach Erfolg bei einer Einladung. Und sein Charisma aufpolieren können wir, das ist kein Problem.«

»Hm.« Juli richtete sich wieder auf und schürzte die Lippen. »Aber ist das sinnvoll? Wenn dieser Niko mit ihm ausgehen soll, dann doch nicht wegen eines Zaubers, sondern wegen ihm selbst. Das ist doch keine Basis für ... irgendwas.«

»Für diesen Menschen ist es nur ein kleiner Wunsch«, sagte ich. Wünsche waren ungebunden. Man dachte nicht daran, was das zu bedeuten haben würde. Man wünschte einfach. Ich hatte mir einen heilen Arm gewünscht und ihn bekommen – nur nicht so, wie ich gewollt hatte.

Julis geschürzte Lippen kräuselten sich noch ein bisschen mehr. »Aber du weißt, was ich meine.«

Vielleicht. Die Rosa von damals, die starke, talentierte Rosa, hatte sich darüber keine Gedanken machen müssen und immer bekommen, was sie gewollt hatte – natürlich. Ich zuckte die Schultern. »Es ist nicht mein Job, das zu beurteilen.«

»Ganz recht«, kam es von Bea, die jetzt Kekse aus dem Ofen holte. »Eure Aufgabe ist es, euch um die Gäste zu kümmern. Ihre Wünsche sind eure Wünsche – und wenn du jemanden um ein Date bittest, Juli, dann wünscht du dir doch auch Erfolg, oder etwa nicht?«

»Ich muss aber niemanden um ein Date bitten«, erwiderte Juli und grinste breit. »Ich wurde um eines gebeten und das sehr erfolgreich. War ein richtig schöner Gänsehautmoment.«

»Glückwunsch«, sagte ich.

Bea seufzte.

Juli grinste sie noch breiter an. »Verzweifle nicht so an mir, liebe Bea. Freu dich darüber, dass ich ein Date habe und glücklich bin.«

»Ich freue mich, wenn die Gäste glücklich sind, und das, ohne dass ich selbst eingreifen muss«, erwiderte Bea. Es sollte sicher streng klingen, aber dafür kannten wir sie mittlerweile zu gut. Man hörte ganz genau das Lächeln in ihrer Stimme.

»Aye Aye, Ma'am«, sagten Juli und ich gleichzeitig und dann wandten wir uns wieder unserer Arbeit zu.

***

Mit Beas Hilfe schusterte ich einen Zauber aus Alant (für das eigene Wohlbefinden) und Wilder Karde (für die eigene Ausstrahlung) zusammen. Wir diskutierten eine ganze Weile darüber, welche Kräuter sich eher lohnten und welche nicht – und ein wenig tat es mir leid für den Gast dort draußen, der nur deshalb auf seinen Wunsch warten musste, weil ich ein Spiel spielte. Ich hätte auch Zimt und Basilikum oder auch einfach gar nichts in die Schale vor mir werfen können. Elyar brauchte nur sein Signal, ein Tropfen Sirup auf dem weißen Kärtchen mit Goldschrift, und der Zauber war gewirkt. Aber ich musste so tun, als wäre dem nicht so.

Immerhin vergaß ich auf diese Weise mein Wissen nicht. Ich konnte nicht mehr werden wie meine Ma, aber die Wirkungen von Alant, Basilikum, Zimt oder Karde zu vergessen, wäre absolut beschämend.

Der zweite junge Mann am Tisch wünschte sich Erfolg bei einer Präsentation und bekam eine Mischung aus konzentrationsfördernden Kräutern.

»Ich wünsche guten Appetit«, sagte ich, nachdem ich den beiden ihre Bestellung hingestellt hatte. »Wenn ich eine Empfehlung aussprechen darf: Wir haben heute Basilikum-Zitronen-Macarons. Basilikum gilt als Glücksbringer, falls ihr auf Nummer Sicher gehen wollt.«

Ich rechnete mit einer schwammigen Antwort, einem »Vielleicht gleich nach dem Essen«.

Stattdessen strahlte der junge Mann mit dem Niko-Date-Wunsch mich an. »Wenn das so ist – da nehmen wir doch jeder einen.«

Sein Kumpel schaute ein wenig verdutzt, sagte aber nicht nein und so versprach ich, ihnen direkt jeweils einen zu bringen.

Dabei registrierte ich am Rande, dass jemand zur Tür hereingekommen war und sich einen Platz suchte. Ich brachte die Macarons zum Tisch wie versprochen, trat einen Schritt zurück und sah mich dann nach dem neuen Gast um.

Na endlich.

»Herr Siemon!«

Er hörte mich erst, als ich schon ziemlich nah an ihn herangetreten war. Seine Ohren waren nicht mehr die besten – allgemein war sein Körper nicht mehr der beste. Er hatte trübe Augen und Haut wie hauchdünnes Leder, aber sein Lächeln war noch jung und voller Wärme. Er rückte die Schiebermütze auf seinem Kopf zurecht. »Rosa. Wollten Sie mich etwa versetzen?«

»Da dichten Sie mir aber was an«, gab ich scherzhaft zurück. »Ich konnte Ihnen nur nicht mehr Bescheid geben, dass ich heute eine andere Schicht habe. Wer hat mich verraten?«

»Ihre Kollegin – die mit den dunklen Locken, die immer so interessante Farben auf den Lippen hat. Die hat mir den Tipp gegeben.«

Ich lächelte. »Da hat Isa ja richtig gut vermittelt.«

»Richten Sie ihr meinen Dank aus.« Er lächelte. »Ich habe mir auch wieder ein paar schöne Rätsel mitgenommen.« Herr Siemon tippte auf die Klatschzeitschrift, die vor ihm auf dem Tisch lag. »Dann bringen Sie mir jetzt meinen Kakao? Oder haben Sie gerade keine Zeit?«

Ich schüttelte grinsend den Kopf. »Herr Siemon. Für einen Gast wie Sie hab ich immer Zeit. Den Kakao wie immer?«

»Wie immer.«

Ich hatte es nicht anders erwartet.

»Seit ich Ihren Kakao trinke, geht es mir viel besser«, hatte er mal gesagt. Und seitdem kam er fast jeden Tag hierher.

Meine eigenen Großeltern mütterlicherseits waren nach Mas Tod nach Neuseeland ausgewandert, um die dortigen Praktiken näher kennenzulernen, die mit ganz anderen Basen und Katalysatoren funktionierten als hier. Pas Eltern dagegen waren gestorben, als ich noch recht klein gewesen war. Herr Siemon war das, was am nächsten an einen Großvater herankam, und es machte mir Freude, ihn hier zu sehen, wie er mit seinem Kakao unter dem Blauregen saß und Sudokus aus Klatschzeitschriften löste.

Ich ging in die Küche und machte mich daran, seinen Kakao vorzubereiten. Zu Teufelskralle und Weidenrinde kamen ein großzügiger Schuss Karamellsirup und ein gewisperter Wunsch an Javid. Dann Milch und Schokolade. Ein bisschen Schaum und ein bisschen Kakaopulver auf den Schaum. Fertig.

Der Heilzauber im Kakao würde keine Medikation stören und auch nicht die Chemotherapie, in der er sich gerade befand. Dazu wäre eine voll ausgebildete Hexe nötig gewesen und das war ich nicht. Und Bea auch nicht. Wir konnten lediglich seine Schmerzen lindern und sein Wohlbefinden steigern, damit er die Therapie durchhielt. Und damit er vielleicht noch ein wenig länger mit seinen Enkeln spielen konnte, von denen er uns so gerne Fotos zeigte.

Ich stibitzte einen Keks vom Blech, das Bea gerade aus dem Ofen geholt hatte, und legte ihn zum Kakao. Bea sah das ganz genau, sagte jedoch nichts dagegen und widmete sich stattdessen einem Erfrischungszauber mit Ginko, den sie einem erschöpften Touristenpärchen in die Apfelschorle mischen wollte.

Und so machte ich mich auf den Weg zurück in den Hauptraum mit dem guten Gefühl, dass ich Herrn Siemon heute eine besondere kleine Freude machen konnte – wo er doch meinetwegen schon früher gekommen war.

»Sie haben es aber gut mit mir gemeint«, sagte er, kaum dass ich seine Bestellung vor ihm abgestellt hatte. Sein Kreuzworträtsel war schon zur Hälfte gefüllt, und das obwohl er eine Lupe brauchte, um den Text richtig lesen zu können.

Ich sah zu, wie er mit seinen knochigen Fingern die Tasse nahm und sie an den Mund führte. »Wenn Sie noch was brauchen, sagen Sie Bescheid. Und probieren Sie unbedingt den Keks.«

Seine Augen deuteten ein Lächeln an, während seine Lippen bereits am Rand der Tasse lagen.

Manchmal machte es mich traurig, dass es nur Kakao war. Dass ich nicht mehr tun konnte als das, was ich hier tat. Ich hätte ihm gerne geholfen, wirklich und richtig. Aber ich war eine Versagerin und konnte nicht.

Nie wieder.

Ich legte die linken Finger an meine Nasenwurzel, spürte die Kälte meines energielosen Arms.

Und dann geschah etwas Seltsames.

Zuerst merkte ich nur, wie mir ein bisschen übel wurde. Es war, als würde der Boden schwanken, aber er schwankte nicht. Ich heftete die Augen auf die weiße, glänzend polierte Tischplatte und wartete darauf, dass das Gefühl vorüber ging.

Vielleicht hatte ich Kreislaufprobleme – oder einfach zu viele Gedanken im Kopf?

Ich hätte mir das geglaubt, wenn nicht in diesem Moment ein trockenes Blatt auf den Tisch gesegelt wäre.

Unmöglich. Der Blauregen war immergrün, magisch am Leben gehalten, die Adern dieses Cafés mit seinem Herz aus Bienen.

Ich legte den Kopf in den Nacken – da fiel das zweite Blatt. Es raschelte in den Blumen, die Blätter wurden gelb, es regnete Laub, auf die Tische und den Gästen in den Schoß.

Mein Blick fand Julis, die starr am Tresen stand, den Teller mit Mandeltorte noch in den Händen.

»... wenn die Zeit für diese außergewöhnliche Pflanze gekommen ist«, sagte Herr Siemon neben mir, der Anfang des Satzes verschluckt vom Pochen in meinen Ohren.

Ich blinzelte, schüttelte den Kopf und setzte mein Lächeln wieder auf. »Der Blauregen wird nicht das Zeitliche segnen«, sagte ich. »Ganz sicher. Bea hat ihn bestimmt nur nicht gegossen.«

Mittlerweile hatte das Rascheln aufgehört und der Regen aus toten Blättern war versiegt. Der Blauregen grünte so üppig, dass man ihm seinen kurzen Tod kaum ansah. Ein paar Lücken hier und da und gelbes Laub auf dem Boden waren noch zu sehen, mehr nicht. Und trotzdem.

»Ich bin gleich wieder da«, sagte ich und eilte an Juli vorbei, die gerade die Torte abstellte und mir einen verwirrten Blick zuwarf, weiter in die Küche. Hoffentlich hatte Bea eine Erklärung dafür. Denn sicher hatte das hier was zu bedeuten. Irgendetwas.

»Bea! Bea, der Blauregen ...« Ich brach ab.

Niemand war hier. Der Ofen war angeschaltet, neben der Kaffeemaschine standen zwei Gläser mit Schorle. Seltsam. Bea war doch gerade noch hier gewesen.

»Bea?«

Ich horchte auf eine Antwort, doch alles, was ich hörte, war das Stimmengewirr im Café hinter mir. Ich trat weiter hinein in den Raum und es wurde still.

Ganz furchtbar still.

So still wie sonst nur nach Feierabend.

»Bea?«

Dort auf dem Tisch stand die Schale mit dem Ginko-Zauber. Honig und Ginkoblatt waren noch nicht einmal verwebt. Das sah Bea gar nicht ähnlich, einen Zauber mittendrin zu unterbrechen.

War etwas mit den Bienen?

Erst jetzt merkte ich, dass ich ganz flach atmete.

Wenn etwas mit den Bienen war …

Ich durchmaß die Küche, eine leichte Gänsehaut kroch mir über den rechten Arm. Durch den kleinen Vorratsraum mit den Gläsern und Boxen voller Zutaten gelangte ich in den Innenhof des Gebäudes.

Ich war selten hier, das war Beas Territorium.

Ich wusste, dass der Hof klein war und umringt von mit Fenstern gespicktem Mauerwerk. Ein kleines Fleckchen Grün, umzingelt von Stein mit abertausenden Schlupflöchern im bröckeligen Mörtel. Der Boden war uralt, eine Mischung aus Erde und Unkraut und ein paar übriggebliebenen Stücken Kopfsteinpflaster, als wäre das Haus um diesen Hof herumgebaut worden. Mittendrin standen die Bienenstöcke mit ihrem ewigen Summen und Brummen, ohrenbetäubend und voller Energie.

Das alles wusste ich und deswegen erwartete ich es.

Stattdessen aber stolperte ich hinein in beängstigende Stille und jene kribbelnde Kälte, die Rauch bei mir verursachte – bei uns allen. Nelke und Weihrauch und Zimt schwelten schwer und süßlich in Schalen am Boden, ein riesiger Kreis aus Asche in bronzefarbenen Gefäßen. Rauchkringel schraubten sich in den Himmel, jagten mir einen Schauer über den Rücken und kribbelten in meiner Nase.

Alles. War. Voller. Rauch.

Wie damals. Als ich achtzehn war und eingeklemmt zwischen zwei Sitzen eines Busses lag. Da waren Schreie. Mein

Arm brannte, als sei er selbst aus Feuer. Ich bestand aus Schmerzen und Angst, sie füllten meinen Brustkorb und nahmen mir den Raum zum Atmen. Überall war Rauch. Einfach Rauch. Erstickender, dicker Rauch, der sich in meine Adern fraß und ...

»Rosa.«

Nelke, Weihrauch, Zimt – und der Duft von süßlich herbem Karamell.

Ich schnappte nach Luft wie eine Ertrinkende und mit dem Sauerstoff kehrten meine Sinne zurück.

Ich hatte gar nicht gemerkt, wie mein Atem schneller geworden war – erst jetzt, wo er sich wieder beruhigte, spürte ich den Schmerz in meinen Lungen und mein viel zu schnell klopfendes Herz.

Der Platz kehrte zurück, die Pflanzen, die Bienenstöcke, die Schalen mit Räucherstäbchen.

Javid stand neben mir, sein Körper ganz nah an meinem, eine Boje, die mich aus einem Albtraum leitete.

Sein Blick lag auf mir. »Geht es dir gut?«

Ich wusste es nicht. Mir war kalt und mein Puls pochte mir in den Ohren. Aber das sollte er nicht wissen. Es musste mir gutgehen, ich war stark und hatte alles im Griff.

Ich nickte und fragte: »Wo sind die Bienen?«

»Fort.« Er machte einen Schritt nach vorn und löste sich damit von mir. Seine sichere Präsenz verschwand aus meiner Nähe und ich konnte nicht anders, als ihm zu folgen. Wir traten an den Kreis aus Schalen heran, die Stäbchen waren kaum heruntergebrannt.

»Sie waren plötzlich alle weg«, sagte Javid und ich brauchte einen Moment, um zu verstehen, dass er die Bienen meinte.

»Und Bea?«

Er schüttelte den Kopf. »Ich weiß nicht. Ich kann kaum etwas spüren durch den Rauch, aber irgendetwas war hier ... Du merkst es auch?«

Meine Sinne waren tot. Ich schüttelte den Kopf und fragte mich, warum Javid dabei so unzufrieden aussah. Aber ich glaubte ihm sofort.

Irgendetwas stimmte hier nicht.

»Rosa?«

Ich fuhr zusammen und mein erster Blick galt Javid – doch der war wieder verschwunden. Nur ein Hauch Karamell verriet, dass ich ihn mir nicht eingebildet hatte.

Juli steckte den Kopf zur Tür hinaus. »Wo bleibst d... Was ist das denn?«

»Ich weiß es nicht.«

Mit großen Augen trat Juli in den Hof. Ihr Blick folgte den Rauchschwaden gen Himmel. »Ist unsere Befürchtung wahrgeworden und die *Kyara-Fugaku*-Schuldeneintreiber waren da?«, scherzte sie, fügte dann jedoch ernst hinzu: »Wo ist Bea?«

»Ich weiß es nicht.«

Ich schluckte und verstaute meine Anspannung irgendwo in den Untiefen meines Kopfes. Solange ich kein Drama daraus machte, war es kein Drama. Es gab eine einfache Erklärung. Und ich hatte alles unter Kontrolle, inklusive mir. Der Rauch war kein Problem. Nichts war ein Problem.

Ich lächelte. »Vielleicht einkaufen. Gehen wir wieder rein.«

»Und die Räucherstäbchen?«

»Laufen uns nicht weg.«

Nein, stattdessen lief ich weg. Vor dem Innenhof.

Und vor der Tatsache, dass ich absolut nicht verstand, was hier gerade passiert war.

Kapitel 6

Der Crêpe war hauchdünn, zu einem Kegel eingerollt und gefüllt mit Sahne und ein paar Erdbeerscheiben. Eine kleine Erdbeere thronte in der Mitte. Ich hob sie mit meinem Plastiklöffel auf und steckte sie in den Mund, während der Wind am pink-weiß gemusterten Papier zerrte.

MiMis Crêpes lag direkt an der Grindelallee und hatte zwei kleine Tische und Stühle vor der Tür stehen. An dem einen saß ich nun mit Javid, Elyar und Nika, jeder mit seinem eigenen Crêpe.

»Ihr habt Jahrzehnte der Magiegeschichte betrachten können«, sagte ich. »Habt ihr wirklich gar keine Idee?«

»Hey.« Elyar blinzelte pikiert. »Diese Jahrzehnte Magiegeschichte haben wir in einer Flasche verbracht. Und die meiste Zeit roch es da drin übel nach Selbstgebranntem – zumindest in meiner.«

»Es war nur ein Kreis aus Räucherstäbchen«, sagte Nika. »Das kann alles bedeuten.«

Es war nicht nur ein Kreis aus Räucherstäbchen – es war so viel mehr. Es waren die Stille ohne Bienen und ein unfertiger Ginko-Zauber auf dem Tisch in der Küche, verstreute Asche im Innenhof und welkender Blauregen im Café.

Ich sah es alles immer noch vor mir, obwohl seitdem zwei Tage vergangen waren. Die leere Küche. Der Rauch, der sich gen Himmel schraubte.

Noch immer spürte ich das beklommene Gefühl in meiner Brust.

Und hörte Javids Stimme, die meinen Namen sagte. Dass er plötzlich neben mir aufgetaucht war, war grenzwertig gewesen, denn normalerweise durfte er sich im Café nicht zeigen und nur dann agieren, wenn ich Karamellsirup aus der Flasche goss. Das waren die Regeln, die wir alle gemeinsam aufgestellt hatten. Wenn ich die Geister brauchte, benutzte ich den Sirup, um sie zu rufen. Und solange durften sie leben, wie sie wollten.

Ich hatte Javid bisher nicht darauf angesprochen. Wenn ich das tat, würde ich auch die Panik zurückholen, und das wollte ich nicht.

»Wird das Café schließen?«

Ich wandte mich zu Nika um, die an ihrem Crêpe mit Azuki-Bohnen und Matcha knabberte. »Wie kommst du darauf?«

Sie kaute und schluckte. »Bea hat das Café geleitet. Was passiert damit, wenn sie nicht mehr da ist?«

Nicht mehr da.

Ja.

Bea war fort. Wir hatten versucht, sie anzurufen, Juli hatte sogar die Polizei vorgeschlagen – die nicht-magische, denn die Matri, unsere magischen Ordnungshüterinnen, hatten wir auf keinen Fall einschalten wollen. Zu viel stand auf dem Spiel, Beas Ruf und der des Cafés, unsere Arbeit und unsere Gäste. Niemand wusste, warum sie verschwunden war und was der Rauch im Hof damit zu tun hatte.

Also hatten wir gemeinsam beschlossen zu warten und zu vertrauen. Und solange ...

»Wir haben eine stellvertretende Leitung.« Ich kratzte an der Sahne herum und versuchte, möglichst positiv zu klingen. »Isa übernimmt, bis Bea wieder da ist.«

Kein *falls*, kein *vielleicht. Bis.* So hatte Isa es auch gesagt, als wir in der Mitarbeiterrunde beschlossen hatten, weiterzumachen. Wir hielten das Café am Laufen, bis die Königin wiederkehrte. Isa kannte sich aus, konnte die magischen wie nicht-magischen Aufgaben übernehmen und wir würden ihr unter die Arme greifen, so gut wir konnten. Auch wenn das ein wenig anstrengend werden würde. »Es kann daher sein, dass ich jetzt öfter mal einspringen muss. Morgen zum Beispiel.«

»Morgen?«, echote Elyar und merkte gar nicht, wie die mit Schokosoße bedeckten Bananenscheiben von seinem Löffel rutschten. »Wann morgen? Ich dachte, wir haben da frei?«

»Ich gehe nur für die letzten paar Stunden hin und bleibe zum Aufräumen.« Ich blinzelte verwirrt, weil Elyar mit starrem Gesicht nickte und gar nicht glücklich aussah. »Wieso? Hattest du was vor?«

»Nein.«

Er klang so, als hätte er eigentlich Ja sagen wollen.

Jetzt schauten wir ihn alle verwirrt an und er ließ seinen Crêpe sinken. »Ich mein ja nur. Ich dachte, wir entspannen mal wieder zusammen. Mit Film und Snacks oder so.«

»Das können wir auch nach der Schicht machen. Das Café hat bis sieben geöffnet«, sagte Javid.

Bevor ich etwas hinzufügen konnte, ertönte eine Stimme hinter mir.

»Oh. Hey, Dornröschen!«

Mimi's Crêpes war nicht weit vom Gebäude der Zoologie entfernt und deshalb war es nicht ungewöhnlich, wenn jemand aus der Uni hier vorbeikam. Nun waren es ausgerechnet Robin, Vanessa und Konstantin.

»Sieht gut aus, was ihr da habt.« Robin schaute in die Runde – sein Baseballcap war heute schräg nach links gedreht – und hob die Hand. »Ich bin Robin.«

»Das sind meine Mitbewohner«, erklärte ich, bevor irgendeiner der drei etwas sagen konnte.

»*Unsere* Mitbewohner«, verbesserte Nika fröhlich.

Robins Blick verweilte für einen Moment auf Javid und Elyar.

»Ihr studiert aber nicht hier, oder?«, fragte er.

»Leider nicht. Ich hab einen Job«, erwiderte Javid.

»Ehrlich? Was machst du?«

Das Lächeln wurde schief. »Ich arbeite in einem Café.«

»Wie Rosa? Das ist ja witzig.«

»Nicht wahr?«

Indessen saß ich da, knabberte an meinem Crêpe und wartete auf einen Moment, das Gespräch zu beenden. Es kam mir vor, als würden hier zwei Bereiche meines Lebens aufeinanderprallen, die sich gar nicht berühren sollten. Javid und Elyar – das war nichts, worüber Robin Bescheid wissen musste. Und Vanessa noch viel weniger.

Aber zu spät.

»Wenn ihr mit ihr zusammenwohnt, könnt ihr natürlich auch auf meine WG-Party kommen«, sagte Robin und deutete erst auf mich und dann auf Nika. »Ihr habt auch noch nicht zugesagt. Ihr kommt aber, oder?«

»Klar, ich bin dabei«, kam es so prompt von Nika, dass mir meine vage Antwort im Hals stecken blieb.

Robin wandte sich an mich. »Und du, Dornröschen? Erweist du mir die Ehre? Es wird spaßig, versprochen. Mit selbstgemachter Bowle.«

»Von dir selbstgemacht?«, fragte Konstantin.

Robin warf einen unschuldigen Blick über die Schulter. »Ja, wieso?«

»Nichts ...«

Robin verdrehte die Augen, bevor er mich weiter anstrahlte. »Also?«

»Ich weiß es noch nicht«, sagte ich wahrheitsgemäß.

»Wieso nicht?«

»Magst du keine Partys?«, fragte Vanessa. »Du musst nicht kommen, wenn du nicht willst.«

Sie lächelte breit und ich bekam das Gefühl, dass sie sich über mich lustig machen wollte. Dabei wollte ich genau wegen solcher Leute wie ihr nicht kommen, die mir komische Fragen stellten und glaubten, vegetarische Ernährung sei Esoterik.

»Ich weiß es nicht«, wiederholte ich, ebenso breit lächelnd wie Vanessa, »weil ich vielleicht arbeiten muss. Wir haben gerade ein bisschen Personalmangel und ich kann nicht einfach freinehmen, wenn ich möchte.«

»Schade.« Robin verzog das Gesicht. »Aber du könntest ja auch nach der Schicht kommen. Oder halt früher gehen. Oder ihr fragt Vanessa, ob die einspringt. Die wollte sich das Café eh mal angucken.«

»Ich werde für die keine große Hilfe sein«, erwiderte Vanessa stoisch und ich sagte lieber gar nichts dazu.

Stattdessen stopfte ich mir die Reste meines Crêpes in den Mund und schulterte meine Tasche. Ich saß zwischen Nika und Elyar und stupste Nika ungeduldig mit den Knien an. »Sollen wir dann mal so langsam? Bis Biostatistik sind es nur noch zehn Minuten.«

»Du hast recht, es wird Zeit.«

Robin trat einen Schritt zurück, damit wir uns zu ihm auf den Bürgersteig gesellen konnten. »Das trifft sich gut. Ich wollte dich noch nach deinen Notizen von dem Öko-Zeug fragen, Nika. Du hast doch bestimmt wieder alles mitgeschrieben.«

»Hab ich.«

»Auf euch beide kann man echt zählen!«

Die beiden entfernten sich und Vanessa und Konstantin folgten. Ich winkte Elyar und Javid zum Abschied und gesellte mich dazu, froh, dass das Aufeinandertreffen dieser beiden Parteien meines Lebens ohne großen Schaden über die Bühne gegangen war.

Und wenn das nicht schon genug gewesen wäre, so flog in diesem Moment ein Insekt mit einem tiefen Surren gegen Vanessas Schläfe und ließ sie erschrocken zur Seite hüpfen. Das Tierchen flog einmal um Vanessa herum und an meinem Kopf vorbei.

Ich ertappte mich bei der Hoffnung, es sei eine Biene – und fand mich im nächsten Moment lächerlich dafür. Es gab viele Bienen in Hamburg und nicht alle gehörten Bea.

Und Bea war fort.

Die Nester und Bienenstöcke im Innenhof waren leer.

Rosa. Geht es dir gut?

Ich schüttelte die Erinnerung ab und schloss zu Robin und Nika auf. Meine Gedanken ignorierte ich einfach. Das konnte ich schließlich am besten.

***

Nach der Vorlesung schlenderten Nika und ich aus dem Gebäude. Die anderen hatten wir zurückgelassen und ich war nicht traurig drum, meine Nika wieder für mich zu haben. Robin hatte sie bis zum Beginn der Vorlesung in Beschlag genommen und ich war auf dem Platz neben Konstantin gelandet, der die meiste Zeit Strichmännchen auf ein Blatt Papier gemalt hatte, statt aufzupassen.

Ich hakte mich bei Nika unter – bei ihr ging das gerade noch so, wenn sie keine hohen Schuhe trug. Heute, in Sneakers, machte sie es mir zum Glück einfach. Nur der Stoff meines langen Rocks kam bei jedem zweiten Schritt dem ihrer weiten Jeans in die Quere.

»Hat Robin dich eben die ganze Zeit zu deinen Notizen ausgefragt?«, fragte ich.

»Was? Ach so.« Nika schüttelte den Kopf, ihr schwarzes Haar streifte meine Wange. »Er hat mir verkündet, dass er die nächsten Wochen ein bisschen mehr an uns kleben möchte.«

»Das hat er vor?«

»Hat er. Er braucht einen Puffer, Vanessa ist wohl gerade nicht gut auf ihn zu sprechen.«

War sie nicht? Seit wann das?

»Hast du nicht mitbekommen? Ich auch nicht.« Nika grinste. »Aber wir waren auch nicht auf der letzten Party, auf der sie rumgeknutscht haben.«

Ich fragte nicht. Ich blinzelte nur.

»Und jetzt hofft er, dass sie Konstantin rumbekommt, damit er aus dem Schneider ist, weil er definitiv nichts von ihr will und keine Lust auf ihre Aufmerksamkeit hat. Und Vanessa scheint gerade sowieso sehr interessiert an Konstantin. Aber ob das was wird – wer weiß.« Nika wirkte ziemlich fröhlich, während es mir so vorkam, als würde sie die Handlung einer Telenovela zusammenfassen.

»Das wird eine lustige Exkursion.«

»Das dachte ich auch.«

Vanessa und Konstantin – wann war das passiert? Hatte sie urplötzlich angefangen, ihn attraktiv zu finden? War es so wie bei Indigo und mir gewesen und die Freundschaft hatte sich einfach schleichend weiterentwickelt?

»Ich hab genauso geschaut wie du«, sagte Nika da. Wir traten auf den kargen Vorplatz zwischen dem Zoologie-Gebäude, das trotz seiner Baufälligkeit irgendwie Charme hatte, und dem Gebäude für den Fachbereich Chemie, das wirklich überhaupt keinen Charme hatte. »Aber ich hab mich auch schon mal gefragt, ob jede von Robins kurzen Affären damit klarkommt, nach zwei Wochen wieder verlassen zu werden.«

»Ich frag mich eigentlich eher, wie er auf den Gedanken gekommen ist, was mit Vanessa anzufangen«, gestand ich.

Nika schnaubte. »Das auch.« Sie atmete tief durch, als wären wir irgendwo draußen in der Natur und nicht eingeklemmt zwischen Gebäuden und der Grindelallee, auf der mal wieder die Hölle los war. »Aber gut, wenn Robin sich dafür jetzt an uns hält, dann gibt es bald noch mehr solcher Geschichten.«

»Ich wusste gar nicht, dass du so einen Gefallen an Klatsch und Tratsch hast.«

»Es ist spannend, oder nicht?« Sie drückte meinen Arm. »Ich hab Jahrzehnte aufzuholen. Geistern in Flaschen erzählen die Leute allgemein wenig. Und Liebesgeschichten sind so interessant!«

Ich wusste nicht, ob Robins Knutschereien wirklich etwas mit Liebe zu tun hatten, aber gut. Vor allem fragte ich mich mal wieder, was es mit Flaschengeistern eigentlich auf sich hatte. Alle fünf meiner Geister waren unheimlich lange in ihren Flaschen gefangen gewesen. Aber wie waren sie da hineingekommen? Wer hatte beschlossen, dass sie von nun an Wünsche aus einer Flasche heraus erfüllten?

Ganz am Anfang hatte ich sie gefragt. Jeden mindestens einmal, in der Hoffnung, einer von ihnen würde es mir verraten. Aber keiner von ihnen hatte das.

»Das ist ein Tabu«, hatte Elyar irgendwann gesagt. »Was man nicht weiß, kann man nicht nachmachen.«

»Ich will gar nicht in einer Flasche leben.«

»Dann kann es dir ja egal sein.«

Und dabei war es geblieben. Mittlerweile fragte ich nicht mehr und doch hätte ich es gerne gewusst.

Meine Gedanken wurden unterbrochen vom Summen meines Handys in meiner Umhängetasche. Ich fuhr zusammen und griff so hastig danach, dass ich es fast fallen ließ. Eine Nachricht von Juli oder Isa? Über Bea?

Nein.

Amber, stand dort und dazu ein Foto aus der Schulzeit, als sie noch einen Pony und dunkel geschminkte Augen gehabt hatte, und wir durch die Gegend gestreift waren auf der Suche nach tollen Plätzen für deprimierte Schwarz-Weiß-Fotos. Sie grinste mir zu, verschwörerisch, wie so oft damals.

Wenn ich allerdings eines jetzt nicht gebrauchen konnte, dann noch eine Einladung zu irgendeiner Veranstaltung. Ich hatte Pa noch nicht geantwortet – ich wusste nicht, was ich ihm sagen sollte. Der perfekte Satz war mir noch nicht eingefallen. Und weniger als perfekt ging nicht.

Das Handy summte weiter und ich zögerte kurz. Musste ich? Aber nein, ich hatte Uni. Zumindest würde sie das denken. Und so drückte ich den Anruf weg.

***

»Noch mal, um das klarzustellen: Toxische primäre Stoffe sind so was wie Proteine oder Aminosäuren. Zum Beispiel Mimosin in Leucaena leucocephala, wovon diese Lemuren da so gerne essen«, sagte Nika auf ihre Notizen hinunter, die sie gerade sortierte und ins Reine schrieb.

Ich, auf der anderen Seite des Wohnzimmertisches, tat das Gleiche. »Ist klargestellt.«

»Ist es nicht völlig egal, was da toxisch ist? Hauptsache, man isst es nicht?«, fragte Elyar, der auf dem Sofa lag und mal wieder mit meiner Brille auf der Nase Schokolade futterte.

»Nein.«

»Die haben dann übrigens Haarausfall.«

»Was? Wer?«

Nika schmunzelte. »Die Lemuren. Aber nur zwischen Mai und September.«

Elyar richtete sich auf und sagte: »Das ist doch gelogen.«

»Das ist die Wahrheit.«

»Rosa!«

»Guck es dir an, wenn du Nika nicht glaubst«, sagte ich und scheuchte gleichzeitig den Widder und das Kaninchen von meinem Notizbuch, weil die beiden gerade darauf fangen spielten.

»Schön, dann zaubere ich hier jetzt einen Lemuren hin.«

»Und was dann? Willst du ihn festbinden und streicheln?«, fragte Javid. Er saß auf meinem Sessel und las irgendein Buch. Glaubte ich zumindest. Ich hatte ihn bisher nicht umblättern hören.

Elyar schnalzte mit der Zunge, hörte aber auf mit den Lemuren. Gerade rechtzeitig, denn in diesem Moment summte mein Handy los.

Einen Moment lang spielte ich mit dem Gedanken, nicht ranzugehen. Ich hatte die letzten Tage genügend ungewollte Interaktionen gehabt. Ich wollte doch nur zu Ende studieren und irgendetwas Sinnvolles machen.

Das Handy summte weiter und ich konnte nicht anders, als einmal auf das Display zu schauen. Zum Glück waren es weder Amber noch Pa. Diesmal war es wirklich Isa.

»Gerade hat eine Reisegruppe reserviert, das heißt, morgen Vormittag wird es voll«, sagte sie und im Hintergrund hörte ich das Klappern von Geschirr. »Du kannst nicht zufällig tauschen von Spät- auf Frühschicht?«

»Ich hab Uni von neun bis halb elf.« Der Widder hoppelte schon wieder auf mein Heft. Ich schob ihn weg. »Aber danach könnte ich direkt kommen und die Mittelschicht machen. Wenn du möchtest, komme ich auch vorher und helfe beim Vorbereiten in der Küche.«

Isa antwortete zunächst nicht und ich erinnerte mich daran, dass ich eigentlich morgen zwischen Vorlesung und Café das nächste Praktikum hatte vorbereiten wollen. Vielleicht legte ich das auf heute Abend.

»Beides wäre mir eine große Hilfe«, sagte Isa schließlich. »Aber lass mich rumtelefonieren, vielleicht ergibt sich eine Lösung, die dir weniger Überstunden abverlangt.«

»Das macht mir nichts aus.« Im Café fühlte ich mich immer noch am wohlsten. Gerade jetzt, wo es mir vorkam, als müsste ich mehr Schauspielerei als sonst an den Tag legen. »Gib mir einfach heute Abend Bescheid, ja? Ich bin recht flexibel, abgesehen von der Vorlesung morgen.«

»Danke dir.« Isa klang unheimlich erleichtert und das freute mich.

Ich legte auf und steckte das Handy zurück in die Tasche meiner Jeans.

»Hab ich das richtig gehört?« Elyar beugte sich zu mir vor, die Hände an die Wangen gelegt. »Wir haben morgen keine Spätschicht?«

»Haben wir nicht. Warum genau freut dich das so?«

Er schürzte die Lippen. »Hab ich mich jemals *nicht* darüber gefreut, nicht zu arbeiten?«

Ich warf ihm einen misstrauischen Blick zu. »Ist alles ok bei dir? Hast du irgendwas vor?«

»Nicht mehr oder weniger als sonst auch.« Er grinste. »Aber wir können den Filmabend ja trotzdem auf heute vorverlegen.«

»Welchen Filmabend?«, fragte Nika.

»Den, den ich eigentlich morgen machen wollte. Also? Ich geh los und hol Eiscreme. Und wir können Pizza bestellen.«

Wenn der Film langweilig war, konnte ich währenddessen wenigsten das Praktikum vorbereiten. Also zuckte ich die Schultern. »Schön. Solange du wirklich die Eiscreme holst.«

»Versprochen ist versprochen. Ich geh gleich los.«

Dann konnte ich ja endlich meine Notizen zu Ende machen. Aber ich hatte gerade ein Wort geschrieben, da galoppierten Widder und Kaninchen schon wieder über meinen Block. Ich seufzte. »Ihr macht es einem nicht leicht.«

Da musste Bestechung her. Ich stand auf und ging hinüber in die Küchenzeile. In der Ecke neben den Sirupflaschen für meinen Kaffee stand eine kleine, alte Dose, in der früher mal Weihnachtskonfekt gewesen war. Jetzt war von der Weihnachtsnote nichts mehr übrig, stattdessen drang ein dunkler, süßlicher Geruch heraus, der die beiden Tierchen im Handumdrehen anlockte. »Ihr teilt euch eins.«

Ich legte den Deckel der Dose beiseite und sah erst jetzt, dass von den Salbeibonbons nur noch vier übrig waren. Eines davon legte ich auf die Anrichte und die beiden Geister stürzten sich darauf. Aus irgendeinem Grund waren sie ganz versessen auf Kräuterbonbons – aber nur auf die, die ich selbst herstellte. Ich hatte es mal mit gekauften versucht und die verkümmerten nun irgendwo in der Ecke meines Küchenschranks.

Früher war das mein Traum gewesen – ein Laden, ähnlich wie das *Honigmond*, in dem ich Bonbons mit magischer Wirkung verkaufte. Ein bisschen Salbei für Ruhe und Stabilität, ein bisschen Kornblume für klare Gedanken. In meiner Freizeit hatte ich Zuckermasse angerührt, die Bonbons eingefärbt und ihnen die Form von Herzen und Kleeblättern gegeben. Meine kleine Hexenküche, wie Pa immer gesagt hatte. Er hatte geglaubt, dass es ein Hobby bleiben würde, weil ich natürlich in Mas Fußstapfen treten und in die Medizin gehen würde. Und ich hatte bei mir gedacht, dass ich beides verbinden und meine Heilzauber in die Form von Bonbons gießen konnte.

Das war ein Grund, weshalb ich mich nicht mehr allzu gern an den Herd stellte und aus Zucker meine eigenen Naschereien herstellte: Ich hatte zu deutlich vor Augen, wo ich eigentlich hatte sein wollen. Und wo ich nie sein würde.

»Soll ich Kaffee machen?« Das war Javid. »Du wirkst müde.«

Tat ich? Hatte ich die Bonbons zu lange angestarrt?

An Elyars und Nikas Mienen sah ich, dass ihnen nichts aufgefallen war. Nur Javid hatte irgendetwas gemerkt. Wie machte er das? Und warum konnte er sich nicht auf Kaffee beschränken?

Rasch schraubte ich den Deckel wieder auf die Dose und grinste. »Ich mach gleich selbst Kaffee. Javid, was liest du da eigentlich die ganze Zeit?«

»Das ist geheim.«

»Wirklich?« Mit ein paar schnellen Schritten war ich beim Sessel, griff nach dem Buch, aber Javid hatte Reflexe wie ein Raubtier. Er zog mir das Buch weg und wand sich so geschickt an mir vorbei, dass wir nicht einmal aneinander gerieten, als ich mit zu viel Schwung nach vorn kippte.

Leichtfüßig sprang Javid von der Sessellehne und stellte sich vor die Küchenzeile. »Darf ich nicht mal in Ruhe lesen?«

Ich sank in den Sessel. »Nein. Elyar, was hat er gelesen?«

»Hab nicht drauf geachtet.«

»Wozu hab ich dich eigentlich?«

»Hey.« Elyar richtete sich gähnend auf. »Soll ich es dir holen?«

»Kannst du das?«

»Kann er nicht«, kam es von Javid.

»Kann ich sehr wohl. Aber dann schuldest du mir was, Rosa.«

»Was sollte ich dir dafür schulden?«

»Eine Haarfarbe meiner Wahl? Ich hab da noch einige im Kopf.«

Als würde Elyar nicht ohnehin immer das mit meinen Haaren machen, was er wollte. Ich zuckte die Schultern. »Schön.«

»Wolltest du nicht lernen?«, fragte Javid. »Und Kaffee machen?«

Vor allem wollte ich nicht Trübsal blasen. Lernen konnte ich, wenn ich sie alle von meiner schlechten Laune abgelenkt hatte. Vor allem Javid.

Ich kletterte aus dem Sessel und sah mich zu Elyar um. »Also?«

»Bin unterwegs.«

Javid seufzte. Elyar stand auf und setzte zum Sprung an.

Und dann klingelte es an der Tür.

»Hat einer von euch schon was bestellt?«, fragte ich warnend, die letzte Pizza-Orgie noch im Kopf, die ich hatte bezahlen müssen.

»Nein«, antwortete Elyar – und er kannte sich und mich so gut, dass er nachsetzte: »Wirklich nicht. Ehrenwort.«

»Das ist keine Pizza«, sagte Javid.

»Aha.«

Die Bedeutung seines Tonfalls wurde mir zu spät bewusst. Erst, als ich die Tür bereits halb geöffnet hatte und es kein Zurück mehr gab. Also schob ich sie weiter auf.

Und stand Amber gegenüber.

Kapitel 7

Immerhin schien Amber sich selbst nicht ganz sicher zu sein, ob sie hier richtig war, oder nicht. Sie umarmte mich kurz zur Begrüßung, aber zaghafter als sonst.

»Tut mir leid, dass ich hier einfach so reinplatze.« Umständlich streifte sie ihre Schuhe an der Wohnungstür ab und folgte mir auf Zehenspitzen in die Wohnung. »Ich hatte angerufen, um dich zu fragen, ob du heute da bist. Aber du bist nicht rangegangen.«

Oh. Ich strich meinen Rock glatt, obwohl er gebügelt war und überhaupt keine ungewollten Falten hatte. »Ich war in der Uni. Tut mir leid, ich hätte zurückrufen müssen.«

»Ist schon gut.«

Die Geister waren verschwunden. Auf der Küchenzeile lag das Salbeibonbon und wirkte, als würde ich meinen Müll nicht wegräumen. Ich legte es auf die Bonbondose, damit es nicht auffiel. Dann räumte ich die kleinen Flakons mit Sirup, die mir plötzlich viel zu auffällig vorkamen, neben die Kaffeemaschine. »Möchtest du was trinken?«

Es kam keine Antwort.

Als ich mich umwandte, sah ich Amber vor dem Sofatisch stehen. Sie hatte unsere Notizen entdeckt.

»Hab ich dich gestört? Hattest du Besuch?«

»Ja. Aber der ist schon weg.«

Sie blinzelte überrascht. »Ohne seine Sachen mitzunehmen?«

Gutes Argument. »Sie kommt später noch mal wieder. Sie ...« Mir kam das Gespräch vor der Uni in den Sinn. »... muss arbeiten.«

»Sie?« Amber beugte sich über Nikas Zettel. Ich konnte ihr Mienenspiel von hier aus gut beobachten, die gerunzelte Stirn und die zuckenden Mundwinkel. Sie war wie immer adrett gekleidet, dunkler Blazer und kurzer Faltenrock. Das Käsekuchenhaar hatte sie heute zu einem hohen Pferdeschwanz gebunden. Dadurch wirkte sie strenger als sonst, während sie Nikas Notizen prüfte. »Eine Freundin aus der nicht-magischen Uni?«

»Genau.«

Ihre Lippen formten ein A. »Weiß sie, dass du ... nicht nicht-magisch bist?«

»Weiß sie. Aber es ist ihr ziemlich egal.« Mir behagte das Thema nicht und auch nicht, dass Amber unsere Notizen so kritisch studierte. Allgemein behagte mir dieser Besuch nicht. Aber die perfekte Rosa würde Amber niemals einfach wieder zur Tür hinausschieben. Also wiederholte ich: »Möchtest du Kaffee?«

»Hm? Oh ja, gerne.«

Und endlich ließ sie von den Zetteln ab und kam herüber, sodass ich mich beruhigt der Kaffeemaschine zuwenden konnte. »Schwarz? Mit Milch? Mit Sirup?«

»Och, Rosie. Wie lange kennen wir uns schon?« Amber stützte sich auf die Küchenzeile, ihre Augen strahlten ganz warm. »Alles wie damals. Du Schoko und ich Karamell.«

Bei ihrem letzten Satz verfehlten meine Finger die Sirupflaschen, und Schoko und Karamell klirrten gegeneinander.

Alles wie damals.

Du Schoko, ich Karamell.

Ich schüttelte den Kopf. Sie hatte recht, so war es immer gewesen, wenn wir gemeinsam im Café gewesen waren. *Karamber* und *Roschoko*. Dumme Scherze zweier Mädchen.

Ich goss Sirup in die Tassen und stellte sie unter die Maschine. Das Rattern und Plätschern, der Geruch nach Zucker und Kaffee beruhigten mich. Das hier war Routine, ein bisschen wie im Café. Ich atmete tief ein. »Warum bist du vorbeigekommen?«

»Lass mich warten, bis die Kaffeemaschine durch ist. Machen wir Milchschaum oben drauf?«

Ich lächelte. »Alles wie damals, hast du doch gesagt.«

Und so saßen wir ein paar Minuten später nebeneinander auf dem Sofa, das Bonbon lag einsam auf der Dose und Nikas Notizen zwischen Einblatt und Sofa.

Amber hatte die Beine überschlagen und sah hübsch und erwachsen aus in ihren Klamotten und dem Kaffee mit Milchschaumhaube in der Hand. Sie hatte eines dieser zeitlosen Gesichter, die alt und jung zugleich wirkten, mit leichten Fältchen um die Mundwinkel, wann immer sie lachte, und hellen Augenbrauen und Wimpern, die sie dunkel schminkte, weil sie sich sonst »gruselig« fand.

Ich dagegen hatte die Beine im Schneidersitz gekreuzt, trug immer noch meinen wadenlangen Rock, einen dünnen Rollkragenpullover und natürlich meine bunten Strähnen im Haar. Wir waren gleichalt, aber irgendwie fühlte es sich anders an. Das hatte ich bei Amber noch nie gedacht und es machte mich traurig.

Als hätte sie meine Gedanken gehört, wandte Amber sich von ihrer Tasse ab und mir zu. »Sag mal, Rosa.«

Ich nickte.

»Warum nimmst du Jans Angebot nicht an?«

Tief im Inneren hatte ich damit gerechnet, aber trotzdem erwischte mich diese Frage wie eine eiskalte Dusche. Meine Eingeweide verkrampften sich – meine Finger jedoch nicht. Ich blinzelte ein paar Male und fragte dann möglichst arglos: »Wieso?«

»Weil es eine einmalige, unglaublich großartige Chance ist. Weißt du, wie lang er das vorbereitet hat? Ich hätte sofort Ja geschrien, glaube ich.«

Hätte ich auch.

Und dafür war sie hergekommen?

Ich runzelte die Stirn. »Hat Pa dich geschickt, um mir das zu sagen?«

»Als würde er das tun.« Amber schüttelte den Kopf. »Nein, er würde das nicht gutheißen, wenn er wüsste, dass ich hier bin. Verrat ihm nichts.«

Sie nippte an ihrem Kaffee und ich tat es ihr nach, um meine Gedanken zu ordnen. Gleichzeitig ließen wir die Tassen wieder sinken und mussten grinsen.

Amber rutschte ein wenig näher und sah mich eindringlich an. »Ich seh nur, wie er sich Sorgen macht, weißt du. Und das tue ich auch. Ich hätte gedacht, dass du sofort zusagst, weil es das ist, was du immer wolltest. Oder willst du nicht mehr medizinisch ausgebildet werden? Willst du mit der Magie nichts mehr zu tun haben? Studierst du deshalb Biologie?«

»Nein, so ist das nicht.« Für den Bruchteil einer Sekunde erklärte ich ihr in Gedanken, wieso das nicht so einfach war. Und Ambers Miene fiel in sich zusammen. Und sie würde fragen: »Gar nicht mehr? Nur noch mit zwei Fingern? Und wie arbeitest du dann in diesem Café?«

Und sie würde es Pa erzählen. Vielleicht nicht sofort, vielleicht nicht absichtlich, aber irgendwann würde sie sich verplappern und Pa würde … Nein. Ich wollte mir diesen Gesichtsausdruck nicht mal vorstellen. All seine Hoffnung, mein Versprechen, unser Leben – hinüber. Ich nippte wieder an meinem Kaffee, diesmal allein.

»Wie ist es dann?«, fragte Amber. »Tut mir leid, Rosie, ich will dich nicht drängen – ich versteh's nur nicht.«

Ich musste schnell antworten, das wusste ich. Je länger ich wartete, desto dramatischer waren ihre Vorstellungen.

»Es ist einfach der Ehrgeiz«, sagte ich schließlich in Gedanken bei dem, was Leo mir gesagt hatte. »Ich hab drei Semester an dieser Uni studiert und soll jetzt mittendrin aufhören? Würdest du dein Studium abbrechen, wenn Pa dir mit einer Ausbildung um die Ecke kommt?«

»Ja«, sagte Amber sofort.

»Ich muss darüber aber eben erst nachdenken.« Zur Bekräftigung nickte ich. »Das ist alles.«

»Ich verstehe.« Amber klang überhaupt nicht, als würde sie verstehen. Wir tranken unseren Kaffee aus und sie erzählte mir ein bisschen von der Uni und von ihren Kommilitoninnen und Kommilitonen.

Zum Abschied umarmte sie mich so herzlich, wie ich es von ihr kannte, auch wenn das einen kleinen Stich in meinem Herzen bedeutete, weil ich eigentlich in so viele Lagen aus Lügen gehüllt war, dass ich gar nicht an sie herankam.

»Ich hab dir was mitgebracht«, sagte sie. »Für die Zeit, in der du es dir überlegst. Ist das Buch einer meiner Professorinnen für Medizinische Grundlagen.«

Sie griff in ihre Tasche und reichte mir ein dünnes Buch, modisches Softcover in sterilem Blau und Weiß.

Ich nahm es an und sagte: »Danke.«

»Warte nicht zu lange mit deiner Antwort, ja?« Sie musterte mich, ein bisschen traurig, ein bisschen lieb, ein bisschen wie die Amber von damals, als wir dreizehn Jahre alt gewesen waren. »Oder was ist es schon wert, so eine Chance vergehen zu lassen?«

Und dann wandte sie sich um, eilte mit leichten Schritten die Treppe hinab und hinterließ nur noch den Hauch ihres Pfirsichshampoos.

***

Diesmal war ich im Krankenhaus und Amber saß neben mir, einfach so, während der Geruch nach Rauch und verbranntem Gummi sich mischte mit dem der Verbände und beißend riechenden Salben. Ich bekam riesige Panik. Jetzt wusste sie es. Jetzt würden es alle erfahren. Ich spürte ein großes Gewicht auf mir, meine Kehle war so zugeschnürt, dass ich kaum schlucken konnte. Und ich glaube, ich weinte.

Aber Amber sah meinen Arm an und sagte: »Was hast du denn? Es ist doch alles gut.«

Natürlich hatte sie recht. Wie immer in diesem Traum.

Ich wachte auf mit dem unendlich befreienden Gefühl der Erleichterung. Nur, um wenig später zu merken, dass ich in meinem Bett lag, dieser Unfall Jahre her und nicht alles gut war.

Das Gewicht auf meiner Brust war zurück und ich drehte mich auf die Seite, um ihm zu entkommen.

Dabei bemerkte ich die Tasse auf dem Nachttisch – es duftete nach Tee. Ohne Honig.

Richtig.

Bea war nicht mehr da, verschwunden, und alles, was sie uns hinterlassen hatte, waren Rauchkringel zwischen leeren Mauern.

Dabei hätte ich das jetzt gebraucht – die Aussicht darauf, in die Küche zu kommen, in der Bea schon emsig am Arbeiten war. Ihre energische Stimme zu hören, die mir sagte, ich solle professionell sein und mich nicht anstellen. Die mich zurechtwies, wenn ich ins Grübeln kam. Die keine Fragen stellte und mir stattdessen alles beantwortete, was ich fragte.

Den Tee ohne Honig zu machen, war richtig gewesen. Der Geruch hätte mich traurig gemacht – so aber wurde mir Beas Abwesenheit wieder mit voller Wucht bewusst und ich richtete mich auf.

Ich war nicht Rosa, die im Bett lag, an die Wand starrte und herumheulte. Ich war die perfekte Rosa, der es gutging. Also schälte ich mich aus meiner Bettdecke und stand auf, obwohl der Himmel draußen sich nur langsam heller färbte.

Aus der Kiste unter meiner Kleiderstange holte ich Unterwäsche und griff nach kurzem Überlegen zum Rollkragenpullover von gestern und einer weiten Stoffhose.

Dann tapste ich auf Zehenspitzen zur Tür und zog sie auf.

Das Wohnzimmer lag im schummrigen Licht der nie ganz dunklen Nacht, das schale Leuchten von Reklame und Straßenlaternen drang durch das Dachfenster über dem Sofa. Und darauf ausgestreckt, den Kopf halb zwischen Kissen vergraben, lag Javid und schlief.

Er musste eingenickt sein, normalerweise zogen die Geister sich in ihre Flakons zurück, um zur Ruhe zu kommen. Es war ihr Gefängnis, aber gleichzeitig auch der Ort ihrer magischen Essenz und damit ein Schlafplatz, an dem sie ihre Energie erneuerten.

Und dann sah ich das Buch, das neben ihm auf den Boden gerutscht war.

Vorsichtig schlich ich näher und wagte einen Blick darauf.

Magie in Dosen: Zauber richtig aufbewahren

Das war ... unerwartet langweilig. Und absolut nicht geheimnisvoll. Ein Haushaltsbuch über Glas- und Plastikbehälter. Wieso hatte er nicht gewollt, dass ich das sehe?

Ich setzte meinen Weg ins Bad fort. Unter der Dusche wurde ich die Nachwirkungen des Traums allmählich los, rieb mir den Schlaf aus den Augen und spülte alles, was nicht zur perfekten Rosa gehörte, in den Abfluss.

Das Veilchenblau meiner unteren Haarschicht war danach so dunkel, dass es sich kaum von meinem schwarzen Deckhaar abhob, und ich war es sofort wieder leid.

Veilchenblau – das waren Gespräche mit Bea und Juli in der Küche, das war Robin vor MiMis Crêpes und Amber in meiner Wohnung. Das war ich, die Pas Einladung von vor ein paar Tagen nun doch annahm, damit niemand mehr sorgenvoll in meiner Wohnung aufkreuzte. Ich seufzte.

Angezogen und mit noch feuchten Haaren trat ich wieder aus dem Bad und wurde erwartet vom Duft nach Kaffee und dem warmen Licht der Deckenlampe.

»Du hast dir das Buch angeschaut?«

Javid stand an der Küchenzeile. Gerade machte er aus der Milch im Kaffee mit einer schnellen Handbewegung fluffigen Milchschaum mit Blumenmuster.

»Ich dachte, du hast geschlafen«, sagte ich.

Er schmunzelte. »Wie lange kennen wir uns schon?«

Eine ganze Weile. Zwei Jahre?

Gut genug auf jeden Fall, um zu wissen, dass er geschlafen hatte und trotzdem wusste, dass ich mir das Magie-in-Dosen-Buch angeschaut hatte.

Ich erwiderte nichts und begutachtete stattdessen die Flaschen mit Karamell- und Pumpkin-Spice-Sirup, die er mir hinhielt. Nach kurzem Zögern deutete ich auf die Flasche mit Karamell und er gab den Sirup in die noch milchschaumlose Kaffeetasse.

»Warum hast du überhaupt auf dem Sofa übernachtet?«

Ich nahm die Tasse entgegen, die Javid mir reichte, und bewegte mich in Richtung Sofa.

»Ich hab ein wenig nachgedacht und muss dabei eingenickt sein«, erwiderte Javid hinter mir.

»Worüber nachgedacht?«

Ich blinzelte – und vor mir auf dem Couchtisch tauchten Toast und Butter auf.

Javid setzte sich zu mir. »Über dies und das. Ambers Besuch zum Beispiel.«

Ah. Ich nippte an meinem Kaffee und starrte möglichst interessiert den Toast an, um seinem Blick auszuweichen. Er ließ natürlich trotzdem nicht locker. »Was für ein Angebot war das, über das sie da geredet hat?«

»Hast du uns etwa belauscht?« Ich überspielte meine Nervosität mit einem scherzhaften Ton. »Das macht man nicht.«

»Das hier ist mein Entschuldigungsfrühstück.«

»Toast und Butter?«

»Du frühstückst selten was anderes.«

Recht hatte er.

»Hey.«

Jetzt sah ich doch auf und natürlich war das dämlich. Da war es, das sanfteste Lächeln der Welt, das ich einfach erwidern musste.

»Was für ein Angebot? Willst du darüber reden?«, fragte Javid.

»Nein. Das ist ein Geheimnis.«

Das Lächeln wurde ein wenig breiter. »Wie lange kennen wir uns noch mal?«

War das seine Erwiderung für alles?

Aber wieder gewann er, denn wir kannten uns auch schon so lange, dass ich es ihm nicht einmal verschweigen wollte. »Mein Vater möchte, dass ich eine Ausbildung zur Heilerin mache«, sagte ich also. »Er hat meinen Namen quasi bereits in den Ring geworfen.«

»Und das möchtest du nicht.«

»Natürlich nicht.« Ich hob die linke Hand und eine Welle der Frustration rollte über mich hinweg. Ich schluckte sie hinunter und ganz viel Kaffee hinterher. »Ich kann die Zauber nicht ausführen, die von mir verlangt werden.« Und bevor das alles zu tragisch klang und ich doch noch mein Gesicht verlor, fügte ich schnell hinzu: »Und das ist okay, ich hab da kein Problem mit. Ich hab nur ein schlechtes Gewissen, weil Pa sich solche Mühe gemacht hat.«

»Ich verstehe.«

Gut. Dann war das jetzt hoffentlich erledigt. Dachte ich. Aber Javid sagte: »Du könntest es trotzdem durchziehen, wenn du möchtest.«

Seufzend stellte ich meine Tasse ab und machte mich daran, meinen Toast zu beschmieren. »Das wäre Betrug. Und das will ich nicht.«

»Es geht am Ende darum, Menschen zu retten, oder nicht? Sollte das Wie da nicht egal sein?«

Ich kratzte mit dem Messer auf meinem Toast herum. »Erstmal wird es um Noten und Bewertungen gehen. Nur so kann ich überhaupt weiterkommen. Und das ist ein Wie. Es geht immer um das Wie und es muss immer das richtige Wie sein.«

Und das richtige Wie konnte ich nicht liefern.

Ich fröstelte. Die feuchten Haare in meinem Nacken waren ausgekühlt und mein Pullover an den Schultern ganz nass geworden.

Wenn Nika oder Elyar hier neben mir gesessen hätten, hätte ich mich jetzt an sie gelehnt und von ihrer Wärme gezehrt. Doch bei Javid zögerte ich und fragte mich, wann ich das letzte Mal einfach meinen Kopf auf seine Schulter gelegt hatte. Dabei war es nicht so, dass ich davor zurückschreckte. Wir kannten uns, er verstand mich stumm, er war mein Leuchtturm in der Dunkelheit und der Duft von Karamell war für mich zu einem Ruhepol geworden.

Bevor ich mich entscheiden konnte, ob ich die kurze, aber spürbare Distanz zwischen uns schließen sollte, schmiegte sich etwas um meine Schultern. Er hatte mir die kleine Wolldecke von der Sofalehne umgelegt. »Soll ich Elyar sagen, dass er dir die Haare trocknen soll?«

Ich schüttelte den Kopf und griff nach der Butter. »Ich hab dir verraten, worum es gestern ging. Erzählst du mir dann, weshalb du aus deinem Magie-in-Dosen-Buch so ein Geheimnis gemacht hast?«

»Nein.«

Ich verdrehte die Augen und er lachte leise. »Das ist noch geheim. Wann anders.«

»Das ist nicht fair.«

»Stimmt. Aber noch kann ich nichts sagen. Ist das so schlimm?«

Na ja. Je öfter er ablehnte, desto neugieriger wurde ich. »Kommt auf das Geheimnis an.«

»Ich verspreche dir, wenn es etwas mit dir zu tun hätte, würde ich es dir sofort sagen.«

»Womit hat es dann zu tun?«

Aber Javid tat so, als würde er seinen Mund mit einem Reißverschluss zumachen. Schön.

»Mach doch, was du willst.«

Und er grinste. »Das sowieso.«

***

Das Gute an Hamburg war, dass es nie gänzlich still wurde. Nicht so richtig. Sogar um diese Uhrzeit war die Bahn nicht leer und der Weg am Alsterfleet entlang bis zum Bürgermeister-Petersen-Platz nicht einsam. Irgendjemanden gab es immer – jemanden, der joggte oder mit dem Hund spazieren ging.

Auf den riesigen Pflanzenkübeln vor dem Eingang schimmerte das Nachtlicht aus dem *Honigmond* und auf dem trägen Alsterwasser die Reflektion des zartrosa Morgenhimmels.

Die Seitentür neben dem Café, unscheinbar zwischen grauem Stein, war bereits offen, also war Isa schon da – und das, obwohl ich viel zu früh da war.

Arme Isa.

Sie hatte den Hauptteil der Verantwortung übernommen. Sie blieb hier, während wir anderen bereits nach Hause gingen, und kam offenbar Stunden vor Schichtbeginn. Schlief sie überhaupt?

Der Umkleideraum begrüßte mich mit seinem vertrauten Geruch und damit ging ich automatisch in meine Routine über. Ich hatte noch Zeit und doch stellte ich meine Tasche ab, reihte die Flakons in meinem Spind auf und zog mich um.

Ein paar Minuten später stand ich im Hauptraum, unter dem schlafenden Blauregen.

Es war alles still, nur durch das Fenster in der Küchentür drang Licht. Ich konnte Geschirr bereitmachen und die Kaffeemaschine anstellen. Oder Servietten falten. Das hatte ich sonst immer gerne in der Küche gemacht und dabei mit Bea geplaudert.

Ich verschränkte die Hände hinter dem Kopf, streckte den Rücken durch und trat auf die Küchentür zu. Bisher hatte ich die Morgenstunden immer sehr genossen, aber jetzt wurde mir bewusst, dass das Café am schönsten war, wenn es von glücklichen Gästen und erfüllten Wünschen summte, wenn es nach Honig und Kaffee und Nüssen duftete.

Wenn es wirklich lebte.

Meine Hand wollte die Küchentür aufstoßen, doch rein aus Gewohnheit stellte ich mich einmal auf Zehenspitzen und lugte durch die untere Ecke des Fensters. Ein kleiner Funke Hoffnung in mir sang von Beas farbenfroher Kleidung unter einem leichten Film aus Mehl und Puderzucker.

Aber nein.

Das war Isa, die dunklen Haare wie immer kunstvoll in einen lockeren Knoten gesteckt, die Lippen heute mauvefarben. Das Gesicht angestrengt. Sie starrte auf irgendein Büchlein auf der Arbeitsfläche und massierte sich mit der einen Hand den Punkt zwischen den Augenbrauen.

Sollte ich hineingehen oder ihr noch einen Moment Zeit lassen? Ich kannte Isa nicht gut genug, um das zu entscheiden.

Und dann nahm ein leises Geräusch mir die Entscheidung ab. Ein Kratzen und Brummen.

Es verfing sich in den Wänden und den Blumen an der Decke, sodass ich Probleme hatte, es zu orten. So wanderte ich mit angestrengt gerunzelter Stirn durch den Laden, wäre zweimal beinahe über ein Stuhl- oder Tischbein gestolpert und stand schließlich im hinteren Teil des Raumes, wo der Blauregen besonders tief hing.

Vielleicht hätte ich das Licht einschalten sollen, um besser sehen zu können.

Aber wenn ich mich jetzt hier wegbewegte, würde ich vielleicht nicht mehr herausfinden können, was …

Etwas rührte sich rechts neben mir und ich wirbelte herum.

Aber da war nichts. Oder?

Ein prickelndes Gefühl auf meinem rechten Handrücken, das da nicht hingehörte. Ich hatte meine Hände leicht angehoben, um im Zweifelsfall jemanden oder etwas – was auch immer dort war – von mir stoßen zu können.

Ich war allein, der Raum fast still. Fast.

Ich streckte die Hand aus ...

»Rosa? Du bist schon da?«

... und ließ sie wieder sinken, automatisch, dabei hatte ich nichts Böses getan. Ich wandte mich Isa zu, hinter der gerade die Küchentür zuschwang.

»Ja. Ich war sehr früh wach. Und du offenbar auch.«

Isas Lächeln erreichte nicht annähernd ihre Augen. »Ich habe versucht, Beas Rezept für die Sesamschnitten zu entziffern. Aber vielleicht muss ich die heute vom Menü streichen. Das ist zeitlich nicht mehr machbar.«

Das Menü wurde immer kleiner, die Auslage weniger bunt und vielfältig. Aber Isa konnte nichts dafür. Die Frage war: Wer konnte etwas dafür?

Warum war Bea fort?

Ich lächelte. »Ich helfe dir, vielleicht kriegen wir es hin. Und wenn nicht, ist es auch nicht schlimm. Fällt bestimmt keinem auf.«

Isa sagte nichts. Sie sah einfach nur müde aus.

Ich machte mein Lächeln noch ein bisschen breiter, als könnte ich für sie mitlächeln. »Was muss ich tun? Sag mir, was dir jetzt hilft.«

Dann machten wir uns an die Arbeit.

Kapitel 8

Es wurde nichts aus den Sesamschnitten, aber das machte nichts. Noch nicht. Denn im Vorratsraum lagerten genügend Baisers und Macarons, um unseren Gästen auch in den nächsten Tagen noch etwas bieten zu können. Und gegen Honig-Orangen-Marmorkuchen, den Isa stattdessen aus dem Ofen zauberte, hatte sicher auch niemand etwas einzuwenden.

Ich kehrte nach der Uni zurück und machte mich wieder an die Arbeit, nahm Bestellungen auf wie immer und brachte Getränke und Kuchen an die Tische wie immer.

»Ja, das ist richtig. Wir haben heute leider nur einen Kuchen auf der Karte wegen kurzfristigen Personalausfalls.« Das bekam jeder zu hören, der nach den gewohnten zwei oder drei Kuchen des Tages fragte. »Aber ich kann Ihnen die Baiser-Desserts mit Himbeerkompott wärmstens empfehlen.«

Beas Abwesenheit war wie mein Arm, meine Geister, etwas, das in mir wütete, aber niemand mitbekommen sollte. Und so funktionierte ich einfach weiter.

So gut, dass Isa, als ich zu ihr in die Küche trat, sagte: »Ich bewundere dich wirklich dafür, dass du so ruhig sein kannst, Rosa. Macht es dir denn gar nichts aus, dass wir hier rotieren?«

Ihre sonst immer perfekt sitzende Frisur war etwas verrutscht und sie hatte einen Sahnefleck im Haar. Deshalb wollte ich ihr diesen Kommentar nicht übelnehmen – und doch versetzte er mir einen Stich.

Doch. Natürlich machte es mir etwas aus. Da war ein Loch in meinen Eingeweiden und ich fühlte mich, als hätte ich etwas Wichtiges vergessen und müsste es schnell wieder beschaffen. Aber ich konnte Bea nicht schnell wieder beschaffen. Und aussprechen konnte ich das auch nicht.

Ich sagte: »Doch, natürlich.« Aber es klang nicht besonders betroffen, wenn ich ehrlich war. Wahrscheinlich lächelte ich sogar dabei, weil ich mir das Lächeln heute ins Gesicht getackert hatte.

Die perfekte Rosa ließ sich nicht unterkriegen. Besser hielt Isa mich für gefühllos als für bemitleidenswert. Bea hätte es ebenfalls so gemacht. Hauptsache, das Café lief.

Aber warum war sie dann verschwunden?

Das alles wollte mir nicht aus dem Kopf und doch ergab es keinen Sinn.

Nach meiner Schicht saß ich im Umkleideraum – allein, weil niemand außer mir heute die Mittelschicht machte.

Warum war Bea fort?

Ich legte den Kopf auf die Knie und starrte die gegenüberliegenden Spinde an. Für den Bruchteil einer Sekunde konnte ich das einfach so. Dann saßen sie da, alle drei, auf der Bank gegenüber von meinem Spind.

Ich hob den Kopf wieder. »Was ist?«

»Geht's dir gut?«, fragte Nika mit ihrer samtweichen Stimme.

»Ja. Wieso?«

»Weil Bea verschwunden ist vielleicht«, kam es von Elyar. Sie meinten es gut. Aber ich wollte nicht, dass sie es gut meinten. Das würde nichts ändern.

Ich lächelte. »Sie wird wieder auftauchen. Also warum sollte es mir nicht gutgehen?«

»Weil du dir möglicherweise Sorgen machst, wie die anderen auch.«

Macht es dir denn gar nichts aus, dass hier irgendetwas nicht stimmt?

Ich löste meine zusammengekauerte Position auf der Bank auf und nahm den Pumpkin-Spice-Flakon vom Regal im Spind.

Die beiden Level-1-Geister, der Widder und das Kaninchen, waren bereits zurück, das hatte ich gerochen. »Natürlich mach ich mir Sorgen. Aber Bea wird wieder auftauchen, also tut nicht so, als wäre ich ...«

... krank.

Ich brach ab, weil es wieder da war. Das Summen. Und diesmal konnte ich sehen, wo es hingehörte. Durch den Raum, von der Tür her, kam eine Biene auf mich zugeschwirrt.

Ich starrte sie an, völlig perplex.

Eine Biene.

Sie umkreiste mich, stoppte einen Millimeter vor meinem linken Arm und surrte dann hinüber zu meinem rechten. Ich hob die Hand, damit sie sich setzen konnte, und spürte die kleinen Widerhaken an ihren Beinen auf meiner Haut.

Noch bevor das vertraute Kribbeln auf meinem Finger einsetzte, wusste ich, dass es eine von Beas Bienen sein musste. Beas Bienen verschmähten meinen linken Arm, weil sie dort keine Magie fanden. Und sie naschten so gerne davon.

Die Biene auf meinem rechten Zeigefinger ebenso. Ich spürte, wie sie den Energiepunkt in meinem Finger anzapfte und sich darüber hermachte. Es war ein angenehmes Kitzeln. Ganz vertraut.

Aber wenn Beas Biene hier war, dann konnte Bea nicht weit sein. Bea und ihr Hofstaat – das gehörte zusammen.

Wenn ich die Biene mit einem Zauber belegte, um ihr folgen zu können ...

Ich sah Javid an und öffnete den Mund. Und in diesem Moment hörte das Kribbeln auf und das Summen setzte wieder ein.

»Nein!« Weil ich es flüsterte, wurde meine Stimme dabei ganz hoch. »Warte!«

Aber die Biene verschwand durch den kleinen Spalt zwischen Tür und Boden ins Café. Ich blinzelte einmal. Zweimal, dreimal.

Und dann wurde mir klar, dass ich jetzt nicht einfach gehen konnte. Also hastete ich zur Tür und öffnete sie.

Es schienen alle beschäftigt zu sein, die Küchentür schwang gerade zu. Und die Biene? Die schwirrte in Richtung des Ganges zu den Toiletten.

Ich setzte mein Kunden-Lächeln auf, und ging schnellen Schrittes hinterher, bog in Richtung der Toiletten ab und hielt erneut Ausschau.

Da.

Sie flog die Treppe hinauf. Zu Beas privaten Räumen.

Aus einer der Toiletten drang das Plätschern von Wasser, also beeilte ich mich, dem Schild *Privat* zu trotzen und die Treppe hinaufzukommen.

War Bea wieder da? War sie einfach hereingekommen und in ihre Wohnung gegangen?

Oder folgte ich verzweifelt einer zurückgebliebenen Biene und würde später über mich selbst lachen?

Ich hoffte auf Ersteres, als ich um die Ecke bog und die zweite Hälfte der Treppe in Angriff nehmen wollte. Aber dazu kam ich nicht.

Das Summen war angeschwollen, fast wie unten im Café, wenn sich alle Bienen im Blauregen versammelten.

»Ach du ...«

Ich sprach es nicht zu Ende.

Die Biene aus der Umkleide schwirrte auf die Tür zu und verlor sich im Chaos, das dort herrschte. Das Summen war so laut, dass ich mich wunderte, warum es sonst niemand bemerkt hatte.

Denn die Tür zu Beas Wohnung schien lebendig zu sein unter einer Masse an Bienen.

***

Eine Weile stand ich wie erstarrt auf dem Treppenabsatz und sah dem Gewusel aus Bienen zu.

Unten im Erdgeschoss öffnete sich die Tür zur Toilette, jemand kam den Gang hinunter und ich hoffte, der- oder diejenige würde das Summen nicht bemerken.

Die Person verschwand im Hauptraum ohne stehenzubleiben. Also wagte ich mich ein paar Schritte weiter vor.

Ich haderte mit mir, ob ich die Tür berühren sollte. Wahrscheinlich war sie verschlossen – selbst wenn Bea da war, ließ sie ihre Tür nicht offen stehen.

Zuerst aber musste ich die Bienen da wegbekommen, um die Türklinke anfassen zu können. Mit irgendetwas, das ... Ah.

Ich hatte aus Gewohnheit mit der rechten Hand nach meiner linken gegriffen und wurde mir erst so bewusst, dass ich noch immer den Flakon mit Sirup festhielt, den ich eben hatte einpacken wollen.

»Brillantes Timing«, flüsterte ich, öffnete das Fläschchen und gab einen Tropfen Sirup auf meine Fingerkuppe.

Es duftete nach Zimt und Muskatnuss und scharfem Ingwer und dann war der kleine orangefarbene Widder auch schon da. Er scharrte mit den Hufen und trabte ein paar Schritte auf mein Gesicht zu.

»Gut, dass du da bist, Kleines.« Ich deutete auf die Bienen. »Du musst die Bienen ablenken. Aber sie sollen nicht wegfliegen, ich brauch sie vielleicht noch.«

In Geschichten wurde oft beschrieben, wie der Wünschende ein »Ich wünsche mir« äußern musste. Das war eine nette Begrenzung, aber nicht wahr. Ich musste sagen, was ich wollte, und ich musste es direkt und verständlich sagen, sodass deutlich wurde, dass ich es tatsächlich wünschte. Solange diese Bedingungen erfüllt waren, konnte der Geist jeden Wunsch erfüllen, der in seiner Macht lag – und das wiederum hing ein bisschen von seinem Level ab.

Einem Schwarm Bienen eine magische Kleinigkeit zu bieten, war für einen Level-1-Geist absolut kein Problem.

Der Kleine stupste die Wand neben der Tür mit seinem geschwungenen Horn an und nach kurzer Zeit hatten die Bienen sich dort versammelt und ich konnte an ihnen vorbei zur Tür.

Die natürlich verschlossen war.

»Die Tür muss offen sein, als wäre sie mit einem Schlüssel geöffnet worden.«

Und schon klickte es im Schloss.

»Bea?«

Ich schob die Tür auf. Von irgendwo her kam mir frische Luft entgegen, gemischt mit dem unverwechselbaren Geruch von Weihrauch-Räucherstäbchen. Ich wartete darauf, dass Bea gleich einfach durch die Tür da links kommen und mich fragen würde, was ich hier machte. Aber es blieb still.

»Bea?«

Sie war nicht hier. Das sagte mein Kopf und mein Herz rebellierte. Vielleicht, vielleicht doch!

Ich fröstelte in der kühlen Brise und war mir plötzlich nicht mehr sicher, was ich hier tat. Aber die Tür war offen und vor mir lag Stille. Mal wieder diese unerträgliche Stille.

Ich wandte mich zu dem Widder um. »Kannst du die anderen holen? Vielleicht brauche ich sie.«

Er neigte den Kopf und verschwand. Und als hätte ich damit einen Schalter umgelegt, lösten die Bienen sich abrupt von der Wand, stoben an mir vorbei in die Wohnung und nach rechts durch eine halb offen stehende Tür aus dunklem Holz. Ich folgte ihnen vorsichtig über die Schwelle, begutachtete aber erst einmal den Raum hinter der Eingangstür.

Die Dielen waren wie unten aus Holz. Zu meinen Füßen lag ein uralter ausgeblichener Teppich. Auch die Möbel waren alt und schnörkelig. Ich musste im Wohnzimmer gelandet sein, zumindest deuteten die Schrankwand mit dem zarten Geschirr und der olivgrüne Sessel unter einer Leselampe mit Fransen am Schirm darauf hin. Abgesehen davon war der Raum eigenartig leer, wie kaum benutzt. Hatte Bea ihre Sachen zusammengeräumt und war gegangen? Aber wie? Wann?

Außer ein paar Zeitschriften mit Rezepten und Notizen zu Honigkuchen sah ich nichts, was mir das Gefühl gab, das hier sei mehr als eine altmodische, überdimensionale Puppenstube.

Von diesem Raum ging nicht nur eine Tür nach rechts, sondern auch eine nach links ab. Dort erspähte ich eine Küche und auch hier hing der leichte Duft von Rauch über dem von Kräutern und Zucker. Schalen mit Räucherstäbchen sah ich jedoch keine.

Die Bienen waren nach rechts verschwunden, also ging ich dorthin und betrat ein Schlafzimmer.

Ein Bett, ein Nachttisch, ein Schrank, eine Lampe auf dem Nachttisch – das war alles. Es hingen nicht mal Bilder an den Wänden. Das Fenster zum Innenhof war einen Spalt breit geöffnet und ließ die frische Maibrise hinein, die sich mit der unerwartet stickigen Luft hier drinnen mischte.

Die Bienen waren fort. Durch das Fenster verschwunden?

»Bea?«

Ich konnte nicht anders, irgendwie hoffte ich doch, sie würde antworten. Stattdessen knarzten die Dielen unter meinen Füßen und irgendwo dort draußen hupten Autos. Von hier aus hatte ich einen guten Blick in den Hof, sah aber keine Biene.

Hatte ich mir am Ende alles eingebildet?

»Ihr Leben hat sich definitiv unten abgespielt«, sagte eine Samtstimme und ich fuhr zusammen.

Hinter mir stand Nika. Javid war neben das Bett getreten und Elyar wartete im Türrahmen und verzog das Gesicht.

»Alles hier ist so furchtbar kalt. Was machst du hier?«, fragte er.

»Ich weiß es noch nicht.« Ich warf einen zweiten Blick nach draußen. »Ich dachte, Bea wäre zurück. Es waren ihre Bienen. Ganz sicher.«

»Ich glaube nicht, dass Bea zurück ist.« Javid sah sich um, die Stirn in Falten gelegt. »Lasst uns schnell wieder verschwinden, irgendetwas stimmt hier nicht.«

Das fand ich auch, wenn ich ehrlich war. Es war kalt und das lag nicht am Maiwind, der durchs Fenster kam. Und trotzdem war es so stickig hier. Und so unheimlich kahl.

Ich schloss sachte das Fenster und ging zum Nachttisch hinüber, der ebenso alt und abgenutzt wirkte wie alle anderen Möbel. Aber hier stand das erste persönliche Stück in dieser Wohnung: ein Foto, uralt und vergilbt, von fünf Personen. Niemand lächelte in die Kamera, sie alle starrten mir so anklagend entgegen, als wäre ich eine Verbrecherin.

1832, stand kaum lesbar auf der Rückseite, als ich das Foto aus dem Rahmen nahm. Das mussten Beas Vorfahren sein, eine oder vielleicht zwei Generationen zuvor. Der allsehende, durchdringende Blick hatte sich auf jeden Fall weitervererbt. Die Frau dort blickte genauso wie Bea es in den letzten Tagen getan hatte. Und das junge Mädchen vor ihr ebenso. Die strengen Gesichtszüge, die feinen Augenbrauen. Definitiv Familiensache.

Ich schluckte und legte das Bild zurück in den Rahmen.

»Rosa.«

»Hm?«

Javid stand nicht mehr neben dem Bett. Er war an den Schrank herangetreten und starrte die Tapete links daneben an. »Schau dir das mal an.«

»Was ist da?«

Außer einer altmodischen Blumentapete.

»Rauch, glaube ich. Es fühlt sich seltsam an.«

Ich stutzte.

Richtig. Wo waren Beas Räucherstäbchen?

Wo kam der Geruch nach Rauch her, der über allem lag?

Ich trat näher an die Wand und legte meine rechte Hand auf die Tapete. Die Wand war kalt, so kalt, dass meine Finger sich anfühlten wie taub. Ich hob die linke Hand und spürte nichts. Magie in der Wand? Hinter der Wand?

»Sei vorsichtig, Prinzessin«, kam es leise von Nika. Ich nickte, zu abgelenkt, um zu antworten.

Ja, ich roch den Weihrauch – er war da. Nur ... wo?

Meine Finger tasteten über die Wand, taub von der Kälte darin. Mein rechter Arm pulsierte, mein linker blieb still. Das war Magie, ganz eindeutig.

Und dieser Geruch ...

Meine Finger ertasteten Erhebungen und Rillen im Blumenmuster. Und dann war da plötzlich eine Lücke.

Sie war seltsam klebrig, und unter dem Rauch duftete es nach etwas anderem. Zart, kribbelnd, dunkel. Es war Beas Geruch. Rauch. Weihrauch und Honig.

Ich rümpfte die Nase. »Ein Zauber.«

»Kannst du ihn finden?«, fragte Javid.

»Ich glaube. Ich weiß nur nicht ...« Doch, im Grunde wusste ich es längst.

Der Raum war zu klein, wenn ich an den Raumschnitt unter mir dachte. Wie blind ich gewesen war. Wobei nein – meine Nase hatte es gewusst. Rauch und Honig, die ganze Zeit. Die Luft war nicht stickig, sie war zum Schneiden dick von Magie und Magie-Blockaden.

Ich tastete mich an der klebrigen Naht entlang. Manipulation der Raum-Atmosphäre, ein Acht-Finger-Zauber. Gut eingewirkt in die Tapete.

Das hier war keine Wand. Das war eine Tür.

Meine klammen Finger fanden einen unsichtbaren Knauf, ich drehte ihn.

Und die Tür sprang auf.

Zuerst quoll mir nur Weihrauch entgegen. Dann blinzelte ich meine tränenden Augen wieder klar und sah zwei Tische an der Wand gegenüber, auf denen Schalen, Schachteln und Tiegel lagen, Blumentöpfe mit Jasmin und Orchideen, Rosmarin, Salbei, Efeu und Aloe Vera.

Ich legte den Arm über Mund und Nase. Diese Schachteln ... Das waren Räucherstäbchen. Und da waren Schalen, wie auch schon im Innenhof. Schalen mit angezündeten Stäbchen.

Einige glommen noch vor sich hin, Rauch stieg von ihnen empor. Durch das Fenster an der linken Seite der Wand zog Luft in den Raum hinein und wirbelte den Rauch auf.

Drei Schalen standen auf dem Boden. Fünf auf den Tischen.

Rauch, überall duftender Rauch.

Mein Arm verkrampfte sich, mein ganzer Körper wurde kalt. Nicht schon wieder. Ich durfte mich nicht schon wieder erinnern, nicht vor den anderen, nicht hier.

Ich hielt die Luft an und sah mich nach Javid um. Er war bereits da. Er stand hinter mir und trat nun an mir vorbei in den Raum.

»Das ist ganz schön viel Rauch. Bleibt besser draußen, ich mach das Fenster weiter auf«, sagte er.

Ich konnte mich nicht rühren, doch dank seiner Worte musste ich das auch nicht. Ich konnte mich auf seine Gestalt konzentrieren, die ans Fenster trat, es aufstieß und wartete, bis der überwältigende Geruch sich verflüchtigt hatte.

»Das ist eine ganz schön große Sammlung«, hörte ich Nika sagen. Sie war neben mich getreten und begutachtete den Raum.

»Wir werden alle ordentlich durchgeräuchert sein, wenn wir hier rauskommen.« Das war Elyar hinter mir. Er brachte mich zum Schmunzeln und endlich konnte ich mich wieder bewegen.

Ohne mich umzuschauen, trat ich auf die drei Schalen am Boden zu. Es war nur Weihrauch. Alles war gut.

»Bea muss verrückt gewesen sein, so viele davon hier drinnen anzuzünden.« Nika und hockte sich neben mich. »So hab ich sie nicht eingeschätzt.«

»Irgendwas hat sie damit bezweckt hat«, erwiderte ich.

»Was denn bezweckt?«, fragte Elyar. »Dieser Rauch würde jeden Zauber blockieren, den sie versucht. Das ist Irrsinn.«

Oder Absicht.

Ich schaute mir die Schalen genauer an. Sie enthielten nicht nur Asche.

Nika hatte es auch gesehen. »Das sind Kräuter. Rosmarin vielleicht. Und Orchidee?«

»Lilienblätter«, sagte ich leise, als ich die Form erkannte. Ich hatte sie so oft gesehen, ich würde sie für immer von allem unterscheiden können. Aber das war nicht alles. Es war nicht nur Asche mit ein paar Blüten. »Und Honig.«

Nika beugte sich näher an eine der Schalen, verzog das Gesicht und wedelte den Rauch fort. »Das sieht aus wie ein Zauber.« Sie nahm ein Schälchen auf und schüttelte den Kopf. »Mit Räucherstäbchen.«

Elyar hinter mir schnaubte und ich konnte ihn gut verstehen, auch wenn mir nicht nach Lachen zumute war. Das war unmöglich. Asche und Rauch blockierten Magie. Damit wirkte man sie nicht.

Und doch – es war eine gängige Mischung: Honig als Beas Basis zusammen mit Katalysatoren, jenen Kräutern, Samen oder Steinen, die die Wirkung des Zaubers unterstützten. Rosmarin, Lilien, Jasmin, alle Pflanzen hier waren reinigende Katalysatoren. Es hätte somit ein einfacher Luftreinigungszauber sein können, wenn der Rauch nicht gewesen wäre.

Ich hob den Kopf und sah zu Javid hinüber, der meinen Blick nachdenklich erwiderte. »Was hatte Bea damit vor?«, fragte er.

Das hätte ich auch gerne gewusst.

Nika hustete und richtete sich auf. »Das gefällt mir nicht. Offenbar gab es einiges, das wir nicht über Bea wussten.«

Ich hätte ihr gerne widersprochen. Aber ich konnte nicht.

Geheime Zauber mit Rauch – das war absolut unmöglich. Niemand zauberte mit Rauch. Rauch war tot. Und soweit ich es aus Pas Büchern wusste, waren die einzigen zwei Hexen, die je einen Zauber damit hinbekommen hatten, kurz danach in einem unkontrollierten Inferno verendet. Solche unkontrollierte, gefährdende Magie – das war verboten.

»Oh, Bea.« Ich sagte es ganz leise, meine Lippen formten die Worte fast lautlos. »Was hast du nur vorgehabt?«

Kapitel 9

»Ja, das ist richtig. Wir haben heute leider nur einen Kuchen auf der Karte wegen kurzfristigen Personalausfalls.« Ich lächelte um mein Leben. »Dann einmal die Mini-Pancakes mit Honig? Und zwei Kaffee? Gerne.«

Auf meinem Weg zurück zum Tresen sah ich, wie die Tür sich öffnete und Herr Siemon hereintrat. Er war blass, darüber konnte nicht einmal das Goldlicht hinwegtäuschen. Ich schluckte und eilte in die Küche, machte Kaffee fertig und setzte direkt Milch mit auf.

»Haben wir noch Macarons da?« Mit diesen Worten kam Juli durch die Tür – und dabei hatte sie doch Spätschicht. War es schon so spät? Es kam mir gar nicht so vor, als wäre ich bereits seit drei Stunden hier. Ich hatte so viel zu tun gehabt, dass ich alles vergessen hatte, das heimelige Café-Gefühl, die Zeit, den Honig-Asche-Zauber. Zumindest kurz.

Bisher hatte ich Isa nichts davon gesagt. Ich wusste nicht, wie. Ich wollte nicht, dass sie an Bea zweifelte. Oder daran, dass Bea bald wiederkam. Na ja, und dass sie nachfragte, was ich in Beas Wohnung zu suchen gehabt hatte.

Ich stellte die Kaffeetassen auf mein Tablett. »Bringst du das raus zu Tisch zehn und ich hole die Macarons? Die sind hinten.«

Juli nickte. »Deal.«

Ich verschwand im Vorratsraum, holte die Boxen mit Macarons und stellte sie auf dem Tisch bereit. Bea hatte in jeden Behälter ein Säckchen mit einem Frischhalte-Zauber gelegt – ein weiteres Detail, das mich stutzig machte. Hatte sie sich auf ihr Verschwinden vorbereitet? Es wirkte geplant und gleichzeitig nicht.

In diesem Moment stieg die Milch im Topf hoch und ließ kein Grübeln mehr zu. Ich eilte zum Herd, goss Schokolade dazu und ließ Javid sein Zauberwerk tun.

Herr Siemon war einigermaßen überrascht, als plötzlich der Kakao vor seiner Nase stand, ohne dass ich ihn vorher begrüßt hatte.

»Wir haben heute kurzfristigen Personalausfall und ich wollte Sie nicht warten lassen«, erklärte ich und schob ihm den Honig-Macaron, den ich dazugelegt hatte, entgegen.

Herr Siemon würdigte das Gebäck jedoch keines Blickes. Argwöhnisch schaute er mich an. »Das hat ihre Kollegin gestern auch gesagt. Geht es Ihnen gut, Rosa?«

»Natürlich.« Lächeln. Den Kopf leicht neigen. »Es ist eben ein wenig stressig wegen des Personalmangels. Aber nichts, was wir nicht hinbekämen.«

Momentan zumindest. Es lief nicht so geordnet wie unter Bea – Tische wurden getauscht, Bestellungen aufgeteilt. Aber das war nichts, worunter die Kunden zu leiden hatten.

Momentan waren nicht alle Tische besetzt und die Situation war gut organisierbar. Juli konnte sogar in Ruhe die Macarons in die Auslage legen.

Herr Siemon rührte mit dem langstieligen Löffel in seinem Kakao. »Ich hab es irgendwie gewusst.« Und dabei sah er mich immer noch prüfend an. »Wissen Sie, als ich gestern hereinkam, da kam mir schon etwas seltsam vor. Ich hoffe, es ist wirklich alles in Ordnung.«

»Machen Sie sich keine Sorgen. Genießen Sie einfach Ihren Kakao.«

Weiterlächeln.

Und endlich wandte Herr Siemon sich seinem Getränk zu.

Zurück am Tresen sah ich erneut zu ihm hinüber. Ein alter, gebeugter Mann mit fahler Haut und knochigen Fingern, der seinen Kakao löffelte, um ihn besonders lang genießen zu können. Jeden Tag.

Er würde das nicht mehr tun können, sollte das Café schließen.

Der Gedanke hinterließ ein bodenloses Gefühl in meinem Bauch – als würden meine Eingeweide einem schwarzen Loch weichen.

Für einen Moment wünschte ich mich nach Hause, ich wollte den Kopf auf Nikas Schoß legen und mich von ihren Fingern massieren lassen, oder Schokolade mit Elyar teilen. Ich wollte Javids Blick auffangen und merken, dass er mich längst gelesen hatte.

Für einen Moment wollte ich das.

Karamellduft zog an mir vorbei, ganz leicht, vielleicht aus der Küche, vielleicht auch nicht.

Aber es genügte, um mich zu fangen. Sobald ich jemandem meine Befürchtungen zeigte, wurden sie greifbar – also würde ich sie niemandem zeigen. Und deshalb konnte ich es auch nicht zulassen, dass dieses Café nicht jeden Tag aufs Neue Wünsche und geheime Träume erfüllte. Allein wegen Herrn Siemon mussten wir durchhalten, zumindest bis er gesund war. Das wäre das, was Bea gewollt hatte, und einer Queen-Bea verwehrte man nichts.

Ich warf einen Blick gen Decke, zu den dicken Blüten des Blauregens, und wisperte ihm zu: »Du wirst sehen, Bea. Wir machen das. Was auch immer du vorhast.«

***

Meine Schicht verlief bienenlos und unproblematisch, abgesehen davon, dass Juli wegen meiner neuen Haarsträhnen schimpfte.

»Das Lila stand dir besser als Grün«, sagte sie, wieder mindestens fünfmal. »Das passte besser zu deinem Hautton.«

»Ich werde es meinem Friseur mitteilen.«

Wenn er das nicht eh schon gehört hatte.

In der Umkleide öffnete ich meinen Spind und wollte die Flakons darin zuschrauben – aber schon duftete es nach Zuckersirup.

»Ich bin heute mit ein paar Leuten aus der Uni zum Kino verabredet«, sagte Nika hinter mir. Sie hatte sich bereits in Schale geworfen, inklusive hoher Schuhe, die ihre langen Beine noch mal länger wirken ließen. »Bist du böse, wenn ich direkt hinfahre?«

Ich schüttelte den Kopf. »Geh nur.«

»Ich bin auch weg.« Elyar war neben Nika aufgetaucht. »Ich hab da noch ein bisschen was zu erledigen.«

»*Ein bisschen was*?«, echote ich mit gehobenen Augenbrauen. »Was hast du angestellt? Du warst gestern auch schon nicht da, obwohl du angeblich einen Filmabend machen wolltest.«

»Den haben wir aber ja am Abend davor gemacht.« Elyar strahlte. »Es ist alles gut, ich hab nichts verbrochen. Schönen Feierabend noch.«

Und dann war er ganz schnell aus der Tür – was wahrscheinlich sein Glück war. Es machte mich ziemlich misstrauisch. Elyar war der am wenigsten vernünftige in dieser Gruppe. Und dabei schloss ich Kaninchen und Widder mit ein.

Mit einem unguten Gefühl sah ich die ins Schloss fallende Tür nach draußen an, und wandte mich dann Javid zu, der mittlerweile aufgetaucht war, Kaninchen und Widder auf je einer Schulter.

»Möchtest du auch irgendwo hin?«

Er schmunzelte. »Ich hatte keine Pläne, falls du das meinst. Aber wenn du so fragst, würde ich gerne ein bisschen frische Luft schnappen.«

Mein Blick wanderte weiter zum Kaninchen, ich setzte eine erwartungsvolle Miene auf und der Geist verstand. Gefolgt vom Widder verschwand er in seinem Flakon. Immerhin konnte man sich auf die beiden verlassen.

Javid ging nach draußen und ich zog mich um. Ein bisschen hoffte ich auf das Summen einer Biene, aber alles blieb still.

Aber dass sie dagewesen waren, hieß doch, dass Bea nicht weit weg war. Noch nicht.

Ich trat vor die Tür und stolperte beinahe über Javid, der daneben an der Wand lehnte. »Allein zu spazieren ist langweilig. Gehen wir zum Jungfernstieg?«

»Und das ist für dich ein Spaziergang?«, fragte ich.

Ich bog an ihm vorbei ab Richtung Wasser. Mitten am Tag war der Platz gut besucht, der Neue Wall wimmelte von Besuchern und auf den Bänken zwischen den riesigen Pflanzenkübeln sonnten sich die ersten Leute in T-Shirts.

»Es ist frische Luft«, sagte Javid hinter mir. Er brauchte nicht lange, um zu mir aufzuschließen. »Sollen wir uns auf dem Weg einen Kaffee holen?«

Nach einem langen Arbeitstag dachte ich meist, für den Rest der Woche genug von Kaffee gehabt zu haben – aber ein bisschen Sonne und von Pollen geschwängerter Wind und schon war mir wieder nach einem Getränk mit fluffigem Milchschaum. Ich brauchte noch ein bisschen Ablenkung, bevor ich heute mit Pa an einem Tisch sitzen und in meinem ewigen Hindernislauf sämtlichen Themen ausweichen würde.

Beim Gedanken daran schnürte sich mir die Kehle zu und so nickte ich rasch.

Es machte Spaß, mit Javid Kaffee zu holen, so banal es klang. Ich wusste, dass er die Geschmacksrichtung für meinen Kaffee aussuchen würde, und ich war gespannt, womit er diesmal den Nagel auf den Kopf treffen wollte.

»Du hast niemandem von den Aschezaubern erzählt?«, fragte Javid, während wir der Schleusenbrücke den Rücken kehrten und in Richtung Poststraße schlenderten.

Ich schüttelte den Kopf. »Ich wüsste nicht, was ich wem erzählen sollte. Ich weiß nicht mal genau, was ich gesehen habe.«

»Asche in einem geheimen Zimmer.«

»Und vielleicht gibt es eine gute Erklärung dafür, die Bea uns mitteilen wird, wenn sie wiederkommt.«

Ich wusste genau, dass Javid mir einen seiner schrägen Blicke von oben zuwarf, und so begutachtete ich höchst interessiert die beiden alten Damen vor dem Schaufenster eines der vielen Modegeschäfte am Neuen Wall.

»Du glaubst weiterhin, dass sie wiederkommt?«, fragte er.

»Glaubst du, dass sie einfach so geht und uns alleinlässt?«

»Ich hätte vor gestern auch nicht geglaubt, dass sie irgendwelche Experimente mit ihren Räucherstäbchen macht.«

Das stimmte. Mein Bild von Bea war gestern schief geworden, als würden einzelne Teile nicht mehr zusammenpassen. Was hatte ich überhaupt über sie gewusst?

Trotzdem änderte das nichts. »Was soll ich anderes tun, als an Bea zu glauben?« Der Wind wehte mir Haare ins Gesicht und ich strich sie mir von der Nase. »Soll ich sie für verrückt erklären und mir einen anderen Job suchen?«

»Gibt es nur diese beiden Extreme?«

»Vielleicht.«

»Ich weiß was Besseres.« Er klang amüsiert. »Italien, sagtest du, richtig?«

»Ita...« Ich warf ihm einen bösen Blick zu. »Fängst du schon wieder damit an.«

»Rein hypothetisch.«

»Rein hypothetisch kannst du das ohne mich machen.«

»Dazu müsstest du mich freilassen.«

»Du bist automatisch frei, wenn ich sterbe. Und Hexen werden, wie du weißt, über hundert Jahre alt, also musst du dich noch etwas gedulden.«

»Ich kann warten. Und wer weiß, vielleicht bist du uns irgendwann leid und schickst uns fort.«

»Ja, vielleicht. Wenn ihr euch nicht benehmt.« Wir wussten beide, dass das niemals passieren würde. Deshalb konnte ich problemlos darüber grinsen. »Du bist zeitlos, irgendwann kommst du sicher mal nach Italien. Aber eben nicht mit mir.«

Und vom Reisen hatte ich erst einmal genug. Meine letzte Reise war nicht gut geendet und ich wollte mein Glück nicht noch einmal herausfordern. Aber das musste ja nicht für Javid gelten.

Ich versuchte mir vorzustellen, wie ich ihn entließ, damit er nicht mehr an mich oder diese Stadt gebunden war, aber das war ein komisches Gefühl. Irgendwie leer und ähnlich traurig wie die gesichtslosen Mannequins da im Schaufenster.

Nein, die Geister und ich – das konnte man nicht so einfach trennen.

Ich hob an: »Weißt du ...«

Und im selben Moment sagte er: »Aber vielleicht ...«

Wir brachen beide ab und schnitten eine Grimasse. Javid deutete auf mich.

»Weißt du mit deiner langjährigen Erfahrung denn etwas über Aschezauber? Hast du dazu mal irgendetwas gesehen?«, fragte ich dann.

»Ich wünschte.« Er hob die Schultern. »Wie Elyar schon sagte, sehen wir meist nur das Innere unserer Flasche. Und Magie verändert sich schnell. Zauber kommen und gehen.«

»Also könnte es ein alter Zauber sein, der jetzt nicht mehr bekannt ist.«

»Vielleicht. Wenn es ein Zauber ist.«

Bea hatte bestimmt nicht aus Spaß Asche in ihren Honig gerührt. Ich musste nur herausbekommen, was für eine Art Zauber sie damit wirken wollte. Vielleicht verstand ich dann, was hier los war.

Mir fiel ein, dass ich Javid gerade abgewürgt hatte. Ich sah zu ihm auf und für den Bruchteil einer Sekunde – bevor er meinen Blick bemerkte – wirkte er nachdenklich, fast düster. Dann erhellte ein Lächeln sein Gesicht und die Dunkelheit war fort.

Und ich hatte das Gefühl, etwas Wichtiges verpasst zu haben. »Was wolltest du eben sagen?«

»Eben?« Er runzelte die Stirn. »Nichts Wichtiges. Ich weiß es nicht mehr.«

Ich suchte in seinen Zügen nach Zeichen, dass er mir etwas verschwieg. Aber er wirkte stoisch wie eh und je. Abgesehen davon bog er jetzt abrupt nach rechts ab und ich musste mich beeilen, ihm hinterherzukommen.

»Du wolltest Kaffee?«, fragte er, als wäre nichts passiert.

»Latte Macchiato.«

»Ich gehe bestellen.«

»Ich hab nichts anderes erwartet.«

Er grinste und ich sah ihm nach, wie er im Gebäude verschwand. Und fragte mich, ob er mir je verraten würde, was für eine Miene ich da eben gesehen hatte.

***

Später am Abend war ich wieder im Haus in der Scheffelstraße, wieder in Schwarzweiß, wieder ohne Strähnchen im Haar. Diesmal allerdings hatte Javid die Strähnchen entfernt und ich hatte keine Blumen dabei, sondern nur Pas Lieblingsschokolade. Ich hatte nicht ohne etwas herkommen können – irgendwie schien mir mein Besuch nicht genug, um Pa zu zeigen, dass ich ihn nach wie vor liebte. Ich war eine schreckliche Tochter, und auch wenn Schokolade das nicht wiedergutmachte, so zeigte sie doch meinen guten Willen.

Pa hatte Nudelpfanne mit grünem Spargel und einer gehörigen Portion Thymian gemacht, das Essen, das ich geliebt hatte, als ich ein Teenager gewesen war. Es schmeckte nach Sonntagen, nach Tagen auf der Terrasse und dem ersten Anzeichen von Sommer, nach Tagen, an denen ich Pa von meinen neusten Bonbon-Kreationen erzählt und ihn über Zauber ausgequetscht hatte.

Ich schob ein Stück Spargel von links nach rechts und fragte mich plötzlich, was ich hier wollte. Ich wusste, was Pa wollte. Aber hier beim Essen, mit dessen Zubereitung er sich so viel

Mühe gemacht hatte – da konnte ich ihm unmöglich sagen, dass er mich bitte wieder von der Liste streichen lassen sollte. Er wirkte so entspannt. Dieses Lächeln zwischen zwei Bissen sollte ihm nicht aus dem Gesicht fallen, weil ich ihn enttäuschte.

»Erzähl mir von deinem Studium«, sagte er, kaum dass er meinen Blick bemerkt hatte. »Was macht ihr gerade? Ist es spannend?«

»Mal so, mal so.« Ich kramte in meinem Kopf nach etwas, das ihn interessieren könnte. »Die Praktika sind ganz spannend.«

»Praktika?«

»Na ja, zum Beispiel Maiskörner aufschneiden und anfärben.«

»Wozu das?«

»Um sich seine Entwicklung von innen heraus anzuschauen. Also, wie sich die Nährstoffzusammensetzung verändert.«

»Aha?«

Ich zuckte die Schultern. »Auf diese Weise versteht man, wieso die Pflanze wächst, wie sie wächst. Wie sie sich ihrer Umwelt angepasst hat und wo Fehler entstehen können.«

Pa nickte. »Und warum ausgerechnet ein Maiskorn?«

»Das ist nur eine von vielen Pflanzen, die ...« Ich sah sein Lächeln und verzog den Mund. »Och Pa, tu nicht so. Du weißt das doch eh alles schon.«

Er hatte es garantiert nachgelesen, kaum dass ich mein Studium begonnen hatte. Er las alles nach.

»Nicht alles«, erwiderte er vergnügt. »Außerdem möchte ich, dass du es erzählst.«

Er lauschte interessiert, während ich sprach, wie damals. Alles war wie damals, während nichts war wie damals.

Ich schob mir Nudeln und Spargel in den Mund und die Masse fühlte sich so zäh an, dass ich sie mit einem Schluck Wasser hinunterspülen musste. »Was ist mit dir? Wie läuft es in deinen Vorlesungen? Und hast du schon in das Buch geschaut, was wir dir geschenkt haben?«

Eine Menge Fragen auf einmal, damit er mich nichts fragen konnte.

Pa legte die Gabel ab, um einen Schluck zu trinken. »Ich habe in das Buch geschaut und in einer meiner letzten Vorlesungen direkt Verweise darauf anbringen können.« Er stellte sein Glas wieder ab. »Es ist viel los in letzter Zeit. Dass sich die magische Welt gegenüber der nicht-magischen letztes Jahr geöffnet hat, bringt etwa gleich viele Möglichkeiten wie Gefahren. Nicht-magische Menschen sind fragil und die Gesetze sehr schwammig. Wir dürfen Magie vor nicht-magischen Menschen wirken, sie aber nicht gefährden. Ich weiß noch nicht, wie ich das alles einordnen soll ... Die Historik warnt mich davor, Magie zu einer öffentlichen Sache zu machen.«

»Momentan halten sie uns für Schausteller oder Esoteriker«, erwiderte ich. »Das ist nicht so schlimm, oder?«

»Es ist eine große Verbesserung zum Aufhängen oder Ertränken, ja.«

Wir mussten beide schmunzeln. »Reden sie so in deiner Uni darüber?«, fragte er.

»Einige. Manchmal. Es ist kein so großes Thema, ehrlich gesagt.«

»Trotzdem stelle ich mir das anstrengend vor.« Pa nahm seine Gabel wieder auf. »In der Ausbildung wirst du damit wohl weniger in Kontakt kommen.«

»Hm.« Ich hoffte, dass er weiter über historische Umschwünge, statt über meine Karriere reden würde. Aber ich sprach hier nun mal mit Pa.

»Du hast dich noch nicht dazu geäußert, ob du es machen möchtest. Zögerst du immer noch?« Er klang nicht so, als würde er erwarten, dass ich zögerte. Und die perfekte Rosa hätte auch nicht gezögert.

»In letzter Zeit hatte ich ein bisschen Stress, da konnte ich nicht richtig darüber nachdenken. Tut mir leid.«

»Das kann ich natürlich verstehen.« Pa nickte. »Ich dachte nur, es gibt noch viel zu tun. Vorbereitungen für die Prüfung und du musst natürlich eine Bewerbung verfassen. Das solltest du nicht bis zum Schluss aufschieben.«

Ich nickte unbestimmt und aß, während Pa nicht aß. Ein Insekt flog gegen die Fensterscheibe zum Garten und schwirrte wieder ab.

»Wenn ich voreilig damit war, dich zu nennen, musst du mir das sagen, Rosa. Ich hatte das getan, weil du doch immer in die Heilung gehen wolltest wie deine Mutter. So hast du es zumindest gesagt. Es war unser Traum, deiner und meiner.«

»Und das war vollkommen ernst gemeint«, erwiderte ich. Mein schneller Puls schnürte mir die Speiseröhre zu. »Ich will in Mas Fußstapfen treten, wirklich.«

Nur, dass Wollen und Können zwei verschiedene Dinge waren. Aber das konnte ich nicht laut sagen. Der Gedanke an Pas Miene, wenn ich es aussprechen würde, erstickte jedes Wort. Meine Sprachlosigkeit versteckte ich schließlich hinter einer großen Gabel Spargel und Kirschtomaten.

Es war unser Traum, deiner und meiner.

Es tat mir so leid. Ich hatte es doch versprochen. Ich wollte doch die perfekte Tochter sein, die Ma ersetzte, die talentiert war und toll und hübsch und immer das Richtige tat. Aber ich war nur eine leidliche Kopie eines solchen Menschen.

Aber Pa lächelte erleichtert und für diesen einen Moment tat es nicht ganz so weh. Solange Pa lächelte, war alles gut. »Du bist wirklich wie deine Ma.«

»Kein Stück.«

»Doch, doch«, sagte Pa. »In allen wesentlichen Dingen. Und die Nase – die hast du auch von ihr.«

»Und die Leberflecke.«

Er lachte. »Die auch.«

Sein Lachen verklang im Raum und ich wollte das Thema wechseln. Aber er kam mir zuvor. »Wenn ich dir irgendwie behilflich sein kann, musst du es mir sagen. Dir wird es niemand übelnehmen, wenn du die Uni abbrichst, um dich der Magie zuzuwenden. Amber freut sich schon darauf, wieder gemeinsam mit dir zu lernen, wie früher. Und wir alle werden dich, so gut wir können, dabei unterstützen, damit du die Aufnahme bestehst.«

Er klang so, als hätte ich bereits bestanden – dabei hatte ich mich noch nicht einmal offiziell beworben. Ich hatte immer noch kein Argument dafür, mich nicht zu bewerben. Keins, das Pa verstand, ohne dass er von meinem verletzten Arm erfuhr. Besser für mich wäre es, wenn ich mich bewarb und einfach nicht genommen wurde. Aber schaffte ich das? Zum Beispiel, indem ich durch die Aufnahmeprüfung fiel?

»Was werde ich denn für die Aufnahme tun müssen, um zu bestehen?« Ich musste beiläufig klingen, ganz interessiert.

Ich aß weiter, doch Pa tat es immer noch nicht. Dieses Thema war ihm so wichtig, dass er sich nebenbei nicht einmal aufs Essen konzentrieren konnte. Und dieser Gedanke jagte mir eine Gänsehaut über den Rücken.

»Genau kann ich dir das nicht sagen, aber sicher werden deine Fähigkeiten getestet. Und so, wie ich sie kenne, wird Martha dich ebenso auf deine Motivation hin prüfen, um sicherzugehen, dass du bereit bist, hart für diese Ausbildung zu arbeiten.« Ich kaute und kaute.

Er fuhr fort. »Ich habe darüber nachgedacht und glaube, dass du deinen Nebenjob nicht wirst weitermachen können. Es wäre also gut möglich, dass du für das erste Lehrjahr deine eigene Wohnung aufgeben müsstest. Wir können natürlich auch darüber reden, ob ich dir Geld dazugebe für die Miete.«

Kauen und schlucken. Lächeln. In mir stieg Panik hoch. Das Café aufgeben? Nach Hause ziehen? Oder mich von Pa abhängig machen, indem er mir eine Wohnung bezahlte? Nichts davon wollte ich.

Ich konnte ihm nicht täglich in die Augen sehen und wissen, dass ich ihn enttäuschte. Ich konnte nicht noch tiefer in seiner Schuld stehen. Und ich konnte meinen sicheren Hafen nicht aufgeben.

Pa lächelte zurück und aß endlich weiter.

Ich musste dafür sorgen, dass es gar nicht erst dazu kam. Durch den praktischen Test konnte ich nicht fallen, das würde Fragen aufwerfen und Pa enttäuschen. Aber die Motivation war eine andere Sache. Ich konnte sagen, dass ich sie nicht überzeugt hätte.

Und Martha Waris konnte ich sagen, dass ich mein Leben nicht aufgeben wollte und auch nicht meinen Job im *Honigmond.* Wenn sie wirklich so streng darauf achtete, sollte das genug sein.

Aber wenn ich das *Honigmond* als Gegenargument brachte, musste ich den Job bis dahin noch haben. Dann musste Isa bis dahin durchgehalten haben – oder Bea wieder da sein. Nein, Bea musste so oder so wiederkommen, damit das Café weiterlief. Es gab gar keine andere Möglichkeit.

Ich starrte die Nudeln auf meiner Gabel an, atmete ein und wieder aus.

Wenn Bea wiederkam, hatte ich eine Chance. Aber dafür musste sie zu uns zurückkehren.

Und das so schnell wie möglich.

Kapitel 10

»Welchen Geschmack hättest du denn gerne?«

»Karamell.«

Nika nahm meinen Kaffeebecher entgegen. »Dir war schon wirklich lange nicht mehr nach Schokolade. Das macht mich fast ein bisschen traurig.«

»Deine Ära kommt schon früh genug wieder«, sagte ich grinsend. Es stimmte, seit Amber bei mir in der Wohnung gewesen war, war mir nicht mehr nach Schokolade. Aber ich war mir sicher, dass sich das wieder legte.

Wir setzten uns draußen auf den Rasen vor dem Philosophenturm in die Sonne, Nika mit beiden Kaffeebechern in der Hand. Sie schürzte die Lippen. »Viel oder wenig Karamell?«

»Nicht zu süß ... aber ich will es schon schmecken.«

»Du machst es einem nicht gerade einfach.«

»Ich weiß ja auch nicht, was du unter *viel* verstehst.«

Nika seufzte. »Wie macht Javid das nur?«

Ja, das fragten wir uns alle.

»Soll ich ihn rufen?«, fragte ich scherzhaft.

Aber Nika nickte. »Bitte.«

»Vergiss es. Nimm einfach einen gehörigen Schuss Sirup – du hast Leute mit Geldwünschen damals doch bestimmt auch nicht nach der Summe gefragt.«

Nika hatte die Augen geschlossen, um sich auf den Kaffee zu konzentrieren, doch jetzt öffnete sie ein Auge, um mich anzusehen. »Doch. Hab ich.«

Ich hob die Augenbrauen.

»Ja, wirklich. Ein Lottogewinn? Eine Weltreise? Ein Schloss voll Bargeld? Irgendeine Richtgröße müssen die mir schon nennen, sonst gibt's halt einen Haufen 1-Cent-Münzen – oder das Pendant dazu.«

Ich schnaubte. »Ist *ein Schuss* denn eine gute Größe?«

»Eine ausreichende Beschreibung zumindest. Da.« Sie reichte mir den Becher zurück. »Probier und finde ihn lecker.«

Ich probierte und fand ihn lecker. Und sagte nicht, dass es gerne ein bisschen mehr hätte sein dürfen. Ich war ja selbst schuld.

Ich legte den Kopf in den Nacken und genoss das warme Sonnenlicht auf der Nase. Ab morgen sollte es wieder regnen und so nutzten Nika und ich die Pause, um ein bisschen gutes Wetter zu tanken. Wir waren auch nicht die einzigen. Der Platz vor dem Philo-Turm war ziemlich voll.

»Du hast immer noch nichts von deinem Besuch zu Hause gestern erzählt«, sagte Nika.

»Es gab Nudeln und Spargel.«

»*Das* hast du erzählt.«

»Und mehr Spannendes war da nicht. Es ging um die Uni, bei mir und bei ihm.« Keine Lüge. Nicht so richtig. »Was möchtest du hören?«

Nika zuckte die Schultern. »Ich war nur verwundert. Du bist sonst nie zum Essen dort gewesen. Du hast immer gesagt, dir passe es nicht.«

»Und gestern hat es gepasst.«

»Du hast dafür nichts fürs Praktikum vorbereitet.«

»Fünf Minuten vorher durchlesen hat doch gereicht.«

Ich war sehr froh, dass in diesem Moment mein Handy summte und uns beide ablenkte. Ich konnte Nikas Neugierde verstehen, aber ich wollte wirklich, wirklich nichts dazu sagen. Mir war unwohl, wenn ich an den gestrigen Abend dachte. Ich fühlte mich, als würde ich die Kontrolle über mein Umfeld verlieren – eine unverzeihliche Sache, wenn man eine Rolle spielte, die einem jeder glauben musste.

Bea hatte das geschafft. Sie hatte nie so gewirkt, als würde sie … das Café eines Tages verlassen.

Mein Herz machte einen Satz, weil die Nachricht auf meinem Handy von Isa kam. Und einen zweiten, weil es nichts weiter war als Schichtplanänderungen.

Kannst du am Donnerstag von Spätschicht auf Mittelschicht wechseln?

Mittlerweile begründete sie nicht einmal mehr, sie fragte nur noch. Deshalb schickte ich auch nur einen Daumen nach oben zurück, trug die Zeiten in meinen Kalender ein und sagte zu Nika: »Ich hoffe, du hast Donnerstag nichts vor. Isa hat die Schicht auf Mittelschicht verlegt.«

Nika hob die Augenbrauen. »Dann musst du abends nicht aufräumen?«

»Sieht so aus.«

»Das sind doch mal gute Nachrichten«, sagte jemand hinter uns und wir beide drehten uns um.

»Wie lange stehst du da schon?«, fragte ich Robin, der sich gerade auf dem Boden niederließ und gleichzeitig an der Verpackung seines Sandwiches nestelte. Er grinste. »Bin gerade erst gekommen, sonst hätte ich was gesagt. Aber hey, wenn du Donnerstag nicht so lang arbeiten musst, kannst du ja wirklich zur Party kommen.«

Die … Oh.

Ich hatte die Party ganz vergessen.

»Also, Dornröschen? Erweist du uns die Ehre?«

Mir fiel dazu keine plausible Ausrede mehr ein.

»Sieht ganz so aus«, sagte ich und setzte ein so überzeugendes Lächeln auf, dass sogar Nika erstaunt aus der Wäsche schaute.

Immerhin wirkte Robin mehr als zufrieden. Schwungvoll zückte er sein Handy. »Das muss ich den anderen mitteilen – meiner WG und der Vanessa-Konstantin-Kombi.«

»Also sind sie jetzt schon eine Kombi?«, fragte Nika.

»Für mich ja. Wie ihr die Prinzessinnen-Kombi seid.«

»Und welche Kombi bist du?«

Robin hielt im Tippen inne. »Ich? Ich suche noch. Was hältst du von der Prinzessin-Robin-Kombi?«

Ich enthielt mich lieber, aber Nika war da schonungsloser. »Nichts.«

Mit beleidigtem Babylöwen-Gesicht lehnte Robin sich zurück. »Das war deutlich. Aber nicht entmutigend. Ihr werdet mich noch zu schätzen wissen.«

»Ja? Machst du Biostatistik für mich?«, fragte ich und er blinzelte.

»In allen grundlegenden Dingen zu schätzen, meine ich«, erwiderte er dann vorsichtig.

»Ach so.«

»Aber apropos Biostatistik. Du hast nicht zufällig ...?«

»Woher hab ich das nur gewusst?«, murmelte ich und suchte nach meinen Notizen.

***

»Du könntest Geld für deine Hausaufgaben verlangen. Robin würde dich reich machen«, sagte Nika, als wir nach der letzten Vorlesung mit einer großen Menge Studierenden ins Freie strömten und uns in Richtung Grindelallee kämpften.

Ich grinste. »Ich glaube, dann würde er sich eher ganz schnell eine andere Kombi suchen.«

»Vielleicht. Immerhin hat er sich sehr gefreut, dass wir zur Party kommen – was ich übrigens nicht erwartet habe. Von dir, meine ich.«

Ja, ich auch nicht. Ich zuckte die Schultern. »Du hast gesagt, du würdest gerne mit mir hingehen. Außerdem ist Robin nett, also warum nicht. Vielleicht muss ich ja mit niemandem reden.«

Nika schnaubte. »Das wird eine ziemlich langweilige Party. Nimm Elyar und Javid mit, dann bist du sicher.«

»Nie im Leben.« Ich winkte ab. »Du kennst Elyar, er würde alle um den Finger wickeln und irgendeinen Quatsch anstellen. Das soll er nicht in meiner Gegenwart machen. Und Javid …«

Keine Ahnung, was Javid machen würde. Garantiert würde er mal wieder alle Blicke auf sich ziehen und zwar mit voller Absicht, würde sich in eines seiner guten engen T-Shirts werfen, sich an die Seite stellen und einfach beobachten, bis die Leute von selbst zu ihm kamen. Mit den Geisteraugen, der schmalen Nase, den Lippen, die sich nie ganz zu schließen schienen, und dem widerspenstigen Haar, das er sich immer wieder aus der Stirn strich, war er nicht unsagbar hübsch, aber er hatte etwas an sich. Er wirkte nicht geheimnisvoll wie Nika oder vorwitzig wie Elyar – er erinnerte mich an einen Wald, der alle Geräusche verschluckte, angenehm und beständig.

So oder so, irgendwie mochte ich ihn mir nicht auf dieser Party vorstellen. Das kam mir fast anstrengender vor, als Elyar mitzunehmen.

»Javid – einfach Nein«, schloss ich also meinen angefangenen Satz und brachte Nika damit zum Lachen.

»Gut«, sagte sie. »War auch nicht allzu ernst gemeint. Ich möchte nicht auf die beiden aufpassen. Aber Vanessa hat gefragt, ob wir sie mitbringen zur Party. Anscheinend fand sie Javid süß.«

Für wen interessierte Vanessa sich momentan eigentlich nicht?

Wir blieben an der Ampel stehen. Die Sonne lugte noch gerade so über die hohen Gebäude und tauchte alles in warmes Frühlingslicht. Es roch nach Baumtrieben und Salz und gar nicht so furchtbar nach Abgasen und Rauch wie an anderen Tagen.

Ich konzentrierte mich auf all das, damit Nikas Aussage und das flaue Gefühl, das sie in mir auslöste, mit dem Wind fortgetrieben werden konnte.

Die Ampel wurde grün, neben uns rauschte der Verkehr los und wir überquerten die Straße.

»Sag mal«, hob Nika an, als wir die andere Seite erreicht hatten und das rote Backsteingebäude der Uni passierten. »Hat Javid in letzter Zeit irgendetwas ... gesagt oder getan?«

Ich hob die Augenbrauen und sah zu ihr auf. »Andere Dinge als die, die er sonst immer sagt und tut?«

Nika erwiderte meinen Blick nicht, bis wir in den Schatten der Bäume an der Edmund-Siemers-Allee eintauchten. Das Blattwerk malte tanzende Schatten auf ihr Sphinx-Gesicht. »So in der Art.«

»Nicht, dass ich wüsste ... Er hat ein Buch über Magiegefäße gelesen und mir nicht verraten wollen, was er liest.«

Sie schnaubte. »Ja, ich erinnere mich.«

»Aber das meintest du nicht. Hat er irgendwas vor? Irgendwas angestellt?«

»Stellen die beiden nicht immer irgendetwas an?«

Guter Punkt. Ich runzelte die Stirn. »Aber das ist dann ja, was sie normalerweise tun und sagen.«

Nika grinste. »Und manchmal hab ich das Gefühl, ich muss aufpassen, dass sie es nicht übertreiben, weißt du?«

»Mach dir keine Sorgen um mich. Wir sind unsere eigene kleine Familie und die beiden wissen das. Und außerdem ...«

Aber Nika war stehengeblieben und hatte sich umgesehen. Ihre Haltung war so angespannt, dass ich mich ebenfalls nicht rühren konnte. Die Sekunden verstrichen, Autos zogen vorbei und irgendwann traute ich mich, zu fragen. »Was ist los?«

»Ich weiß nicht.« Nika drehte sich einmal um die eigene Achse, schaute nach links und rechts, sogar in die Bäume über uns. »Ich dachte ... Ich weiß auch nicht.«

»Was weißt du nicht?«

Was hatte sie denn gerade bloß? Erst diese schwammige Frage und nun das.

Sie machte einen Schritt auf mich zu und legte mir den Arm um die Schulter. »Ich dachte, da wäre jemand hinter uns. Aber ich muss mich geirrt haben«, sagte sie, ihr Kopf war ganz nah an meinem.

»Und warum flüstern wir dann?«

Nika war immer noch besorgt. Dann war das Gefühl nicht weg. Ich bekam eine Gänsehaut.

»Gehen wir einfach ein wenig schneller«, sagte Nika und ich nickte.

In Rekordgeschwindigkeit erreichten wir den Bahnhof Dammtor, aber erst in der Bahn fiel die Anspannung von Nika ab.

Bis zum Ende jedoch konnte sie mir nicht erklären, was genau sie gespürt hatte – und das beunruhigte mich noch mehr als Elyar oder Javid auf einer Party.

***

Bessere Haut und helle Zähne.

Ich war erleichtert, als ich das auf dem Kärtchen las. Seit Beginn der *Wish Hour* war ich dabei, zwischen dem Tresen und den Tischen hin und her zu wechseln und zwischendurch in der Küche Kärtchen umzuschreiben, weil die Leute ihre Wünsche nicht richtig formulieren konnten. Aber das hier war etwas, womit ich arbeiten konnte.

Ich legte das Kärtchen in eines der vielen Schüsselchen, die mittlerweile für die Zauber bereitlagen, und streckte die Hand nach den Sirupflaschen aus. Ein paar Zentimeter davor zögerte ich.

Bei solchen Wünschen hätte ich eigentlich Elyar um Hilfe gebeten – er hatte Spaß an so was und wusste, worauf es ankam. Aber Elyar war gerade beleidigt. Das kam manchmal vor, allerdings konnte ich mir heute nicht erklären, wieso. Er hatte kein Kartenspiel verloren, ich hatte ihn heute nicht aus Versehen in seinem Flakon eingesperrt und den Müll hatte er auch nicht rausbringen müssen. Offenbar hatte er einfach keine Lust auf Mittelschicht und machte es mir deshalb extra schwer. Und ich konnte mitten in der Küche, während Isa am

Tisch saß und ihrerseits Wunschkärtchen bearbeitete, keine Diskussion mit ihm anfangen.

Aber wenn ich nicht Elyar wählte, wäre er wahrscheinlich noch mehr beleidigt.

»Rosa, träumst du?«

»Nein.«

Isa war neben mir aufgetaucht und gab mit ein paar schnellen Handgriffen erst Kamillentee und dann Johanniskraut und schwarzes Pulver aus einem Säckchen hinzu, ziemlich sicher eine Mischung gegen Liebeskummer.

Ich griff rasch nach dem Haselnusssirup.

Ein Schuss davon und ein wenig Salbei. »Ihre Haut soll sich bessern und die Zähne heller werden«, sagte ich und wartete darauf, dass Elyar reagierte.

Was nicht geschah.

»Musst du das jedes Mal aussprechen, bevor du es umsetzt?«, fragte Isa von der Seite, während sie ihren Zauber in einen Kaffee rührte.

»Es hilft mir beim Denken.«

Ich presste meine Finger aufeinander und starrte die Mischung an. Was konnte ich sagen, sodass Elyar es verstand, aber Isa nicht? Er würde sich fügen müssen, so war unser Deal, ob er nun gerade beleidigt war oder nicht. Wenn er gerade allerdings nach Schlupflöchern suchte ...

Es duftete nach Karamell und dunkler Schokolade und dann nach Haselnuss. Die Mischung wurde goldgelb und wässrig wie Isas Kamillentee, und ich atmete auf. »Danke.«

»Für was?«, fragte Isa.

»Nichts. Ich hatte gerade ... leichte Probleme.«

Ich machte schnell den mit dem Zauber durchmischten Milchkaffee fertig und ging zurück ins Café. Den Haselnusssirup ließ ich für heute wohl besser ungenutzt, für weitere solcher Szenen hatte ich keine Zeit. Momentan war die Hölle los, aber in knapp einer Stunde würde sich das legen und dann war mein Feierabend auch nicht mehr weit. Nur noch ein wenig durchhalten.

Von dem Mädchen mit dem Haut-und-Zähne-Kärtchen und seiner Begleitung bekam ich ein großzügiges Trinkgeld, für das ich mich herzlich bedankte und das ich rasch in die Vordertasche meines Geldbeutels am Gürtel gleiten ließ. Da war das Geld sicher bis ... Ja.

Ich musste den Tip nicht mehr verstecken. Bea war nicht mehr da, um ihn für Räucherstäbchen auszugeben.

Dennoch zog ich den Reißverschluss des Beutels zu, wandte mich zum Tresen – und fuhr herum, weil es hinter mir klirrte. Nur zwei Tische weiter hatte eine ältere Dame ihr Glas umgeworfen. Mineralwasser tropfte auf den Boden und das Glas war hinuntergefallen. Die Dame war dabei, die Scherben einzusammeln.

»Warten Sie!« Mit ein paar schnellen Schritten war ich da und kniete mich hin. »Lassen Sie nur, ich räume das weg. Sonst schneiden Sie sich noch.« Währenddessen sammelte ich die größeren Scherben ein. »Sie hatten nur ein Wasser? Kann ich Ihnen etwas zum Ersatz bringen? Lassen Sie mich nur machen, ich bin das gewohnt.«

Die Dame lehnte sich zögerlich wieder in ihrem Stuhl zurück. »Das tut mir so leid. Ich war mit den Gedanken woanders.«

»Das ist absolut kein Problem.« Ich erhob mich mit den gröbsten Scherben. »Bleiben Sie einfach sitzen, ich hole etwas zum Saubermachen. Und neues Wasser für Sie. Das ist wirklich kein Problem.«

Solange die Dame sich nicht an der Hand schnitt.

Ich beeilte mich, die Scherben wegzubringen und das verschüttete Wasser und die kleineren Splitter zu entfernen, bevor noch irgendwer hineintreten und das Glas durch den Raum verteilen konnte.

Dann lief ich zurück in die Küche, um der Dame neues Wasser zu bringen.

Die Arbeitsfläche stand voller Schalen mit Wunschzaubern und so füllte ich das Glas auf dem Tisch, an dem Isa vorhin die *Wish-Hour*-Karten bearbeitet hatte. Dort lagen noch Säckchen mit Katalysatoren herum, der Salbei, das Johanniskraut und ein Rest Baldrian.

Der Baldrian brachte mich auf einen Gedanken – und Bea hätte das sicher abgesegnet. Sie hatte es immer als besonders wichtig angesehen, dass die Gäste das Café mit einem guten Gefühl verließen.

»Was machst du da?«, fragte Isa, als ich mir ein Schälchen holte und Schokosirup und Baldrian hineingab.

»Gäste glücklich«, erwiderte ich. Isas Tonfall von vorhin echote noch immer in meinem Kopf und so fühlte ich mich unwohl, als ich die Finger aneinander legte und sagte: »Sie soll sich nicht darüber aufregen, dass sie das Glas umgeworfen hat. Geben wir ihr ein bisschen Ruhe.«

»Wer hat ein Glas umgeworfen?«, fragte Isa.

»Ein Gast.« Ich mixte den Zauber ins Glas. »Es war kein Problem. Wirklich.«

Bea hätte niemals solche Fragen gestellt. Zumindest nicht so. Und das hatte ich so an ihr gemocht.

Ich presste die Lippen fest aufeinander und ging mit meinem Mineralwasser wieder hinaus.

Die Dame saß noch dort, die Hände im Schoß verschränkt, der Blick durch den Raum schweifend. Ich stellte das Glas vor ihr ab. »Hier ist Ihr Wasser. Kann ich sonst noch etwas für Sie tun?«

Sie warf mir ein Lächeln zu. »In diesem Fall möchte ich vielleicht noch etwas von der Karte bestellen. Bringen Sie mir eine?«

Ich holte eines der Ringbüchlein mit verspieltem Cover vom Tresen und legte es vor ihr ab. »Der Kuchen des Tages ist heute die Honigschnitte mit Cremefüllung. Und wir haben noch Kekse und Macarons vorne am Tresen.«

Die Dame setzte gerade das Glas von den Lippen ab. Ihr Lächeln galt nun dem sprudelnden Wasser darin. »Ein Zauber mit Baldrian, richtig?«

Es kam vor, dass magische Menschen zu unseren Gästen gehörten. Einige verbargen es gut, andere weniger. Bei manchen kribbelten meine Finger und Juli, die nicht-magisch war, aber ein gutes Gespür dafür hatte, bekam in ihrer Nähe eine Gänsehaut. Sicher hatte ich einigen von ihnen schon mal mit Zaubern versehene Snacks oder Getränke gebracht. Aber ich glaube nicht, dass irgendeiner von ihnen schon mal so genau hatte benennen können, welche Art von Zauber sich darin verbarg.

Es waren nur wenige Tropfen gewesen, die ich da ins Glas gegeben hatte, und Zauber wurden geschmacklos, wenn man sie richtig zusammensetzte. Ein Hauch der Basis mochte zurückbleiben, was ein weiterer Grund für Bea war, ihre Angestellten mit kritischem Auge auszusuchen. Amber, die mit Salz zauberte, hätte hier eher nicht unterkommen können.

Dass diese Frau einen Katalysator erraten hatte, irritierte mich. Das hatte sie unmöglich schmecken können.

Ich lächelte mein unverbindliches Gäste-Lächeln. »Das haben Sie gemerkt?«

»Ein wenig. Es war nicht leicht.« Sie stellte das Glas sachte ab und legte wieder die Hände im Schoß zusammen. »Der Zauber ist sehr gut ausgeführt, aber die Wirkung sehr schwammig. Was wolltest du damit erreichen?«

Die Wirkung war schwammig?

Ich wusste plötzlich nicht mehr, wohin mit meinen Händen, und so faltete ich sie ebenfalls vor meinem Unterbauch zusammen. »Er sollte Ihnen Ruhe geben. Damit Sie sich nicht schuldig fühlen wegen des Glases.«

War das schwammig? Vielleicht.

Dann hatte sie es daran erkannt?

Meine Hände waren beide eiskalt, aber ich blieb stehen, den Rücken durchgedrückt, die Schultern zurück, gerade und freundlich.

Die Mundwinkel der Dame hoben sich ein wenig mehr. »Ich verstehe. Das ist ein schöner Gedanke. Sag mir, auf welcher Basis wirkst du deine Zauber?«

»Zuckersirup.«

»Zuckersirup?« Sie nickte und das Lächeln wich einer nachdenklichen Miene. »Interessant. Das kommt mir nicht sehr energiereich vor.«

Im Vergleich zu Lilien oder Tee war es das auch nicht. Zu verarbeitet, vor allem Sirup. Aber ich zauberte nun einmal mit Zucker, und Sirup war in einem Café die beste Tarnung für meine Geister.

Was also wollte diese Frau von mir?

Ich spürte, wie ich mich ein wenig zurücklehnte, unmerklich Abstand zu ihr nahm. Aber mein freundlicher Tonfall blieb. »Es genügt für unsere Gäste.«

»Natürlich.« Sie nippte an ihrem Wasser. Ihre Bewegungen waren bedächtig, beinahe anmutig. Sie hatte Falten an den Mundwinkeln und unter den Augen, und eine steile auf der Nasenwurzel, als würde sie oft nachdenklich schauen. Ihre grauen Haare waren schulterlang, ihre Bluse altmodisch mit einem hässlichen Blumenmuster. Es war schwer einzuschätzen, wie alt sie war.

Sie kam mir vor wie eine Gräfin aus einem anderen Jahrhundert, gekommen, um mir komische Fragen zu stellen. Und mich zu mustern, wie jetzt. »Du brauchst deine Basis nicht zu verteidigen, ihre Wirksamkeit hast du längst bewiesen. Lass dich nicht verunsichern, Mädchen. Das ist der größte Fehler, den wir beim Wirken von Magie tun können: zweifeln. Nicht wissen, was wir erreichen wollen. Und das kann dir niemand beibringen außer du dir selbst.«

Konnte ich nicht. Ich wirkte ja nicht mal selbst, das waren meine Geister. Aber das wusste diese Frau nicht – hoffte ich. Denn ein unruhiges Flattern in meiner Magengegend hegte auch an dieser Stelle Zweifel. Wusste sie es wirklich nicht?

Ahnte sie etwas? Konnte sie wissen, dass der Zauber von einem Flaschengeist gewirkt worden war und nicht von mir?

Meine Hände hatten sich krampfhaft ineinander verhakt und ich ließ sie hastig sinken.

Ich wollte lächeln und merkte, dass ich nie damit aufgehört hatte. »Ich werde es mir merken.«

»Das ist ein guter Anfang.« Die Frau löste eine Hand von ihrem Glas und schlug damit die Karte auf. Ihr Blick weilte eine Sekunde auf dem Text, dann sagte sie: »Du hattest etwas von Macarons gesagt. Die würde ich gern mitnehmen.«

»Natürlich. Sie können sich welche am Tresen aussuchen.«

Sie trank ihr Wasser, ich verkaufte ihr eine Packung Macarons und dann verließ sie das Café mit einem freundlichen Lächeln und einem Kopfnicken.

Ich blieb zurück, mit meinem Flattern in der Magengegend und kalten Händen.

Lass dich nicht verunsichern.

Früher hatte mich nichts verunsichern können. Diese Rosa hätte sie sicher gerne gesehen.

Es hätte mir nichts ausmachen sollen, ich kannte diese Frau nicht. Aber ich wollte nicht daran erinnert werden, nicht mal von fremden Menschen. Im Café war ich wie ein Fisch im Wasser und das durfte niemand antasten.

»Entschuldigung?«

Der Gast an Tisch fünf hob die Hand und ich nickte ihm fröhlich zu. Ich funktionierte weiter, wie immer. »Ja, einen Moment. Was kann ich für Sie tun?«

Kapitel 11

»Sie war definitiv magisch und offenbar sehr gut ausgebildet. Und sie hatte ein gutes Gespür«, sagte Elyar.

Er streckte die Hand aus und ich reichte ihm einen Keks aus der Packung auf dem Wohnzimmertisch. Von seinem Platz auf dem Sofa aus hätte er sie problemlos selbst erreichen können. Aber es war eben Elyar.

»Ja.« Ich scrollte durch die Website, die ich eben geöffnet hatte. Eine von fünf – zwei waren bereits ein Fehlschlag gewesen. »Und das macht mich misstrauisch.«

»Dass sie die Wahrheit sagt?«

»Tut sie das denn?«, fragte ich. Da, ein Profil mit Namen. »Sie hat meine Zauber kritisiert, aber es war *euer* Zauber. Und mein Wunsch.«

»Wünsche können auch schwammig sein. Vielleicht war dein Wunsch zu schwammig.«

Ich seufzte und sah mit frustrierter Miene zu ihm hinüber.

»Allgemein hatte sie recht«, mischte Javid sich mit seiner ruhigen Stimme ein und auf meinen vorwurfsvollen Blick hin fuhr er fort: »Oder nicht?«

»Iss einen Keks, bitte.« Ich schob ihm die Packung zu und richtete den Blick wieder auf meinen Laptop.

Bingo.

Meine Güte.

Ich lehnte mich zurück und starrte die Schränke meiner Küchenzeile an. »Sie ist wirklich eine Heilerin. *Die* Heilerin.«

Martha Waris.

Ihr Foto starrte mir von ihrer Website entgegen, auf der sie mit Naturheilkunde warb. Der gleiche Blick, das gleiche Lächeln.

Dieser Auftritt heute im Café hatte mich nicht losgelassen und dank Pa und der Ausbildungssache war ich direkt die Namen der hochrangingen Heilerinnen Hamburgs durchgegangen, hatte Websites durchgeklickt in der Hoffnung, genau diesen einen Namen ausschließen zu können. Aber nein.

Im Kopf ging ich unser Treffen durch, ihre Fragen, meine Antworten. Verdammt. Hätte ich mich anders präsentiert, wäre ich vielleicht jetzt schon von der Liste der Kandidatinnen gestrichen. Aber ich hatte sie sogar von mir aus mit einem Heilzauber versorgt. Wie dämlich konnte ich sein?

Frustration hing mir wie ein großer Kloß in der Kehle. Ich konzentrierte mich auf das Knuspern meiner Kekse essenden Flaschengeister.

»Sie hat aber nicht gerade versucht, dich zu einer Ausbildung zu bewegen, oder?«, sagte Elyar irgendwann.

»Nein. Sie hat mich eher ausgehorcht.« Ich klappte den Laptop zu. Wer hatte ihr verraten, dass ich dort arbeitete? Pa? Musste er sich da wirklich einmischen?

Ich konnte nur hoffen, dass dieser Besuch Zufall gewesen war und keine Prüfung. Vielleicht ... Ja, vielleicht war es sogar eine glückliche Fügung, denn so würde sie mir sicher abkaufen, dass ich meinen Job zu sehr liebte, um mich ihrer Ausbildung zu widmen.

»Sie hat dir einen Tipp gegeben«, kam es sanft von Javid. Ich legte den Laptop beiseite. »Und was heißt das, wenn eine Heilerin, in deren Auswahlkreis du gerade bist, dir einen Tipp gibt?«

»Dass du Potenzial hast«, erwiderte er. »Sonst würde sich ein Tipp nicht lohnen.«

Und war das gut? Oder schlecht?

Ich wollte diese Ausbildung nicht, aber mein Ehrgeiz wollte nicht, dass ich als schlecht abgestempelt wurde. Ich war nicht schlecht. Ich tat, was ich konnte.

Irgendwie verlor ich nur immer mehr den Boden unter den Füßen dabei.

Ich sank zurück in die Sofalehne und starrte an die Decke. Bis Javid fragte: »Ist das dein Partyoutfit?«

Er hatte es sich mit einem Buch auf dem Sessel bequem gemacht. Ich zupfte an meinem Langarmshirt und nickte. »Kann ich so losgehen?«

»Es passt perfekt zu dir.«

Schon wieder eine Aussage, bei der ich nicht wusste, ob sie gut oder schlecht war. Aber Javid lächelte dabei so freundlich, dass er es eigentlich nicht schlecht meinen konnte. Eigentlich.

»Nika lässt sich aber auch ganz schön viel Zeit.« Elyar angelte sich die Kekse zurück. »Möchte sie zu spät kommen?«

»Das ist meine Schuld«, erwiderte ich. »Sie hat mir zuerst mit meinen Klamotten geholfen und sich selbst nicht fertigmachen können.«

Ich hatte keine Ahnung gehabt, was man zu einer Studentenparty anzog. Meine Kleidung hatte ich von Ma abgeguckt, lange Röcke, Blusen, Stoffhosen, ein weiterer Versuch, ihrem Erbe irgendwie gerecht zu werden. Aber einer Party wurde ich damit nicht gerecht. Also hatten wir eine ganze Weile vor meiner Kleiderstange gesessen und herumprobiert, bis wir uns für dieses Shirt und meine einzige weite Jeans entschieden hatten. Dazu trug ich hellrote Strähnchen im Haar.

Ich hatte mich aufs Sofa gesetzt und eigentlich an meiner Liste über die Pflanzen in Beas geheimem Zimmer arbeiten wollen, bis ich mich im Internet auf der Suche nach Martha Waris verloren hatte.

Nun sah ich mir doch noch mal die Pflanzen-Liste an. Aloe Vera, Orchidee, Rosmarin, Salbei, Efeu – abgesehen von ihrer reinigenden Wirkung hatten sie natürlich noch andere Effekte und vielleicht gab irgendetwas daran mir Aufschluss darüber, wie ich diese Aschezauber zu verstehen hatte. *Heilung* und *Klarheit* waren zwei häufige Stichworte, aber das half mir nicht. Bisher hatte ich allerdings nur mein eigenes Wissen und das Internet hinzugezogen.

Ich schielte zu Javid hinüber, der mal wieder in sein Buch vertieft war. Dann schob ich mich zu ihm hinüber und legte den Kopf neben seinem auf die Lehne. »Was liest du da?«

Ich hing mit dem Bauch über der Sofa- und mit dem Kinn auf der Sessellehne und binnen weniger Minuten würde das sehr unbequem werden – aber Javid setzte sich bereits auf und schob mir das Buch so hin, dass ich es im Sitzen und ohne akrobatische Kunststücke anschauen konnte.

Ich sah zuerst nur Zeichnungen von Menschen und Pfeile und Pflanzen und wunderte mich, was in diesem Magie-in-Dosen-Buch alles besprochen wurde. Der Groschen fiel nur einen Augenblick, bevor Javid sagte: »Das ist das Buch, das Amber dir mitgebracht hat. Ich dachte, es könnte nicht schaden, zumindest einmal reinzuschauen.«

»Ah.«

Bei genauerem Hinsehen verstand ich, dass es sich um den Energiefluss in Körpern und Pflanzen handelte. Ich hatte ähnliche Zeichnungen in der Oberstufe diskutieren müssen: Theorien über Knotenpunkte im Körper und die Übertragung auf andere Lebewesen.

»Es ist recht oberflächlich – Grundlagen eben«, sagte Javid und blätterte um. »Aber ganz verständlich geschrieben. Und mit historischem Kontext.«

Er blätterte ein Stück zurück, zu einem langen Textblock. Ich überflog die zweite Seite.

... der Ursprung aller Zauber in der Medizin liegt. So beschreibt der älteste Fund eines niedergeschriebenen Zaubers eine Tinktur gegen Müdigkeit. Die Historie der ersten Zauber reicht jedoch noch viel weiter zurück. Prof. Jan Winter geht davon aus ...

Erst nach ein paar Sekunden merkte ich, dass ich Pas Namen anstarrte, ohne weiterzulesen.

Ich wusste, dass Pa in zahlreichen Büchern stand. Natürlich. Damals hatte ich nicht verstanden, was das eigentlich bedeutete – für mich war es normal gewesen. Erst während der Schule und gerade in der Pubertät, wenn die eigene Basis sich festlegte und die Magie von Hexen und Trickstern sich voll entwickelte, war mir bewusst geworden, wie besonders es war, dass ein Trickster von Universitäten herangezogen und in Büchern zitiert wurde. Mein Vater war großartig. Und er wiederum hatte stets aufgeschaut zu meiner talentierten Mutter. Er hatte die Artikel über sie gesammelt und seine eigene kleine Chronik für ihr Werk angelegt.

Meine Eltern waren zwei wundervolle, mächtige Menschen – und dann gab es mich. Ich, die nicht mehr als einen Zwei-Finger-Zauber auf die Reihe bekam. Ich würde keine Bücher füllen, keine Zeitschriften. Ich würde nicht mal magisch tätig sein, selbst nach meinem Abschluss.

Dieses Wissen legte sich wie ein Amboss auf meine Lunge und schnürte mir die Luft ab.

Ich vergrub die Hände in meinen Ärmeln, weil sie sich kalt und schwitzig anfühlten, und zwang mich ruhig zu atmen.

Lies. Weiter.

»Rosa.« Javids sanfte Stimme, der Leuchtturm in der Dunkelheit.

»Ist das Buch so spannend?«, fragte Elyar, der plötzlich an der Küchenzeile stand und den Wasserkocher in der Hand hatte. Wann war er aufgestanden?

Javid antwortete nicht und ich sah weiter das Buch an, setzte aber ein Lächeln auf. »Was ist los?« Ich bekam meinen perfekten, unbekümmerten Tonfall hin. Solange ich sie nicht ansah, war alles gut. »Ich lese langsam.«

»Lies so langsam du willst, aber du leierst deine Ärmel aus.«

Er hatte recht. Meine Finger hatten sich krampfhaft um den Stoff meines Ärmels geschlossen.

»Mist«, sagte ich und machte mein Lächeln schuldbewusst. »Mir ist ein bisschen kalt.«

»Sag das doch.« Javid legte das Buch weg. »Möchtest du etwas Warmes zu trinken?«

Das Furchtbare war, dass ich wie so oft nicht wusste, ob er mir meine Lüge abkaufte oder nicht. Er spielte mit. Aber hatte ich ihn überzeugt?

Ich setzte zu einem Nicken an – und in diesem Moment öffnete sich die Tür zum Bad und Nika trat heraus. »Tut mir so leid, ich hab mich wirklich beeilt!«

Eine Wolke zuckrigen Parfüms gemischt mit dunkler Schokolade wehte hinter ihr in den Raum. Sie hatte die Lippen geschminkt, trug ein kurzes rotes T-Shirt zu ihrer weiten Hose und sah großartig aus.

»Absolut kein Problem«, sagte ich.

»Ganz schön rot«, sagte Elyar und hob einen Daumen. »Perfekt zu Rosas Haaren. Find ich gut.«

Javid sagte nichts und ich fürchtete, dass er auf meine Antwort wartete. Aber ich wollte weder Ja noch Nein sagen und eigentlich nur meine im Stoff vergrabenen Fäuste vergessen. Also sprang ich auf und floh aus seiner Nähe. »Dann können wir los?«

»Können wir.«

»Tut nichts, was ich nicht auch tun würde«, sagte Elyar fröhlich und mit diesem sehr schwammigen Rat im Gepäck zogen Nika und ich los.

***

Eine wildfremde Person mit kurzem, lockigen Haar und einem Nasenpiercing öffnete mir die Tür. »Hey. Ihr wollt zur WG-Party von Robin?«

Ich nickte und staunte. Die Küche, die ich eigentlich für sehr geräumig gehalten hatte, war voll. Alle Zimmertüren, die ich von hier aus sehen konnte, standen offen und auch diese Räume waren nicht gerade leer. Von irgendwoher kam laute Musik. Es roch nach Pizzakäse und süßlichem Alkohol. Auf dem Tisch stapelten sich Geschirr, Flaschen und Pappbecher.

»Keine Ahnung, wo Robin und die anderen abgeblieben sind«, sagte die Person freundlich und ließ uns eintreten. »Aber hier irgendwo werden sie schon sein. Ich bin auch eine Mitbewohnerin, Flo.«

»Nett dich kennenzulernen«, erwiderte Nika laut gegen die Musik an und ich nickte bekräftigend.

»Möchtet ihr was trinken? Wir haben Bier da und Malibu mit Saft ... und Robin hat diese Bowle angemixt, von der ich nicht weiß, was drin ist.«

»Das klingt ja vielversprechend.«

»Oder?« Sie nahm ein Glas, füllte es bis zum Rand mit dem orangeroten Getränk samt Fruchtstücken und hielt es mir hin. »Ich bin gespannt, was du rausschmeckst.«

Den Alkohol schmeckte ich auf jeden Fall raus. Abgesehen davon eine Zimtnote, dann Apfel und Zitrone und eventuell eine Spur Grapefruit.

Flo lachte beim Anblick meines Gesichts und prostete uns mit ihrer Bierflasche zu. »Falls ihr die anderen suchen möchtet: Sie sind nicht hier rechts, da geh ich nämlich gleich wieder hin. Falls ihr Rockmusik mögt und euch hinsetzen wollt: Kommt einfach mit.«

Ich sah Nika an und die überlegte gar nicht lange. »Ich glaube, da komm ich mit.«

»Ich bin auch dabei«, sagte ich

Die meisten Leute hier waren größer als ich oder trugen hohe Absätze und ich hatte keine Lust, mich an nach Parfüm und Schweiß und Alkohol riechenden Rücken und Bäuchen vorbeizuquetschen, nur um Robin zu finden.

Flo und Nika zu folgen hatte den Vorteil, dass die Leute ihnen Platz machten und ich mich in ihrem Kielwasser bewegen konnte.

Von irgendwoher schallte lautes Lachen durch den Raum, die Dielen unter unseren Füßen schienen vor Schritten zu vibrieren. Die armen Nachbarn im Stockwerk drunter – wenn die nicht die Warnung unten an der Pinnwand zum Anlass genommen hatten, wegzufahren.

Der Rockmusik-Raum war hübsch eingerichtet, mit einem Bett am Fenster, das aussah wie aus Paletten zusammengezimmert, und einer Ukulele auf dem Bücherregal. Sieben Leute saßen auf dem Boden verteilt und unterhielten sich kreuz und quer. Flo lehnte sich an die Bettkante und gab uns mit einer Geste zu verstehen, dass wir freie Platzwahl hatten.

Die guten Plätze an den Wänden zum Anlehnen waren weg und so ließ ich mich einfach an Ort und Stelle nieder, Nika zu meiner Linken.

»Du auch hier?«

Das kam von rechts. Ich drehte den Kopf. »Oh. Konstantin.«

»Ich wusste gar nicht, dass du Rock magst.«

»Ich mag Räume, in denen alle sitzen. Dann sind die Leute nicht so groß.«

Er schnaubte. »Ich verstehe.«

Ich lehnte mich zurück. »Nika ist übrigens auch hier.«

Als keine Reaktion von ihm kam, wandte ich mich um und stellte fest, dass Nika bereits mit ihrer Sitznachbarin ins Gespräch gekommen war und uns den Rücken zudrehte. Wie machte sie das nur? Mit wildfremden Menschen?

Die Leute links und rechts von uns kannte ich nicht, was mich wunderte. Ich hatte erwartet, wenigstens ein paar andere Studierende aus der Biologie hier wiederzutreffen. Zumindest ...

Ich sah mich um. »Vanessa ist nicht mitgekommen?«

»Wieso?« Jetzt sah er sich auch um. »Hatte sie gesagt, sie wäre hier?«

Wenn, dann wohl nicht zu mir.

Vielleicht hätte ich das Thema besser nicht angesprochen, aber jetzt stand die Frage schon im Raum. Also zuckte ich mit den Schultern. »Ich dachte nur. Ihr habt doch in letzter Zeit so viel zusammen gemacht.«

Einen Moment lang sah Konstantin aus, als wüsste er nicht, wovon ich redete. Arme Vanessa.

Aber da lichtete sich seine Miene. »Ach das meinst du. Nein, das ist vorbei. Ich hab ihr gesagt, dass ich nicht mehr als Freundschaft will.«

Wann war das schon wieder passiert?

Ich nickte mit großen Augen und wusste nichts darauf zu sagen, außer: »Ach so.«

»Ja …« Er zog das Wort in die Länge und dabei die Augenbrauen zusammen. »Da war einfach kein Funke, weißt du? So-dass du das Gefühl hast, du könntest dich bei dieser Person richtig wohlfühlen. Kennst du vielleicht.«

Ich fragte mich vor allem, wie viel Bier er schon intus hatte, dass er mir das einfach erzählte. Oder war er immer so gewesen? War das das erste Mal, dass wir uns unterhielten?

Mir wurde bewusst, dass die Pause zwischen seinem Satz und meiner Erwiderung immer länger wurde.

»Ja, kenn ich«, sagte ich schließlich und dachte an früher, als Indigo an meiner Seite gewesen war. Außerdem war ich über zwanzig, da kannte man so was ja wohl, oder nicht?

»Eben. Und das war nicht da.«

Konstantin hob seine Bierflasche und stieß sachte mit meinem Bowleglas an, das ich gerade an den Mund heben wollte. »Hast du eigentlich einen Freund?«

»Nein, gerade nicht.«

Das wurden mir jetzt doch zu persönliche Fragen. Ich trank an meiner Bowle und versuchte, das Glas möglichst gar nicht abzusetzen.

Konstantin hob die Flasche erneut. »Auf das Single-Dasein.« Und dann trank er endlich und konnte keine Fragen mehr stellen.

Mein Glas war dafür plötzlich leer – also, nur noch voller Früchte mit Alkohol-Aroma. Ich fischte mit der Zunge ein

Stück Erdbeere aus der Mischung, kaute darauf herum und überlegte, dass ich mir einfach neue Bowle holen und dann flüchten konnte. Oder doch Robin suchen, der hoffentlich weniger komische Fragen stellte.

»Konstantin? Seit wann bist du denn da?«

Meine liebe, großartige Nika – ihre Sitznachbarin hatte sie gerade im richtigen Augenblick verlassen und so hatte sie sich uns zugewandt.

Konstantin hob die Hand. »Schon die ganze Zeit, ehrlich gesagt.«

»Und wo hast du Vanessa gelassen?«

Konstantin schaute pikiert drein, während ich mir ein Lachen verkneifen musste. Nikas rote Lippen verzogen sich zu einem Lächeln. »Wie oft wurdest du das schon gefragt?«

»Eben von der Prinzess... von Rosa.«

»Gib dir keine Mühe«, sagte ich. »Nenn mich einfach Prinzessin, wenn dir das gefällt.«

Er hob die Schultern. »Robin nennt dich halt immer so, das färbt ab.«

Und das war okay. Ich lächelte fröhlich.

Falls Konstantin etwas erwidern wollte, so kam er nicht dazu.

»Da bist du!« Jemand kniete sich hinter ihm auf den Boden. »Dein Typ wird verlangt – da will jemand lernen, wie man Flaschen an der Tischkante öffnet.«

Offenbar hatte Konstantin mit etwas anderem gerechnet. Vielleicht mit Vanessa. Auf jeden Fall wechselte seine Miene binnen Sekunden von genervt zu erfreut. »Ja, da bin ich der Beste drin. Haltet mir den Platz frei!«

»Klar«, sagten Nika und ich gleichzeitig, winkten ihm zu und machten es uns dann auf dem dazugewonnenen Platz gemütlich.

»Also, wo hat er Vanessa gelassen?«, fragte Nika.

»Keine Ahnung. Aber er hat ihr gesagt, dass er nur Freundschaft will. Und deshalb sind sie wohl nicht zusammen aufgetaucht.«

»Aua.«

Ich zuckte mit den Schultern. »Er meint, der Funke sei nicht übergesprungen. Kann man irgendwo verstehen, oder?«

»Vielleicht.« Nika nippte an ihrem Glas, das noch nicht mal ansatzweise leer war. »Dabei ist Vanessa doch ganz nett. Ein bisschen unsicher halt, aber sonst?«

Ein bisschen unsicher?

Ich blinzelte und überlegte, ob ich wegen der lauten Musik etwas falsch verstanden hatte. Aber nein, Nika hatte gerade ›nett‹ und ›unsicher‹ gesagt.

»Findest du nicht?«, fragte Nika, der mein Gesichtsausdruck natürlich nicht entgangen war, und ich schüttelte stumm den Kopf. Nein, diese Worte wären mir zu ihr nicht eingefallen. Kreativ, intelligent und mit einem Hang, mir auf die Füße zu treten – das war Vanessa.

Wie unterschiedlich Wahrnehmungen doch sein konnten.

»So oder so«, schloss Nika nach einem Moment des Nachdenkens. »Es gibt bessere als Konstantin.«

Bestimmt. Aber ich wollte nicht darüber reden, wie Menschen wann zusammenpassten. Das war mir zu viel. »Zum Beispiel solche, die Flaschenöffner für ihre Flaschen verwenden?«, scherzte ich.

Und Nika lachte. »Zum Beispiel.«

***

Nika leerte ihr Bowleglas und wir gaben unsere Luxus-Sitzplätze auf, um neue Getränke zu holen. In der Küche stand Konstantin am großen Esstisch, umringt von einem Haufen Leute, die jubelten, als er eine Bierflasche schwungvoll an der Tischkante öffnete.

Nika und ich holten uns neue Bowle, streiften damit kurz von Türrahmen zu Türrahmen und setzten uns wieder in den Rockmusik-Raum. Auf diese Art und Weise, überlegte ich, würde ich die Party ganz gut durchhalten. Anderen zuzuhören gefiel mir, solange ich selbst nichts erzählen musste.

Unsere Plätze waren natürlich besetzt, aber dafür rückte Flo am Bett zur Seite und wir konnten uns zu ihr setzen. Das Gespräch von vorhin über Kinofilme und Unizeug hatte sich in der Zwischenzeit komplett gedreht.

»Ich find das so faszinierend«, sagte das Mädchen neben mir gerade quer durch den Raum. »Manche sind einfach befreundet, seit sie fünf sind oder so. Ich kann das gar nicht. Die Leute, mit denen ich in der Grundschule war, sind jetzt alle so komisch geworden. Ich hab denen gar nichts mehr zu sagen.«

»Das ist aber zum Glück nicht immer so«, erwiderte ein vollbärtiger Typ, der jetzt auf Konstantins Platz saß. »Ich kenne noch einige aus der Mittelstufe und die mögen das gleiche wie ich. Die Entfernung ist halt das Problem, da sieht man sich nicht so oft.«

»Eben. Leute kommen und gehen. Man sollte ja auch mal neue Freunde finden, statt immer nur festzustecken.«

»Aber nicht jeder findet einfach neue Freunde«, mischte Flo sich ein. Sie gestikulierte mit der freien Hand herum. »Meine beste Freundin wohnt in Hessen und ich hier. Wir sehen uns nicht oft, aber wenn, dann verstehen wir uns wieder super. Und zwischendurch schreiben wir. Man sollte sich um seine Freundschaften kümmern, egal ob neue oder alte.«

»Wenn man möchte«, verbesserte jemand neben ihr. »Man muss Freundschaften nicht aufrechterhalten, wenn man sich nichts mehr zu sagen hat. Wie viel Sinn hat die Freundschaft dann noch?«

»Wie hoch ist bitte die Wahrscheinlichkeit, dass man sich gleich entwickelt?«, sagte das Mädchen, das am Anfang gesprochen hatte. »Einige meiner Freunde haben schon Kinder und Familie und so was. Damit kann ich nichts anfangen.«

»Aber auch das kann man ja nicht pauschal sagen«, erwiderte Flo. »Und die Leute ändern sich auch nicht plötzlich vom Charakter, nur weil sie heiraten, oder nicht? Das ist doch nur eine Zeremonie.«

»Auch das ist individuell, oder nicht?«, mischte Nika sich ein und schon war sie mitten in der Diskussion.

Immerhin schien sich hier keiner so sicher zu sein, was man bei Freundschaften jetzt alles tun sollte und was nicht.

Ich musste wieder an Indigo denken. Und an Amber, die meine Wunschträume vom Beruf einer Heilerin noch nicht aufgegeben hatte. Wir hatten uns auseinandergelebt – nicht wegen unterschiedlicher Interessen, sondern weil ich sie nicht verlieren wollte.

Leute kommen und gehen.

Ich wünschte, ich hätte das so leichthin sagen können wie dieses Mädchen. Es klang cool, weniger gezwungen, aber nicht einmal die frühere Rosa hätte das gesagt. Ich wollte nicht, dass sie gingen. Sie hatten ihren Fußabdruck in meinem Leben hinterlassen und ich wollte das alles so lange wie möglich festhalten.

Ein Glas Bowle tauchte vor meinem Gesicht auf.

Nika und Flo prosteten mir zu.

»Auf ewige Freundschaften«, sagte Flo zu mir und ich grinste und prostete zurück, obwohl ich gar nicht darauf hätte anstoßen dürfen. Ich hielt sie alle von mir fern und das würde sich nicht ändern. Der ewige Turm, der ewige Dornröschenschlaf. Trotzdem klang ich fröhlich, als ich sagte: »Auf ewige Freundschaften!«

***

Zwei Gläser Bowle und ein Glas Wasser später waren wir in der Runde mehr zusammengerückt, hatten ein Kartenspiel gespielt und zwischendurch über Filme und Serien, über Haustiere, Klimawandel und die politische Lage in Australien geredet.

Mir schwirrte der Kopf und ich spürte den Alkohol sehr deutlich, weshalb ich zu Wasser gewechselt war. Mittlerweile war kein einziges bekanntes Gesicht mehr in der Runde, nachdem Flo und Nika für einen Nachschub Bowle aus dem Kreis verschwunden waren.

Von der politischen Lage in Australien kamen wir nach Hamburg zurück und plötzlich waren wir wieder bei Magie und der ewigen Diskussion über Wahrheit und Betrug.

»Ich find das so lächerlich«, kam es von dem Typen zwei Plätze weiter. »Als würde es wirklich Magie geben ... Ich kann nicht verstehen, wie Leute das plötzlich glauben. Sogar dieses fliegende Auto war nur ein Fake mit dünnem Draht, haben sie letztens noch auf Youtube gezeigt.«

Nicht schon wieder. Ich stand auf und war überrascht über meine weichen Knie. Das fühlte sich gar nicht gut an. Zu niemand Bestimmten sagte ich: »Ich geh mal eben ins Bad.«

Zuerst aber hielt ich Ausschau nach Nika, die jetzt schon eine ganze Weile Bowle holen war.

Ich musste gar nicht lange suchen, genauer gesagt saß sie im Nebenzimmer auf einem Sofa – oder eher auf Flos Schoß, die wiederum auf dem Sofa saß. Die beiden waren innig miteinander beschäftigt und ich bewunderte Nikas Lippenstift, der noch überhaupt nicht verschmiert war. Abgesehen davon gab mir der Anblick einen Stich, den ich nicht richtig zuordnen konnte. Es war keine Eifersucht, kein Ärger, keine Trauer – ich wusste, wie sehr Nika das menschliche Leben genießen wollte, und ich freute mich für sie ... und eventuell darüber, sie morgen damit aufzuziehen. Trotzdem tat es weh. Meine Geister und ich – das war immer eine eigene kleine Welt gewesen. Und irgendwie passte das hier nicht in diese Welt.

Ich zog mich umsichtiger zurück als nötig, niemand beachtete mich und die unsäglich laute Musik übertönte so gut wie alle Geräusche. Die Luft war erdrückend und voll Schweiß und

Parfüm und Alkohol und so floh ich wirklich Richtung Bad, wo eine weise Person das Fenster geöffnet hatte. Die kühle Nachtluft kam zusammen mit dem Verkehrslärm herein und das klärte meinen Kopf. Im Spiegel begutachtete ich meine geröteten Wangen und den leicht verschmierten Eyeliner, der meine Augen noch schattierter aussehen ließ als beabsichtigt. Ich verwischte das Make-up im Augenwinkel, trat planlos vor die Badezimmertür – und stand Robin gegenüber, der eine Flasche in der Hand hatte, das Baseballcap heute richtig herum auf dem Kopf und ein riesiges weißes T-Shirt mit quietschbuntem Aufdruck trug.

»Hey!« Er grüßte mit der Bierflasche. »Gut, dass ich dich sehe. Ich fliehe vor Vanessa, hilfst du mir?«

»Wie das?«

»Sag ihr, ich bin im Bad. Oder nein. Komm einfach mit.«

»Wohi…«

Aber er verschwand durch die nächste Tür neben dem Bad, in ein Zimmer, in dem entspannte Musik lief und die Leute standen statt zu sitzen. Dort schlängelte er sich quer durch den Raum, machte auf einem Balkon Halt und wartete, bis ich ebenfalls draußen stand. Dann schob er die Balkontür zu. »So. Hier bin ich erst mal sicher. Hoffe ich.«

»Was hast du angestellt?«, fragte ich und ließ mich in einem der beiden Stühle nieder, die hier standen. Ein Teil von mir wollte lieber wieder zurück, zu Nika, nach Hause. Aber der vernünftige Teil sagte, dass Nika nicht nach Hause gehen würde und frische Luft jetzt gut für mich war.

Fünf Minuten durchatmen konnten mir wohl nicht schaden.

Robin sank in den zweiten Stuhl. »Konstantin hat ihr einen Korb gegeben und sie gibt mir die Schuld daran.«

»Weil …?«

»Keine Ahnung, weshalb! Weil sie einen Schuldigen braucht.«

Er seufzte und trank einen Schluck Bier. »Aber hey, schön dass du da bist. Wann bist du angekommen?«

Ich wollte einen Blick auf mein Handy werfen, aber das war in meiner Tasche im Rockmusik-Raum. Ich zuckte die Schultern. »Vor ein paar Stunden?«

Auf jeden Fall war ich schon weitaus länger hier als geplant. Pa und die Ausbildung und Bea ... All das war hier ganz weit weg, ähnlich wie sonst im Café immer alles weit weg gewesen war. Tatsächlich konnte ich mich nicht daran erinnern, in den letzten Stunden auch nur einmal an Aschezauber gedacht zu haben.

»Ich bin ein schlechter Gastgeber.« Robin begutachtete seine Flasche. »Was zu trinken hast du auch nicht. Soll ich die Bowle ... Aber ich kann hier jetzt nicht weg.«

Er sah so hilflos drein, dass ich lachen musste.

»Ist in Ordnung. Ich brauche gerade nichts, ich hatte deine Bowle.«

»Oh! Wie war die?«

»Interessant.«

»Oder?« Er grinste und lehnte sich zurück. »Ist wirklich schön, dass du hier bist. Ich hätte gedacht, du lehnst ab.«

»Ich konnte nicht, nachdem du mehrfach so darum gebeten hast.«

»Das war echt Arbeit. Bei dir weiß man nie, ob man dich ansprechen darf oder nicht. Das kann man überhaupt nicht durchschauen, weißt du? Viele, die ich kenne, trauen sich deshalb nicht – und beneiden mich jetzt dafür, dass ich eine Gruppenarbeit mit dir machen darf *und* dich als Partygast habe.«

»Die Gruppenarbeit machen bisher vor allem Nika und ich.« Und Vanessa. Robin beschränkte sich eher auf Witze und Nicken.

»Dann wird sie wenigstens gut.« Er schien nicht im Geringsten beleidigt. »Noch ein Vorteil für mich. Win-Win.«

Ich musste wieder schmunzeln. Es war schwer, ihm dieses Geplauder übel zu nehmen.

»Ich würde ja auch gerne mehr machen«, fuhr Robin fort. »Aber irgendwie kann ich nur das, was mir Spaß macht. Und Artenvielfalt von Insekten ... Das ist einfach nicht meins.«

»Aber du möchtest doch bestehen?«

»Klar. Ich bemüh mich ja auch, aber solche Themen sind für mich schwer. Ich bin nicht so ein Überflieger wie du.«

»Ich bin auch kein Überflieger«, sagte ich und rieb meine linke Hand, die eiskalt in meinem Schoß lag. »Ich lerne nur viel.«

»Schon mal dran gedacht, dass Nicht-Überflieger auch damit Probleme haben könnten?« Robin wackelte mit seiner Bierflasche. »Das beneide ich so. Bei Nika und Vanessa auch. Ich weiß, wo ich hinmöchte – und teilweise hab ich das Gefühl, dafür mit dem Kopf durch eine Wand zu müssen. Vanessa dagegen arbeitet zum Beispiel einfach durch und wird ihren Traum spielend erreichen.«

»Das sieht für dich nur so aus.«

Gut. Ich kannte Vanessas Version der Dinge nicht. Vielleicht machte sie wirklich alles spielend. Aber so richtig vorstellen konnte ich mir das nicht. Jeder hatte seine Stärken und Schwächen – ich hatte damals auch vieles gehasst, aber im Wettbewerb mit Amber keine andere Wahl gehabt, als mich hinter meine Bücher zu klemmen. Wir hatten uns gegenseitig motiviert und zur Verzweiflung gebracht.

Mittlerweile hatte sie mich abgehängt. Meilenweit. Und ich erklomm meinen einsamen Berg in einem Studium, das nur der Trostpreis war.

Ich schluckte und begegnete Robins neugierigem Blick.

»Was möchtest du denn erreichen?«, fragte ich schnell, bevor er mich bitten konnte, meine Aussage weiter zu erklären.

»Willst du das wirklich wissen?«

»Warum sollte ich nicht?«

Er warf mir einen misstrauischen Blick zu und sagte dann: »Meeresbiologie.«

»Ah.« Die Unterwasserwelt war voller kleiner Götter, ganz faszinierende Ströme an Energie. Meersalz war ein sehr umfangreicher Katalysator und Ma hatte immer ein großes Säckchen davon zu Hause gehabt, um es in ihre Heilzauber zu mischen. Aber all das konnte ich nicht sagen und so sagte ich nur: »Das ist doch ein superspannendes Thema.«

»Find ich auch. Aber nicht gerade das mit den meisten Jobchancen.« Er zuckte die Schultern. »Was ist dein Thema? Wo möchtest du mit dem Studium hin?«

Wenn ich das mal selbst gewusst hätte. Ich führte das Thema lieber wieder zurück auf ihn. »Warum Meeresbiologie?«

»Du entkommst meiner Frage nicht. Das interessiert mich wirklich.«

»Und mich interessiert, warum du in die Meeresbiologie willst.«

»Erstmal liebe ich Wale«, sagte er und überraschte mich damit. Irgendwie hatte ich mit vielem gerechnet, aber nicht damit. »Und zweitens: Wie kann man nicht? Die Meere sind riesig und so unerforscht und abgesehen davon so wichtig für das Klima und das Gleichgewicht der Erde ... Alle Leute sollten sich mal näher damit beschäftigen!«

»Dem kann ich nicht widersprechen. Die Meere haben eine wichtige Wirkung auf unser Umfeld.« War das jetzt seltsam oder sagte man das so? Besser, Robin redete mehr und ich weniger. »Aber das gilt nicht nur für die Ozeane, oder? Sondern auch für Wälder und Insekten. Bienen, zum Beispiel.«

»Absolut.« Er grinste. »Bienen sind aber nun mal keine Wale.«

»Ja ... Das sind sie ganz eindeutig nicht.«

Ich stand auf und spähte über das Balkongeländer auf die andere Seite der Straße. Ich erkannte eine Fassade hinter einem Baugerüst und eine nur schwach beleuchtete Bushaltestelle.

»Ist leider nicht der spannendste Ausblick«, sagte Robin, der jetzt neben mir am Geländer lehnte.

»Ich schaue bei mir nur auf Wohnhäuser«, sagte ich. »Für was Spannendes muss man wahrscheinlich mehr zahlen.«

»Oder Meeresbiologe werden. Wie wärs?«

Ich grinste. »Ich ziehe Bienen den Walen vor, tut mir leid.«

Es wurde warm in meinem Nacken – er hatte mir einen Arm um die Schulter gelegt und eine verschwörerische Miene aufgesetzt. »Du kennst die Wale einfach nicht richtig.«

»Stimmt. Ich hab nie einen persönlich kennengelernt.«

Seine Berührung erzählte mir mehr über ihn. Sie war fest, aber auch weich, und er roch weniger süßlich und mehr nach Aftershave und Waschmittel.

Für mehr reichte die Zeit nicht, denn Robins Haltung wurde plötzlich steif und er raunte: »Gefahr im Verzug!«

Dabei sah er über die Schulter und als ich seinem Blick folgte, konnte ich durch eine Lücke in den Partygästen Vanessa sehen, die sich im Raum umblickte.

Also war sie doch hier.

Ich konnte gar nicht so schnell protestieren, wie Robin in die Knie ging und mich mit sich zog. Die Stühle machten ein ekliges Geräusch auf dem Balkonboden, als wir dagegenstießen, dann hockten wir im Schatten des Geländers am Boden – Robins Arm hatte auf magische Art und Weise meine Schulter nicht verlassen.

»Besser, sie sieht uns nicht«, sagte er leise.

»Hast du solche Angst vor ihr?« Ich musste wieder an Nikas Aussage zu Vanessa denken und fand sie immer unpassender.

»Keine Angst.« Robin warf einen vorsichtigen Blick nach oben, aber offenbar war ihm die Lage noch nicht rein genug. Er blieb in der Hocke. »Ich hab nur keine Lust auf eine Szene. Nicht auf meiner Party.«

Ich erwiderte nichts und in diesem Fall war keine Erwiderung wohl auch eine Erwiderung.

Er setzte eine beleidigte Miene auf. »Was denn? Ich bin ein friedliebender Mensch. Ich mag Wale!«

»Aber hat sich noch niemand dran gestört, dass du ständig …«, ich überlegte, aber mir fiel kein besserer Ausdruck ein, »… mit wem anders rumknutschst?«

Die beleidigte Miene fiel ihm aus dem Gesicht. »Mach ich doch gar nicht!«

Na ja. Ich hatte ihn draußen gesehen. Und auf den Wegen zwischen Vorlesungssaal und Toilette.

»Das ist alles ganz anders.« Er verstärkte den Druck seines Arms auf meinen Schultern noch mal und zog mich so näher. Nah genug, dass ich die Stoppeln seines Barts sehen konnte. »Bin ich in deinen Augen so schlimm?«

Ich blinzelte verwirrt. Einmal. Zweimal. Ziemlich oft hintereinander. »Ich find das nicht schlimm. Das war nur eine Frage.«

»Sicher?« Er hatte den Babylöwen-Blick aufgesetzt. Sein Blick bewegte sich leicht von rechts nach links und wieder zurück, als würde er sich nicht einigen können, in welches meiner Augen er schauen sollte. »Du findest das nicht schlimm?«

Redeten wir noch über das gleiche? Ich schüttelte ganz langsam den Kopf und wäre jetzt doch gern wieder aufgestanden. Das lockere Quatschen eben war in Ordnung gewesen, aber hier am Boden des Balkons bekam ich allmählich ein beklemmendes Gefühl. Robin dachte nur gar nicht daran, mich loszulassen. »Ich mag dich nämlich echt gern, Rosa. Du bist schlau und ehrgeizig und du hast Humor. Man muss dich nur ein bisschen kennenlernen, um das zu sehen«, sagte er mit ungewohnt ernstem Ton.

»Ja, vielleicht«, sagte ich einfach und wusste plötzlich nicht mehr, wo ich hinschauen sollte.

Also war ich jetzt dran, ja?

Mein erster Impuls war, ihn wegzustoßen, aber andererseits kam mir das zu emotional vor für meine Rosa-Rolle. In meinem Kopf tauchte das Bild von Nika auf, die auf dem Sofa mit Flo rummachte. Das hier war nur eine Party. Ein Ort, an dem ich hatte loslassen können. Vielleicht gehörte das hier einfach dazu?

»Nicht vielleicht.« Robin klang rau. »Ganz sicher.«

Es war dieser Moment, in dem man wusste, dass ein Kuss folgen würde. Wie damals bei Indigo – da hatte ich es auch gewusst und wäre vor Herzflattern fast gestorben. Auch jetzt stolperte mein Herz fast über sich selbst und in meinem Kopf zogen Gedankenfetzen vorbei, Erinnerungen an Indigo, das Echo von Berührungen, warmen Umarmungen und sanften Lippen, der Geruch nach Deo und Haut.

Und dann war da noch ein anderer Duft, der mich plötzlich zögern ließ. Etwas Bittersüßes, Dunkles und zugleich Helles mischte sich in meine Gedanken und mit ihm schwoll ein Widerwille in mir an, den ich mir selbst nicht erklären konnte.

Es war nur ein Kuss.

Aber ein falscher. Das war nicht das, was ich wollte.

Ich zuckte zurück und stieß dabei an den Balkonstuhl. Das erneute Schaben des metallenen Stuhlbeins auf dem Boden vernichtete auch die letzte Prise Romantik an diesem Moment – wenn je welche dagewesen war.

»Oh.« Robin hob die Hände, der Druck seines Arms verschwand endlich von meiner Schulter. »Tut mir leid, das war nicht ... Ich wollte ... Da ist was mit mir durchgegangen!«

»Der Alkohol«, sagte ich zu ihm und auch zu mir selbst. Ich klang dabei sogar sehr humorvoll.

»Ja – nein. Ich mag dich wirklich, Rosa, aber ich wollte nicht ... Nicht so überhastet, meine ich.«

»Ist schon in Ordnung«, sagte ich, obwohl gerade gar nichts in Ordnung war. »Ich bin nicht böse. Sondern geschmeichelt.« Er sah hoffnungsvoll aus. Bis ich sagte: »Aber trotzdem geh ich jetzt lieber.«

»Meinetwegen? Hab ich dich vergrault? Das wollte ich nicht.«

»Nein.« Na ja. Schon. Ich tippte mir gegen den Kopf. »Die Bowle. Ich sollte wirklich gehen. Aber es hat Spaß gemacht heute Abend.«

»Ich bring dich zur Tür!«

»Nein.« Ich sagte das eine Spur zu schnell, rief mich zur Ordnung, setzte ein Lächeln auf. »Nein, bitte nicht. Versteck dich noch ein bisschen vor Vanessa, bis die Dampf abgelassen hat. Ich sag ihr, du wärst im Bad.«

Und dann öffnete ich die Tür zur Wohnung, bevor er protestieren konnte.

***

Kurze Zeit später fand ich mich auf dem Bürgersteig wieder, ein Auto raste mit lautem Getöse vorbei und der Motor dröhnte mir in den Ohren.

Ich hatte nicht einmal Nika Bescheid gesagt, nur Konstantin im Vorbeigehen mit einer Geste zu verstehen gegeben, dass ich verschwand. Und damit fühlte ich mich am sichersten. Ich hatte das Gefühl, dass man es mir ansehen konnte, den Arm um meine Schulter und diesen Fast-Kuss, der immer noch als Echo in meinem Kopf nachhallte.

Ich hätte erleichtert sein müssen, weil ich die Wohnung hinter mir gelassen hatte. Stattdessen fühlten der Knoten in meiner Brust und die Nervosität in meinen Gliedern sich so an, als wäre ich traurig und wütend und hätte ein schlechtes Gewissen. Wegen nichts.

Vielleicht war es doch der Alkohol. Die kühle Nachtluft, der Gestank nach Abgasen, laute Sirenen in der Ferne, das alles drang ungefiltert zu mir durch, aber ich spürte die Bowle in den Beinen und sicher war sie auch in meinem Kopf.

Wenn ich erst geschlafen hatte, war die Sache weniger dramatisch. Aber bis dahin lag ein halbstündiger Weg vor mir, durch die nächtliche Brise und muffig riechende Busse, vorbei an riesigen Gebäuden mit dunklen, toten Fenstern, an Müll und Gestank und Menschen, denen ich nicht begegnen wollte.

Ich hatte diese Gedanken noch gar nicht ganz beendet, da tasteten meine Finger bereits in meiner Tasche nach den Flakons.

Ich hatte kein Gefäß dabei, um den Sirup irgendwo hineinzugießen. Also schüttete ich ihn in meine hohle Hand, warmer Sirup auf kühle Haut. Beruhigender Karamellduft.

»Willst du den Sirup so nach Hause tragen?« Javids sanfte Stimme über dem Rauschen der Stadt.

»Ja.« Ich starrte einfach seine Füße an. Er stand vor mir, in Sneakern und einer schwarzen Hose. Ich hatte gar nicht darüber nachgedacht, ob er bereits schlief. Oder mir meinen überhasteten Abgang aus der Wohnung übelnahm. Eigentlich hatte ich gar nicht nachgedacht, sondern einfach Sirup ausgegossen.

»Hast du mich gerufen, um nicht mit mir zu sprechen?«

Da war er wieder, der spöttische Unterton.

Kurz darauf, und bevor ich etwas erwidern konnte, wischten seine Finger nur wenige Zentimeter über meiner Hand durch die Luft und der Sirup verschwand. Zurück blieb das Gefühl des warmen Luftzugs seiner Bewegung. Ich presste die Lippen fest aufeinander. »Tut mir leid.«

»Was?«

»Dass ich dich gerufen habe. Um diese Uhrzeit.« Jetzt sah ich doch auf. In das Gesicht mit den Geisteraugen und der spitzen Nase und dem Spott um die Mundwinkel. »Beachte mich einfach nicht, ich bin angetrunken.«

Er lächelte. »Das seh ich. Es war eine gute Party?«

»Teils, teils.« Ich hätte einfach Ja sagen sollen, dann hätte er sicher nicht so fragend geschaut. Rasch schüttelte den ich den Kopf. »Lass uns gehen. Es wird kühl.«

»Hast du deine Jacke nicht dabei?«

»Nein.«

Und damit ging ich los. Javid lief schweigend neben mir her, gefühlt eine Ewigkeit, aber eigentlich nur die Spanne zweier

Straßenlaternen. Dann hielt ich es nicht mehr aus und fragte: »Bist du böse auf mich?«

»Sollte ich böse sein?«

»Weiß ich nicht. Vielleicht.«

Er schnaubte leise und ich wies mich gedanklich an, jetzt einfach den Mund zu halten. Es wurde nicht besser. Welchen Unsinn würde ich als Nächstes verzapfen?

Zum Glück fragte er nicht nach, sondern lächelte sein sanftes Javid-Lächeln. »Komm, du Schnapsnase. Ich bring dich nach Hause.«

Ich wollte protestieren, erinnerte mich rechtzeitig daran, dass ich nicht mehr hatte reden wollen, und nickte einfach.

Javid hielt sich nah bei mir, nah genug, damit ich das Gefühl hatte, mich an ihn lehnen zu können. Was ich nicht tat, weil ich dann wahrscheinlich zur Seite gekippt wäre. Meine Knie waren immer noch weich und der leichte Schwindel hielt sich hartnäckig.

Ich ertappte mich aber bei dem Gedanken daran, wie es wäre, sich an ihn zu lehnen. Sein Arm über meiner Schulter statt der von Robin. Karamellduft statt Aftershave.

Und ein bisschen wünschte ich, dass er diesen Gedanken erhören würde.

Aber er sagte nur: »Auf zum Rathausmarkt. Die frische Luft wird dir guttun.«

Ich nickte, hielt mich an seiner Seite, ließ mich einlullen vom Duft nach Karamell und von der Wärme seiner Präsenz.

Und für einen Moment zumindest war alles wieder gut.

Kapitel 12

Wir überquerten die Willy-Brandt-Straße und hielten auf den Domplatz zu. Die Reklame an der Kreuzung blendete über von Mode zu Alkohol, die weiße Fassade gegenüber reflektierte die blassen Nachtfarben und das Licht der Straßenlaternen.

»Ich kann dir eine Jacke geben, wenn du es wünschst«, sagte Javid, als wir die breite Kreuzung verließen und zwischen den hohen Gebäuden abtauchten.

»Nein.« Ich schüttelte den Kopf. »Du brauchst mir nichts zu zaubern, danke.«

»Es wäre kein Problem.«

»Ich will mir aber nicht solche Kleinigkeiten von euch wünschen. Ihr wart es, die beim Deal gesagt haben, die Magie müsse beschränkt werden.«

Und deshalb konnten meine Geister nicht mehr, als jede Hexe und jeder Trickster können würde. Normalerweise war die Wunschmagie eines Level-5-Geistes, wie Javid es war, beinahe uneingeschränkt. Die Grenzen der Hexenmagie lagen innerhalb von zehn Fingern und unserer Basis. Wir konnten keine Berge versetzen und nichts aus Nichts erschaffen, während Flaschengeister mit einem Fingerschnippen eine Medaille beim Leichtathletik-Wettbewerb ermöglichten, Festmahle oder ganze Schlösser schufen, und ihren Meister an hawaiianische – oder italienische – Strände versetzten. Durchgehend Zugriff auf eine solche Macht zu haben, wäre mir ehrlich gesagt zu beängstigend gewesen. Ich wollte allein klarkommen. Schlimm genug, dass ich für alles ab einem Vier-Finger-Zauber einen Geist um Hilfe bitte musste.

»Wie du meinst.« Er verschränkte die Hände hinter dem Kopf. »Überleg dir schon mal, welchen Tee du trinken möchtest, wenn du ab morgen mit einer Schniefnase durch die Gegend läufst.«

»Sei nicht so gemein zu der Schnapsnase, bitte.«

Er lachte leise. »Sorry.«

Ich verschränkte die Hände hinter dem Rücken und spähte die Straße hinunter. Es roch nach Abgasen und Stein und ein bisschen nach Rauch, wie in vielen Straßen von Hamburg. Der Rauch saß im Pflaster und Asphalt, das Ergebnis der unendlich vielen Zigarettenstummel auf dem Boden.

Was ich dagegen nicht ständig sah, war das Schimmern warmer Lichter dort hinten, als hätte man neben der Straße Lampions aufgehängt. Erst als wir näher herankamen, erkannte ich leuchtende Quader auf dem Wiesenstück rechts von uns. Das, was tagsüber als Sitzgelegenheit diente, verwandelte die Fläche bei Dunkelheit in ein schummriges kleines Kunstwerk.

Wir waren auf der gegenüberliegenden Straßenseite und ich blieb dort auf dem Bürgersteig stehen und schaute mir die Lichter an. Ein bisschen dämlich – es war nur Licht, elektrisches Licht auf einem Stück Rasen, aber andererseits war Licht Energie, eine großartige, mächtige, faszinierende Energie.

Ich wohnte schon ewig in dieser Stadt und hatte das Gefühl, an diesem Ort noch nie bei Nacht vorbeigekommen zu sein.

»Möchtest du rübergehen und dich setzen?«, fragte Javid, aber ich schüttelte den Kopf.

»Ich gehe gleich weiter. Ich saß vorhin genug.«

»Auf der Party?«

Ich nickte. »Sie saßen alle auf dem Boden. Das war gemütlich.«

»Also war es nur halb so schlimm, wie du dachtest?«

Der Anfang: Ja. Das Ende ... Ich hielt meinen Blick auf die leuchtenden Quader gerichtet. »Es war nicht übel. So insgesamt.«

»Erzählst du mir davon?«

Ich erzählte von Flo und der Bowle und der Rockmusik. »Zwischendurch ging es dann um die politische Lage in Australien – wieso auch immer. Und dann plötzlich einmal um Freundschaft. Was man tun soll und was nicht.« Ich bekam nicht einmal mehr zusammen, was man alles tun sollte. Die Gänsehaut auf meinem Arm nahm zu und jetzt musste ich doch die Arme um den Körper schlingen. »Es gab ganz schön viele Solls. Teilweise total entgegengesetzte.«

»Ist das nicht immer so?« Es war nur ein kleines Stück, aber Javid rückte näher an mich heran. Ich wagte einen Blick zu ihm herauf.

Er beobachtete die Lichter, wie ich bis eben. »Es gibt mehr Solls, als man erfüllen kann. Und diese Solls ändern sich ständig. Und dann wacht man eines Morgens auf und hat seine Zeit auf ein Soll verschwendet, das schon längst wieder out ist.«

War das so? Würde ich eines Tages aufwachen und keine Rolle mehr spielen müssen? Ich konnte es mir nicht vorstellen. Auch, weil ich nicht wusste, was noch von mir übrig bleiben würde, wenn ich keine Rolle mehr spielte. Ich kopierte Dinge, seit ich acht war. Ich konnte nichts anderes.

»Ist dir das auch schon so gegangen?«, fragte ich leise und er nickte, sein Blick wurde ein wenig dunkler.

»Allein die Jahre, die du in deiner Flasche verbringst, rauben dir die Zeit. An einem Tag orientierst du dich am Zeitgeschehen und am nächsten ist alles anders. Menschen sind zu schnell für uns Geister.«

Und für sich selbst. Zumindest für mich.

Zeitgleich bewegten wir uns weiter, ganz langsam. Als wollten wir beide die Lichter nicht passieren.

»Wo hast du eigentlich Nika gelassen?«

Ich musste tatsächlich darüber nachdenken. Meine Güte. Ich hatte plötzlich das Gefühl, die letzten Gehminuten in einem anderen Universum zugebracht zu haben. »Hoffentlich noch kuschelnd mit Robins Mitbewohnerin auf dem Sofa.«

»Oh.«

»Ja. Sie wirkte da sehr … zufrieden.«

»Kann ich mir gut vorstellen«, sagte Javid. »Sie wollte ein normales Leben – mit allem, was dazugehört.«

Hatten sie das nicht alle irgendwie gewollt? Javid doch sicher auch.

»Ich hab da eine Kommilitonin, die interessiert sich für dich.« Ich bereute den Satz, kaum dass ich ihn ausgesprochen hatte.

»Ehrlich?«

War das Interesse oder kein Interesse? Ich schaute lieber auf meine Füße. »Es klang ein bisschen so. Vielleicht. Ich meinte auch eher nur – wegen dem normalen Leben.«

Ich hörte ihn schnauben. »Ist schon gut. Das schmeichelt mir, aber ich bin nicht interessiert.«

»An einem normalen Leben?« Ich hatte ehrlich gesagt keine Ahnung, was Javid zu dem Deal mit mir verleitet hatte. Elyars und Nikas Beweggründe waren mir klarer. Sie hatten wie Menschen und vor allem frei sein wollen.

Zuerst erwiderte Javid nichts. Ich wagte noch einen Blick zu ihm hoch und diesmal lächelte er auf mich hinunter. »Wie man es nimmt.«

»Was meinst du damit schon wieder?«

Aber er lächelte einfach weiter. Vergeblich suchte ich nach den spöttischen Mundwinkeln. Wie man es nahm? Vielleicht verstand ich das morgen, wenn ich wieder klar bei Verstand war. Momentan spielte alles verrückt, mir war warm und zugleich kalt, mein Kopf war leicht, mein Körper schwer, mein Herz pochte und gleichzeitig hatte ich irgendwie das Gefühl, enttäuscht zu sein. Von was auch immer.

Ich wandte den Blick ab und sagte: »Ich bin heute nicht in der Laune für Ratespiele.«

»Ganz eindeutig. Du würdest allerdings weitaus mehr sehen, wenn du nur deiner Intuition vertraust.«

Ich schüttelte den Kopf, doch er fuhr fort.

»Ich glaube zumindest, dass du es längst gemerkt hast. Hab ich nicht recht?«

Gemerkt? Was?

Einen Moment lang bekam ich Angst. Was gemerkt? Worüber redeten wir hier?

Und dann sickerte langsam die Erkenntnis in mein Bewusstsein, dass ich immer noch Gänsehaut hatte. Nur auf dem rechten Arm.

Ein Windhauch fuhr über die Bäume auf den Grünflächen rechts von uns, ließ die Blätter rascheln und fegte eine einsame Plastiktüte quer über die Straße. Stimmen schwappten von irgendwo her zu uns herüber, mal lauter und wieder leiser. Das Kribbeln auf meinem rechten Arm wurde intensiver und wieder schwächer.

»Was ist das?«

Es war definitiv magisch. Aber offen magisch. Nicht unterdrückt, nicht kontrolliert. Es lag im Wind und in der Luft um uns herum. Das war nicht normal.

»Ich weiß es nicht«, erwiderte Javid und sah den Weg hinunter, in Richtung der Kirche St. Petri, deren Turm mit dem goldenen Zifferblatt dunkel in den Himmel ragte. »Aber es ist plötzlich aufgetaucht. Und ziemlich nah.«

Wir hätten nicht so lange hier stehenbleiben sollen.

Wollte ich sagen.

Aber der nächste Schauer überkam mich – und irgendetwas war da, eine weitere Erschütterung. Es fühlte sich an wie an dem Tag, als der Blauregen plötzlich zu welken begonnen hatte. Ja. Genau wie in diesem Moment, bevor alles ins Chaos stürzte.

Durch meine Eingeweide schien ein Ruck zu gehen. Ich schluckte. »Wir müssen uns das ansehen.«

Er hätte mich aufhalten können. Sagen können, dass das Irrsinn war. Aber er sagte nur: »Gehen wir.«

Wir gingen nicht gemächlich wie vorhin, dieser Zauber aus Licht und Einsamkeit war verflogen. Ich folgte Javid den Weg hinunter, bis der Bürgersteig so flach wurde, dass zwischen Straße und Fußweg kaum ein Unterschied bestand. Die nächste Kreuzung war nur noch eine Straße entfernt von der Alster. Ich war so fixiert auf die sich lichtenden Häuserreihen dort hinten, dass ich beim Überqueren der Straße über ein Büschel Pflanzen stolperte und innehalten musste, um mein Gleichgewicht wiederzufinden. Das war mir auch noch nie passiert. Wie hatte die Pflanze es geschafft, hier an der Kreuzung so riesig zu werden?

Vor allem – Rosmarin?

Ich wandte mich Javid zu, um ihn darauf hinzuweisen, brachte aber keinen Ton heraus. Denn dort auf der Straße wehte eine Lilie im Wind eines vorbeifahrenden Busses.

Und dort, an der Fassade des Gebäudes schräg gegenüber, breit und groß, sechsstöckig aus rotem Stein mit kunstvollen Vorsprüngen und blicklosen, modernen Fenstern – da war etwas quer über die Dachbalustrade gewuchert.

Auf einem Dach konnte ich das vielleicht noch entschuldigen, wie gerade den Rosmarin am Wegesrand, aber eine Lilie mitten auf der Straße? Konnte sie einfach so durch Asphalt brechen? Hier?

Und was wuchs dort neben dem Straßenschild?

Rosmarin. Salbei. Jasmin.

Hellblaue und blasslila Blüten schimmerten im fahlen Licht der Straßenlaternen und säumten die Fenster an der Fassade links von uns.

Blauregen.

Ich schnappte nach Luft und im selben Moment sagte Javid meinen Namen. »Rosa. Da.«

Da – das war nur einige Meter vor uns. Dort erhob sich ein seltsames Leuchten und Knistern über den Lärm der Nacht.

Ein monströser, formloser Umriss wuchs auf der Straße und fiel wieder in sich zusammen, grün und schwarz und grau. Eine Masse an Pflanzen wucherte in die Höhe und verschwand wieder.

»Bea.«

Ich musste es aussprechen, damit mein Körper reagierte. Alkohol, Party und Kälte waren vergessen. Ich sprintete los, auf das Knistern und Wuchern zu.

Beas Gestalt konnte ich nirgends entdecken, aber Rosmarin, Salbei, Orchideen, Efeu, Blauregen, das waren ihre Pflanzen, die Sammlung aus ihren Privaträumen – und sie fraßen sich die Bergstraße hinunter, in einem irrsinnigen Tempo wurde Stein zu Grün. Und dieses Leuchten ...

»Jemand zündet sie an«, hörte ich Javid neben mir. Ich schnappte nach Luft und verschluckte mich beinahe. Er hatte recht. Das war Feuer, was die Masse an Pflanzen dort wieder versengte, bis nichts von ihnen übrig war.

Leben und Tod.

»Ein Kampf?«

»Ich weiß es nicht. Ich hab so was noch nie gesehen.«

Das beruhigte mich nicht im Geringsten.

Erst Aschezauber und jetzt das?

Wir eilten vorbei an alten Fassaden aus Grau und Sandfarben, an Schaufenstern und Litfaßsäulen, jagten dem Leuchten hinterher, das auf den Ballindamm zuhielt. Ich schnappte nach der von Rauch und Abgasen erfüllten Luft.

Die Straße lichtete sich, hinter den breiten Säulen ein italienisches Restaurant, ein Laden mit Bubble Tea, alle waren geschlossen und keine Menschen auf der Straße. Das war gut. Niemand sollte in die Nähe dieser Magie geraten, die offenbar keine Rücksicht darauf nahm, was sich ihr in den Weg stellte.

Die Straße mündete in den Ballindamm, ein Fest aus Laternen und leuchtenden Schildern, das sich rund um die Alster herumzog. Im schwarzen Wasser spiegelten sich abertausende Lichter, gelb und rot und weiß. Und auf der Straße waren dicke Büschel aus Pflanzen, riesige dunkle Flecken auf den Bürgersteigen. Die Fassade der Europapassage war überwuchert von Grün und Lila und Blau und über allem hing der Geruch von versengten Kräutern.

Hier, an der Kreuzung blieb ich stehen und musste mich orientieren. Meine Lunge brannte und ich ahnte, dass mir später unheimlich übel sein würde. Aber es ging um Bea. Bea, die ich wiederhaben musste. Bea, die dafür sorgen musste, dass mein sicherer Hafen bestehen blieb.

Sie war noch hier. Aber wo? Von wo wirkte sie ihre Zauber – und warum? Gegen wen? Für was?

Ich schaute nach links, in Richtung Jungfernstieg und dort kämpften sie weiter, eine Masse an Kraut und Blumen fraß sich über die Fassaden, hinunter auf den Weg, um die Säulen der Alsterarkaden herum und die Gebäude wieder hinauf, gefolgt von einer unsichtbaren Macht, die das Grün büschelweise in Flammen aufgehen ließ. War das Magie? Magie, die Feuer erschuf? Nein. Nein, das ging nicht. Das war unmöglich. Und doch war das Feuer da, versengte Blauregen und Efeu und Lilien. Der Wind wehte die Asche hinaus auf die Binnenalster und trug das Knistern fort.

Die Menschen, die um diese Zeit noch hier entlangspazierten, waren stehengeblieben und deuteten auf das Geschehen.

Bea.

Verdammt, was tat sie da?

Ich wollte ihr hinterher, ein Motor heulte, eine Hand packte mich am Arm.

Ich wirbelte herum und erblickte Javid, der mit gehobener Augenbraue zurückschaute, das Glimmen verbrennender Pflanzen glitzerte in seinen Geisteraugen. »Versuchst du bitte wenigstens, zu überleben?«

»Ich tu mein Bestes.«

»Offensichtlich nicht.«

Nein, ganz offensichtlich nicht. Nur Zentimeter an uns vorbei rauschte ein Auto, weil ich halb auf der Straße stand. Dann erklang ein Aufschrei. Ich schob meine Hand in Javids. »Weiter!«

Aber es gab kein Weiter.

Ich hörte Javid leise fluchen.

Die Blumen waren fort und das Feuer mit ihnen. Zurückgeblieben waren Büschel aus Pflanzen auf der Straße und eine schwelende Spur den Jungfernstieg hinunter. Wasser plätscherte, bunte Fahnen wehten im Wind. Gelächter und Diskussionen hallten durch die nächtliche Stadt.

Mein Blick schweifte über die Kulisse aus Licht und pechschwarzem Wasser. Und meine Hand drückte Javids, hielt sich daran fest wie an einem Rettungsanker. Ich hatte Angst, dass er mich loslassen würde, denn nur dank seiner Berührung konnte ich stehen und atmen und mich umsehen und meine kreischende Lunge ignorieren.

Die Gänsehaut war nicht fort.

Es war noch nicht vorbei.

Bea, wo warst du nur?

Ich runzelte die Stirn und in diesem Moment brach rechts von uns ein Schwall an Blauregen aus dem Wasser, Äste peitschten auf den Weg und die ersten Büsche wucherten über den Sand, die Straße, auf die nächste Fassade zu, nur knapp hundert Meter von uns entfernt. Der Geruch nach verbrannten Pflanzen war so stark, dass ich nach Luft schnappte.

Es bedurfte keiner Worte, nicht mal eines Blickes.

Zeitgleich setzten wir uns in Bewegung.

Die Bäume, die den Fußweg säumten, versperrten uns die Sicht und das Knistern kam mir ferner vor als noch vor ein paar Sekunden.

»Sie sind zu schnell!«, rief Javid.

Aber wer waren sie? Und wo?

Wir jagten den wuchernden Pflanzen und dem verschlingenden Feuer nach, ich stolperte über Orchideen am Boden, weil meine Muskeln zu puddinghaft waren, um zu springen. Javid drückte meine Hand und plötzlich spürte ich Magie durch meine Nerven fließen – ein leichtes Kribbeln und es war, als hätte ich Rückenwind.

Ich schnappte abermals nach Luft, weil wir schneller wurden und an einem verdutzten Pärchen auf einer Bank vorbeiflogen. »Bist du verrückt?« Meine Stimme war kaum mehr als ein Keuchen.

»Vielleicht ein bisschen.« Er grinste. »Aber wer soll es merken, solange Blumen an den Häusern wachsen?«

»Trotzdem ist es ... riskant.« Wir schlugen einen rasanten Haken um die nächste Bank und überquerten die Straße.

»Ist es nicht. Du hast doch selbst gesagt, dass niemand daran glaubt.« Er lachte. »Magie kann Spaß machen, du darfst nicht so viel nachdenken.«

Ich hielt mich mit einer Erwiderung zurück, weil der Wind guttat und meine Beine nicht mehr so sehr protestierten.

Von der anderen Straßenseite hatten wir bessere Sicht auf das Geschehen. Die Pflanzen schienen das Feuer abgehängt zu haben, es rauchte nicht mehr und kein Leuchten versengte das Grün.

Ich ertappte mich bei dem triumphierenden Gedanken, dass das Feuer verloren und Beas Pflanzen gewonnen hatten – und fragte mich im nächsten Moment, ob ich damit nicht völlig falsch lag.

Was, wenn Bea das Feuer erschaffen hatte und nicht die Pflanzen? Sie hatte immerhin mit Asche experimentiert.

Was wenn ...

In diesem Moment ging ein Büschel Kräuter an einer Hauswand in Flammen auf, gar nicht mehr so weit von uns entfernt. Die Hitze erreichte mich, fegte mir übers Gesicht, Panik stieg in mir hoch und ich klammerte mich umso mehr an Javid.

Mein Körper schrie danach umzudrehen, weg von diesem Kampf, der in Asche und Feuer endete, aber ich bekam den Mund nicht auf. Mein Stolz ließ es nicht zu, dass ich jetzt kehrtmachte, so sehr mein Körper es wollte.

Wir passierten eine kleine Gasse, dann ein uraltes Gebäude aus groben, mit der Zeit dunkel gewordenen Steinblöcken.

Ich konzentrierte mich auf den Weg, darauf, keine Passanten anzurempeln. Ich wusste, dass Javid mehrfach über die Schulter sah und je öfter er es tat, desto entschlossener starrte ich geradeaus.

Die Pflanzen wurden schneller, das Feuer wütender, sie jagten die Häuser entlang und würden gleich den Glockengießerwall erreichen.

Wo wollten sie nur hin?

Und wieso?

Dann verschwand der Kampf in einer Seitenstraße, irgendwo zwischen einem Goldhändler und den dunklen Fenstern eines Möbelgeschäfts, und wir hasteten hinterher, immer schneller, immer schneller – und sie waren verschwunden.

Kein Feuer, keine Pflanzen. Nur Kälte, die meinen Arm hinaufkroch, und der Geruch von Rauch und kaltem Stein, an den nie Sonne gelangt.

Ich blickte die Straße hinunter, atemlos, mit verkrampften Eingeweiden, in der Erwartung, dass die Pflanzen wie eben wieder auftauchen würden. Aber das Kribbeln blieb aus. Meine Gänsehaut war fort. Das Adrenalin verließ langsam meinen Körper und meine Beine, Schultern, Arme schrien nach Vergeltung.

Ich senkte den Kopf, um tief durchzuatmen.

Und sah die Asche. Sie endete hier, ein paar Zentimeter von meinen Füßen entfernt.

Eine perfekte, gerade Linie, als wäre sie an einer Barriere abgeprallt.

Und dort, am Gebäude zu unserer Rechten waren Reste von Wurzeln und Ästen zu sehen – ebenfalls bis zu einer bestimmten Linie.

Ich streckte die Hand aus und erwartete, diese Barriere zu spüren, die dort am Werk gewesen war. Aber ich spürte nichts. Das Feuer und die Pflanzen – sie waren einfach verschwunden, abgeprallt an etwas, das ich mir ebenso wenig erklären konnte wie diesen Kampf.

In einiger Entfernung polterte uns ein Auto entgegen und wir mussten zur Seite gehen. In meinem Kopf rasten die Gedanken.

»Was hat das alles zu bedeuten?«, fragte ich schließlich, obwohl Javid eben schon gesagt hatte, dass er nichts darüber wusste.

Ich bekam keine Antwort.

Als ich aufsah, starrte Javid das Straßenschild an der Ecke an. *Brandsende.*

Welch ein Name für eine Jagd mit dem Feuer.

Aber es war sicher nur Zufall.

Ja.

Wie Bea einfach so Baiser gemacht hatte. Und Macarons.

Ich schluckte schwer.

Was hatte Bea uns alles verheimlicht?

Kapitel 13

»Und ihr habt mir nicht Bescheid gesagt!«

Es war Nacht. Nur eine Stunde war nach der Schlacht aus Feuer und Pflanzen vergangen. Elyar lag auf dem Boden vor dem Wohnzimmertisch und beschwerte sich in Richtung Decke, was es einfacher machte, unbeeindruckt zu bleiben.

Javid stieg über ihn hinweg und stellte mir einen Tee hin. Mein Blick fiel dabei auf seine Finger und sofort waren sie wieder da, die Wärme und die Sicherheit, die sie mir vorhin gegeben hatten.

Ich sah zu ihm auf, aber er hatte sich Elyar zugedreht – was bedeutete, dass er neben Elyars Kopf stand und auf ihn hinunter schaute. »Du hast dich heute schon im Café geweigert, einen Wunsch zu erfüllen. Sollten wir jemanden rufen, auf den man sich nicht verlassen kann?«

Ich hätte ihn so oder so nicht gerufen. Aber das behielt ich lieber für mich.

»Das ist doch was völlig anderes! Du weißt, dass ich mich da hineingeworfen hätte, wenn's sein muss!«

»Davon hätten wir auch nichts gehabt.«

»Nimm den Fuß aus meinem Ohr!«

»Reiß dich lieber mal zusammen.«

Ich beugte mich über den aufgeklappten Laptop auf meinem Schoß, nahm die Teetasse vom Tisch und schloss die Hände darum. Die Wärme tat gut – mir war zwar nicht kalt, aber alles in allem war es mir schon mal besser gegangen. Wie prophezeit meldete sich jetzt die Übelkeit.

Javid hatte mich gefragt, ob er dem Tee einen Zauber für den Magen beigeben sollte, aber da die coole, perfekte Rosa sich niemals elend fühlte, hatte ich *muss nicht unbedingt* gesagt. Ganz abzulehnen wäre unglaubwürdig gewesen – ich wusste ja, wie käsig ich gerade aussah.

Ich nippte am Tee und hatte das Gefühl, dass sich das Rumoren ein bisschen legte. Ganz ohne Zauber war der Tee also wohl nicht. Typisch Javid.

»Wie ist der Tee?«, fragte der prompt vom Sessel her, in den er sich mittlerweile hatte fallen lassen. »Soll ich dir noch einen machen?«

Ich schüttelte den Kopf. »Ich geh gleich schlafen. Solltet ihr auch.«

»Richtig«, kam es von Elyar. »Was machst du da überhaupt noch? Hattest du deine Hausaufgabe nicht fertig? Musst du nach einer Party direkt Hausaufgaben machen?«

»Hast du was rausgefunden?«, setzte Javid hinterher. Er hatte wieder sein Magie-in-Dosen-Buch in der Hand, schenkte ihm aber keine Beachtung.

Noch ein Schluck Tee, Kamille und Fenchel und Wärme. Kleine Götter, die meinem Körper Energie zurückgaben. Ich senkte den Blick auf den Bildschirm meines Laptops. »Wie man es nimmt. *Brandsende* markiert quasi den Ort, an dem beim großen Brand von Hamburg das letzte Haus niedergebrannt ist.«

»Ein Brand?« Elyars Kopf tauchte hinter dem Couchtisch auf. »Simpel. Dann ist die Magie am Rauch im Gemäuer gescheitert.«

»Das hab ich auch gedacht. Aber es ergibt keinen Sinn, glaube ich.« Ich drehte den Laptop um, sodass Javid und Elyar die Karte sehen konnten, auf der das Ausmaß des Brandes eingezeichnet war. »Die Pflanzen und das Feuer waren die ganze Zeit innerhalb des Brandgebiets, also die ganze Zeit dem Rauch ausgesetzt. Der Brand hat angeblich drei Tage gedauert und diesen ganzen Bereich mitgenommen.«

Im Grunde war die halbe Altstadt zerstört worden, wenn ich das richtig verstanden hatte.

»Wann war das?«, fragte Elyar.

»Im Mai. 1842.«

Elyar schaute zu Javid hinüber. »Dann habt ihr vielleicht einen Wunsch gejagt? Nachwirkungen eines Zaubers von damals können es nicht sein, keine Hexe lebt so lang.«

Javid zuckte mit den Schultern. »Ein Wunsch wäre nicht einfach an solch einer Grenze versiegt.«

»Vielleicht war das auch nur eine Finte.«

»Es war vor allem Bea«, sagte ich und drehte den Laptop wieder zu mir. »Und warum sollte Bea sich von einem Flaschengeist wünschen, Blumen an Häusern wachsen zu lassen?«

Oder sie zu verbrennen.

Ich wurde den Gedanken nicht los, wagte aber nicht, ihn auszusprechen. Was, wenn Bea das Feuer gewirkt hatte? Wenn sie das wider jeder Natur konnte?

Sobald ich es aussprach, würde es ein konkreter Verdacht werden – etwas, das auch die anderen dachten. Das wollte ich nicht. Und so presste ich die Lippen fest aufeinander und beließ es bei meiner Frage.

»Vor allem – warum jetzt, zweihundert Jahre nach einem großen Feuer?«, fragte Javid.

Elyar sank wieder zurück auf den Boden. »Wer weiß? Ist ja nicht so, dass wir alle genau wissen, was im Kopf dieser Frau vorging. Wie alt war sie noch mal?«

»Keine zweihundert Jahre«, sagte ich und klang sogar ruhiger als beabsichtigt. In meinem Kopf hatte es schärfer geklungen. Aber vielleicht konnte ich das ebenso wenig ausdrücken wie meine Sorge.

Hier war mir eindeutig zu viel Feuer im Spiel. Ausgerechnet. Ich hatte damit nicht mehr in Berührung kommen wollen, mit nichts davon. Ich hatte es vergessen wollen, die Magie aufgegeben, meinen Vater und meine Kindheitsfreunde ebenso. Es hatte so gut funktioniert.

Und jetzt funktionierte nichts mehr.

Wenn ich diese Risse in meiner Fassade wieder schließen wollte, musste ich verstehen, was hier los war. Und Bea zurückbekommen.

Aber im Internet verwies nichts auf eine magische Beteiligung bei diesem Brand von 1842. Vielleicht war der Name dieser Straße doch Zufall und es ging um etwas anderes.

»Du könntest ja auch einfach wen fragen«, sagte Elyar da und riss mich aus meinen Gedanken.

»Was?«, fragte ich.

»Nach dem Brand. Theoretisch hast du den Experten doch direkt vor der Haustür.«

Ich konnte ihm nicht folgen und offenbar zeichnete sich das auf meinem Gesicht ab. Elyar hob die Augenbrauen. »Na, dein Vater. Ist der nicht Chronist? Der sollte doch wissen, ob vor zweihundert Jahren jemand einen Zauber über diese Stelle verhängt hat.«

Vor allem würde er sich wundern, wieso ich das wissen wollte. Und mir Fragen stellen. Nein, unmöglich. Je weniger ich mit ihm sprach, desto seltener musste ich ihm in die Augen schauen. Aber das wiederum konnte ich nicht aussprechen. Was ich sagte, war: »Ich werde nicht herumlaufen und allen erzählen, dass Bea verschwunden ist. Dann stehen am Ende nur die Matri bei uns im Café. Es muss andere Möglichkeiten geben ... Javid, wo hast du eigentlich dieses Buch her? Das ist nicht meins.«

»Aus der Bibliothek der WUH.«

Ich starrte ihn an. Und Elyar tat es ebenfalls. Javid las ungestört weiter, obwohl er das garantiert merkte.

Elyar schnaubte und setzte sich endlich vernünftig hin, statt halb auf dem Boden zu liegen. »Du bist ganz schön heimlich unterwegs in letzter Zeit.«

Heimlich unterwegs?

Ich wollte es fragen, aber Javid kam mir zuvor. »Und das kommt ausgerechnet von dir?«

Aus Elyars Miene wich der Schalk. »So war das nicht gemeint.«

»Sollen wir mit dir anfangen? Damit, dass du seit einiger Zeit ...«

»Wir können jetzt aufhören, danke!«

»... wieder auf Dates geht?«

Ich, die bis eben noch Javid angestarrt hatte, starrte nun Elyar an. »Tust du nicht.«

Nicht schon wieder.

Nicht auch das noch.

Aber das erklärte alles. Seine Launen. Dass er ständig verschwand und nicht erzählte, wo er hin ging. Seine Abneigung gegenüber der Spätschicht.

Elyar schürzte die Lippen. »Warum sollte ich das nicht tun? Ich darf mich frei bewegen, so war unser Deal. Und du«, er warf Javid einen bösen Blick zu, »bist eine Petze.«

Bevor die beiden anfingen zu streiten, ging ich dazwischen. »Du gehst wirklich auf Dates? Und hast mir nichts davon gesagt?«, fragte ich.

»Natürlich sag ich euch nichts davon. Du guckst richtig entsetzt, dabei solltet ihr euch für mich freuen!«

Ich wechselte einen Blick mit Javid. Javid übernahm das Reden. »Das stimmt schon. Aber weißt du noch, was das letzte Mal passiert ist, als du jemanden gedatet hast? Letztes Jahr?«

»Ich wusste, dass das kommt. Aber das hier soll ja nichts Langfristiges werden. Nur ein bisschen Spaß.«

»Das hast du beim letzten Mal auch gesagt.«

»Aber ich habe aus meinen Fehlern gelernt!«

»Kann ich mir einfach wünschen, dass du sie nicht wiedersiehst?«, fragte ich, weil mir das in diesem Moment am einfachsten vorkam.

Elyar rümpfte die Nase. »Das würde ich dir ewig übelnehmen, versprochen.«

»Besser als wenn ich dich wieder tagelang mit heißer Schokolade und Briefpapier versorge, weil du nicht über die Trennung hinwegkommst.«

Und zwar wirklich tagelang. Zwischenzeitlich hatte er dann in einem Anflug von Dramatik die Wohnung mit seinen Tränen unter Wasser gesetzt, sich selbstmitleidig in die Badewanne verkrochen und ich hatte alles den Nachbarn erklären müssen und dem Handwerker, der wegen eines nicht existierenden Wasserrohrbruchs auf der Matte gestanden hatte.

»Und Rosa muss es wieder ausbaden, wenn du dem Mädchen magische Es-tut-mir-leid-Botschaften nach Hause schickst«, fügte Javid hinzu.

»Oh ja.« Ich nickte. »Das auch.«

»Ich fühle halt mit ganzem Herzen«, brummte Elyar und erdolchte uns abwechselnd mit Blicken. »Ihr werdet schon sehen – diesmal wird nichts passieren.«

»Diesmal badest du deine Probleme auch selbst aus«, erwiderte ich und wusste wahrscheinlich ebenso gut wie Elyar, dass das nicht stimmte. Ich konnte ihn nicht leiden sehen – niemanden von ihnen.

»Außerdem ist sie wirklich nett«, warf Elyar ein.

»Das ist noch schlimmer«, meinte Javid.

Wenn Nika jetzt hier gewesen wäre, hätte sie ein Machtwort gesprochen. Aber Nika war immer noch nicht wieder da und so langsam fand ich mich damit ab, dass sie heute auch nicht mehr nach Hause kommen würde. Wie man das halt so machte, als echte Studentin. Wahrscheinlich.

Sie stritten weiter, doch ich hörte gar nicht richtig zu. In meinem Kopf spulte der Tag noch einmal ab und damit alles, was falsch gelaufen war. In Gedanken war ich von der Party mit Nika nach Hause spaziert, dabei hätte ich wissen können, dass sie jemanden treffen und dort bleiben würde.

Ich hätte auch Elyars Verhalten besser verstehen und sehen können, was los war.

Ich hätte Javid nicht für meinen Nachhauseweg rufen müssen.

Und seit wann wünschte ich mir eigentlich, dass er nicht immer diese kleine Lücke zwischen uns ließ?

Je mehr die Erinnerung an seine Hand um meine verblasste, desto mehr wurde mir bewusst, wie sehr er bisher vermieden hatte, mich zu berühren. Und das störte mich plötzlich. Er war ja immer noch mein Javid, der Wald, in dem der Lärm verklang. Ein Leuchtturm aus der Dunkelheit. Das sanfteste Lächeln der Welt.

Rosa.

Mein Herz machte einen Sprung und meine Hände wurden kalt. Der Alkohol. Das lag alles am Alkohol. Morgen war alles besser. Sicher.

Dennoch huschte mein Blick zu Javid. Zu den Händen, die das Buch hielten, und dem zerzausten Haar, den spöttischen Mundwinkeln.

Meine kalten Hände krampften sich um die Teetasse und ich zwang mich zu einem ruhigen Atem. Alles war gut. Ich hatte ... Aber in diesem Moment hob mein Magen sich und fort waren meine Grübeleien. Ich stürzte an Elyar und Javid vorbei ins Bad und damit fanden sowohl der Abend als auch meine unsinnigen Gedanken ein abruptes Ende – und ich war nicht mal traurig darüber.

***

»Passend zu Ihren Haaren ...« Der Verkäufer grinste mir zu und hielt einen grünen Macaron in die Höhe. Dann legte er ihn auf den Teller zu dem lilafarbenen und dem rosaroten, die ich mir gerade ausgesucht hatte. »Geht aufs Haus.«

»Danke.« Ich war zu verdutzt, um herzlich zu klingen.

»Siehst du, es steht dir«, sagte Javid leise, während wir zurück zu den anderen gingen, die unter einem Sonnenschirm am Straßenrand saßen und das Treiben der vorbeigehenden Fußgänger beobachteten.

»Das hat er nicht gesagt.«

»Sonst hätte er dir wohl kaum einen Macaron dafür gegeben.«

»Vielleicht amüsieren ihn geplatzte Einhörner.«

»Vielleicht findet er sie auch schön.«

»Vielleicht.«

Und ein bisschen schön fand ich es ja auch, überraschenderweise. Elyar hatte als Versöhnung für gestern – und weil er laut eigener Aussage eine Frisur nach Wahl offen hatte, weil er Javids Buch sicher geschnappt hätte, wenn Amber nicht gewesen wäre – an diesem Morgen ein wenig experimentiert. Er hatte mein Deckhaar schwarz gelassen und nur das Unterhaar gefärbt. Dafür aber in einem pastelligen Regenbogenverlauf von Rosa über Blau und Grün nach Staublila. Und ich war mir vorgekommen, als wäre der Einhorn-Traum eines Sechsjährigen an meinem Hinterkopf explodiert, egal wie oft die anderen gesagt hatten, dass es wirklich gut aussah.

So versöhnlich hatte mich das nicht gestimmt, aber Elyar gab sich heute wirklich besonders viel Mühe. Der Vorschlag, vor der Uni ins *Grand Café Roncalli* zu gehen, war von ihm gekommen. Und es passte. Der bunte Turm aus Macarons, die kleinen Wagen mit Süßigkeiten, der pompöse Kronleuchter im Inneren, die blaue Trommel am Eingang – das alles schrie nach Zirkusparty. Genau wie meine Haare.

Javid und ich setzten uns, und ich widerstand dem Drang, mich tief in den Stuhl sinken zu lassen. Ich war müde. Heute Nacht war der Traum zurückgekehrt und ich hatte schweißgebadet in meinem Bett gelegen und viel zu lang an die Decke gestarrt. Nicht einmal der Gedanke an eine Schicht im Café hatte mich aufmuntern können. Ja, zum ersten Mal, seit ich dort arbeitete, fehlte mir dir Spaß daran. Am liebsten hätte ich jetzt einfach die Augen geschlossen. Aber das ging erstens nicht, weil Kaffee und Macarons auf mich warteten, und zweitens, weil ich etwas unternehmen musste. Ich wollte nicht den Spaß am Café verlieren, das ließ mein Leben nur noch mehr an Stabilität einbüßen.

Also setzte ich mich gerade hin und legte die Unterarme auf der Tischplatte ab. »Javid.«

Bei meinem Tonfall sahen sie allesamt verdutzt von ihrem Kuchen auf. Mein Blick suchte Javids und ich merkte verärgert, wie mein Puls schneller wurde. Konzentration. »Erzähl mir, wie du an Bücher aus der WUH gekommen bist.«

Er lächelte. »Warum?«

»Weil ich die Bücher dort brauche.«

Sein Lächeln verschwand nicht. Wahrscheinlich hatte er es ohnehin gewusst. Nika dagegen legte langsam ihre Gabel nieder. »Wozu?«

»Um zu verstehen, was gestern ... was die letzten Wochen passiert ist.«

Mir fiel kein besserer Ort ein, um nach Informationen zu suchen. In der Bibliothek der WUH gab es sicher etwas, das Beas Kräuter, das Feuer und vielleicht sogar diese Straße miteinander verband. Immerhin hatte jemand offen mit Magie und Feuer hantiert. Niemand zauberte mit Feuer oder Asche, das widersprach sich in seinem innersten Kern. Magie brauchte Energie und Feuer tötete Energie. Nichts von alldem ergab Sinn, aber irgendwo dort lag die Antwort, warum Bea so plötzlich verschwunden war.

Mit ihr stieg und fiel das Café.

Und damit stieg und fiel ein wichtiger Punkt in meinem Leben.

»Prinzessin, vielleicht solltest du dich erst einmal ausruhen.«

Unmöglich. Ich schüttelte den Kopf.

»Nicht jetzt. Du warst nicht da, Nika, du hast es nicht gesehen.«

»Und das nimmst du mir übel.«

»Nein!« Ich wedelte abwehrend mit der Hand. »So war das nicht gemeint, wirklich.«

»Aber ich nehm dir übel, dass du mir bisher noch nichts von dieser *Flo* erzählt hast, Nika«, sagte Elyar. »Die anderen wissen alle Bescheid und ich hab von dir nur ein doofes Grinsen bekommen.«

»Ich werd dir jetzt aber nichts erzählen.«

»Warum nicht?«

»Weil der Kaffee kommt.«

Wir wurden wieder still und warteten, bis jeder sein Getränk und Gebäck hatte. Die drei Macarons lagen gleichmäßig um meinen Latte Macchiato herum drapiert. Lavendel, Himbeere und Matcha.

»Irgendwas stimmt hier nicht«, fuhr ich fort, bevor Elyar mit *dieser Flo* weitermachen konnte. »Und überall sind Hinweise darauf, die ich nicht zusammensetzen kann. Die Asche, die Pflanzen und die letzte Nacht. Irgendwoher muss ich meine Informationen bekommen und zwar schnell.«

»Musst du nicht.« Nika beugte sich über den Tisch, der Kragen ihres dünnen Mantels hing nur Millimeter über ihrem Tortenstück. »Das hat alles nichts mit dir zu tun. Bea ist nur deine Chefin.«

Aber eine Chefin, die ich gemocht hatte. Eine, die eine wichtige Rolle im Leben vieler Menschen gespielt hatte, weil ihr Café kleine Wünsche erfüllte. Es war der Ort, an dem Herr Siemon seinen Krebs vergessen und von seinen Enkeln erzählen konnte. Der Ort, an dem Wildbienen und Honigbienen eine Zuflucht fanden, wenn der Smog zunahm und die kleinen Götter sich langsam zurückzogen. Vor allem aber war es mein sicherer Hafen, den ich jetzt mehr denn je brauchte. Ein Ort, an dem ich mich verkriechen konnte, bis ich wusste, was ich Pa antwortete, wenn ich ihn das nächste Mal sah.

Eine Antwort, die ihn nicht enttäuschte, obwohl ich ihn enttäuschte.

»Das geht mich sehr wohl etwas an.«

»Du bist einfach zu nett.«

Nein, war ich nicht. Ich war eine panische Lügnerin, die ihr Kartenhaus gerade in sich zusammenstürzen sah.

Mein Blick wanderte zu Javid, für einen kurzen Moment sahen wir uns einfach an. Dann sagte er: »Du weißt eine Menge über Pflanzen, Rosa. Deine Mutter war eine großartige Heilerin. Warum möchtest du in einer Bibliothek anfangen, zu der du keinen Zutritt hast?«

»Weil es da mehr Wissen gibt, als ich habe.« Ich wünschte, ich hätte so viel gewusst wie Ma. Aber das tat ich eben nicht. »Wenn ich die Lösung kennen würde, könnte ich mir doch schon längst einen Reim auf das alles machen, oder nicht?«

Die spöttischen Mundwinkel erschienen, krochen ganz langsam nach oben. Was sollte dieser Blick? Ich verstand nicht, was er von mir wollte. Und offenbar wollte er es mir auch nicht sagen. Ich schlug den Blick nieder und griff nach meinem Macchiato – kam aber nicht zum Trinken. Denn Javid sagte: »Man braucht einen Ausweis. Aber das war dir sicher klar.«

Innerlich atmete ich auf. Endlich. »Und wie bist du reingekommen?«

»Er hat seine Gestalt geändert. Wetten?«, kam es zwischen Kaugeräuschen von Elyar. Er hatte sich ein fettes Stück Marzipantorte gegönnt.

Das war etwas, das Bea nur zu Weihnachten gemacht hatte – Marzipantörtchen mit in Honig karamellisierten Nüssen. Und das würde es wieder geben. Jahr für Jahr. Ganz sicher.

»Du hast deine Gestalt geändert?«, fragte ich.

»Natürlich.« Javid zuckte mit den Schultern. »Ich muss ja so aussehen wie die Person auf dem Ausweis.«

»Und der ganze Aufwand nur für dieses Buch?«, fragte Nika mit skeptischer Miene.

»Ja.«

»Aber du hättest es auch ...«

»Die Gestalt zu verändern ist ein Sechs-Finger-Zauber«, unterbrach Javid sie, ohne die Stimme erheben zu müssen. »Du wirst also unsere Hilfe brauchen.«

Damit hatte er recht. Zauber, die die Gestalt veränderten, waren grenzwertig. Sechs-Finger-Zauber, ja – aber man musste mit der Magie das Aussehen der Person in die Moleküle weben, zu der man werden wollte. Das war kompliziert, selbst für geübte Hexen.

»Wärt ihr dabei, wenn ich euch darum bitte?«

»Wir haben einen Deal, Rosa.« Javid klang fast vergnügt dabei. »Wenn du es wünschst, kann ich nichts tun. Ich bin wie Wachs in deinen Händen.«

Seine Worte fegten meinen Kopf leer. Ich wusste absolut nichts darauf zu erwidern, mir versagten die Worte unter seinem Blick. Wir starrten uns an, ich nervös und er selbstsicher und ruhig wie immer.

»Javid.« Nikas Tonfall klang scharf, irgendwie warnend. Er bewirkte, dass ich mich von Javid lösen, meinen Macchiato nehmen und woanders hinschauen konnte. Elyar neben mir machte große Augen und beugte sich tiefer über seinen Kaffee.

Indessen ließ Javid sich nicht aus der Fassung bringen. »Was? Wenn sie uns darum bittet, werden wir gehorchen. So sagt es der Deal.«

»Das meine ich nicht und das weißt du genau.«

Was wusste er?

Nun war es an den beiden, sich ein Blickduell zu liefern. Ich war vergessen und dem leeren Gefühl ausgeliefert, dass sich in meiner Brust breitmachte.

Zwei Jahre verbanden mich mit meinen Geistern und sie hatten für mich die Rollen von Freunden, Familie und Mitbewohnern zugleich übernommen. Eine eigene kleine Welt. Hatte ich gedacht.

In diesem Moment wurde mir jedoch klarer denn je, dass mich und diese Geister ein Deal verband. Ein Nutzen, keine

Gefühle. Und wieder schien mein Kartenhaus ein wenig zu schwanken.

Ich schob meinen Stuhl zurück. »Ich gehe eben zur Toilette. Bin gleich wieder da.«

***

Bist du zum nächsten Abendessen da?

Die Nachricht kam ganz unvermittelt von Amber, während ich in der Uni saß, kurz vor Beginn der Biostatistik-Übung.

Sie hatte schon ewig nicht mehr gefragt und irgendwie machte diese Frage mich wütend.

Was wollten sie plötzlich alle? Pa und Martha Waris und jetzt schon wieder Amber?

Ich muss schauen, ob ich da Schicht habe.

Das hatte ich auch letztes Jahr unermüdlich geantwortet und war jedes Mal nicht erschienen. Und dann hatten sie irgendwann aufgegeben. Ich würde es einfach weiter so halten.

Ich drückte auf Senden und wandte mich wieder Nika zu, die mir bis eben von ihrer Partynacht erzählt hatte. »Und das heißt, du möchtest Flo gar nicht wiedersehen?«

So zumindest hatte es geklungen.

Nika zuckte die Schultern. »Erst mal nicht. Es war nur ein One-Night-Stand. Da muss nicht unbedingt mehr draus werden – ich will nicht enden wie Elyar und wochenlang leiden.«

»Du bist viel zu vernünftig, um magische Entschuldigungsbriefe zu schicken.«

»Wer weiß?« Sie lächelte. »Es ist lang her, dass ich einmal verliebt war.«

Ich fragte nicht, wie lang. Ich wusste mittlerweile, dass sie mit ihrem Sphinx-Lächeln antworten und mir nichts verraten würde. Noch etwas, über das wir nie sprachen. Es hatte mich nie gestört. Bis jetzt.

Aber es durfte mich auch jetzt nicht stören. Nicht, dass die Geister nichts über ihre Vergangenheit erzählten. Nicht, dass sie nicht nachvollziehen konnten, weshalb ich Bea finden wollte.

Nicht, dass Javids Nähe magnetische Kräfte entwickelt hatte und ich jedes Mal den Drang verspürte, diese Zentimeter-Lücke zwischen uns zu schließen.

Nichts durfte mich stören. Weil ich unerreichbar war in meinem Turm und da auch bleiben musste.

»Spannend, oder?«, sagte Nika mit Blick auf die Welt draußen jenseits der Fenster. »Es ist noch immer die Zeit des Wachstums und der Veränderung. Die Energie fließt so schnell und stetig – kein Wunder, dass wir uns alle in neue Dinge stürzen.« Sie stupste mich mit dem Ellenbogen an. »Du warst auf deiner ersten Studentenparty, Prinzessin. Ich bin so gespannt, was diese Jahreszeit noch alles bringt.«

Ich war es nicht. Trotzdem stupste ich Nika zurück. »Als ob die Party mit den kleinen Göttern zu tun hat. Ich spüre die ja nicht mal.«

»Gar nicht?«

Ich schüttelte den Kopf. »Ohne meinen Arm funktioniert es nicht. Du musst also allein wachsen und gedeihen.«

Sie schnaubte. »Ich werde dich erbarmungslos mitschleifen.«

»Gilt das auch für Biostatistik?«

»Die Hausaufgaben wirst du schön selbst machen.«

»Schade.«

»Hab ich gerade *Hausaufgabe* gehört?« Konstantin trat gerade in die Sitzreihe vor uns. »Redet ihr auch über was anderes?«

Gut, dass er uns eben nicht gehört hatte, als es um die kleinen Götter gegangen war.

»Du kommst einfach zu spät«, sagte Nika freundlich. »Bis eben haben wir über die Party geredet.«

»Noch früher hätt ich's nicht geschafft«, erwiderte er.

Er hatte ziemliche Schatten unter den Augen und war blass um die Nase. Damit wirkte er sogar schlimmer als ich – allerdings hatte er auch nicht Javids Schnapsnasen-Schniefnasen-Tee getrunken, der den Magen beruhigte und den Körper entgiftete. Ohne den hätte ich wahrscheinlich vorhin keinen Macchiato und keine Macarons bestellt.

Aber Konstantin war noch nicht fertig. »Der Abend hat echt reingehauen, oder? Ich glaub nicht, dass Robin heute auftaucht. Und dann war da noch dieses Mediending an der Alster. Habt ihr das mitbekommen?«

»Von einem Mediending hab ich nichts mitbekommen«, erwiderte Nika.

»Da war so ein Werbeding unterwegs. Es gibt Videos davon. Angeblich sind da Pflanzen über die Straße geklettert und gleichzeitig verbrannt. Richtig wildes 3D-Zeug.«

Keine Ahnung, ob Nikas Eingeweide auch plötzlich nach unten sackten, aber bei mir taten sie das. Ich zuckte aber nicht mit der Wimper. »Aha?«

»Ja ... Ich hätt's gern gesehen. Sah wohl echt cool aus. Und es war gar nicht so weit weg von uns. Na ja. Aber wir hatten Besseres zu tun.« Er grinste mir zu. »Du auch, hab ich gehört? Du hast die Party richtig genossen?«

Irgendetwas an seinem Tonfall verwirrte mich. Hatte ich auf dem Tisch getanzt und es vergessen? »Ja, es hat Spaß gemacht.«

»Bis auf das abrupte Ende, was?« Er hob die Hände. »Na ja, kann man ja alles noch nachholen.«

Abruptes Ende? Hatte Robin von seinem missglückten Kussversuch erzählt? Meine Güte. Na, wenn sie das lustig fanden, sollten sie doch. Das störte mich nicht. Nichts davon. Ich erwiderte sein Grinsen und sagte nur: »Ganz wie du meinst.«

Und dann kam zum Glück unser Professor durch die Tür und Konstantin musste sich setzen.

Kapitel 14

Die Bibliothek war unerwartet düster eingerichtet, mit tannengrünem Teppich und Regalen aus dunklem Holz. Das Licht aus den Deckenlampen wurde geschluckt von den Reihen an Bücherregalen, die sich kreuz und quer durch den halbrunden Raum zogen. Deshalb gab es an allen Tischen das einzig Magische, was ich bisher hier drinnen hatte entdecken können: Mineralzauber, denen man einen Tropfen der eigenen Basis beifügen musste, um sie zum Leuchten zu bringen.

Das Licht der Schalen, in einer Halterung angebracht wie eine Schreibtischlampe, tauchte das aufgeschlagene Buch vor mir in kalte Farben und trug zur düsteren Atmosphäre bei.

Da half es auch nicht, dass ich gerade ein Kapitel mit Liebeszaubern voller niedlicher, schnörkeliger Zeichnungen durchblätterte, auf der Suche nach einem Hinweis auf weitere Anwendungsmöglichkeiten von Jasmin. Ich hatte nicht mal gewusst, dass es so viele verschiedene Liebeszauber mit so vielen Nuancen gab, je nach Katalysator. Wer machte sich überhaupt die Mühe für so eine magische Spielerei?

Ich erreichte das Ende des Kapitels und lehnte mich zurück, um eine Pause zu machen. Dabei klemmte ich mir die Haare im Reißverschluss auf meinem Rücken ein und musste sie zum wahrscheinlich hundertsten Mal mit meinen ungewohnt langen Fingern wieder befreien. Meine Güte. Wer suchte sich freiwillig so ein Kleidungsstück aus? Ich wusste nicht, ob mich der fremde Körper oder das Oberteil mehr irritierten.

»Schon was gefunden?«

Ein blonder junger Mann mit Brille und modischem Ziegenbärtchen setzte sich zu mir. Ich schüttelte den Kopf und klemmte mir dabei schon wieder die Haare ein. »Eine Menge. Aber nichts, was mich weiterbringen würde.«

Ich griff nach einem Buch über alte und in Vergessenheit geratene Zauber. »Es gab damals Zauber, die Herdfeuer in Schach gehalten haben. Komische Kombination. Und hier ...« Ich blätterte um, fand die Passage aber nicht wieder. »Irgendwo war ein Absatz über Unsterblichkeitszauber. Da stand nicht mal drin, wie man den wirkt. Nur ein Absatz, dass die verboten wurden.«

Javid, in Gestalt des Ziegenbärtchen-Mannes, lächelte. »Zu recht, oder nicht?«

Wahrscheinlich, ja. Allerdings war es das Einzige gewesen, was bisher interessant geklungen hatte. Brauchte man da zufällig Blauregen für?

Ich hörte auf, zu blättern. »Aber was, wenn Bea doch über zweihundert Jahre alt und unsterblich ist?«

»Ist sie nicht.«

»Woher weißt du das?«

»Glaub mir.« Javid lehnte sich zurück. »Vergiss diese Unsterblichkeitszauber. Die sind seit Ewigkeiten verboten. Länger als zweihundert Jahre und länger, als Bea lebt.«

»Das heißt, du kennst diese Zauber?«

»Mehr oder weniger.«

Wahrscheinlich aus der Flasche heraus, wie so vieles. Ich schob das Alte-Zauber-Buch wieder beiseite. »Dann hab ich wirklich noch nichts gefunden.«

»Nika hat noch ein paar Bücher. Sie bringt sie gleich her, hat sie gesagt.«

Ich beschaute den Stapel vor mir auf dem Tisch, einschließlich der Bücher, die Javid mir gerade hingelegt hatte. »Wie viel Zeit haben wir noch?«

Er zuckte mit den Schultern. »Bis diese Leute merken, dass ihre Ausweise fehlen. Das kann gleich sein. Oder morgen.«

Na großartig.

Wie schnell merkten Studierende der WUH, dass ihre Bibliotheksausweise nicht mehr da waren? Hoffentlich saßen sie alle in einem langen Block Vorlesungen ... Javid hatte zumindest gesagt, er hätte die Ausweise in einem der Unterrichtsräume mitgehen lassen, die wegen der Mittagspause gerade verlassen gewesen waren. Wenn jemand nach dem Mittag in die Bibliothek wollte, ließ er seine Tasche doch sicher nicht im Raum stehen, oder?

Trotzdem. Das machte mich nervös.

Umso erleichterter war ich, dass Nika sich uns angeschlossen hatte, um einen Ausflug in die Bibliothek der WUH zu machen.

»Irgendwer muss doch auf euch Kindsköpfe aufpassen«, hatte sie gesagt und damit vor allem Javid angesehen, den ich eigentlich gar nicht so kindsköpfig fand. Immerhin hatte *ich* doch in diese Bibliothek einsteigen wollen.

Gut. Und Javid hatte es bereits zweimal getan. Einmal für das Buch über Magie in Dosen. Und dann offenbar in den letzten Tagen noch mal.

Zumindest hatte heute plötzlich eine Liste mit Büchern und Anmerkungen neben meinen Notizen über Beas Kräuter auf dem Couchtisch gelegen – und zwar eben jene Bücher, die jetzt und hier vor mir lagen. Irgendwann nach der Party war Javid zurück zur WUH gegangen und hatte nach Büchern gesucht.

Deswegen hatte Nika beschlossen, mitzukommen. Und so hatten wir die Aktion zu dritt gestartet, an deren erfolgreichen Ausgang ich immer weniger glaubte.

»Es ist nicht so, als hätte ich alles hier drin vorher gewusst«, sagte ich und zog das Buch über Jasmin wieder näher zu mir. »Im Gegenteil. Aber die Bücher, die das Thema vertiefen, beschäftigen sich mehr mit Verbindungen und Kreuzwirkungen zwischen den Katalysatoren. Ich kann bisher kein

Muster erkennen ... Dafür müsste ich die Bücher wahrscheinlich in Ruhe zu Hause durchlesen.«

»Aber das ist keine Option, weil wir die Bücher alle schön wieder zurückstellen.« Nika war am Tisch aufgetaucht – in Gestalt eines muskulösen jungen Mannes, dessen krause schwarze Haare mit einem Stirnband zurückgehalten wurden. »Aber wenn du die hier noch durchschauen möchtest, Prinzessin ...«

»Es ist seltsam, wenn so ein Hüne zu mir *Prinzessin* sagt.«

»Es ist auch seltsam, es zu dir zu sagen«, erwiderte Stirnband-Nika und ich legte mir ungeduldig den Zopf über die Schulter, um ihn direkt wieder nach hinten zu werfen, weil er mir beim Lesen ins Gesicht hing.

Ich hatte den Ausweis eines Mädchens bekommen, vielleicht erstes Semester, jünger als ich selbst. Auf jeden Fall jemand, den ich für den Umgang mit so langen Fingern und die Geduld mit den eigenen Haaren bewunderte. Das Mädchen hatte blonde Haare bis zur Taille und sie nur lose zu einem tiefen Zopf gebunden. Dazu trug sie einen Pullover, der am Rücken einen kleinen Reißverschluss hatte – zur Deko. Er hatte nicht mal einen Sinn, außer dass diese dämlichen Haare sich bei jeder Bewegung darin verhakten.

Ich sehnte mich nach meinen kurzen Haaren. Allgemein fühlte man sich in diesem Zauber wie mit drei Schichten Karnevalsschminke zugekleistert. Das wollte ich nicht länger als nötig aushalten.

Und schon wieder.

Ich atmete tief durch und fummelte meine Haare aus dem Reißverschluss.

»Jemand sollte in Richtung Ausgang gehen und schauen, ob die Luft noch rein ist«, hörte ich Nika sagen, während ich umblätterte, um einen weiteren Liebeszauber – diesmal Kategorie: Jasmin und Heilsteine – zu entdecken. Meine Güte. Musste man die eigentlich alle für die Ausbildung zur Heilerin lernen?

Da auf Nikas Aussage keine Reaktion folgte, sagte ich in Richtung Buch: »Ich nicht, ich muss lesen.«

»Du kannst mit deiner Statur am besten von uns über die Regale schauen, wenn du ehrlich bist«, sagte die Stimme von Javids Ziegenbart-Mann, die viel volltönender war als Javids – und trotzdem war es, als könnte ich den sanften Unterton darunter hören.

Nika seufzte. »Schön. Ich hoffe, du weißt, was du da tust.«

»Ich auch«, sagte Javid fröhlich, was mich wieder von meinem Buch ablenkte.

»Was meint sie damit?«

»Wieso?«

»Warum sollst du wissen, was du tust?«

Beim *Grand Café Roncalli* hatte sie auch schon so etwas Komisches gesagt.

Irgendwie schaffte Javid trotz Ziegenbärtchen und spitzerer Kinnpartie die spöttischen Mundwinkel. »Weil ich jetzt dafür sorgen muss, dass du dich auf deine Lektüre konzentrierst. Überlass uns den Rest.«

»Du könntest mir helfen. Oder mir einfach sagen, dass es Schwachsinn ist, was ich hier tue.«

»Vielleicht ist es kein Schwachsinn.«

Ich nahm ein anderes Buch vom Stapel. Reinigende Zauber und ihre Wirkung auf den menschlichen Körper.

Die Wirkung von weißem Salbei ist auch heute noch über die Kreise der magischen Bevölkerung hinaus bekannt. Indigene Kulturen in Amerika nutzen den Rauch des weißen Salbeis für zeremonielle Zwecke und …

Es war so befremdlich, wenn Menschen Dinge verbrannten, und sich davon eine Wirkung erhofften. Für mich hieß Rauch, dass die kleinen Götter starben. Und das taten sie, ich hatte es selbst miterlebt.

Umso seltsamer, dass …

Ich lehnte mich wieder zurück und sah zu Javid auf, der sich ebenfalls ein Buch genommen hatte und darin blätterte. »Vielleicht sollte ich doch nicht bei den Pflanzen anfangen, sondern beim Feuer.«

»Möglich.« Er schlug eine Seite um. »Denkst du, sie hängen zusammen? Das Feuer und der Brand vor zweihundert Jahren?«

Tja, wenn ich das doch gewusst hätte. Tat ich aber nicht.

»Vielleicht hatte der Brand damals für die magische Bevölkerung gar keine Bedeutung.«

»Ein riesiges, dreitägiges Feuer?« Javid strich sich über den Ziegenbart. »Das glaube ich doch eher nicht.«

»Wenn es eine Bedeutung hatte, wird es Bücher darüber geben.« Unschlüssig begutachtete ich den Stapel neben mir. Wie viel Zeit hatte ich noch und wie viel würde ich brauchen? Eigentlich musste ich alle mitnehmen und ...

»Schauen wir es uns an«, sagte Javid. »Du räumst hier ein bisschen auf und ich beschaffe uns eine Liste mit Büchern zum Brand.«

Er verschwand zwischen den Bücherregalen, bevor ich ihn aufhalten konnte.

Unsere Ecke war nur spärlich besetzt, aber mehr als Flüstern oder Murmeln war nicht drin, und so konnte ich ihn nicht aufhalten, ohne Aufmerksamkeit auf mich zu ziehen.

Was ich unter allen Umständen vermeiden musste.

Also schlug ich das Buch über reinigende Zauber wieder zu – ganz großartige Recherche, meine Professoren weinten wahrscheinlich – und sortierte ein paar davon schon mal in die umliegenden Regalen ein.

Über die Schulter hielt ich nach Nikas muskulöser Gestalt Ausschau, doch nichts rührte sich zwischen den Regalen. Vielleicht bemerkten die drei Studierenden ihre fehlenden Karten erst morgen. Dann hatte ich noch die ganze Nacht Zeit.

Ich erschrak, als Javid plötzlich zwischen zwei Regalen auftauchte, mit der Bücherliste in der Hand.

Er deutete nach rechts und tauchte dann wieder zwischen den Büchern ab.

Ich folgte ihm durch mehrere Regalreihen und an ein paar leeren Tischen vorbei in die nächste Abteilung. Wenn man von den Lampen absah, so unterschied die Bibliothek der WUH sich äußerlich wirklich kaum von unserer. Der Geruch war jedoch sehr anders. Ein Potpourri aus Kräutern und Blumen – unzählige Basen wurden hier für die Lampen benutzt oder schlummerten in den Taschen der Studierenden. Es roch wie ein Wald im Regen oder ein Wildkräuterbeet an einem besonders heißen Tag. Die Geschichte so vieler Menschen, die hier ein- und ausgingen.

Lavendel und Sesam, Löwenzahn und Tanne.

Mein Magen schrumpfte schmerzhaft auf Samengröße zusammen.

Rosen.

Lilien.

Ich konzentrierte mich lieber wieder auf Javids Rücken, der in einem beige-karierten Holzfällerhemd steckte. Etwas, in dem ich Javid wahrscheinlich nie wieder sehen würde.

Ich hatte mich keine Minute zu früh wieder an ihn gewandt – er blieb stehen und hielt mir die Liste hin. »Hier müssten wir die meisten Bücher finden. Eins ist drüben in der Abteilung für Recht und Vollstreckung. Ich hole es her.«

»Danke«, wisperte ich und nahm die Liste entgegen.

Die nächsten zehn Minuten war ich damit beschäftigt, zwischen den Regalen hin- und herzuwandern und Bücher aus den Reihen zu ziehen. Ich sammelte sie diesmal nicht, sondern überflog sie an Ort und Stelle und steckte sie dann zurück. Einige Passagen fotografierte ich ab.

Ein Absatz beschrieb den Brand als eine der schwerwiegendsten Katastrophen für die deutsche magische Bevölkerung.

Ein Kapitel über die Historie der WUH erklärte, dass deren erster Standort bei dem Brand komplett zerstört worden war.

Eine Abhandlung über den Vorgang des Brandes enthielt fast die gleichen Informationen, die ich auch bei meiner Internetrecherche gefunden hatte. Der Brand war am 8. Mai, nach 83 Stunden gestoppt worden. Man hatte ihn mit Wasser aufgehalten, in Zusammenarbeit von magischen wie nicht-magischen Menschen.

Also war vielleicht noch Magie übrig, die über das Wasser in den Boden gesickert war? Aber konnte diese Magie Feuer hervorbringen, das Pflanzen angriff? Wie konnte Magie überhaupt Feuer hervorbringen?

Nein, das ergab keinen Sinn.

Das ergab alles keinen Sinn.

Da, ein weiteres Kapitel über Katastrophen in der magischen Geschichte. Die Hexenprozesse von Salem standen darin und auch der große Brand von Hamburg.

Das nächste Buch war schwer und fühlte sich alt an, ganz zerzaust und als würde es beim Öffnen auseinanderfallen.

Ich kam nicht dazu, es zu öffnen. Javid stand wieder neben mir und hielt mir ein anderes, ebenso dickes Buch hin. »Brauchst du noch was zum Lesen?«

»Das ist nicht dein Ernst«, murmelte ich und verhakte prompt wieder Haare im Reißverschluss.

»Je detaillierter, desto besser.« Javid nahm mir eines der Bücher ab, damit ich meine Haare aus dem Reißverschluss ziehen konnte. »Wenn die Lösung leicht zu finden wäre, hätten wir sie bereits gefunden, meinst du nicht?«

Vielleicht suchten wir auch einfach an der falschen Stelle. Aber ich kannte die richtigen Stellen nicht.

Ich kniete mich hin und schlug den Wälzer aus der Vollstreckungsabteilung auf.

Das Inhaltsverzeichnis verriet mir, dass ich hier eine Sammlung von Fallbeispielen vorliegen hatte – wo um Himmels Willen kam da dieser Brand ins Spiel?

Ich war überrascht, als ich ein ganzes Kapitel dazu entdeckte, im Teil historischer Urteile.

In der Einleitung hieß es, während des Brandes seien wichtige Unterlagen und Materialien aus den Universitätsgebäuden entwendet worden, unter anderem seltene Mineralien für Heilzauber. Einige davon wurden später auf dem Schwarzmarkt gefunden.

Ich fotografierte die Seiten ab, um die genannten Orte später auf einer Karte nachschauen zu können. Vielleicht halfen die mir weiter. Mit zweihundert Jahre alten Diebstählen würde Bea ja wohl nichts zu tun haben. Gerade Bea, der korrektes Verhalten über alles gegangen war, die kein böses Wort und keine Schummelei gegenüber den Gästen zugelassen hatte.

Immerhin waren diese Diebstähle die erste konkrete Sache, die mir hier bisher begegnet war.

»Ein Artefakt vielleicht«, sagte Javid neben mir. Er hatte über meine Schulter mitgelesen oder zumindest so getan. »Oder die Materialien, die entwendet wurden? Vielleicht haben die etwas damit zu tun.«

»Vielleicht geht es um Rache«, sprach ich aus, was ich seit dem letzten Absatz überlegte. »Für irgendetwas Gestohlenes. In der Einleitung stand, dass es damals massive Proteste unter Hexen und Trickstern gab. Weder die Verurteilung des Brandstifters noch die Prozesse gegen die Diebe wurden öffentlich gemacht und die Leute wollten das Gesicht der Übeltäter sehen. Aber ich habe auch gelesen, dass nach dem Brand sowohl in der magischen als auch in der nicht-magischen Bevölkerung wahllos gegen Leute gehetzt wurde, sodass es vom magischen Gericht als sicherer erachtet wurde, die Diebe nicht der Öffentlichkeit auszusetzen. Es klang, als hätten viele ein Ventil für ihre Wut gebraucht … Da haben sicher einige an Rache gedacht.«

»Aber niemand von denen dürfte heute noch am Leben sein«, erwiderte Javid nachdenklich. »Also muss die Magie von etwas gekommen sein, das eine Lebensspanne überdauert.«

Bei dem Problem waren wir ja schon einmal gewesen. »Das ist dann kein normaler Zauber mehr.«

»Pflanzen, die Gebäude hochklettern, sind auch kein normaler Zauber mehr.« Javid runzelte die Stirn. »Wer war denn Schuld an dem Brand? Müsste das nicht die meisten Rachegefühle ausgelöst haben?«

»Ich glaube, jemand Nichtmagisches. Die Person wird aber nie genannt.« Ich blätterte zurück zur Einleitung und sah ihn an. Javids Gesicht war so nah an meinem, dass ich sogar die farblosen Haare in seinem Ziegenbärtchen sehen konnte. Ich unterdrückte ein Schmunzeln. Es war so seltsam, dass irgendwo darunter mein Javid verborgen war. »Im Internet stand, es seien vielleicht Handwerker im Dachstuhl gewesen, die das Feuer verursacht haben. Der Prozess wird in der Einleitung in einem Nebensatz erwähnt, aber im Buch sonst nicht aufgeführt und es werden keine Namen genannt. Also hat es wahrscheinlich nichts mit der magischen Bevölkerung zu tun.«

»Also könnte es sein, dass sich jemand jetzt an der nichtmagischen Bevölkerung rächen will?«

»Aber warum haben dann Feuer und Pflanzen gegeneinander gekämpft?«

Und wie passte Bea da rein?

Mittlerweile hatte ich das Gefühl, einer ganz anderen Sache hinterherzurennen als eigentlich geplant. Ich wollte Bea zurück, meine Chefin, mein Leben in meinem sicheren Hafen. Stattdessen grub ich in der Vergangenheit nach Brandstiftern und Plünderern.

Ich klappte das Buch zu und reichte es Javid. »Wie kann Feuer überhaupt kämpfen?«

Er erwiderte nichts darauf und ich öffnete den zweiten Wälzer. Noch ein Kapitel, noch eine Schilderung der Ereignisse. Die Plünderungen wurden in ein paar kurzen Sätzen erwähnt, der Brandherd nur indirekt.

Das Feuer … brach aus.

Im Internet hatte es meist genauso geklungen. Wahrscheinlich war die Identität des Täters nicht wichtig. Oder geheim gehalten worden, auf beiden Seiten.

Und wenn jemand ihn gesehen hatte?

Beas Vorfahren?

Wurde Bea deshalb mit Feuer angegriffen? Oder hatte Bea das Feuer gewirkt?

Ich schüttelte den Kopf. Das ergab keinen Sinn, die Prozesse waren abgeschlossen. Es war doch egal, ob man die Identität des Brandstifters kannte oder nicht.

Oder?

Vorsichtshalber fotografierte ich auch hier den Absatz über die Plünderungen und wollte umblättern – aber da zischte eine tiefe Stimme: »Da seid ihr! Habt ihr den Verstand verloren?«

Nika. An ihrer Mimik erkannte man sie genau. Sie hatte wie sonst auch die Augenbrauen eng zusammengezogen und dabei die Oberlippe leicht gekräuselt. »Ich komme zu eurem Platz und ihr seid einfach weg!«

»Wir haben recherchiert«, erwiderte Javid.

»Dann habt ihr hoffentlich ein paar tolle Sachen gefunden. Denn dein Typ steht vorne an der Rezeption.«

***

Javids Typ stand zum Glück nicht mehr an der Rezeption. Sonst hätten wir direkt an ihm vorbeigehen müssen. So aber kamen wir ungehindert bis zum Tresen.

»Dann hast du ihn gefunden«, sagte die junge Frau, die dort Stempel in Bücher drückte, seit wir angekommen waren. Zumindest hielt sie immer noch einen Stempel in der Hand.

Javid hob seinen Ausweis. »Ja. Zum Glück.«

»Mach das nie wieder, Junge, das gibt richtig Ärger.«

»Ich weiß.«

Javid blieb völlig gelassen dabei und das färbte auf mich ab. Bis eben war ich nervös gewesen, doch in diesem Moment wurde ich ruhig. Wir hielten unsere Ausweise an die gläsernen Schranken zur Bibliothek und gingen hindurch.

»Schönen Abend noch!«, rief die junge Frau an der Rezeption uns hinterher. Javid winkte ihr zu. Wir mussten nur noch unsere Ausweise fallen lassen und einfach gehen. Es war ein Kinderspiel.

»... und jetzt kann ich natürlich nicht rein, weil ich meinen Ausweis nicht habe. Richtig dumm einfach.«

»Aber wie kannst du deinen Ausweis verlieren?«

»Frag mich das doch nicht. Ich verlier ständig Sachen und sie tauchen ...«

In diesem Moment bogen die Besitzer der Stimmen um die Ecke. Und dann standen sie sich gegenüber, Javid und der Besitzer seiner Karte und noch irgendein anderer Typ daneben. Sie alle schauten einigermaßen verdutzt drein, wobei ich mir vorstellen konnte, dass Javid sein Gegenüber einfach spiegelte.

»Komm weiter«, raunte Nika mir zu und ich löste mich widerwillig von Javids Seite. Das Sicherheitsgefühl verschwand und meine Hände wurden kalt. Aber wir gingen auf die beiden Fremden zu.

»Was ist das denn für ein Trick?«, fragte der echte Ziegenbart-Mann an seine Begleitung gewandt. »Deine Idee?«

»Im Leben nicht.«

Ich konnte Javids Miene nicht sehen, doch es klang, als würde er grinsen. Er sagte: »Ich hab deinen Ausweis. Fang.«

Der Ziegenbart-Mann war so perplex, dass er die Arme ausstreckte. Wir hatten die Treppe erreicht – und in diesem Moment stürzte Javid los.

»Hey!«, brüllte sein Gestaltgeber und Nika und ich jagten Javid hinterher, die Treppe hinunter, die anderen beiden auf unseren Fersen.

Eine Treppe, die zweite Treppe ...

Nur noch ein bisschen.

Wir holten Javid auf der letzten Treppe ein, er hatte seine Gestalt fallen lassen und war jetzt wieder der Javid, den ich kannte.

Er streckte die Hand aus. »Kommt, schnell!«

Und ich schlug ein.

Es war wie vor ein paar Tagen an der Alster, es kribbelte in meinen Fingern, in meinem Körper, und wir stürmten durch die Eingangstür, vorbei an einer Gruppe Studentinnen, auf den begrünten Hof des Geländes.

Hinter uns die Rufe derer, die wir zurückließen. »Stehenbleiben!«

Als würden wir stehenbleiben.

Wir rannten bis auf die Ratsmühlendammbrücke und kamen erst dort zum Stehen, alle ein wenig außer Atem und zurück in unseren eigenen Gestalten.

»Wird das jetzt zur Gewohnheit?« Ich hob meine Hand, die immer noch in Javids lag.

Er grinste und ließ mich los. »Man soll doch regelmäßig Sport machen, dachte ich?«

»Natürlich. Das war alles nur der Gesundheit wegen.«

»Was sonst?«

Leider machte es viel zu viel Spaß. Strahlend wandte ich mich Nika zu und ihr Gesichtsausdruck erinnerte mich daran, dass ich mich gerade in eine Uni geschlichen hatte und fast aufgeflogen wäre. Tadelnd dreinschauen konnte sie. Ich schluckte und verbannte das Strahlen aus meinem Gesicht. »Tut mir leid.«

Sie starrte weiter – ihr Blick galt nicht mir, sondern Javid. Und es brauchte ein paar Sekunden, bis sie sich mir zuwandte, mit weicherer Miene, wenn auch immer noch tadelnd. »Was tut dir leid? Wir waren alle freiwillig dabei und *du* hast nicht alles aufs Spiel gesetzt.«

Alles aufs Spiel gesetzt? Das klang dann doch eine Spur zu heftig.

»Ich wollte in die andere Abteilung«, sagte ich. »Das war meine Schuld.«

Nika strich sich das Haar hinters Ohr und nickte. »Ist schon gut, Prinzessin. Es ist ja nichts passiert.« Sie schien verärgert.

Aber nicht meinetwegen. Was war zwischen den beiden, von dem ich nicht wusste?

»Hast du gefunden, was du gesucht hast?«, fragte Nika da.

»Ich weiß es nicht. Ich hab etwas – aber nichts Konkretes.«

»Es ist ein Ansatz«, sagte Javid beschwichtigend.

Ja, ein Ansatz. Aber das war nicht genug. Mit einem Ansatz würde ich Bea nicht finden.

Ich wusste nichts.

Theoretisch hast du den Experten doch direkt vor der Haustür.

Nein.

Nein, nein, nein, das war keine Option. Ich konnte nicht einfach zu Hause auftauchen und nach Büchern fragen. Ich musste das allein schaffen.

Es gab sicher eine andere Möglichkeit. Andere Bibliotheken. Andere Quellen. Irgendetwas. Ich musste nur mehr suchen.

Und zwar schnell, denn mir lief die Zeit davon. Wir konnten das Café nicht auf ewig ohne Bea weiterführen.

Ich lehnte mich an den kühlen Backstein der Brücke und starrte hinaus auf das dunkle Wasser, in dem sich der bewölkte Himmel spiegelte. Hier roch es nicht nach Rauch, aber dasselbe Wasser war erst vor kurzem von Magie berührt worden, unten am Jungfernstieg. Feuer und Pflanzen. Ein unmöglicher Kampf.

Unmögliche Magie.

Etwas summte neben meinem Ohr und ich wandte den Kopf. Auf der Brüstung neben mir landete eine Biene. Nanu?

Ich streckte die Hand danach aus, aber in diesem Moment packte mich jemand an der Schulter. »Rosa.«

Das war Nikas Stimme. Mein Blick flatterte von der Biene zu Nika und zurück zum Wasser – wo ein riesiger Schwarm Bienen wie aus dem Nichts vor uns aufgetaucht war, knapp außerhalb meiner Reichweite.

Meine Härchen am rechten Arm stellten sich auf. »Bea?«

Das Summen der kleinen Tierchen dröhnte laut in meinen Ohren. Das letzte Mal hatten sie mich in Beas Räume geführt. Was würden sie mir diesmal zeigen?

Die Wasseroberfläche unter uns kräuselte sich, obwohl kein Wind ging. Die Gänsehaut auf meinem Arm prickelte unangenehm, Nikas Hand auf meiner Schulter drückte fester zu als nötig.

»Wir sollten nicht hierbleiben«, sagte Javid plötzlich und ich wollte protestierten. Doch. Sollten wir. Genau jetzt!

Obwohl ich wusste, dass sie zu weit weg waren, streckte ich die Hand nach den Bienen aus.

Kälte traf meine Finger ganz unerwartet für diese Jahreszeit – und die Bienen stoben auseinander, in alle Richtungen davon.

Die Gänsehaut legte sich.

Das Wasser unter uns kam zum Stillstand und die Wärme kehrte zurück in meine Finger.

Nika löste ihre Hand von meiner Schulter. »Das fühlte sich gerade gar nicht gut an.«

Nein. Gar nicht. Ich ließ meinen Arm sinken.

Eine Nachricht?

Eine Warnung?

War sie noch irgendwo hier?

Bevor mich jemand aufhalten konnte, hastete ich los, den Weg ans Ufer hinunter, wo es nach feuchtem Stein und grünlichem Wasser roch. »Bea?«

Mein Rufen ging im Rauschen dreier Autos unter, die über die Brücke fuhren.

»Bea?«

Keine Gänsehaut. Kein Prickeln, keine Erschütterung.

Bea war fort und ich hatte absolut keine Ahnung, was sie mir hatte sagen wollen.

Aber sie war dagewesen.

Oder nicht?

***

»Nehmen wir unser – oh, deine Haare! Ich hab letztens noch gesagt, wie cool sowas aussehen muss!« So unterbrach Juli sich selbst, als wir an diesem Tag zum ersten Mal voreinander standen. Ich war bisher zwischen den Tischen herumgerannt, während sie am Tresen eine Reihe von Leuten bedient hatte.

»Danke. Was sollen wir nehmen?«

Gerade hatte ich einen Kräuter- und einen Ingwertee mit Honig an Tisch vier gebracht und wollte nun eigentlich Isa in der Küche helfen. Aber zwei Minuten für Juli waren wohl kein Problem.

Juli schaute verschwörerisch nach links und rechts, bevor sie sich meinem Gesicht näherte. Sie hatte ihre Locken heute in einem Haarknoten zu bändigen versucht und war ganz offenbar daran gescheitert, denn ein paar vorwitzig abstehende Haare kitzelten meine Wange und mein Ohr.

»Ob wir unseren Tip nehmen und einfach damit verschwinden. Wärst du dabei?«

Ich neigte den Kopf so, dass ich ihr einen skeptischen Blick zuwerfen konnte. »Bist du jetzt unter die Kleinkriminellen gegangen?«

»Im Gegenteil, ich will damit nichts zu tun haben.« Sie stützte ihren Kopf auf die Hände. »Vorhin, vor deiner Schicht waren zwei so zwielichtige Typen da und haben mit Isa geredet. Sind einfach in die Küche marschiert und ich musste draußen bleiben. Das ist doch nicht normal.«

Zwielichtige Typen?

»Was für Typen?«

»Weiß ich nicht, schwarz gekleidet, mit so komischen Gürteln.«

Es war keine allzu genaue Beschreibung, aber die Gürtel bestätigten meine Ahnung. Die Matri? Hier im Café?

»Und was haben sie gewollt?«

»Weiß ich auch nicht – ich durfte ja nicht in die Küche.« Juli runzelte die Stirn. »Ich wünschte echt, ich wär so stoisch wie du, Rosa. Mich macht das hier wirklich nervös und ich will nirgendwo arbeiten, wo Kleinkriminelle ein- und ausgehen.«

Stoisch, ja. Wenn Juli in diesem Moment meinen Puls gefühlt hätte, wäre ihr das wahrscheinlich nicht über die Lippen gekommen. *Kleinkriminelle.* Im Gegenteil. Die Matri waren jene Hexen, die bei magischen Verstößen eingeschaltet wurden. Wie zum Beispiel bei verbotenen oder gefährlichen Zaubern.

»Dann war das mit dem Tip gerade ernst gemeint? Du würdest gehen?«

»Du nicht?«

Ich schüttelte den Kopf. »Ich mag dieses Café.«

»Ich mag es auch – ich liebe es wirklich hier und ich mag alle, mit denen ich arbeite. Aber es ist ein Nebenjob und ich mache das hier für Geld – unsere Chefin ist weg und unsere Zweitchefin hat dubiosen Besuch. Das ist mir zu unsicher.«

Dass sie das so einfach sagen konnte ...

Ich wusste nicht mal, was ich darauf erwidern sollte. Klar, für andere war das nur ein Nebenjob. Aber einfach so zu gehen, ohne zu wissen, was mit Bea los war? Unmöglich.

Dieses Café war alles, was ich hatte.

»Ist dir wohl nicht zu unsicher«, stellte Juli fest.

»Ich möchte wissen, was mit Bea los ist.«

Natürlich hatte Juli auch irgendwie recht und es war nur vernünftig, sich übers Gehen Gedanken zu machen. Wie viele dachten noch darüber nach? Wie lange hielten wir noch durch? Es durfte so nicht weitergehen, auf keinen Fall.

»Was, wenn wir das nie erfahren? Weil sie einfach weg ist?«, fragte Juli.

Ja, was?

Jemand trat an den Tresen und Juli begrüßte ihn mit ihrem strahlenden Sommersprossen-Lächeln. Und ich verzog mich in die Küche.

Was dann?

Aber Bea war nicht weg, sie war irgendwo hier. Ihre Bienen waren hier. Ihre Pflanzen waren hier. Irgendetwas ging vor sich und ich konnte nicht einfach stillsitzen und nichts tun, während dieses Etwas langsam meine Welt auseinandernahm.

In der Küche füllte Isa gerade Teig in kleine Kuchenformen, eine neue Ladung der Honigküchlein für die heutige Kuchenkarte. Die Spülmaschine blinkte und gab uns zu verstehen, dass sie fertig war.

Feuchtwarme Geschirrspülmittel-Luft mischte sich mit dem Duft nach Zucker und Mehl. Alles war wie immer und doch fehlte etwas – ich hätte einiges dafür gegeben, dort nicht Isas schlanke Gestalt zu sehen, sondern Beas schimmernden Nacken, über den ein bunt gemustertes Tuch fiel.

Ich nagte an der Innenseite meiner Wange. Es würde wieder so sein. Bea musste nur zurückkommen.

»Wie ist die Stimmung der Gäste?«, fragte Isa, während ich die Spülmaschine öffnete und beiseite trat, um nicht die feuchte Luft abzubekommen, die nach draußen quoll. »Bei diesen kleinen Kuchen könnten wir überlegen, zwei Sorten zugleich anzubieten.«

»Ich denke, die Gäste würden sich darüber freuen.« Ich griff nach dem Besteckkasten. Zögerte. »Juli sagt, du hattest Besuch.«

Isa hatte die Ofenklappe geöffnet, ihre Hände lagen am Backblech mit den Kuchenförmchen. »Wie konnte ich bloß hoffen, Juli würde ein wenig schweigsamer sein?«

»Sie macht sich Sorgen. Und ich jetzt auch. Es klang nach den Matri.«

Die, die wir nicht hatten einschalten wollen.

Mit einem unangenehmen Schaben landete das Backblech im Ofen. Die Klappe ging zu. »Es waren auch die Matri.« Isa klang ganz unbekümmert dabei.

»Wegen Bea? Wer hat sie gerufen?«

Sie mussten Bea gesucht haben. Die Matri kamen ja nicht einfach so. Sie kümmerten sich normalerweise um magische Unfälle, entartete Zauber, Dinge, die die Bevölkerung gefährdeten ... Oh.

Ich wusste es, bevor Isa es aussprach: »Nicht wegen Bea. Wegen der Zauber an der Alster am Donnerstag.«

»Die Zauber haben das Café erwischt?«

»Nein. Aber ich war an dem Abend da, auf der anderen Seite.«

»Oh.«

Das erleichterte und beunruhigte mich zugleich. Es ging nicht um Bea. Nicht so richtig. Noch nicht.

»Und hast du was gesehen?«, fragte ich.

Isa wandte sich in Richtung der Backzutaten, rollte die Mehlpackung zu und stellte den Honig zurück ins Regal. »Als wüsstest du das nicht. Das Internet war zwei Tage lang voll davon.«

Also hatte sie die Pflanzen gesehen. Und die Matri wussten nun ebenfalls davon. Wenn sie erst die Brücke zwischen den Pflanzen und Bea schlugen, dann hatten sie Bea im Visier. Dann würden sie früher oder später die Experimente finden und wenn Bea schuldig war ... wenn sie mit Asche gezaubert und Zivilisten gefährdet hatte ... Dann würde sie für eine lange Zeit nicht mehr ins Café zurückkehren. Unkontrollierte Magie und die Gefährdung nicht-magischer Menschen waren zwei Verbrechen, die das magische Gericht nicht hinnehmen würde. Und dann war da noch das Feuer, von dem ich noch nicht wusste, ob Bea das gewesen war oder nicht.

»Ich hab Videos gesehen«, sagte ich, meine Finger kalt und schweißnass. »Ich verstehe nur nicht, was für Magie das war. Du?«

»Nein. So was habe ich noch nie gesehen.« Isa verschränkte die Arme vor der Brust. »Und das gefällt mir gar nicht. Ich weiß nicht, wie lange wir Beas Verschwinden noch verschweigen können.«

Bis sie wieder da war.

Ich nickte und stellte endlich den Besteckkasten zurück in die Spülmaschine.

Aber was war, wenn Bea in etwas Altes und Großes hineingeraten war?

Konnte sie dann jemals zurückkehren?

»Was …« Meine Stimme ging im Rascheln des Apothekerschranks unter, den Isa gerade aufzog. Ich versuchte es lauter noch einmal. »Und wenn Bea mit der Alster-Sache zu tun hatte?«

Der Apothekerschrank fiel mit einem weiteren Rascheln wieder zu. Isa sah mich nur kurz an. »Das kommt drauf an. Aber wahrscheinlich war es das mit dem *Honigmond.*«

Dann ging sie an mir vorbei und stellte ein Säckchen mit Sesam neben das Mehl.

Ich hatte mit Vermutungen gerechnet oder mit einem ›Bea hat damit nichts zu tun, keine Sorge‹. An die Zukunft des *Honigmonds* hatte ich nicht gedacht.

»Wir werden das Café schließen?«, fragte ich zögerlich nach.

»Möglich.« Isa strich sich durch das Haar, sah mich aber immer noch nicht an. »Was sollen wir machen? Ich übernehme das hier nur zeitweise, bis Bea zurückkommt. Wenn sie aber nicht zurückkommt …«

»Sie wird aber zurückkommen.«

»Woher weißt du das?« Jetzt wandte sie sich zu mir um. Ihre Mundwinkel waren angespannt und sie hatte versucht, ihren Stress unter dem Make-up zu verstecken. Es war ihr nicht gelungen. »Niemand weiß, was da an der Alster passiert ist. Wenn Bea damit zu tun hat – und es gibt Hinweise – kann sie gar nicht zurückkommen. Dann werden sie sie bestrafen und das weißt du.«

Nein.

Ich sagte nichts, aber dachte es ganz fest. Bea gehörte hierher. Ihr Café war wichtig. Für so viele Menschen.

»Gäste-Alarm!« Genau im richtigen Moment kam Juli zur Tür herein, fröhlich wie immer. »Herr Siemon ist da, Rosa. –

Oh, und Isa, da fragt wer nach glutenfreien Kuchen. Machen wir sowas?«

Während die beiden diskutierten, verschwand ich aus der Küche, machte meine Arbeit und war mit dem Kopf doch ganz woanders. Bei den Bienen an der Ratsmühlendammbrücke, dem Raum über uns voller Aschezauber und dem Kampf aus Pflanzen und Feuer, der bei *Brandsende* einfach verschwunden war.

Bea war hier.

Sie hatte mir irgendetwas sagen wollen – hatte sie vielleicht schon, als die Bienen mich in ihre Zimmer geführt hatten.

Wenn nicht bald etwas geschah, dann würden die Matri Bea auf den Fersen sein und wenn Bea tatsächlich etwas getan hatte, dann würde Isa das Café schließen.

Nach der Schicht blieb ich einen Moment im Dunkeln in der Umkleide sitzen, begutachtete das bläuliche Flackern, das aus dem Hauptraum unter der Tür hindurchkam. Wartete darauf, dass etwas geschah. Dass noch eine Biene auftauchte und mir den Weg zeigte.

Aber alles blieb still.

Ich musste zurück nach Ohlsdorf und nach Bea suchen. Und ich musste wissen, womit ich es zu tun hatte.

Ich stand auf, zog mein Handy aus der Tasche und rief die letzten Nachrichten auf.

Da war Ambers Antwort auf meine schwammige Fast-Absage zum nächsten Abendessen.

Ok, gib uns einfach Bescheid!

Ich hatte es schon mal geschafft. Zu Pas Geburtstag. Und es war in Ordnung gewesen – traurig, aber in Ordnung. Ich konnte das schaffen. Nur kurz. Nur einmal. Für Bea. Für das Café. Für die coole, perfekte Rosa.

Ich tippte:

Ich werde zum Essen kommen.

Einatmen, ausatmen.

Dann schickte ich die Nachricht ab.

Kapitel 15

»Schön, dass du kommen konntest.« Pa strahlte mich an. »Komm rein.«

Ich trat an ihm vorbei in den cremeweißen Flur und streifte meine Schuhe ab, während er die Tür schloss. Dann blieb er neben mir stehen und ich verstand nicht, warum. Fast wäre ich einfach an ihm vorbei ins Wohnzimmer marschiert, bis mir einfiel, worauf er wartete.

Ich umarmte ihn. »Hallo, Pa.«

»Willkommen zurück, Rosa.«

Er meinte wohl nicht, dass ich zurück im Kreis meiner alten Familie war, sondern dass ich mal wieder zum Essen hier erschien. Und trotzdem gaben diese Worte mir einen Stich.

»Es gibt Chana Masala«, fuhr Pa fort und begleitete mich durch den Flur. Ich nickte nur und sagte nicht, dass ich es längst gerochen hatte. Indische Gewürzkombinationen und Tomaten – das war in einem Haushalt mit Pa eigentlich immer Chana Masala.

Pa schnupperte. »Und ich habe Angst, dass Leo das Kulcha zu Holzkohle verarbeitet, wenn ich ihn da drinnen zu lange allein lasse. Entschuldige mich kurz.«

»Kein Problem.«

Und schon war er weg, auf den leisen Sohlen seiner Stoffschlappen.

»Du triffst deine Familie momentan öfter als in den letzten anderthalb Jahren zusammen«, hatte Javid gesagt, bevor ich aufgebrochen war, und mal wieder ausgesehen, als wolle er mich durchleuchten.

Ich hatte die Knopfleiste an meiner Strickjacke geschlossen, so konzentriert, dass ich ihn nicht ansehen musste. »Ist das nicht schön? Dass ich zwischendurch mal Zeit für sie finde?«

Wir beide sprachen nicht über die Ausbildung zur Heilerin. Aber die Frage hing zwischen uns wie ein schweres Gewicht, das ich nicht auf mich nehmen wollte.

Indigo und Amber saßen schon auf dem Sofa, als ich das Wohnzimmer betrat.

»... und dann hab ich ihn stehenlassen«, sagte Indigo gerade und Amber rümpfte die Nase.

»Sag mir noch mal, warum sie ausgerechnet dir einen Neuen zur Ausbildung überlassen haben.«

»Weil ich gut bin.« Indigo sagte es tonlos, nicht so prahlerisch wie sonst. Dann wandte er den Kopf ab und erblickte mich. »Hey.«

»Du bildest Leute aus?«, fragte ich und blieb etwas verloren im Raum stehen.

»Ich assistiere beim Ausbilden.«

Es klang schon wieder so schlicht, dass ich ihn tadelnd ansah. »Das ist großartig. Glückwunsch!«

»Siehst du.« Amber seufzte. »Und jetzt erzähl Rosa deine Anekdoten und lenk mich nicht so viel ab.«

»Du hast doch gefragt«, gab Indigo zurück. »Soll ich lieber mit Büchern werfen wie letztes Mal? Dann wärst du wirklich abgelenkt.«

»Wag es ja nicht. Sonst mach ich meine Drohung von Dienstag wahr und färbe deine Haare grün. *Alle.*« Amber lächelte mir zu, das typisch zuckersüße Böse-Pläne-Lächeln. »Und damit meine ich auch die Körperbehaarung. Inklusive Arme und Beine. Haben wir letztens eine Exkursion zu gemacht in Erste-Hilfe-Magie.«

»Was das mit Erste Hilfe zu tun haben soll, musst du mir noch mal erklären«, sagte Indigo, verschränkte aber die Arme vor der Brust und ließ die Bücher dort, wo sie waren.

»Du kannst dich übrigens setzen, wenn du möchtest. Ich muss mich hier nicht so breit machen.« Amber zog die Beine an und schob sogar ihre aufgeschlagenen Hefte auf dem gläsernen Couchtisch beiseite, als würde ich die Fläche brauchen. »Es hat mich super gefreut, dass du doch noch kommen wolltest. Heißt das, du machst die Ausbildung jetzt wirklich?«

Ich war schon halb um das Sofa herum in Richtung freiem Platz. Nun blieb ich stehen und wäre am liebsten doch wieder aus dem Raum gegangen. Ich schaffte es, zu lächeln. Aber ich schaffte es nicht, mehr zu sagen als: »Vielleicht.«

War das Enttäuschung in ihrem Blick? Es war so schnell weg, dass ich es nicht deuten konnte.

»Kann einer von euch ... Hallo, erstmal. Schön dich zu sehen, Rosa!« Leo kam aus der Küche, die Wangen rot, die dunkelblonden Haare klebten an seiner Stirn, und seine Augen waren voller Fältchen eines strahlenden Lächelns. Ich winkte ihm zu und er wandte sich wieder an seine Kinder. »Kann einer von euch den Tisch decken? Es gibt gleich Essen. Könntest du wenigstens dafür einmal deine Arbeit unterbrechen, Amber?«

»Gleich, Leo.« Da waren drei steile Falten auf Ambers Stirn, ganz ähnlich der Finde-ich-nicht-gut-Falten, die ihr Vater immer bekam. »Ich will das fertigmachen, okay? Ich hab noch einen anderen Aufsatz, den ich für die Arbeitsgruppe schreiben will. Der muss auch heute fertig werden.«

»Hattest du den nicht schon gestern geschrieben?«, fragte Indigo.

Amber verdrehte die Augen. »Das war eine andere Arbeitsgruppe.«

Ich beschloss, dass ich mich lieber auf den freien Sessel setzte, als mich zu Amber auf das Sofa zu quetschen. Sie hatte die Beine eh wieder ausgestreckt, starrte ihren Laptop an und sah nicht so aus, als könne sie Gesellschaft gebrauchen.

»Du bist in hundert Arbeitsgruppen«, sagte Indigo nun. »Da verliert man den Überblick.«

»Und dazu kommt jetzt das Auslandssemester«, fügte Leo hinzu. »Mach doch kurz Pause, Liebes. Deine Aufsätze werden dadurch nicht schlechter.«

»Habt ihr studiert? Nein. Also lasst mich einfach meinen Text fertigschreiben.«

Ich sah zu, wie Leo leise seufzte und in Richtung der Schränke mit Geschirr und Besteck ging. Und wie es in Indigos Gesicht zuckte und er aufstand. »Ich helf dir, Leo. Ich *studiere* ja nicht, ich hab Zeit.«

Ich zog die Knie an und versuchte die aufkeimende Eifersucht zu unterdrücken. Sie alle hatten etwas tun dürfen, was sie erfüllte. Was sie gewollt hatten. Und hier saß ich und konnte nichts, ein nutzloser Mensch mit einem kalten Arm. Ich war eine gekappte Stromleitung.

Ich gehörte nicht hierher.

Am liebsten hätte ich es einfach gesagt – ihnen gesagt, dass sie dankbar sein und sich nicht beschweren sollten. Aber dann hätte ich alles sagen müssen und ich konnte mir jetzt schon ihre Gesichter vorstellen: Entsetzen, Enttäuschung. Mitleid. Und dann die bittere Erkenntnis, dass ich von nun an nicht mehr zu ihnen gehörte, weil ich nicht mehr Teil ihrer Welt war. Denn das war es, was Hexen drohte, die keine Magie mehr wirken konnten: Sie wurden zu den nicht-magischen Menschen gezählt, aus der Gesellschaft verstoßen, sagten dem Wissen aus der magischen Welt ab, ihrer Familie, ihren Freunden. Gehörten nirgends mehr dazu. Und es gab keinen Weg zurück. Ich hatte viel darüber gelesen, über Abkommen zum Stillschweigen und Ausgliederungsmaßnahmen, über Tipps, wie man ein fehlendes Mitglied einer Familie am besten vergaß. Das konnte ich nicht – nicht für mich und nicht für Pa, dem ich doch damals ein Versprechen gegeben hatte.

Ich stand auf und sagte rasch: »Ich kümmere mich ums Besteck!«

Und versteckte meine Gedanken für die nächsten Minuten hinter dem Klirren von Löffeln und Tellern, bis der Nebel in meinem Kopf sich lichtete und Amber ihren Laptop zuklappte.

***

Manchmal, wenn die Geister und ich abends Filme schauten, bestellten wir indisches Essen. Und ein- oder zweimal hatte ich Chana Masala auch selbst zu Hause gekocht. Aber egal, wie man es machte oder wie genau man sich an die Angaben hielt – das Gericht von Pa schmeckte anders. Natürlich besser. Vertrauter.

Ich zupfte etwas vom Kulcha ab und steckte es mir in den Mund. Das hatte ich noch nie selbst gemacht und auch nie zu bestellen gewagt. Als Kind hatte ich es als Lieblingsessen in meine Freundschaftsbücher geschrieben – natürlich haarsträubend falsch geschrieben.

Es dauerte nicht lange, da hob Leo sein Glas mit kaltem Tee. »Auf Rosa – dass sie öfter Zeit finden möge, mit uns am Tisch zu sitzen!«

»Auf Rosa!«, echote es, fröhlich von Pa und Amber, schwungvoll von Indigo. Gläser klirrten und wir tranken alle einen Schluck, bevor wir uns über das Chana Masala hermachten.

Ich hätte es lieber gehabt, wenn sie auf irgendetwas anderes angestoßen hätten und nicht auf mich, als wäre ich nach langer Reise zurückgekehrt und hätte sie nicht seit anderthalb Jahren gemieden so sehr es ging.

Das letzte Mal auf mich angestoßen hatten sie vor zwei Jahren.

Auf Rosa – die es unter die zehn Besten ihres Jahrgangs geschafft hat!

Auf Rosa – dass sie heile aus Südostasien zurückkommen möge! Lachen.

Natürlich komme ich heile zurück!

Mehr Lachen.

Ich war nicht heile zurückgekommen.

Haha.

»Bist du mit deinem Motivationsschreiben fertig geworden?«, fragte Pa an Amber gewandt und die nickte. »Ich muss es aber noch mal korrigieren. Würdest du es lesen?«

»Schick es mir zu, dann lese ich es heute Abend.«

Ich kaute auf meinen Kichererbsen herum und bemühte mich, möglichst unbeteiligt zu schauen. Je unbeteiligter ich schaute, desto unbeteiligter fühlte ich mich vielleicht auch. Momentan hatte ich eher das Gefühl, an eine Glaswand zu klopfen, die mich von den anderen trennte. Ich mied sie, weil ich sie gernhatte. Und gleichzeitig wünschte ich mir, sie wären mir egal, damit diese Glaswand nicht so wehtat.

»Was ist eigentlich mit dieser Bibliothek-Sache geworden?«, fragte Indigo. »Musstest du dafür nicht auch was erledigen?«

»Ich musste nur berichten, was ich gesehen habe. Das war ein Fünf-Minuten-Termin, nichts Wildes.«

»Du hast ja auch nichts gesehen.«

»Und du hast seit zehn Jahren keine neuen Kommentare drauf.« Amber warf mir einen bedeutungsvollen Blick zu und ich grinste ganz automatisch. Dabei hatte ich keine Ahnung, worum es ging.

Aber da wandte Indigo sich schon mir zu. »Falls du dich fragst, worum es geht: In die Bib der WUH hat sich letztens wer eingeschlichen.«

»Wirklich?«, fragte ich nur und stopfte mir einen Löffel voll Masala in den Mund.

»Ja, richtig dämlich«, sagte Amber. Sie war übrigens der einzige Mensch, der dieses Gericht in einer weißen Bluse essen konnte und am Ende keinen einzigen Fleck darauf haben würde. Sie fuhr fort: »Es wurde auch nichts entwendet. Da hat sich nur wer eingeschlichen, um Bücher über Pflanzen zu lesen. Liebeszauber und so.«

»Also jemand Verzweifeltes«, warf Indigo ein und in diesem Fall musste ich meinen skeptischen Blick wenigstens nicht spielen. Verzweifelt also.

Mein Mund war immer noch voller Chana Masala und so nickte ich nur. Wie hatte ich Amber übersehen können? War sie in der Bibliothek gewesen? Draußen auf dem Hof? Im Treppenhaus?

»Sie sind ja auch nur an mir vorbeigerannt«, sagte Amber da. »Waren ziemlich schnell unterwegs, vielleicht magisch verstärkt. Ganz komische Geschichte, aber sicher wird nichts draus, weil es Wichtigeres gibt.«

Mit *Wichtigeres* meinte sie vielleicht den Kampf an der Alster.

Ich griff nach meinem Tee und erinnerte mich an die Gruppe Mädchen, an der wir am Ausgang vorbeigestürmt waren. Amber war unter ihnen gewesen?

Dann konnte ich von Glück sagen, dass nur Javid seine Gestalt hatte fallen lassen, während er meine bis zum Tor aufrecht erhalten hatte. Wenn Amber mich erkannt hätte …

Ich warf ihr einen Blick zu und bemerkte, dass sie mich längst ansah. Als müsste ich irgendetwas dazu sagen. Musste ich? Wie hätte ich früher reagiert?

»Das klingt sehr willkürlich«, sagte ich schließlich. »Aber wenn sie nichts geklaut haben …«

»Ja.« Amber nickte und runzelte die Stirn. Sie sah mich weiterhin an. »Aber warum waren sie dann da?«

Um jemanden zu finden. Um sich selbst zu retten.

Angst saß mir als riesiger Klumpen in der Kehle. Konnten wir bitte das Thema wechseln, solange ich noch in der Lage war, unbeteiligt auszusehen?

»Das werden wir womöglich nie erfahren. Aber sicher gab es eine plausible Erklärung dafür, die wir verstehen würden, wenn wir uns Mühe gäben«, sagte Leo, der wie immer irgendwie alle Seiten gleichzeitig verstehen konnte.

»Ich weiß nicht, Leo.« Endlich wandte sich Amber von mir ab und ihrem Vater zu. »Sie hätten auch jemanden bitten können. Oder eine offizielle Anfrage stellen. Das ist doch kein Problem.«

Der Klumpen in meiner Kehle wuchs.

»Wer weiß.« Mit einem milden Lächeln wandte Leo sich mir zu. »Rosa. Wie läuft es denn bei dir in der Uni? Man hört doch so selten von dir.«

»Oh.« Ich kramte in meinem Kopf nach irgendetwas, das es wert war, zu erzählen. »Ich ... fahre im Sommer für eine Exkursion an die Elbe. Insekten fangen und bestimmen und so.«

»Und das braucht man wofür?«, fragte Indigo.

»Um die Artenvielfalt zu untersuchen. Das gibt uns Aussagen über das Ökosystem und damit quasi für unser Überleben.«

»Ich verstehe. Das wusste ich nicht, ich hab ja nicht *studiert.*«

Amber verdrehte die Augen und ich gab ihm einen gepfefferten Stoß mit dem Ellenbogen. »Du bist fertig ausgebildet und hast einen richtig guten Job. Spar dir das.«

Er grinste. »Und deshalb ist es wichtig, dass du hier sitzt. Du bewahrst Amber und mich davor, dass wir uns bei jedem Essen zerfleischen.«

»Ja, mit dir ist es gleich viel friedlicher«, sagte auch Amber.

»Man könnte meinen, das Gezanke legt sich mit dem Alter«, erwiderte ich.

Diesmal war es an Leo, die Augen zu verdrehen. »Ich fürchte, das legt sich nie.«

»Und«, hob Pa an und ich wusste, was er sagen wollte, bevor er es auch nur ansatzweise ausgesprochen hatte, »hast du dir überlegt, was du mit der Ausbildungsstelle machen möchtest? Ich habe letztens mit Martha darüber geredet. Sie sagte, sie hätte dich kennengelernt.«

Am liebsten hätte ich Pa gefragt, ob sie nur zufällig im Café vorbeigekommen war oder um mich zu prüfen. Aber das tat ich natürlich nicht. Ich musste bei dem bleiben, was ich mir vorgenommen hatte, auch wenn mein Hals sich gerade anfühlte wie zugeschnürt. Aber nur, wenn ich den Schein bewahrte, konnte ich Bea finden und die Aufnahme verhauen. Das hier gehörte dazu, gehörte zum Plan.

Es war alles gut.

Der Knoten in meinem Hals löste sich. »Ja. Ich wollte bald eine Bewerbung fertigmachen. Darf ich sie dir dann schicken, Pa?«

Und da war das Strahlen in seinen Augen, das ich zuletzt gesehen hatte, als ich am Flughafen in Hamburg aus dem Gate gekommen war. »Natürlich, gern. Ich sagte doch, ich werde dich unterstützen, so sehr ich kann.«

Ich nickte und lächelte. Funktionierte weiter, obwohl es wehtat.

Die anderen wandten sich wieder ihrem Essen zu, doch ich drehte mich noch mal zu Pa und zerrupfte nebenbei mein Kulcha, damit es beiläufiger klang. »Ich hab mich gefragt, Pa, ob ich einen Blick ins Bücherzimmer oben werfen darf. Als Vorbereitung für die Prüfung könnten Mas Unterlagen mir vielleicht helfen.«

Pa sah mich einen Moment lang ganz verdutzt an. Dann nickte er. »Du kannst gern zum Lernen kommen, wann immer du möchtest.«

»Danke, Pa. Ich würde gleich einmal hochgehen und mir einen Überblick verschaffen, ja?«

Das war gut. Alles war gut. Ich hatte das erreicht, was ich gewollt hatte. Dafür war ich hier. Für Bea. Für mein altes Leben.

Aber es fühlte sich furchtbar falsch an.

***

»Schon wieder Bücher.« Javid sah sich in dem mittlerweile sehr vollgestellten Raum im Obergeschoss um und ließ sich dann auf Pas Schreibtischstuhl nieder. »Du hast eine Vorliebe dafür gefunden, oder?«

»Wissen ist Macht«, erwiderte ich und glitt an der Tür zu Boden, um mich zu sammeln. Auch in diesem Raum hingen so viele Erinnerungen – obwohl der cremefarbene Teppich und die schwarzen Regale nagelneu waren und sich perfekt in das Gesamtbild des Hauses einfügten, so waren da noch die unzähligen Bücher, die jede Wand dieses Raumes auskleideten – und das Foto von Ma und Pa auf dem sonst penibel aufgeräumten Schreibtisch.

Ich betrachtete das Regal neben mir, wegen dem ich die Tür nicht einmal richtig hatte öffnen können, und stellte fest, dass Pa seine Bücher immer noch genauso sortierte wie damals. Wenn ich die Augen schloss, war ich wieder sechs und spielte mit Amber Suchspiele in alten Wälzern.

»Immerhin musst du hier keine Listen machen und Regale durchkämmen. Ich weiß, wo alles steht«, sagte ich mit geschlossenen Augen.

Es raschelte, der Stuhl quietschte leise. Karamellduft zog an mir vorbei und scheuchte die Geister der Vergangenheit fort. Ich öffnete die Augen und Javid hockte vor mir, schief grinsend. »Wofür bin ich dann hier?«

»Zur moralischen Unterstützung.«

Ehrlich gesagt, wusste ich das nicht genau. Es war wie ein Automatismus gewesen, kaum dass ich die Tür hinter mir geschlossen hatte. Ein Tropfen Sirup auf den Finger und er war da. Wie ein Leuchtturm, der mich nach Hause brachte. Nein, ich hätte ihn nicht gebraucht, aber ich war so froh, dass er hier saß.

»Moralische Unterstützung?«, wiederholte er und sein Lächeln wurde ein wenig schiefer. Er setzte sich und lehnte den Kopf an das Regal hinter ihm, verschränkte die Arme und streckte die Beine aus. »Klingt gut. Ich unterstütze dich hiermit moralisch.«

»Du kannst dabei gern auch Bücher sortieren.«

»Das war nicht der Deal.«

»Schön. Dann bleib einfach sitzen.«

Ich richtete mich ein Stück auf und saß wie erwartet direkt vor Pas riesigen Sammelbänden. Den für das 17. und 18. Jahrhundert zog ich heraus und hievte ihn auf Javids Schoß.

Er gab ein leises Schnaufen von sich, als das Buch auf seinen Beinen landete. »He.«

»Beachte mich nicht, du bist nur moralisch hier.«

»Schön.« Das Buch fiel auf den Teppich. Javid war aufgestanden. »Schön, was soll ich tun?«

Ich hatte unterdessen begonnen, Pas Mappen durchzuschauen. Auch die hatte er nach Jahren geordnet. WUH – 1842.

Mit einer Hand zog ich an der Mappe und vorsichtshalber auch an der daneben und deutete mit der anderen Hand zur Wand neben mir. »Da direkt in der Ecke müssten Mas Bücher über Heilkunde stehen. Kannst du welche zu reinigenden Pflanzen raussuchen? Ohne Liebeszauber.«

Er lachte leise. »Wie du befiehlst.«

So arbeiteten wir eine Weile schweigend. Ich hörte, wie er Bücher aus dem Regal zog, darin blätterte und sie entweder auf dem Teppich ablegte oder zurück an ihren Platz schob. Die Geräusche mischten sich mit denen jener Bücher, die ich anschaute. Ich durchblätterte vorsichtshalber alles, was in Pas Sortierung für das Jahr 1842 und Umgebung stand, und stieß so auf das Weltgeschehen aus dieser Zeit: eine totale Sonnenfinsternis in Asien, ein Erdbeben in China, menschliche Entdeckungen wie die Herstellung von Superphosphat.

Ich schlug das nächste Buch auf.

»Haben sie dich wegen der Ausbildung gefragt?«, fragte Javid da und ich hätte das Buch fast fallen lassen. Ich klappte es zu und legte es ab. »Ja.«

»Und?«

»Ich habe gesagt, ich würde mich bewerben.«

Javid ließ das Buch in seiner Hand sinken und wandte sich zu mir um. »Also willst du die Ausbildung machen?«

»Das kann ich nicht. Aber irgendwie musste ich Pa dazu bekommen, mich hier reinzulassen.«

Ich konnte ihm dabei nicht in die Augen sehen, also zog ich schnell ein anderes Buch aus dem Regal.

»Also sagst du zu und gehst nicht hin. Ist das so sinnvoll?«, fragte Javid.

»Weiß ich nicht.« Buch zuklappen. Ins Regal stellen. Nächstes Buch. »Ich will Bea finden. Alles andere überlege ich mir später. Vielleicht muss ich dann einfach eine Weile untertauchen.«

Ich hatte es scherzhaft sagen wollen, aber es klang gar nicht so scherzhaft.

»Italien steht noch«, erwiderte Javid ruhig.

Ich warf ihm einen strengen Blick zu. »Das schon wieder. Ich geh nicht weg, hab ich gesagt. Ich möchte nicht das Land verlassen, ich tu dann einfach so, als wär ich nicht da.«

»Und warum? Warum nicht ein bisschen andere Luft schnuppern?«

»Was soll ich in Italien? Ich muss studieren.«

»Jeder braucht Pausen, weißt du.«

»Amber braucht keine Pause.« Und wenn Amber keine brauchte, brauchte ich auch keine.

»Meinst du wirklich?«

»Ja. Du hast sie vorhin nicht erlebt.« Ich konnte zwar nicht mit ihr mithalten, keine Arbeitsgruppen, kein Auslandssemester, kein magisches Studium – aber ich würde deshalb nicht klein beigeben. »Es wird schon alles gut, Javid. Ich krieg das hin, kein Grund zur Sorge.«

Dabei wischte ich mir energisch Staub von der Bluse, der gar nicht da war, weil Pa seine Bücher immer sauber hielt. Aber die Geste unterstrich meine Worte und ich musste nirgends anders hinsehen.

Dabei bemerkte ich den Stapel Bücher zu meinen Knien – wahrscheinlich schaute ich die lieber durch, bevor ich weitere aus den Reihen zog. Ich lehnte mich ans Regal und griff nach dem dicken Wälzer, der ganz oben lag.

»Ich weiß, dass du das hinkriegst«, sagte Javid da und irgendwie wünschte ich, er würde das Thema einfach fallenlassen. Tat er aber natürlich nicht. »Und wir sind da. Falls du Hilfe brauchst.«

Ich grinste und versuchte es zum zweiten Mal auf dem scherzhaften Weg. Das Thema ging mir zu nah. Ich wollte nicht darüber reden. »Ihr seid ja auch durch einen Deal dazu verpflichtet.«

»Richtig. Wenn du es wünschst, können wir nichts tun, als es zu erfüllen.« Ich spürte seinen Blick auf mir. »Aber denkst du wirklich, das ist alles?«

Sein tiefer Tonfall ließ mir einen Schauer über den Rücken rieseln. Aber ich sah nicht auf, sondern starrte in das Buch und las kein einziges Wort.

War das alles?

Keine Ahnung. Noch vor einigen Wochen hatte ich ohne Zweifel an das Gegenteil geglaubt, an uns als kleine eigene Welt, aber mittlerweile war ich mir nicht mehr sicher. Wir hatten doch alle unsere eigenen Motive.

Und doch dachte ich an die Filmabende und Kartenspiele, an die Jagd nach dem Kampf aus Feuer und Pflanzen, an Javids Hand, die meine umschloss. Zwei Zentimeter zwischen uns.

Ja, das war alles. Mich störte diese Lücke zwischen uns nicht. Es war ein Deal.

Ich öffnete den Mund für eine Erwiderung – und da klopfte es an der Tür.

»Rosa?«

Amber.

Ich wollte Javid zu verstehen geben, dass er verschwinden musste, aber er war bereits fort. Ich war allein mit den Büchern auf meinem Schoß und dem Stapel von Mas Büchern in der Ecke, und meine Stimme klang seltsam hohl, als ich sagte: »Ja? Komm einfach rein, ich hab nicht abgeschlossen.«

»Das hätte mich auch sehr misstrauisch ... gemacht.« Amber steckte den Kopf zur Tür herein und zögerte, bevor sie das letzte Wort aussprach. Da waren wieder die drei Falten auf ihrer Stirn, wenn auch nur ganz kurz.

Ich folgte ihrem Blick in den Raum hinein und fürchtete, Javid hätte irgendwelche Spuren hinterlassen. Aber nein, da lagen nur die Bücher. Ich setzte eine entschuldigende Miene auf. »Ich hab ein ganz schönes Chaos veranstaltet. Erzähl das nicht Pa.«

»Als hätte ich es geahnt.« Amber trat auf leisen Sohlen an mir vorbei. »Ich wollte fragen, ob du Hilfe brauchst. Einige Unterlagen sind vielleicht nicht mehr ganz aktuell.«

»Oh.« Ich schluckte das aufkeimende Gefühl von Eifersucht und Ärger herunter. Natürlich waren sie das nicht. Wie in der nicht-magischen Medizin entwickelten sich Verfahren und Wissen immer weiter. Und Amber durfte das lernen – ich nicht. Aber das war nicht ihre Schuld. »Danke.«

»Das hier zum Beispiel würde ich auslassen.« Sie stellte eines der älteren Bücher zurück ins Regal, eines, das Ma früher oft auf dem Tisch hatte liegenlassen.

»Aye, Madam.«

»Der Rest dürfte gehen ...« Amber kniete sich hin und musterte kurz die Bücher um mich herum. »Aber das ist jetzt nicht unbedingt Heilkunde, womit du dich da beschäftigst?«

Mir fiel keine plausible Ausrede dazu ein, die es nicht noch schlimmer gemacht hätte. Also sagte ich: »Erwischt.«

Ich hoffte ein bisschen, dass sie sich nicht weiter dafür interessieren würde, aber es war Amber, die intelligente, wissbegierige, ehrgeizige Amber, mit der ich von Kindheit an alles geteilt hatte. Natürlich streckte sie die Hand aus und klaute mir das Buch vom Schoß. »1840? Magische Geschichte?«

Ihr Blick flog über die Zeilen, dann über den Buchrand hinaus auf die anderen Bücher und Mappen, die ich dort abgelegt hatte.

»Ja, ich ...« Ich hob einige der Mappen auf und hielt sie ganz fest, damit Amber sie nicht auch noch stibitzte. »Diese Sache an der Alster interessiert mich. Wusstest du, dass im selben Gebiet um 1842 ein Feuer ausgebrochen ist?«

»Der große Brand? Ja, irgendwer hatte das gesagt ...« Amber legte das Buch auf ihren Schoß und musterte mich. »Und dafür bist du hergekommen?«

»Ich bin für Mas Unterlagen gekommen.« Ich sagte es mit extra Nachdruck. »Aber dann hab ich die Bücher gesehen. Pa sortiert sie noch genau so wie früher.«

»Das stimmt. Er liebt seine Ordnung. Letztens hat Leo das Salz nicht dahin gestellt, wo es sonst steht. Das gab eine Kabbelei.«

»Das hätte er ahnen müssen.«

Sie grinste. »Eigentlich schon.«

Ich schaute hinunter auf eine der Mappen, die ich mir genommen hatte, und schlug sie auf. Sie war voller Klarsichtfolien. Es waren Kopien von alten, verblichenen Texten, die ich nicht mehr lesen konnte. Die Tinte war verblasst, das Papier vergilbt. Pa hatte jedes einzelne Textfragment in Originallaut abgetippt und die Reinschrift jeweils daneben abgeheftet. Notizen dazu klemmten an der Rückseite der Reinschriften.

07. August 1842, 1. Verhandlungstag

Pa hatte ergänzt:

Friedrich Göpfert

Das war einer derer, die die magische Universität geplündert hatten. Ich blätterte durch genaue Abschriften dessen, was wer gesagt hatte und was wem vorgeworfen wurde. Über Tage hinweg. Dritter Verhandlungstag, siebter Verhandlungstag ...

»Aber das mit der Ausbildung.«

Ich hielt inne und sah auf. Amber hatte eines von Mas Büchern aufgeschlagen und starrte auf den Text. »Das hast du ernst gemeint?«

»Ja, wieso?«

»Weil du davor gesagt hattest, du wüsstest es noch nicht.«

Ah. Ich nickte, obwohl sie das nicht sehen konnte, weil sie ins Buch schaute. »Es wäre dumm, es abzulehnen, oder nicht? Hast du selbst gesagt.«

Drei Falten auf ihrer Stirn. Sie starrte weiter ins Buch. »Ja.«

Und während ich schon überlegte, ob ich sie mit irgendetwas verärgert hatte, schaute sie mich endlich an und ihre Mundwinkel wurden ein Lächeln. »Dann bist du öfter wieder hier? Es ist schön, wenn du da bist.«

Warum ließen sie mich nicht los?

Ich hasste es und war gleichzeitig so froh darüber, sie noch nicht verloren zu haben.

Aber das konnte ich nicht sagen. Deshalb erwiderte ich: »Aber du wirst bald eh weg sein, oder nicht? Auslandssemester hab ich gehört?«

»Ja, schon.« Die Mundwinkel sackten wieder ein bisschen nach unten. »Es ist halt nur, dass es ohne dich einfach nicht das Gl...«

»Amber? Rosa?«

Pas Stimme drang von unten zu uns hoch. Wir beide drehten die Köpfe in Richtung der Tür.

»Wie spät ist es?« Amber rappelte sich auf. »Wahrscheinlich wollen Leo oder Indigo nach Hause. Gehen wir nachsehen?«

»Ja.«

Ich hielt inne.

Ich hatte mich bereits zum Aufstehen aufgerichtet, aber dann hatte ich etwas gesehen. Etwas in dem Text auf meinem Schoß.

Beatrice Maria Uschdraweit.

»Rosa?«

»Ich komme.«

Es war nur ein Name. Zufall. Aber ich konnte nicht einfach aufstehen und gehen.

19. August 1842, 1. Verhandlungstag

Beatrice Maria Uschdraweit

hunderte Opfer

Reue zu zeigen

gibt keine Antwort

Ich blätterte um. Einmal. Zweimal.

»Gib mir eine Sekunde«, sagte ich zu Amber und las.

2. September 1842, 13. Verhandlungstag

Vorwürfe

Brandstiftung

20. September 1842, 27. Verhandlungstag

Familie

Mord

Zeugen

13. Dezember 1842, 88. Verhandlungstag

16. Januar 1843, 117. Verhandlungstag

22. Februar 1843, 148. Verhandlungstag

15. März 1843, 167. Verhandlungstag

Mein Blick blieb am Foto einer jungen Frau mit strenger Miene und entschlossenen Augen hängen. Es war schlecht kopiert und umkritzelt mit Pas Notizen. Und doch so real, als würde sie gleich zu sprechen beginnen.

Eure Aufgabe ist es, euch um die Gäste zu kümmern. Ihre Wünsche sind eure Wünsche.

Ich konnte Beas Stimme so deutlich in meinen Ohren hören, als stünde sie gerade neben mir.

4. April 1843, 184. Verhandlungstag

Urteilsverkündung

Und dann war da ein Urteil.

Daneben klebte eine Sammlung von Fotos, Ausschnitten, eine Person umkringelt, ein Familienfoto, eines von 1840. Immer die gleiche, strenge Miene.

Sie erinnerte mich an das Foto, das ich in Beas Zimmer auf ihrem Nachttisch gefunden hatte. Der vorwurfsvolle Blick des Kindes traf mich erneut, diesmal aus dem Gesicht einer jungen Frau.

War Amber noch da?

Ich konnte meine Augen nicht von dem Papier lösen, das da vor mir lag. Und gleichzeitig verschwamm der Text vor meinen Augen, immer und immer wieder, bis ich merkte, dass ich nicht blinzelte und mir Tränen in den Augenwinkeln saßen.

Das Foto in Beas Schlafzimmer – das war kein Foto ihrer Vorfahren gewesen – sondern ein Familienfoto. *Ihr* Familienfoto.

Die Beklagte wird verurteilt, der Stadt zu dienen, um die von ihr genommenen Leben wiedergutzumachen. Sie soll bis zu ihrem zweihundertsten Geburtstag …

»Rosa.«

Ich zuckte zusammen. Aber es war nicht Amber – und auch nicht Pa. Es war Javid. Er saß vor mir und sagte: »Lass sie nicht warten. Sonst kommt noch jemand und sieht nach dir.«

Ich wusste das. Und doch konnte ich mich nicht rühren.

Bis zu ihrem zweihundertsten Geburtstag. Es war unmöglich. Und doch stand es da. Schwarz auf vergilbtem Weiß.

Aber es waren doch Handwerker gewesen, die das Feuer gelegt hatten.

Nein.

Es waren *vielleicht* Handwerker gewesen. Das hatte das nichtmagische Internet gesagt, Leute, die die Wahrheit nie erfahren hatten. Denn indessen hatte im Verborgenen das magische Gericht getagt und sein Urteil gesprochen. Die Protokolle lagen hier vor mir.

184 Verhandlungstage. Ein Nebensatz in einem Buch.

»Es war Bea«, sagte ich rau. Vielleicht war es ein Traum. Vielleicht wachte ich gleich auf und alles war wieder normal. Mein Kopf fühlte sich an, wie in Watte gepackt. Es war Bea. Javid reagierte nicht, als würde er die Tragweite dieser Worte nicht verstehen. Und meine Stimme war belegt, als ich sagte: »Bea hat den Brand gelegt. Vor hundertachtzig Jahren.«

Aufrichtigkeit und Höflichkeit gegenüber den Gästen. Tadelloses Benehmen. Und all das wurde gepredigt von einer Person, die die halbe Stadt zerstört hatte. Bea war schuldig. Sie war nicht irgendwo hineingeraten und auch nicht in Gefahr. Sie war das Feuer.

Sie war verurteilt worden, der Stadt bis zu ihrem zweihundertsten Geburtstag zu dienen. War das der Tag gewesen, an dem sie verschwunden war?

Wieso war sie dann noch da? War sie auf der Flucht?

Aber selbst wenn – irgendwann würde man sie finden.

Dann war alles vorbei.

Und das Café würde fort sein.

Kapitel 16

Es war dunkel, als ich nach Hause ging. Von der Alster her kam ein kühler Wind die Straße hinunter gefegt, ließ die Blätter über mir rascheln und Schatten auf dem Asphalt tanzen.

Familie sollte über der Uni stehen, Rosa.

Euer Job ist es, euch um die Gäste zu kümmern. Ihre Wünsche sind eure Wünsche.

Ich hatte tausend Fragmente von Bea in meinem Kopf, die alle nicht zu dem passen wollten, was ich gelesen hatte.

Eine Frau, die einen Brand gelegt hatte. Die bis zu ihrem zweihundertsten Geburtstag dazu verpflichtet war, der Stadt zu dienen.

Bea war die ganze Zeit die Böse gewesen.

Wenn Bea damit zu tun hat – und es gibt Hinweise – kann sie gar nicht zurückkommen.

Und dann würde das Café schließen, außer, jemand anderes als Isa fand sich für den Posten.

Ich würde diesen Job verlieren. Zahlreiche Leute ihre Hoffnung auf kleine Wünsche. Ich würde vor Martha Waris sitzen und nichts zu sagen haben, außer, dass ich diese Ausbildung nicht wollte.

Sie würde mit Pa darüber sprechen und er würde mich aus seinem Leben werfen.

Wie bekam ich das hin?

Wie bekam ich das bloß wieder hin?

»Rosa.«

Wann war Javid neben mir aufgetaucht?

Ich wollte mit ihm schimpfen, weil er unaufgefordert an meine Seite getreten war – aber dann fiel mir auf, dass ich ihn gerufen hatte und er zu keiner Zeit in seinen Flakon zurückgekehrt war. Er war nur nicht sichtbar gewesen.

Er hatte alles mitbekommen, das Gespräch zwischen Amber und mir. Meine Ausreden.

Und jetzt lief er ein Stück hinter mir, in T-Shirt und Jeans, als würde er die Kälte der Nacht nicht spüren. Ich warf ihm einen kurzen Blick zu und sah dann wieder nach vorn. »Ja? Was gibt's?«

Solange ich ihn nicht ansah, gelang mir ein fröhlicher Tonfall.

»Ist dir nicht kalt?«

Ich trug meine Jacke über dem Arm und natürlich war mir kalt. »Nein, alles gut.«

»Wie nach der Party?«

»Mir ist wirklich nicht kalt.« Ich hielt die Jacke hoch. »Und ich hab eine Jacke, du brauchst mir keine zu zaubern.«

Dann beschleunigte ich meine Schritte, als wollte ich vor ihm davonlaufen. Dabei lief ich vor meinen eigenen Gedanken davon. Und dem namenlosen Gefühl, das mir die Brust zuschnürte. Ich konnte allein schon deshalb keine Jacke anziehen, weil der Reißverschluss mir endgültig die Luft zum Atmen nehmen würde.

»Wir haben den Bus verpasst«, sagte Javid hinter mir. »Du brauchst nicht so zu rennen.«

»Aber mir ist ...« ... kalt. Nein, mir war ja nicht kalt. »... danach.«

Ein fröhlicher Tonfall, ein kleines Lachen, in meinem Kopf überschlugen sich die Gedanken.

Vielleicht hatte man Bea längst geholt. Vielleicht war sie deshalb verschwunden.

Hörte ich also auf, nach Bea zu suchen?

Aber die Bienen am Fluss. Hieß das nicht, dass sie noch da war?

»Rosa. Hey.«

Seine Stimme fand mich, egal, wie tief ich in Gedanken war.

»Ja? Ich bin hier.«

»Kannst du«, und plötzlich war er viel näher, ging neben mir, zwei Zentimeter und der Duft von Karamell, »uns zumindest *einmal* sagen, wenn es dir nicht gut geht?«

Aber mir ging es gut.

Es war alles gut.

Ich hatte alles unter Kontrolle, wie immer.

»Mir geht es gut.« Aber ich konnte ihn nicht ansehen und es wurde schwieriger zu atmen. »Wirklich. Sehe ich so schlimm aus?«

Mit einem Schritt stand er vor mir und ich stoppte abrupt. Trockene Blätter raschelten unter meinen Schuhsohlen.

»Ja.« Er sagte es leise. »Du klingst, als würdest du lügen.«

Das Rascheln versiegte, für einen Moment versiegte sogar das Rauschen des Verkehrs in der Ferne. Wenn ich klang, als würde ich lügen, stimmte etwas ganz und gar nicht.

Reiß dich zusammen, Rosa.

Aber ich machte den Fehler, ihn anzusehen. Schmale Nase, leicht geöffnete Lippen, helle Geisteraugen, die sonst spöttischen Mundwinkel ernst, fast enttäuscht.

Die Gedanken in meinem Kopf wurden ohrenbetäubend laut. Ich wollte etwas sagen, konnte aber nicht. Weder die Wahrheit noch eine Lüge. Alle Worte steckten mir im Hals fest, ich kam weder vor noch zurück.

Das unsichtbare Korsett um meine Brust schnürte sich fester.

Ich wollte weitergehen, laufen, oder das Gesicht in den Händen vergraben, damit er mich nicht mehr ansah. Aber er war da, sein Blick auf mir und diese verdammten Zentimeter zwischen uns. Ich kam mir ungeschützt vor.

Ich brauchte etwas, um mich daran festzuhalten, um meine Haltung wiederzubekommen, und so vergrub ich die Finger im Stoff seines T-Shirts.

Einatmen, ausatmen.

Ich musste mich zusammenreißen.

Dachte ich.

Dann legte sich eine warme Hand auf meinen Kopf.

Und die Gedanken wurden still.

Javid zog mich näher an sich, der Duft nach Karamell hüllte mich in eine warme Decke, seine Stirn lag auf meiner und sein Atem streifte mein Gesicht. Wortlos standen wir da, vor irgendeinem Gebäude, irgendwo auf dem Weg zwischen Pas Haus und der Bushaltestelle.

Zweifelsohne wartete er, bis ich mich beruhigt hatte – dabei konnte ich das gar nicht. Jetzt erst recht nicht mehr. Mein Herz flatterte wie ein aufgeregter Vogel, seine Berührung pulsierte durch meinen Körper und ich hatte das Gefühl, ein Faden zwischen unseren Körpern würde mich unaufhaltsam in seine Richtung ziehen.

Ich hatte gedacht, ich müsse es nur ignorieren, mich nicht davon stören lassen. Ich hatte gedacht, ich sei unerreichbar in meinem Dornröschen-Turm.

Aber in diesem Moment wurde mir klar, dass ich mich damit selbst belogen hatte. Ich war für ihn nicht unerreichbar gewesen. Nie. Er hatte es immer zu mir geschafft, sei es durch den Geschmack von Sirup oder durch den Klang seiner Stimme. Zwei Jahre lang hatte er Abstand gehalten, immer nur ein bisschen, und gleichzeitig jeden Abstand verringert. Und jetzt war er hier und es waren keine Zentimeter mehr übrig und das wollte ich auch nicht.

Ich atmete Karamell und Wärme und meine Gedanken wurden weich und fedrig wie Waldboden nach dem Regen. Der Wald, der alles verschluckte, hatte auch mich verschluckt.

Es war zu spät und alles, was ich sagen konnte, war: »Tut mir leid.«

»Wir kriegen das hin. Versprochen.«

Ich spürte die Bewegung seiner Lippen auf meiner Haut und den Druck seiner Finger in meinem Haar.

Diesmal hob ich den Kopf mit Absicht.

Zwei Millimeter zwischen unseren Lippen.

Kein Millimeter zwischen unseren Lippen.

Nur einen Moment lang nicht hinter einer Glaswand sitzen. Für einen Moment nicht gezwungen sein, etwas zu spielen. Für einen Moment war mir, als wären der Wind und die raschelnden Blätter und Javid und ich ein einziges Orchester mit einer pulsierenden Melodie.

Nur für einen Moment war ich ich.

Und alles war gut.

Kapitel 17

Das Orchester spielte eine Weile auf voller Lautstärke, aber irgendwann wurde der Wind zu frisch. Wir lösten uns voneinander und fuhren nach Hause, und als hätten wir es abgesprochen, waren die zwei Zentimeter Abstand zwischen uns wieder da, kaum dass wir in meine Wohnung traten.

Sie fühlten sich nur nicht mehr so schmerzhaft an.

Die Melodie von Wind und Wasser und Erde und mir klang leise weiter, begleitete mich beim Einschlafen und machte es mir fast unmöglich, die Augen zu schließen.

Ich träumte unruhig von Berührungen und ineinander verschränkten Fingern, dann von Laub auf dem Boden und duftender Erde.

Mitten in der Nacht wachte ich wieder auf, mir war heiß und kalt zugleich und meine Kehle war trocken.

Ich schälte mich aus meiner Bettdecke und schauderte, als die kühle Nachtluft meine verschwitzte Haut berührte. Meine Wohnung war dunkel und still, abgesehen von Straßenverkehr und Sirenen und einem leisen Knall in der Ferne.

Mit einem Glas Wasser wanderte ich in der Wohnküche auf und ab und versuchte, diese Überreiztheit einzuordnen, die mich erfasst hatte. Ich fühlte mich fiebrig, hatte aber normale Temperatur. Passierte das, wenn man einen Geist küsste?

War das denn wirklich passiert?

Momentan kam es mir ebenso wirr und unwirklich vor wie die Bilder in meinen Träumen.

Ich ging meine Pflanzen ab, die Usambara-Veilchen, das Flammende Käthchen, das Einblatt neben dem Sofa. Zu seinen

Füßen lag das Buch, das Amber mir mitgebracht hatte. Das war der Tag gewesen, an dem ich aufgehört hatte, Schokolade vorzuziehen. Ich erinnerte mich an meinen Widerwillen und fragte mich, ob ich es da schon hätte ahnen müssen. Dass es mich am meisten gestört hatte, wie sie sich selbst den Karamellsirup und mir die Schokolade zugeteilt hatte.

Ich setzte mich aufs Sofa, schlug das Buch auf und betrachtete die Zeichnungen von Gliedmaßen, von den Adern unserer Energien. Da waren die Punkte in den linken Fingerkuppen und im Handgelenk, im Ellenbogen und entlang der Hauptschlagader. Allesamt stillgelegt von einem einzigen Feuer.

Ich war ein kaputter Stromkreis, in dem keine Energie mehr floss.

Um höhere Zauber zu wirken, müssen mehrere Energieflüsse parallel entstehen.

Wenn die Energiepunkte im Finger blockiert sind, bieten sich die entsprechenden Punkte im Fingerknöchel an.

Und wenn das alles nicht funktionierte, musste man aufgeben. Wie ich.

In meiner ersten Zeit nach dem Unfall hatte ich nach Auswegen gesucht. Ich war davon überzeugt gewesen, dass es andere Hexen wie mich geben musste.

Aber der Körper magischer Lebewesen wusste sich zu helfen. Wurde man mit fehlenden Gliedmaßen geboren, versetzten sich die Energiepunkte einfach an die nächstmögliche Stelle. Lähmungen betrafen Nerven, aber nicht die energetischen Adern.

Hexen waren unfehlbar. Niemand geriet in ein Feuer und verbrannte sich so schwer, dass sie keine Magie mehr nutzen konnte. Und wenn jemand das Pech hatte, so war sie keine Hexe mehr. Ausgeschlossen für immer, nicht hinter einer Glaswand, sondern hinter einer massiven Tür.

Richtig.

Ich war überreizt und fiebrig, weil ich für einen Moment vergessen hatte, was für ein Fehler ich war.

Ich stellte mein Glas in die Spüle und ließ mir so lange kaltes Wasser über die Hände laufen, bis der Schweiß abgewaschen und meine Finger eiskalt waren.

Zwei Jahre lang hatte ich die coole, perfekte Rosa durchgehalten, und das würde ich jetzt nicht aufgeben.

Erst recht nicht wegen Javid oder wegen meiner eigenen Gefühle.

Das Prickeln unter meiner Haut wich, der Schauder auf meinem Rücken verschwand. Die Erinnerung an Javids Berührung verblasste.

Ich war wieder hinter meiner Glaswand und diesmal würde ich da bleiben.

***

Ich hörte sie vor meiner Schlafzimmertür. Es war hell draußen, ich hatte geschlafen und fühlte mich wieder normal.

»Du solltest da nicht reingehen. Sie braucht sicher Zeit für sich.« Das war Nika.

Und Javid antwortete: »Sie wird es uns übel nehmen, wenn wir sie nicht an die Uni erinnern.«

Vor der Tür gab es ein wenig Gerangel, ich hörte Schritte und etwas, das am Holz entlangkratzte. Dann wurde die Klinke heruntergedrückt und lautlos schlüpfte Javid ins Zimmer. »Hey.«

Ich sah nicht auf, ließ die Augen auf meinen Laptop geheftet und wechselte schnell vom Browser zu einem PDF. »Hey.«

»Du liest?«

Ich nickte. »Ökologie. Als Vorbereitung für heute.«

Er blieb am Bettende stehen und sah mich an. Ich kannte seinen Blick genau, ich musste nicht einmal hinsehen. Es war eine stumme Frage.

Eine Weile blieb es still, abgesehen vom Straßenlärm draußen.

»Wie steht es mit einem Kaffee?«, fragte Javid.

»Gerne. Mit Schokolade, bitte.«

Wieder Stille. Ich heftete den Blick auf mein PDF, um ihn nicht anzusehen. Mein Herz pochte und irgendwo in meinem Kopf spielte ein Film ab, eine kleine Szene, wie er sich zu mir setzte, die Hand noch einmal auf meinen Rücken legte, seine Stirn an meine Schläfe.

Und genau das war das Problem. Ich durfte mir nicht wünschen, mich an ihn anzulehnen. Ich musste das allein schaffen. Die coole, perfekte Rosa war nicht in einen Flaschengeist verliebt.

»Rosa.« Seine Stimme hinterließ ein Kribbeln auf meiner Haut. »Geht es dir gut?«

»Klar. Wieso nicht?«

Sein Blick wollte mich durchleuchten, aber ich ließ es nicht zu. Ich lächelte meinen Bildschirm an und verschloss jeden Zweifel und jede Unsicherheit tief in meinem Kopf.

Ein nachdenklicher Blick, den er auch nicht abwandte, als ich ihn dabei erwischte. Und plötzlich sagte er: »Es tut mir leid. Ich bin dir gestern zu nah gekommen. Das hätte ich nicht tun sollen, richtig?«

Mein Atem setzte einen Moment aus und mein Blick fiel zurück auf den Bildschirm. »Ich habe dich geküsst. Das muss dir nicht leidtun. Aber …« Ich zögerte, denn mein Kopf sagte etwas anderes als jede Faser meines Körpers. »Aber das war nicht richtig. Das ist alles.«

Ein Mensch und ein Flaschengeist.

Ganz abgesehen davon, dass ich gar nicht wusste, wie Javid dazu stand. Wir hatten einen Deal, hatte er selbst gesagt.

Ich hatte Schwäche gezeigt und das durfte sich nicht wiederholen. Wäre es doch gar nicht erst geschehen, auch seinetwegen. Wie dämlich wirkte es denn, wenn ich ihn küsste und mir am nächsten Tag einfiel, dass ich das gar nicht wollte?

Ich presste die Lippen fest aufeinander und wartete auf seine Reaktion.

»Ich verstehe.« Es klang rau und machte mich traurig. »Ich sage Elyar, dass er Kaffee fertigmachen soll.«

»Ich bin in fünf Minuten da. Lese das hier nur zu Ende.«

»Gut.«

Ich lächelte wieder und wartete, bis die Tür sich schloss. Drei, zwei, eins.

Dann minimierte ich das PDF für Ökologie und öffnete erneut die Website mit einer Beschreibung des Brands von 1842.

Pas Unterlagen hatten mir einiges verraten, aber noch lange nicht alles. Wie gehörten die Blumen und das Feuer an der Alster dazu? Und die Asche in Beas Zimmer? Der Bienenschwarm in Ohlsdorf?

Ich wollte das wissen. Ich wollte wissen, aus welchem Grund mir mein sicherer Hafen genommen wurde. Also las ich.

Der Brand hatte in der Deichstraße begonnen und sich in Richtung Stadtmitte gefressen, bedingt von Wind und Trockenheit der letzten Tage. Eine Reihe unglücklicher Umstände – Zufall? Absicht?

Ich erinnerte mich an Stichworte in Pas Unterlagen.

Reue. Und immer wieder: *Familie. Rache.*

Ein Streit, also?

Rache wofür?

Ich musste das noch mal genauer lesen. Bei Pa. Und in Mas Büchern. Und eigentlich auch in der Bibliothek, denn jetzt wusste ich weitaus besser, womit ich es zu tun hatte.

Schon wieder Bücher.

Ich wusste einfach nicht, was ich sonst tun sollte. Noch viel weniger konnte ich jemanden danach fragen.

Aber ich würde weiter suchen. Und diesmal würde ich bei meiner Suche systematischer vorgehen und weniger verzweifelt. Meine Rolle würde meine Rolle bleiben, das war alles, woran ich mich jetzt noch klammern konnte. Und solange Javid meine Mauern durchbrechen konnte, musste ich ihn auf Abstand halten. Die Geister würden meine Magie sein, aber nicht etwas, das mich emotional machte.

Ich würde das hier durchziehen. Allein. Und zwar vollkommen allein.

***

Der Löffel auf der Untertasse klirrte leise, als ich die heiße Schokolade vor Herrn Siemon abstellte. »Ihre Bestellung, wie immer.« Ich zog die Hand zurück. »Heute leider nur mit einer Waffel, etwas anderes konnte ich nicht stibitzen.«

»Sie sind sowieso schon zu nett zu mir.« Herr Siemon legte sein Sudoku beiseite und nippte an der Schokolade. Seine dünnen Augenbrauen zuckten. »Aber etwas haben Sie ein bisschen anders heute gemacht, nicht wahr? Oder verlassen mich meine Geschmacksnerven?«

Das hätte ich ihm ohne Probleme weismachen können – zu Beginn seiner Chemo hatte er so gut wie gar nichts mehr geschmeckt außer unserer heißen Schokolade. Auch deshalb war er regelmäßig wiedergekommen. Aber dieses Gefühl wollte ich ihm nicht geben. Er sollte gesund werden.

Also schüttelte ich den Kopf. »Eigentlich nicht. Vielleicht mehr Schokolade als sonst.«

»Das wird es wohl sein.« Er nahm sein Sudoku wieder auf.

»Aber trotzdem schön austrinken«, scherzte ich.

»Ich pflege, meine Schokolade in Ruhe zu genießen.«

»Dagegen hab ich keine Einwände.«

Damit zog ich mich zurück, das Lachen im Gesicht und Nervosität in der Magengegend. Ich hatte nicht damit gerechnet, dass er es merken würde – aber er trank diese Schokolade fast jeden Tag. Vielleicht hätte ich es besser wissen müssen, als ich Nika um den Zauber gebeten hatte anstelle von Javid.

Es war so unprofessionell, dass es mich ärgerte – aber ich hatte mich nicht dazu bringen können, Karamellsirup für den Zauber zu verwenden, auch wenn ich wusste, dass Javid den

Heilzauber für Herrn Siemon am besten beherrschte. Das Kribbeln, das Prickeln unter meiner Haut, all das war noch zu frisch, als dass ich ihn heute um den Zauber hätte bitten können.

In der Umkleide war Javid aus der Flasche gekommen und schon da war alles wieder lebhaft und real gewesen, die Straße, das Rascheln im Wind, die Wärme.

Ich massierte mir die rechte Schläfe und tarnte diese Bewegung, indem ich mir danach die Haare aus dem Gesicht strich. Es war zum Glück nicht viel los und alle Tische waren versorgt. Bis die *Wish Hour* begann, hatte ich vielleicht schon genug Abstand gewonnen. Ansonsten würden Nika und Elyar heute mehr zu tun haben als sonst. Nika machte das normalerweise nichts aus, aber Elyars beleidigte Miene sah ich jetzt schon vor meinem inneren Auge.

»Es ist Putzzeit!«

Gerade noch rechtzeitig erwachte ich aus meinen Überlegungen – sonst hätte ich ein nasses Tuch im Ausschnitt gehabt. So fing ich den Lappen auf und hatte nur einen feuchten Fleck auf der Bluse.

Juli grinste mir zu und ging an mir vorbei zu Tisch acht und neun, die beide gerade abgeräumt worden waren. Ich folgte ihr wortlos und ebenso wortlos begannen wir damit, die beiden Tische abzuwischen, den Serviettenhalter und die Speisekarten geradezurücken. Früher hatte mir sogar das Freude bereitet. Heute fiel mein Blick auf die Karte und ich spürte das schwere Gewicht von Resignation in meinem Kopf.

»Hast du das eigentlich mitbekommen? Was an der Alster passiert ist?«, fragte Juli.

»Mh.«

»Irgendwie interessiert sich niemand außer mir so richtig dafür – ich versteh das nicht.«

Im Gegensatz zu einigen anderen Menschen hatte Juli aber eben auch ein Gespür für Magie, auch wenn sie selbst keine Hexe war.

»Sie kommt mir richtig vor«, hatte Bea nur gesagt, als wir uns alle gewundert hatten. Und seitdem arbeitete sie hier und brachte Bea zur Verzweiflung.

Hatte gebracht.

»Ich dachte, das war nur ein Werbegag«, sagte ich leichthin und schob die Servietten nach links.

»Das sagen so viele. Aber hast du mal gesehen, was da gewachsen ist?«

»Nein.«

»Blauregen.« Sie deutete an die Decke. »Wie dieser hier. In den gleichen Farben.«

Das hatte sie also auch gemerkt. Ich rückte die Servietten zurück nach rechts. »Also denkst du, Bea ist jetzt in die Werbung gegangen?«

Sie lachte. »Wer weiß. Vielleicht zahlt man ihr da besser.«

Ich hätte gern zurückgescherzt, aber mir fiel dafür kein Scherz ein. Da waren nur alte Fotos und Pas Notizen und der Bericht der Urteilsverkündung und alles daran war überhaupt nicht witzig. Ich richtete mich auf. »Kannst du dir Bea in der Werbung vorstellen?«

Und damit wollte ich eigentlich gehen, doch jetzt richtete sich auch Juli auf und nahm den Lappen in beide Hände. Ihre Locken umrahmten wie immer vorwitzig ihr sommersprossiges Gesicht, aber ihr Blick war ernst. »Keine Ahnung. Kann ich sie mir irgendwo vorstellen? Es ist ja nicht so, als würde ich viel über ihre Interessen wissen. Du?«

Ganz offensichtlich nicht. Ich hatte das immer gedacht, aber so langsam konnte ich mich selbst nicht mehr belügen. Meine Vorstellungen waren nicht die Realität. Vielleicht waren sie das nie gewesen. Auch das machte diesen Ort nicht gerade wärmer, trotz des Goldlichts und dem süßen Duft nach Holz und Zucker.

»Nein. Sie hat uns wohl nie viel von sich verraten.«

»Eben.«

Gemeinsam wandten wir uns in Richtung Küche.

»Sie hat sicher einen Grund dafür gehabt.« Juli hatte gewartet, bis wir die meisten Gäste in Hörweite passiert hatten. Sie sprach leise und musste sich zu mir hinunterbeugen. »Einen sehr guten Grund sogar.«

Dafür, uns nichts zu erzählen? Ja. Hunderte Gründe. Ihr eigener Ruf und der des Cafés mit inbegriffen.

Ich schloss die Hand fester um den Lappen. »Vielleicht wollte sie nicht, dass wir uns Sorgen machen.«

»Möglich. Aber das funktioniert nicht, oder?«

Wir kamen am Tresen an.

»Nein, wenn jemand urplötzlich verschwindet, macht man sich automatisch Sorgen«, sagte ich.

»Das mein ich gar nicht.« Juli legte die Arme auf der Holzfläche ab und ließ den Blick durchs Café schweifen. »Ich meine eher, dass sie als unsere Chefin trotzdem eine Beziehung zu uns hat. Und dann macht einem so was halt etwas aus. Ob sie uns nun Dinge verrät oder nicht.« Sie zuckte die Schultern. »Vielleicht würden wir sie besser verstehen, wenn sie uns mehr von sich erzählt hätte. Vielleicht könnten wir die Situation einschätzen und ich müsste nicht jeden Abend Bewerbungen schreiben.«

Letzteres sagte sie mit ihrem gewohnten frechen Grinsen, aber ich nahm den Satz erst viel zu spät richtig wahr.

Ich hätte gerne protestiert. Dass es manchmal Gründe gab, etwas besser nicht zu sagen – weil die Konsequenzen schlimmer waren als das Schweigen. Aber so wie Bea über sich geschwiegen hatte, schwieg ich über ihre Beweggründe.

»Du könntest auch einfach bleiben«, sagte ich und klang nicht ganz so scherzhaft, wie ich gehofft hatte.

»Aber möchte ich mit dem Schiff untergehen?«, fragte Juli und hielt mir die Tür zur Küche auf. »Das tut nur der Kapitän.«

Der Kapitän hatte das Schiff bereits verlassen.

Wir dachten das gleiche, ich sah es in ihrem Gesicht zucken. Ich schnitt ihr eine Grimasse. »Du hast heute philosophische Ideen.«

»Ja. Ist meine tiefgründige Phase, das war erst der Anfang. Du hättest mich gestern beim Eis essen erleben müssen.«

»Hauptsache, ihr lasst vor lauter Tiefgründigkeit nicht die Tür offen«, kam es von Isa. Rasch trat ich über die Schwelle, Juli ließ die Tür zuschwingen und nahm mir den Lappen ab.

Ich blieb kurz stehen, betrachtete die Küche, fühlte die Wärme des Ofens und vermisste die Heimeligkeit, die ich sonst immer gespürt hatte. Seit dem Besuch der Matri war es schlimmer geworden. Juli wollte kündigen und Isa wirkte kühl und distanziert – und manchmal hatte ich das Gefühl, sie beobachtete uns argwöhnisch, als hätte jemand von uns mit den Matri gesprochen und nicht sie. Als könnten wir uns nicht mehr vertrauen. Hätte ich sie nicht nach der Sache an der Alster fragen sollen? Fand sie auch, dass etwas hier nicht stimmte?

Denn irgendetwas passte hier nicht zusammen, der welkende Blauregen, der unfertige Ginko-Zauber, die Bienen, der Kampf an der Alster. War Bea hier oder geflohen oder geholt worden?

Irgendwo auf der anderen Seite dieser losen Enden und offenen Fragen musste sie sein und ich würde sie finden, auch wenn das nicht mehr all meine Probleme löste. Aber es ließ mich wenigstens nicht so leer zurück, wie ich mich momentan fühlte.

Und bevor ich untätig herumsaß und zusah, wie ich unterging, stürzte ich mich lieber in neue Pläne und versuchte, noch irgendetwas zu retten.

Wo auch immer mich das hinführte.

***

Zum Ende meiner Schicht hin wurde es ein wenig wuseliger im Café. Für mich kam das genau richtig.

»Bis morgen dann«, verabschiedete ich mich von Juli. Auf dem Weg zu den Umkleiden winkte ich Herrn Siemon ein letztes Mal zu, dann bog ich um Tisch sieben und hinter einen der Pfeiler, die mitten im Raum standen und um die sich vorwitzig der Blauregen nach unten rankte.

Das Glöckchen an der Tür bimmelte und Juli eilte davon. Meine Chance.

Statt durch die Tür in die Umkleiden zu verschwinden, steuerte ich die Tür zu den Toiletten an und schlüpfte in den Gang. Dann eilte ich die Treppe hinauf in Richtung Beas Privatzimmer.

In der Bauchtasche, in der wir Notizblock, Stift und Wechselgeld aufbewahrten, warteten die Flakons mit Kokos- und Pumpkin-Spice-Sirup. Meine Level-1-Geister würden nicht kommentieren, was ich tat. Und mich auch nicht tadelnd oder mitleidig anschauen.

Ich öffnete den Kokos-Flakon und konzentrierte mich für einen Moment auf das Kribbeln in der Nase, das der Kokos jedes Mal verursachte. Dann wisperte ich in die Flakonöffnung: »Hey, Häschen. Öffnest du die Tür für mich, als hätte ich einen Schlüssel?«

Und da war er, der duftende Nebel. Er brauchte eine Weile, um die Gestalt des Cappuccinotassen-Kaninchens anzunehmen, dann hoppelte er los, auf lautlosen Pfoten in die Tür und durch das Türschloss wieder hinaus. Es klickte und ich lächelte. »Danke dir. Komm.«

Ich drückte die Klinke hinunter.

Letztes Mal, so erinnerte ich mich, war mir der Raum mysteriös vorgekommen, wie ein Heiligtum. Jetzt hingegen war es eine verlassene Kammer, in dessen Bodendielen und Tapeten sich der Rauch von Räucherstäbchen eingebrannt hatte wie der Zigarettenrauch in das Pflaster der Hamburger Straßen. Wenn es denn Zigarettenrauch war. Vielleicht hing dort noch der Brand fest, auch nach fast zweihundert Jahren.

Ein Teil von mir wollte immer noch nicht glauben, dass Bea ein Feuer gelegt hatte, das die Altstadt niedergebrannt hatte. Ein anderer sah ganz deutlich ihre Liebe zu Räucherstäbchen, den immerwährenden Rauch, der über allem lag. Um die Bienen fernzuhalten und zu beruhigen, hatte sie gesagt.

Eine Hexe, die gern Rauch um sich hatte wie andere ihre Basis. Wie hatte ich es *nicht* sehen können?

Und gleichzeitig ergab es keinen Sinn.

Deshalb war ich hier.

Durch den Raum hinter der Wohnungstür wanderte ich noch etwas zaghaft und planlos. Ich schaute in den Schrank mit dem zarten, alten Porzellan und strich über das Polster des Sessels. War er vielleicht auch zweihundert Jahre alt?

Wie beim letzten Mal beugte ich mich über den Sessel, um einen Blick auf das Beistelltischchen zu werfen. Und stockte.

Die Zeitschriften waren fort.

Ich richtete mich wieder auf, diesmal weniger planlos, weniger zaghaft, ließ den Blick noch einmal durch den Raum schweifen. Hatte der Teppich letztes Mal genauso gelegen? Hatte die Lampe so nah am Sessel gestanden?

War jemand hier gewesen?

Ich warf einen Blick zur Küche hinüber, doch die hatte ich das letzte Mal nicht unter die Lupe genommen und ich würde nicht wissen, ob etwas fehlte. Also steuerte ich das Schlafzimmer an.

Das Fenster war offen – hatte ich es nicht geschlossen? Oder hatte ich nur gedacht, es schließen zu wollen?

Die Kälte war noch da. Aber das Bild auf dem Nachttisch fehlte. Ich kaute auf der Innenseite meiner Wange herum, der Frust ließ meine Augen brennen.

Was war mit den Zaubern hinter der geheimen Tür?

Mit einem Blick über die Schulter sah ich, dass der Zauber nicht erneuert worden war. Die Tür, beklebt mit Tapete, war sichtbar. Vielleicht hätten wir den Zauber erneuern sollen. Vielleicht wäre das besser gewesen.

Mir wurde klar, dass ich wieder nur auf einem Arm Gänsehaut hatte.

Genau wie am Domplatz.

Ich öffnete vorsichtig die Tür, wartete auf den schwelenden Rauch. Auf das Gefühl, zu ersticken. Aber nichts geschah.

Die Schalen voll Rauch waren fort, ebenso einige Packungen mit Räucherstäbchen. Das Zimmer wirkte aufgeräumter als zuvor. Verdammt.

Hatte hier jemand Beweise vernichten wollen? Oder welche mitgenommen, um sie zu untersuchen?

Ich verließ den Raum, durchsuchte den Schrank und die Küche nach irgendetwas, das mir mehr über Beas Vergangenheit verriet und kehrte nach einer Weile mit leeren Händen zurück ins Schlafzimmer. Dort starrte ich mal wieder aus dem Fenster in den Innenhof und war nicht einmal überrascht, als ein Summen hinter mir eine Biene ankündigte. Eine, keinen Schwarm.

Sie setzte sich auf meine Hand.

»Allein heute? Führst du mich diesmal zu Bea?«

Ich beobachtete ihren kleinen, flauschigen Körper und das leichte Zucken ihres Kopfes, während sie auf meiner Hand nach dem besten Magiepunkt suchte. Sie machte keine Anstalten, mich irgendwohin zu führen. Im Gegenteil.

»Dafür musst du den Handballen nehmen. Warte. Lass mich die Hand umdrehen.«

Vorsichtig drehte ich die Hand. Die Biene ließ von mir ab, floh auf den Fensterrahmen und zurück auf meine Hand. »Ja, genau da.«

Dann atmete ich tief durch.

Würde jemand, der so viele Leben mit einem Feuer aufs Spiel gesetzt hatte, eine Herberge für Bienen eröffnen?

Wie genau hatte Bea ihre Fehler wiedergutmachen sollen? Das Urteil hatte etwas davon gesagt, dass sie der Stadt dienen solle ... Tat sie das, indem sie Räucherstäbchen hortete und verbotene Zauber ausführte?

Was hatte sie vorgehabt?

Und wie?

»Und wieso habt ihr das geduldet?«, fragte ich die Biene. Das Tierchen wiederum löste sich von meiner Hand und schwirrte zurück in den Raum hinein. Auf meiner Hand blieben das Gefühl ihrer Füße und das leichte Kitzeln unserer Verbindung zurück.

Den Bienen war es egal, wofür man Magie einsetzte. Sie setzten sich auf meine Hand wie auf Isas oder Beas. Magie war Magie. Wir Hexen entschieden, was wir mit ihr machten. Unsere Intentionen gehörten zu uns, waren ein Merkmal unserer Persönlichkeit.

Ich wandte mich um und starrte die Tür zum geheimen Zimmer an, das nicht länger geheim war. Die Biene mied es, sie krabbelte an der Wand neben der Tür, stetig mit einem gewissen Abstand zum Eingang. Dort klebte ein Honigzauber, der Asche und Räucherstäbchen vertuschte. Dahinter lag ein Raum voll Rauch und reinigender Pflanzen. Das alles war Magie mit einer Intention, die etwas über Beas Persönlichkeit verriet.

Vielleicht musste ich hier doch nicht mit leeren Händen verschwinden.

»Hey, Häschen.«

Eine Brise voll Kokos, und das Kaninchen erschien vor mir. »Kannst du auf die Biene aufpassen und mich warnen, wenn sie sich aus dem Staub macht?«

Das Kaninchen zuckte mit den Ohren und ich nickte ihm zu. Dann machte ich mich an die Arbeit.

Die Schalen im geheimen Zimmer waren fort, aber in der Küche gab es Suppenteller, die sich ebenso eigneten. Es fühlte sich seltsam an, alles bereit zu legen, als wüsste ich genau, was ich tat – und als könnte ich es tun.

Ich wählte ein paar Räucherstäbchen, die ich bereits kannte und von denen ich wusste, dass ihr Geruch mich nicht völlig benebelte.

Pumpkin Spice würde meine Basis sein, dazu wählte ich Jasmin und Salbei. Ich streute die Katalysatoren in den Teller und legte die schwelenden Räucherstäbchen auf den Rand.

Im Schneidersitz vor dem Teller auf dem Boden ging ich im Kopf die Schritte durch, die ich als Nächstes tun musste.

Wenn ich eines von Beas Experimenten nachahmte, würde ich vielleicht ihr Ziel verstehen. Ihre Intention hinter alle dem. Allerdings musste ich mich der Magie dafür von der falschen Seite nähern. Ich wollte wissen, was sie mit dem Zauber vorgehabt hatte, aber ohne diese Information war es schwer, die Moleküle richtig zu verknüpfen.

Diese Situation kam mir so unheimlich bekannt vor. Nur ohne den Rauch.

Damals, als ich versucht hatte, Nika einen Deal anzubieten, hatte ich ebenso wenig gewusst, was ich tun musste. Ich hatte vierundzwanzig volle Stunden und hundertneununddreißig Zwei-Finger-Zauber dafür gebraucht, aber so viel Zeit hatte ich jetzt nicht. Und vielleicht war es auch nicht ganz so kompliziert wie ein Deal mit einem Flaschengeist.

Dennoch war es wohl das Beste, wieder in Schichten zu denken. Ich hatte nur zwei Finger zum Wirken, ich würde mich langsam vorantasten müssen.

Mit einer Wolke aus Weihrauch und Nelke fiel die erste Asche auf den Teller. Ich musste mich zwingen, nicht flacher zu atmen. Gedankenfetzen wollten nach oben, Erinnerungen an Rauch und Feuer und das Rumpeln von Reifen auf unebenen Straßen. Ich hielt mir das Bild von Bea vor Augen, wie sie in der Küche stand und in einer Schüssel rührte. Das war es, da wollte ich hin.

Also.

Salbei und Jasmin waren Reinigungspflanzen. Und ob Bea etwas reinigen wollte oder fernhalten oder verstecken – die Basis für solche Zauber war immer die Idee einer Schutzwand. Damit konnte ich starten.

Ich legte Daumen und Zeigefinger der rechten Hand aneinander und fegte meinen Kopf leer, konzentrierte mich auf die Mischung im Teller vor mir.

Funken sprangen, suchten verzweifelt nach dem Zucker unter der Asche. Aber es ging nicht, als wäre meine Basis begraben unter einer Lawine. Ich spürte, dass sie da war, aber ich konnte sie nicht erreichen.

Dabei war es nur so wenig Asche.

Ich war wirklich eine Niete im Zaubern geworden, ohne Übung, ohne Unterricht. Amber hätte das hier wahrscheinlich gemeistert. Aber Amber konnte ich nicht einweihen. Sie hätte mich ohnehin aufgehalten und das Gleiche würden auch die Geister versuchen. Allein deshalb musste ich das hier allein machen.

Ich biss die Zähne zusammen und versuchte es noch mal. Irgendwo da unten musste der Zucker schließlich sein, es war *meine* Basis, *mein* Kontakt zu den kleinen Göttern.

Ich spürte einen kleinen Punkt, der sich unter dieser Lawine farbig anfühlte. Es war schwer zu beschreiben, wie man seine Basis fand. Ein bisschen, als wäre sie bunt, ein Tupfen Farbe in einem grauen Bild.

Ich brauchte drei Anläufe, um meine Magie auf diesen Farbtupfen zu lenken, allmählich taten mir die Schultern weh vom verkrampften Sitzen. Aber schließlich gelang es, die Verbindung stand. Gut.

Von dort aus, unter der Lawine, fand ich den zweiten Tupfen, knüpfte langsam mein Netz und ließ es vorsichtig wachsen, sodass es zu einer Wand werden konnte. Die Asche war ständig im Weg, ließ mein Netz löchriger werden, blockierte die Richtung.

Ich fühlte mich, als würde ich durch tiefen Schlamm waten – es war widerlich und anstrengend zugleich.

Wie hatte Bea das nur gemacht?

Das Räucherstäbchen glomm weiter. Mehr Weihrauch-, mehr Nelkenaroma, mein Netz wurde begraben unter noch mehr toter Asche, zerfiel wieder in seine Einzelteile, ein schweres Gewicht in meinem Kopf. Mir wurde übel, ich knüpfte weiter.

Vielleicht hörte ich besser auf.

Aber dann hatte ich nichts.

Vielleicht war es ...

In diesem Moment klapperte das Fenster, stob auf, ein Windstoß fuhr durch den Raum und plötzlich wurde alles laut.

Ich verlor die Verbindung, wurde hinauskatapultiert aus meiner Basis und hinein in ein Getöse, das die Schachteln klappern und die Pflanzen rascheln ließ. Blätter wirbelten über den Boden, der Rauch aus den Stäbchen verteilte sich in unsteten Schlangenlinien im Raum.

Ich musste husten und kippte zur Seite, als der Boden dröhnte. Der Suppenteller vibrierte, bis Teile der Mischung über den Rand hüpften.

Es roch nach Pflanze und Rauch und halbgarem Zauber, und mein von Asche erfüllter Kopf verstand nicht annähernd, was hier gerade passierte. Ich hatte nicht einmal den ersten Zwei-Finger-Zauber fertig ausgeführt!

Ich stützte mich auf, schaute mit brennenden Augen durch den Raum – und erblickte neben dem Fenster etwas, das ich erst für eine optische Täuschung meines erschöpften Hirns hielt. Aber nein, die Luft dort glomm und flimmerte wie über einem Feuer oder über Asphalt im Sommer, eine formlose Gestalt schwebte vielleicht einen Meter über dem Boden. Ein Blatt des Efeus trudelte in ihrer Mitte und wurde hin und hergeworfen von den Luftströmen, die eigentlich nicht da sein durften.

Bea?

Wollte ich sagen, doch ich hatte nicht mal den Mund geöffnet, da schoss das Ding auf mich zu.

Ich kippte einfach wieder zur Seite, entging dem Geschoss um Haaresbreite. Es erwischte meine Jeans und hinterließ ein Brandloch dort, wo es den Stoff berührte.

Einen Moment lang starrte ich es an, die Information brauchte unendlich lang, um in meinem Bewusstsein anzukommen.

Es klapperte erneut, als Schachteln vom Tisch zu Boden fielen, ich warf mich hastig zur Seite und wieder fegte Luft an mir vorbei, nur Luft und ein paar Blätter und hintendrein Rauch, der sich mit dem Wind vermengte.

Ein Rauchmonster. Es verharrte kurz in der Ecke neben der Tür. Rauchkringel wuchsen empor, bis dort ein mannshoher Schemen auf mich hinunterblickte, mehr unförmiger Berg als Mensch, und doch hatte ich für einen Moment das Gefühl, dass es Arme und einen Kopf hatte. Mehr Zeit, es zu beobachten, gab ich mir nicht.

Ich versuchte, mich aufzurappeln, stützte mich versehentlich auf den Rand des Suppentellers, kippte ihn um. Ein Blumentopf fiel vom Tisch, die Splitter stoben bis in die Asche neben mir, der Boden bebte erneut und ich keuchte auf.

Der Rauch wurde einen Wimpernschlag lang regungslos.

Dann schoss er zum dritten Mal auf mich zu und ich wusste nicht, wohin ich fliehen sollte.

Das war unmöglich, mein Zauber war nicht beendet. Es war doch nur Luft, ein Windstoß! Wie konnte der Wind …

Ein Teil von mir wartete auf einen Aufprall oder Schmerz. Aber nichts davon kam. Stattdessen mischte sich unter den Rauch ein anderer Geruch, ein wohlbekannter, golden und warm und still.

Und da stand Javid. Er hatte noch nicht ganz seine Gestalt, seine Umrisse waren faserig und undeutlich. Aber der Wind war fort und das Lauteste im Raum war mein eigenes Herz, das gegen meinen Brustkorb hämmerte.

Binnen von Sekunden war alles wieder da, das Prickeln, der unsichtbare Faden, der mich in seine Richtung zog.

Und ich hasste mich dafür. Ich hätte mich selbst retten müssen. Allein. Stattdessen lag ich auf dem Boden und er musste kommen, um mich zu retten. Das war erbärmlich.

Ich setzte mich aufrecht hin. »Was machst du hier?«, fragte ich.

Erst jetzt bemerkte ich neben Javid den Widder, dessen Sirup ich für den Zauber benutzt hatte. Der Kleine war allerdings so schlau, sich abrupt in Nebel aufzulösen und in seinem Flakon zu verschwinden.

Javid hingegen war unerschütterlich, selbst bei meinem Tonfall. Er hockte sich vor mich, in seinen Augen glomm noch die Entschlossenheit, mit der er den Rauch vertrieben hatte.

»Dein kleiner Begleiter hat mich gerufen. Er hat sich um dich gesorgt – zu recht.«

Ich wusste, wie der Raum aussah. Und dass das wahr war. Dennoch sagte ich stur: »Ich kam gut zurecht.«

Er musste nichts sagen, um mir mitzuteilen, was für einen Unsinn ich redete. Ich presste die Lippen fest aufeinander und griff nach dem Suppenteller.

»Es hätte nicht ich sein müssen.« Javid richtete sich wieder auf, zeitgleich mit mir. »Nika oder Elyar hätten dich ebenso gern begleitet und es wäre weniger gefährlich für dich gewesen.«

»Darum geht es gar nicht.« Schon wieder totaler Unsinn. Natürlich war es mir auch darum gegangen, nicht in Javids Nähe zu kommen.

Ich hatte fünf Geister, aber er war immer derjenige gewesen, für den ich mich im Zweifelsfall entschieden hatte. Der, dessen Blick ich zuerst suchte, und der, auf den ich mich immer verlassen hatte. Weil ich gewusst hatte, dass er da sein würde.

Ich hatte Nika und Elyar nicht absichtlich sitzengelassen. Sie waren einfach nur keine Alternative gewesen.

Dieser Gedanke erschreckte mich. Es stand schlimmer um mich, als ich gedacht hatte. Wie lange machte ich mir eigentlich schon etwas vor?

»Rosa«, sagte Javid, seine Stimme sanft und ruhig, ein Windhauch auf meiner Haut.

Dann wurde die Tür zur Wohnung aufgerissen und schnelle Schritte erklangen in den angrenzenden Räumen. Ich schaffte es gerade noch, mich zur Tür zu drehen – dann stand Isa im Türrahmen.

Ihre dunklen Augen schienen das Chaos innerhalb weniger Sekunden zu erfassen. Oder vielleicht brauchte sie das auch gar nicht. Sie sah einfach mich inmitten von Blättern und Asche mit einem Loch in der Jeans und polterte los. »Was um Himmels Willen ist hier los? Seid ihr verrückt geworden? Das ganze Café hat gewackelt!«

Ich schluckte und wollte etwas erwidern, aber Isa war schneller. Ihr fuchsteufelswilder Blick erfasste Javid. »Und wer ist das? Was habt ihr hier oben zu suchen?«

Ich musste sie irgendwie beruhigen.

»Ich bin ihr Mitbewohner«, sagte Javid da auch schon, wie immer ganz ruhig. Während alles andere in diesem Raum unter Isas Wut zu knistern schien, blieb er unberührt davon. Ich hätte alles dafür gegeben, das auch zu können. Unberührbar zu sein, statt ständig fliehen oder mich ducken zu müssen. Aber er war er.

Und ich war nur ich.

»Hier war jemand in der Wohnung. Die haben Beas Räucherstäbchen mitgenommen – und die Zeitschriften mit Rezepten«, sagte dieses Ich und hoffte, damit vom Thema ablenken zu können.

Zu meiner Überraschung war Isa nicht schockiert, sondern nur noch wütender. Es zuckte in ihrem Gesicht. »Haben sie, ganz recht.« Sie machte eine allumfassende Geste in den Raum hinein. »Das waren die Matri, Rosa. Die dazu befugt sind, im Gegensatz zu dir!«

Ich starrte Isa an. Die Matri hatten Beas Experimente gesehen? Also hatte Isa ihnen von Beas Verschwinden erzählt?

Aber wir hatten doch besprochen, kein Wort darüber zu verlieren ... Warum hatte sie ihre Meinung geändert und uns nicht einmal miteinbezogen?

»Wie konntest du nur?« Isa schüttelte den Kopf, ein paar lose Strähnen tanzten um ihr Gesicht. Sie schaute auf den Suppenteller in meiner Hand. »Wolltest du ein paar illegale Dinge durchziehen, jetzt wo Bea weg ist? Hast du nichts Besseres zu tun?«

Jedes dieser Worte tat weh.

Ich drückte die Schultern durch und starrte eisern zurück – es sollte wenigstens so aussehen, als würde sie mir nichts anhaben können.

Ich hatte das nicht zum Spaß gemacht, sondern für Bea. Um sie zu finden, am besten, bevor die Matri es taten und sie mitnahmen. Damit ich eine Erklärung von ihr bekam, weshalb das alles passiert war. Um zu verstehen. Und von da aus eine Lösung für mich zu suchen.

Aber Isa konnte ich das nicht erklären – also schwieg ich. Und schaute nur stolz zurück, mimte die Selbstsichere, während in meinem Inneren etwas schrie und um sich schlug, dass das alles nicht richtig war.

***

Auf dem Rückweg flankierten Nika und Javid mich wie eine Strafgefangene auf dem Weg in die Zelle. Nika hatte sich bei mir untergehakt und ich schwankte zwischen Ärger, dass sie beide taten, als würde ich einen Aufpasser benötigen, und Erleichterung, weil ich nicht allein mit Javid war.

Wie lange würde ich brauchen, um meine Gefühle wieder zu beruhigen? Ich fühlte mich verletzlich, das Letzte, was ich wollte.

Ich ließ den Blick starr geradeaus gerichtet und marschierte zügig in Richtung S-Bahn.

»Das war gefährlich, Prinzessin«, sagte Nika, kaum dass wir um die Ecke gebogen waren. »Das weißt du, oder?«

»Ich habe einen Zauber ausprobiert«, erwiderte ich. »Daran ist nichts Gefährliches.«

»Du hast einen Aschezauber ausprobiert«, verbesserte Javid mich und ich ging nicht darauf ein.

Nika seufzte. »Dennoch solltest du zumindest die Flakons dabeihaben, um uns rufen zu können.«

»Ich hatte Flakons dabei.«

»Aber nicht ...«

»Hör mal, Nika.« Ich warf ihr einen genervten Blick zu. »Ich hatte Geister dabei, um zu zaubern. Was da oben passiert ist, war nicht mein Zauber. Und ich kann euch nicht ständig mitnehmen, für den Fall, dass komischer Wind zum Fenster reinkommt.«

»Wenn du einen Zauber mit Asche versuchst ...«

»Asche blockiert Magie. Was genau hätte passieren sollen?«

»Es ist aber etwas passiert!«

Ja. Aber was?

Ich schüttelte den Kopf und gab es auf. Ja, Nika hatte sich Sorgen gemacht. Aber ich konnte nicht rund um die Uhr auf Flakons angewiesen sein, das war Irrsinn.

Sie waren durch einen Deal an mich gebunden. Wenn ich vollkommen von ihnen abhängig war ... was geschah, wenn sie den Deal lösten?

Und das konnten sie. Jederzeit. Ich hatte nur immer gedacht, dass wir zu sehr Familie waren und dass sie es deswegen nicht tun würden. Wie naiv.

Ich musste mich zwingen, Javid nicht anzuschauen. Meine Gedanken jedoch flogen zu ihm.

Ich war jetzt schon abhängig von ihnen, verließ mich viel zu sehr auf ihre Hilfe. Das durfte ich nicht.

Sie waren meine Geister. Sie hatten nicht meine Ziele, meine Interessen. Für sie war ich ein Mensch, der ihnen Freiheit angeboten hatte.

Ich war allein mit dieser Sache und ich musste sie allein hinbekommen.

Und genau in diesem Moment sagte Javid: »Du musst uns nicht ständig dabeihaben. Aber vergiss nicht, dass du dir Hilfe suchen kannst, wann immer es nötig sein könnte.«

»Ich weiß«, sagte ich.

Und das war nicht gelogen. Ich würde Hilfe suchen. Aber ich würde mich nicht abhängig machen.

Von niemandem.

Kapitel 18

Normalerweise waren spontane Filmabende etwas, das mir den ganzen Tag rettete. Heute machte mich der Gedanke nervös. Aber das war kein Grund, keinen Filmabend zu machen.

Gerade lief ich zum Supermarkt hinüber, der gegenüber auf der anderen Seite der Lübecker Straße lag.

In meiner Hosentasche steckte der Flakon mit Kokossirup. Das Kaninchen war so hibbelig durch die Wohnung getanzt, dass ich es lieber mitgenommen hatte.

Auf meiner Liste standen Nachos und Eiscreme. Elyar mischte aus dem Restgemüse im Kühlschrank einen Salat und Nika hatte noch ein Kräuterbaguette im Tiefkühlfach gefunden.

Theoretisch hätte ich mir einfach Eiscreme wünschen können – doch zum einen hätte ich sie dann nicht bezahlt und zum anderen hatte ich gern paar Minuten für mich.

So betrat ich also wenig später den Laden, lief vorbei am energiereichen Gemüse und den Kühlregalen mit energielosem Fleisch. Wobei Nachos und Eiscreme zugegebenermaßen auch nicht allzu energetische Lebensmittel waren. Früher hatte ich meine Liebe für Süßigkeiten damit gerechtfertigt, dass Zucker meine Basis war. »Für euch ist das vielleicht nicht energetisch, aber für mich schon!«

Jetzt, wo ich kaum noch Bindung zu meiner Basis hatte, konnte ich sagen: Ich mochte Süßes einfach.

Da fiel mir ein ...

Vor dem Regal mit Backzutaten machte ich Halt und begutachtete die verschiedenen Packungen mit Zucker. Die Bonbons für die beiden Kleinen waren doch fast leer – und jetzt, wo ich Karamellsirup für eine Weile nicht mehr benutzte, würde ich vielleicht etwas Neues brauchen. Vanillesirup hatte ich zum Beispiel schon lange nicht mehr gehabt.

Ein bisschen Herumhantieren mit Zucker würde mich vielleicht wieder an die alte Rosa erinnern, die ich sein wollte. Momentan kam sie mir fast unerreichbar vor und meine Kopie von ihr wirkte steifer denn je.

Ich streckte die Hand nach dem Zucker aus – da fiel am Ende der Reihe eine Packung Mehl aus dem Regal. Zum Glück nicht so, dass sie aufplatzte. Nur eine Ecke löste sich und feiner weißer Staub legte sich auf den gefliesten Supermarktboden.

Ich runzelte die Stirn und tat einen Schritt in Richtung der Packung, um sie aufzuheben. Wieso auch immer sie gerade …

Hinter mir kippte eine Packung Zucker aus dem Regal.

Ich wirbelte herum, gerade rechtzeitig, um zu sehen, wie die Kuchendekors aus der oberen Reihe nach vorne kippten und rasselnd auf dem Boden aufkamen. Eine zweite Packung Mehl fiel hinter mir und ich spürte einen kleinen Luftwirbel im weißen Staub.

Die Härchen auf meinem Arm stellten sich auf und meine Finger wurden kalt.

Bea?

Aber ich hörte keine Bienen.

Links und rechts zu den Regalreihen spähte ich nach anderen Besuchern des Marktes, eine Frau in bunt zusammengewürfelten Klamotten schlurfte vorbei, war aber zu eingenommen von den Regalen auf der gegenüberliegenden Seite, um das Chaos um mich herum zu sehen.

Meine Finger tasteten nach dem Flakon in meiner Hosentasche. »Hey, Häschen.«

Das Mehl am Boden bewegte sich, die Luft darüber flimmerte. Nur einen Moment, nur ganz leicht. Dennoch fühlte ich mich, als würde mir der Atem aus den Lungen gepresst.

Ich zog den Flakon hervor, legte die Hand an den Deckel ...

Und dann war die Kälte so plötzlich fort, wie sie gekommen war, die Gänsehaut legte sich wieder. Ich war allein mit meiner viel zu kleinen Lunge und zitternden Fingern.

Ich räumte die Packungen zurück ins Regal, ungeachtet der verwunderten Blicke anderer Leute, die vorbeikamen. Dann griff ich wahllos eine Packung Zucker, holte Nachos und Eiscreme und stellte mich an der Kasse an.

Das mulmige Gefühl in meiner Brust verschwand jedoch erst, als ich die Haustür hinter mir geschlossen hatte.

***

»Die Eiscreme zu Nika und Rosa, und die Nachos kommen zu ... Hey. Du sitzt auf meinem Platz.« Elyar hatte die Nachos schon fast abgestellt. Jetzt richtete er sich wieder auf und sah vorwurfsvoll auf Javid hinunter, der im Sessel saß und in seinem Buch las. »Seit wann sitzt du da, du sitzt immer auf dem Sofa.«

»Genau deshalb.« Javid lächelte. »Wir sollten mal Abwechslung in die Sache bringen.«

»Können wir das wann anders machen?«

»Du darfst den Film aussuchen. Dann solltest du ihn auch vom besten Platz aus anschauen und das ist vom Sofa.«

Wo er recht hatte ...

Ich war mir allerdings sicher, dass das nicht der Grund war, weshalb Javid sich in den Sessel gesetzt hatte. Mir kam es eher so vor, als hätte er den Platz gesucht, der am weitesten weg von mir war. Sonst saßen wir immer gemeinsam auf dem Sofa, Nika zu meinen Füßen.

Ich hockte bereits auf meinem Platz, knabberte an einem Stück Kräuterbaguette und beobachtete das Geschehen. In meinem Kopf widersprüchliche Gefühle – Dankbarkeit, weil Javid von selbst Abstand nahm, und gleichzeitig Widerwillen, weil mich das traurig machte. Und nicht dazu führte, dass ich ihn weniger mochte.

Wie lange hatte es gedauert, bis ich über Indigo hinweg war?

Wie lange würde es bei Javid dauern?

Nun – zwischen Indigo und mir war eine ganze Kindheit gewesen, die ersten Gefühle, der erste Kuss, das erste Mal. Javids und meine Geschichte war nicht so lang. Das würde sicher einfacher werden.

Hoffte ich.

Und das alles versteckte ich hinter der Scheibe Kräuterbaguette, die ich so langsam kaute wie möglich.

»Hat schon jemand den Film rausgesucht?« Nika kam mit dem Salat, stellte ihn auf den Tisch und verteilte Schalen an unsere Plätze. Dann setzte sie sich zu meinen Füßen auf den Boden und als dann immer noch keine Antwort kam, sah sie zu Elyar und Javid hinüber. »Nein? Dann wird's aber Zeit, oder?«

Die beiden anderen warfen bedeutsame Blicke hin und her. Schließlich gab Elyar auf, schnitt Javid eine Grimasse und setzte sich neben mich auf das Sofa, scheuchte den kleinen Widder von der Fernbedienung und scrollte sich durch die Filmliste.

Ich steckte mir das letzte Stück Baguette in den Mund und begann damit, Nikas Haare zu flechten, um mich zu beschäftigen.

»Prinzessin?«, fragte Nika.

»Ja?«

»Du hast Flecken an der Hose. Ist das Mehl?«

Sie klopfte auf meinem Hosenbein herum.

»Ja.« Ich zupfte an meiner Hose, bis Nika aufhörte zu klopfen. »Mir ist im Supermarkt eine Packung Mehl aus dem Regal gefallen. Als ich den Zucker gekauft habe.«

Im Nachhinein fragte ich mich, warum ich ihnen nicht die Wahrheit gesagt hatte. Sie hatten gesehen, was an der Ratsmühlendammbrücke passiert war. Und einen Bruchteil dessen, was in Beas Zimmer gewütet hatte. Sie wussten vom Blauregen und dem Feuer an der Alster. Und trotzdem fühlte ich mich, als könnte ich es ihnen nicht sagen. Ich wollte weder ihre alarmierten Gesichter sehen noch hören, dass ich sie überall hin mitnehmen musste. Ich kam klar. Allein.

Elyar suchte einen Film aus, *Fondant au coeur*, ein Liebesfilm.

»Das ist jetzt unerwartet. Sicher, dass du den sehen willst?«, fragte Nika.

»Der muss gut sein, wurde mir empfohlen.«

»Von deinem Date?«

»Das hast du jetzt gesagt.«

Der Vorspann begann und sie lehnten sich zurück, sodass ich sie alle im Blick hatte. Nika mit dem Sphinx-Lächeln und der halb geflochtenen Strähne. Elyar mit den geschwungenen Lippen und strahlenden Augen. Javid mit dem spöttisch gehobenen Mundwinkel.

Der Widder und das Kaninchen hockten auf dem Tisch und knabberten an einem Bonbon aus der Dose neben der Kaffeemaschine.

Fünf Geister und ich.

Fünf Deals, die sie an mich banden.

Eine Familie und doch keine.

Ich hatte mich zwischen ihnen noch nie so einsam gefühlt wie jetzt.

***

Nika starrte fast unablässig auf ihr Handy, während die Bahn an Gärten und Werbeplakaten vorbeiruckelte. Ein Schmunzeln hatte sich in ihr Gesicht gebrannt und irgendwann war meine Neugier zu groß. »Was liest du da eigentlich die ganze Zeit?«

»Ich?« Jetzt nahm sie den Blick vom Bildschirm. »Nichts Besonderes. Flo erzählt gerade ein paar lustige Sachen.«

Flo?

»Ich dachte, das war nur ein One-Night-Stand?«

Nikas Schmunzeln wurde breiter. »Eigentlich schon, aber jetzt schreiben wir. So richtig davon los kommt man eben doch nicht.«

Das war nun wirklich das Letzte, was ich momentan hören wollte. In jedweder Angelegenheit. Ich wäre lieber von allem losgekommen. Vom Café, von meinem eigenen Unvermögen, von Pa und dieser dämlichen Bewerbung, die ich tatsächlich angefangen hatte zu schreiben. Von den Bienen und der Kälte und den fallenden Zuckerpackungen im Supermarkt.

»Und ein paar Leute wollen gleich noch in ein Café«, sagte Nika jetzt, der Blick wieder auf ihrem Handy. »Wir haben erst später Schicht, oder? Willst du mitkommen?«

Ich schüttelte den Kopf. »Geh ruhig. Ich bin verabredet.«

»Oh. Mit wem?«

»Mit Indigo.« Ich ignorierte ihren fragenden Blick. »Ich steig also vor dir aus.«

Und so verließ ich Nika am Jungfernstieg und sie blieb mit ihrem fragenden Blick in der Bahn zurück. Ich wusste selbst noch nicht, wie gut oder schlecht dieses Treffen laufen würde, und solange wollte ich ihr nicht davon erzählen.

Ich war ein bisschen früh, also stellte ich mich auf die Brücke neben den Alsterarkaden und schaute auf die Kleine Alster hinaus, beobachtete das Treiben der Wellen unter mir und die fröhlich im Wind flatternden Flaggen. Es war ein heller Tag und die Torbögen der Arkaden warfen lustige Muster auf den Weg.

Im Sommer spazierte ich gerne von hier zur Arbeit, um mir das Treiben anzuschauen, das Licht- und Schattenspiel unter diesen eleganten weißen Bögen. Es erinnerte mich an Bilder von Paris oder Venedig, an ein Weit-weg, das ich nicht besuchen würde.

Ich hatte ein schlechtes Gewissen wegen dem, was ich vorhatte. Indigo hatte so fröhlich geklungen, als ich ihn um ein

Treffen gebeten hatte – aber ich wollte mich nicht annähern, im Gegenteil.

Ich atmete tief durch.

Und dann sagte jemand neben mir: »Hey.«

Es war nicht Indigo, aber eine ebenso bekannte Stimme. Ich blinzelte, weil das helle Sonnenlicht auf den weißen Mauern blendete, und musterte dann überrascht Amber, die überhaupt nicht überrascht wirkte. Ihre Ohrringe glitzerten mir entgegen, der tiefe Pferdeschwanz war mit einem Tuch zusammengebunden und in ihrer hellen Bluse und der beigen Stoffhose wirkte sie unheimlich adrett und erwachsen.

»Hey«, sagte ich und griff automatisch nach meinem Handy in der Hosentasche.

»Ist Indigo noch nicht da?«, fragte Amber.

Nein, offenbar nicht. Ich schüttelte den Kopf, warf einen Blick auf mein Handy und sah seine Nachricht.

Komme später, warte nicht auf mich.

Ich steckte das Handy zurück. »Er sagt, er kommt später und ich soll nicht warten.«

Amber verdrehte die Augen. »Diese Pflaume. Das war garantiert Absicht von ihm.«

»Absicht?«

»Na, er hat mich gefragt, ob ich ihn begleite, weil du bei etwas Hilfe brauchen würdest. Gestern sagte er dann, ich solle lieber direkt hinfahren. Und jetzt kommt er plötzlich später?«

»Hoffentlich ist nichts passiert.«

Ich sah mich um, als würde er auf der anderen Straßenseite stehen. Tatsächlich wollte ich Amber in diesem Moment einfach nicht ansehen. So hatte ich mir das nicht gedacht. Ich hatte extra nicht Amber gefragt.

»Ich denke nicht.« Amber winkte ab. »Er wollte bestimmt, dass wir Zeit zum Reden haben.«

Ich runzelte die Stirn. »Warum sollte er?«

Amber ließ den Blick über das Wasser schweifen. »Er sagte letztens, wir würden zu wenig reden. Wie auch immer, hier herumstehen will ich auch nicht. Sollen wir uns irgendetwas gönnen?«

»Hier ist guter Bubble-Tea-Laden die Straße runter.« Mochte Amber Bubble Tea? Ich wusste es nicht. Ich kannte den Laden selbst nur, weil Elyar ihn einmal hatte ausprobieren wollen. Aber jetzt war er meine Rettung, weil es dort keinen Macchiato und keinen Karamellsirup geben würde.

Ambers Blick streifte die Arkaden. Sie nickte. »Klar, klingt gut.«

***

Wir bestellten und spazierten mit unseren Bechern zurück Richtung Wasser.

Ich nippte an meinem Milchtee und verschluckte mich beinahe an einer Boba-Perle. Mein Blick schwang zu Amber neben mir hinüber, die entspannt an ihrem Strohhalm sog und absolut keine Probleme mit feststeckenden Perlen zu haben schien. In ihrem Becher zeichnete sich allerdings auch nichts ab, was nach Perle oder Tapioka aussah. Ich beugte mich ein Stück vor. »Was hast du genommen?«

»Jasmintee.«

»Mit?«

»Nichts.« Amber trank wieder einen Schluck. »Momentan versuche ich, mich so energiereich wie möglich zu ernähren. Damit ich durch die Tests komme vor den Prüfungen.«

So weit dachte sie vor? Die Tests waren doch wahrscheinlich erst im Juni oder Juli.

Ich nickte und trank von meinem Milchtee mit braunem Zucker und fühlte mich schlecht.

»Hat mich auch überrascht, dass du Bubble Tea vorgeschlagen hast«, sagte Amber. »Bist du den Kaffee leid?«

»Vielleicht. Für kurze Zeit zumindest.«

»Das wäre das erste Mal seit fünf Jahren.«

Ich zuckte die Schultern. »Irgendwann braucht jeder mal eine Pause.«

»Das stimmt. Sie kommt nur so unerwartet.« Amber grinste. »Aber mit Überraschungen kennst du dich ja gut aus.«

Spielte sie auf meinen Studiengang an? Oder darauf, dass ich Pas Angebot angenommen hatte? Auf beides wollte ich nicht reagieren. »Vielleicht werde ich sprunghaft mit dem Alter.«

»Du bist nicht alt, Rosie.« Amber verdrehte die Augen. »Und auch nicht sprunghaft. Du warst immer der Plänemacher von uns – Indigo ist mit dem Kopf voran ins Unglück gestürzt.«

»Und du hast ihn dafür verprügelt.«

»Ich hab ihm einen geschwisterlichen Klaps gegeben. Das ist was anderes.«

»Ach so.«

Amber lächelte. »Deshalb war ich auch ein bisschen verwundert, als Indigo meinte, du hättest ihn angeschrieben und nicht mich. Verrätst du mir, warum?«

»Wieso fragst du?« Ich schloss die Lippen um den Strohhalm – nicht um zu trinken, sondern um keine Miene zu verziehen.

»Er meinte, es ginge eigentlich um mich. Deshalb wollte er, dass ich mitkomme.«

Diese Labertasche.

Ich hatte Indigo angeschrieben, weil es mir sicherer vorgekommen war. Ihn konnte ich eher überzeugen als Amber. Dann hätte ich ihn gebeten, mit Amber zu reden, statt es selbst zu tun. Über Ecken wäre das viel einfacher gelaufen – und ich hätte mich nicht ihrem aufmerksamen Blick aussetzen müssen.

»Beim letzten Samstagsessen ging es darum, wie beschäftigt du momentan bist. Ich wollte dir nicht die Zeit stehlen«, sagte ich schließlich.

Amber lachte auf. »Du weißt doch genau, dass ich unter Strom am besten arbeiten kann. Wie du, oder nicht? Also komm, Indigo taucht wahrscheinlich eh erst auf, wenn wir schon fertig sind.«

Wir erreichten den Flaggenplatz und lehnten uns an den dunklen Stein, blickten hinaus aufs Wasser. Ich tat, als würde ich das sprudelnde Wasser der Alsterfontäne beobachten, und zögerte viel zu lang. Dabei hatte ich entschlossen vorgehen wollen. Ich wollte Bea finden. Und Amber hatte recht, vielleicht würde Indigo auch gar nicht auftauchen, um uns Zeit zu geben – wenn er tatsächlich dachte, dass wir reden sollten. Schön. Also redete ich. »Ich fühle mich nicht vorbereitet für die Ausbildung. Es ist ewig her, seit ich magisch unterwiesen wurde, also möchte ich mehr lernen. Ich würde mir gern Bücher aus der WUH-Bibliothek leihen, aber da kommt man als Nicht-Student nicht dran.«

Amber schüttelte den Kopf. »Denk das nicht. Die Unterlagen deiner Ma sind weitaus umfangreicher und praxisnaher als die verstaubten Bücher da vor Ort. Fang damit an, ehrlich. Hast du schon einen Blick hineingeworfen?«

Hatte ich nicht.

»Trotzdem«, erwiderte ich. »Ich bin nicht vorbereitet. Und das würde ich gern ändern.«

Amber schien darüber nachzudenken. Zumindest nippte sie an ihrem Getränk und auf ihrer Stirn entstanden langsam ein paar Falten. Die Sekunden verstrichen, ein kühler Wind vom Wasser her machte mir Gänsehaut auf den Armen.

Amber und ich – wir waren Freundinnen und Rivalinnen gewesen, seit wir gemeinsam auf Pas Teppich gespielt hatten. Wenn das jemand verstand, dann sie. Sie würde mir bestimmt Zugang zur Bibliothek beschaffen. Und dann hatte ich die Infos, die ich brauchte, suchte Bea und brachte alles wieder in Ordnung. Ganz bestimmt.

»Ist das wirklich alles?«, fragte Amber da und riss mich aus meinen Gedanken.

»Alles?« Ich wiederholte es unabsichtlich. »Wieso?«

Die Falten auf ihrer Nasenwurzel waren wieder da. Sie sah nicht so verständnisvoll aus, wie ich gehofft hatte. »Du möchtest nicht noch etwas anderes mit den Büchern anfangen wie in Jans Büro? Oder dir kurzfristig überlegen, die Ausbildung doch nicht zu machen?«

Ich fühlte mich ertappt. »Nein, wieso sollte ich das?«

»Ich weiß es nicht, Rosie. Aus demselben Grund, aus dem du ganz plötzlich zugesagt hast, obwohl du nicht sicher warst? Erklär du es mir. Ich würde es gerne wissen.«

Irgendetwas stimmte nicht. Das war nicht die Amber, die ich kannte. Die mich strahlend umarmte und in Erinnerungen schwelgte. Ich wollte den Teebecher an die Lippen heben, stellte ihn dann jedoch auf dem Geländer ab, um nicht so nervös zu wirken. »Ich verstehe nicht, was du meinst.«

Ein frustrierter Zug legte sich um ihre Mundwinkel. Amber nickte langsam. »Seit du wieder da bist aus Asien, riechst du nach Karamell, weißt du das? Ganz unverwechselbar.«

Was?

Ich wollte verneinen, und zwar ganz heftig. Ausgerechnet Karamell. Aber Amber fuhr fort. »Und jetzt rate, was ich gerochen habe, als die Einbrecher aus der WUH-Bibliothek an mir vorbeigelaufen sind.«

Karamell. Javid und mich. Hand in Hand.

Die Gänsehaut kroch meinen Arm hinauf bis in meinen Nacken. Am liebsten wäre ich jetzt einfach gegangen.

Aber ich blieb stehen und bemühte mich um einen festen Blick. »Bitte was?«

»Ich war mir erst nicht sicher«, sagte Amber. »Aber dann bin ich zu dir in Jans Arbeitszimmer gekommen. Am Samstag. Und da roch es genauso. Ich bin nicht dämlich, Rosie. Also versuch bloß nicht, mich anzulügen.«

Ihre Lippe zitterte – nein, ihr ganzer Körper. Sie hatte Tränen in den Augenwinkeln und das war nicht gut.

Amber weinte nie aus Trauer.

Amber weinte nur, wenn sie wütend war.

Ich schluckte, aber mein Hirn funktionierte nicht mehr. Wenn ich unschuldig gewesen wäre, was hätte ich gesagt? Hätte ich es abgestritten? So getan, als wüsste ich von nichts?

»Du irrst dich«, sagte ich. Und es klang überhaupt nicht überzeugend.

Vor allem reichte es nicht.

Amber entfuhr ein kleines Schnauben, der Becher in ihrer Hand knisterte, weil sie die Hände zu fest darum schloss. »Tu ich das?«

Mein Herz klopfte mir schmerzhaft gegen die Rippen. »Ich verspreche dir, es ist alles normal mit mir, Amber. Wirklich!«

Meine Worte waren Öl, das ins Feuer gegossen wurde. »Normal?« Ambers Stimme ließ einige Leute um uns herum aufhorchen. »Normal ist es doch schon seit Ewigkeiten nicht mehr! Du hast uns für Asien zurückgelassen und danach offenbar beschlossen, dass wir alle nicht mehr cool genug für dich sind.«

Das war nicht wahr. Im Gegenteil. Ich schüttelte den Kopf. »Niemals.«

»Was dann? Wenn ich nicht mehr gut genug bin, sei es so. Aber dass du sogar alles in den Sand setzt, wofür Jan sich so bemüht hat ...«

»Halt Pa da raus!« Ich machte eine aufgebrachte Bewegung und mein Becher kippte um. Die Eiswürfel raschelten, das Plastik knisterte. »Er hat damit nichts zu tun.«

»Wirklich? Er hat dich allein großgezogen. Sich dafür eingesetzt, dass du die Uni besuchen kannst – und seine einzige Tochter geht hin, sagt der Magie ab, will nicht mal mehr mit ihm essen, geht an irgendeine dämliche, stinknormale Uni und bricht in eine Bibliothek ein? Und das ist *normal* für dich, ja?«

Sie hatte leise gesprochen, als das Thema auf die Magie kam. Aber jedes gezischte Wort war wie ein Messer in meiner Brust und am Ende wünschte ich, sie hätte geschrien. Unbarmherzig fuhr sie fort. »Du hast so viel Potenzial, Rosa, und du machst das alles zunichte. Und für was?«

Für euch.

Ich wollte es ihr ins Gesicht sagen.

Für euch, für Pa, damit ihr mich nicht mit enttäuschten Mienen verstoßt und ich nicht mehr existiere. Damit Pa nicht Ma und mich verloren hat!

Aber ich konnte es ihr nicht erklären, und so blieben mir die Worte im Hals stecken. Ich starrte Amber einfach an, mit brennenden Augen und schmerzender Kehle.

»Und dich scheint das wohl alles überhaupt nicht zu interessieren. Nichts davon«, sagte Amber mit bitterem Unterton.

Das stimmte nicht. Es tat weh. Alles.

Amber schulterte ihre Tasche. »Ich vermisse meine Rosa. Die, mit der ich reden konnte. Die, die mir ins Gesicht gesagt hätte, was ihr Problem ist. Die, der ich vertrauen konnte. Aber offenbar ist die damals in Asien verschollen und wurde durch einen Roboter ersetzt.«

»Das meinst du nicht ernst.«

Sie trat einen Schritt zurück. »Interessiert dich das denn wirklich?«

Und auch darauf konnte ich nichts sagen.

»Mach, was du willst, Rosa. Hauptsache, du wirst glücklich damit.« Das klang nicht so, als würde sie es ernst meinen. Sie spie es mir entgegen.

Dann stapfte sie davon, Tuch und Haar wehten im Wind.

Zurück blieben die Echos ihrer Worte und das Gefühl, etwas furchtbar falsch gemacht zu haben.

***

Ambers Worte hingen in meinem Kopf fest wie Kletten an Baumwolljacken. Selbst wenn ich sie ausblendete, ans Café oder meine Hausaufgaben dachte, waren sie unterschwellig da. Ich spürte, wie sie hinter meinen Augen brannten und in meinen Schläfen schmerzten.

Für euch.

Ich schrie es hundertmal im Kopf und sprach es kein einziges Mal aus.

Die Geister waren nach der Schicht im Café allesamt in ihren Flakons verschwunden und so war die Wohnung still und leer, bis ich die kleinen Fläschchen auf der Küchentheke aufgereiht hatte.

Ich wollte mit Nika auf dem Sofa kuscheln, Elyars Erzählungen zuhören und Javids ... Nein, von Javid wollte ich lieber gar nichts.

Seit du wieder da bist aus Asien, riechst du nach Karamell, weißt du das? Ganz unverwechselbar.

Ich stellte die Kaffeemaschine an, schnappte mir meinen Laptop und setzte mich aufs Sofa. Kaum, dass ich saß, war Nika auch schon neben mir. »Und, wie war dein Treffen mit Indigo?«

Fast im selben Moment tauchte Javid in der Küchenecke auf und holte Tassen aus dem Schrank. Und Elyar saß auf dem Boden vor dem Wohnzimmertisch und stützte die Ellenbogen darauf.

Das Kaninchen und der Widder schauten Javid dabei zu, wie er Kaffee machte. Alles daran sah beruhigend und bedächtig aus. Ein unsichtbares Band zog mich dorthin, wo alles friedlich und ruhig war.

Und das war so was von falsch.

»Super«, sagte ich auf Nikas Frage, viel zu spät, viel zu zittrig, und starrte auf den Laptop, der noch gar nicht angeschaltet war.

Tassen klirrten, die Maschine ratterte. Nikas Hand legte sich auf meinen Kopf und strich mir durchs Haar. Dunkle Schokolade umhüllte mich, webte mich in einen Kokon, ließ aber nicht die Kopfschmerzen verschwinden. Tatsächlich hatte ich plötzlich eher das Gefühl, allein in diesem Kokon zu sitzen.

Das hatte ich eigentlich doch gewollt.

Und gleichzeitig machte es mir Angst.

»Wirklich alles super?«, fragte Nika vorsichtig.

Ich nickte und schaltete den Laptop an, obwohl ich gerade keine Konzentration für Hausaufgaben hatte. »Ja, klar. Alles.«

Der Duft von Kaffee zog durch die Wohnung. Ich wollte sehen, welchen Geschmack Javid auswählte – und gleichzeitig wollte ich es lieber gar nicht wissen.

»Du wirkst überhaupt nicht so«, sagte Elyar und klang ebenso vorsichtig wie Nika.

Ich lächelte. »Es ist aber alles in Ordnung. Wirklich.«

Stille. Sie sahen mich an und es war eindeutig, dass sie mir nicht glaubten. Was sollte ich da noch sagen? Konnten sie nicht einfach das Thema wechseln? Mussten sie so lange fragen, bis ich etwas erzählte, das ich nicht erzählen wollte? »Es ist alles gut. Alles normal. Könnte mir das jemand glauben?«

Meine Stimme verklang im Raum und klang ganz fremd dabei, irgendetwas ließ die Blätter des Einblatts neben dem Sofa rascheln.

»Wir glauben dir«, sagte Nika, ihre Hand war fort. Sie war auch schon mal überzeugender gewesen.

Elyar blinzelte mit großen Augen. »Na ja ...« Er machte den Mund wieder zu, als sich mein Blick auf ihn richtete. Dann schaute er über die Schulter. »Javid? Kannst du auch was sagen?«

Es blieb still. Ich sah auf, begegnete Javids Blick aus dunklen, nachdenklichen Geisteraugen. »Leider nicht«, sagte er nur und stellte die Tasse in seiner Hand ab.

»Bisher konntest du das auch immer.«

»Möglich. Aber jetzt nicht mehr.«

Es ärgerte mich, wie Elyar über mich redete, während ich im Raum war. Es ärgerte mich, dass Javid so ruhig blieb. Alles ärgerte mich. Ich musste dringend durchatmen und mich zusammenreißen.

»Was auch immer los ist, Prinzessin«, sagte Nika. »Wir kriegen das hin.«

»Tun wir das?« Ich erhob mich. Ich wollte nicht, dass sie mich berührte. Ich wollte den Schokoladen-Kokon nicht mehr und nicht mehr Elyars Blicken ausgesetzt sein.

»Vertraust du uns nicht?«

Keine Ahnung. Ich zuckte mit den Schultern, meine Augen brannten und ein großer Klumpen Worte steckte mir im Hals. Das hatte nichts mit Vertrauen zu tun, sondern damit, dass wir nichts hinbekommen würden. Weil *ich* der Fehler war. Und sie nur fünf Geister, die einen Deal mit mir hatten.

Seit du wieder da bist aus Asien, riechst du nach Karamell, weißt du das? Ganz unverwechselbar.

Ich vermisse meine Rosa. Aber offenbar ist die damals in Asien verschollen und wurde durch einen Roboter ersetzt.

Das stimmte nicht. Ich war noch ich. Ich hatte alles getan, um ich zu sein.

»Du kannst uns immer vertrauen, Prinzessin«, sagte Nika jetzt. »Warum glaubst du das nicht?«

»Weil ihr keine Ahnung habt!« Ich hatte es schneller gesagt, als ich denken konnte. Und viel zu laut. »Von nichts. Weil ihr einfach nur Geister seid!«

Nikas Augen wurden groß und ich sah aus dem Augenwinkel, wie Elyar den Kopf einzog. Es tat mir direkt leid und doch irgendwie nicht.

»Das meinst du nicht so.« Javid klang streng. Er schob die Kaffeetasse auf der Theke in meine Richtung, seine Miene ernst und undurchdringlich. »Du bist nicht auf uns wütend.«

Vielleicht. In diesem Moment war ich mir nicht sicher – aber sein Blick ging mir durch und durch. Ich ballte die Hände zu Fäusten. »Ich bin nicht wütend. Ich hab nur keine Lust mehr. Auf das alles. Weißt du, ich wünschte, ich könnte das so an mir abprallen lassen wie du, aber das kann ich nicht. Ich hab alles einfach satt. Ich weiß nicht, auf was ich mich noch verlassen kann.«

Ich wartete, dass er etwas sagte.

Aber er sagte nichts. Er sah traurig aus und gar nicht so, als würde alles an ihm abprallen. Die Luft im Raum war so dick und aufgeladen, dass ich nicht mehr atmen konnte. Die Blicke der anderen lagen auf mir und mehr und mehr fühlte ich mich wie ein Schandfleck in meiner eigenen Wohnung.

Ich schüttelte den Kopf. »Ich brauch mal eben Ruhe.«

Dann floh ich ins Schlafzimmer.

Kapitel 19

Ich hatte kaum die Tür hinter mir zugemacht, da bereute ich meinen Ausbruch auch schon. Ich war emotional gewesen, unlogisch und unfair. Genau das, was ich nicht sein wollte.

Die anderen waren jetzt sicher enttäuscht von mir. Oder wütend über meine Worte. Das schien heute Tagesprogramm zu sein. Erst Amber und nun die Geister. Und wenn Amber ihren Verdacht weitererzählte, dann folgten bald auch Pa und Indigo und Leo.

Ich setzte mich aufs Bett, lehnte mich an die Wand und legte die Stirn auf meine angezogenen Knie. Ich hätte ruhig bleiben sollen. Ich hätte nicht mit Amber reden sollen. Ich hätte besser planen sollen – aber wie hatte ich das vorhersehen können?

Ich warf diese Gedanken in meinem Kopf hin und her, bis meine Lider schwer wurden und ich wegnickte.

Als ich das nächste Mal erwachte, lag ich auf meiner Bettdecke, immer noch in Jeans und Bluse, zusammengerollt und mit pulsierenden Schläfen.

Es war dunkel draußen, die Nachtgeräusche waren da: das ununterbrochene Rauschen von Straßenverkehr, die fernen Klänge einer Sirene.

Ich setzte mich auf und sah aus dem Fenster in die schwarze Nacht, die gespickt war mit dem Leuchten von Fenstern und Neonreklamen. Morgen hatte ich Uni und danach Schicht im Café. Ich musste aufstehen und mir einen Schlafanzug anziehen, Zähneputzen, mich abschminken. Aber ich konnte mich beim besten Willen nicht dazu aufraffen, mein Zimmer zu verlassen.

Bea war fort.

Amber war fort.

Und auch Javid war fort.

Ich hatte ihm genau das gesagt, was mich selbst immer so verletzt hatte. Er war genauso wenig Roboter wie ich. Eigentlich wusste ich das auch, ich hatte den Unterton in seiner Stimme gehört, am Morgen nach unserem Kuss. Nichts hiervon ließ ihn kalt und ich hatte es nicht sehen wollen.

Eine Stimme in meinem Kopf sagte mir, dass ich mich entschuldigen und dann endlich wieder auf die richtige Bahn kommen musste.

Eine andere, ganz fremde Stimme fragte, wo diese richtige Bahn denn lag. In einer Ausbildung, die ich nicht absolvieren konnte? In einer Uni, in deren Zukunft ich mich nicht sah? In einem Café ohne Bea?

Ich hatte mal ein Leben gehabt. Eines, in dem ich mich hatte verstecken müssen, aber gleichzeitig ein geordnetes. Eines, wo ich einen sicheren Hafen gehabt hatte. Ohne den gab es keine richtige Bahn.

Ich blinzelte nach einer gefühlten Ewigkeit und merkte, wie mir Tränen über die Wange liefen. Wahrscheinlich waren meine Augen trocken. Ja. Wahrscheinlich.

Ich atmete ein und aus.

Seit mein sicherer Hafen weg war, bekam ich nichts mehr auf die Reihe. Ich verlor jeden, meine kleine Welt wurde faserig. Nika und Elyar und Javid, alle schienen irgendetwas außerhalb dieser Welt zu sein und ich war nichts. Im Café musste ich nicht ich sein. Ich musste nur die Bedienung sein, die alles richtig machte. Das brauchte ich zurück.

Ich würde Bea finden, komme was da wolle. Ich würde diese Brand-Sache aus dem Weg räumen. Und dann hatte ich meinen Hafen zurück.

Es gab keinen anderen Weg und vor allem hatte ich nichts mehr zu verlieren.

Ich durfte nur nicht so weitermachen wie bisher, so fahrig und nervös. Und emotional. Und abhängig. Ich musste wieder zurück zu der Rosa von vor zwei Jahren. Entschlossen, distanziert. Und dazu musste das weg, was mich am meisten verletzlich machte.

Einen Moment lang schwankte ich.

Ich dachte an das Café, an die bunten Blüten des Blauregens, an das Goldlicht und die fröhlichen Gesichter der Gäste.

Dann stand ich auf.

***

Das hier würde das erste Mal sein, dass ich diesen Zauber sprach. Er würde leichter sein als sein Gegenstück, viel leichter. Es war leichter zu zerstören als zu heilen.

Das Buch lag seit jeher in meiner Nachttischschublade, ich schlug es auf, las den Absatz noch einmal durch – unnötigerweise, denn ich wusste es noch immer auswendig.

Ich hatte es mir immer anders ausgemalt. Dass ich glücklich sein würde oder erleichtert oder ein bisschen wehmütig. Aber alles, was ich spürte, war Entschlossenheit.

Im Schein der Leselampe hinter dem Sofa kniete ich mich vor den Wohnzimmertisch, griff nach der Schale mit Zucker und goss Wasser dazu. Ich rührte bedächtig und mit jedem Schwung klopfte mein Herz ein wenig schmerzhafter.

Aber es war besser so. Es konnte so nicht weitergehen.

Als Nächstes die Nadel.

Ich brauchte ein paar Anläufe, um mich zum Bluten zu bringen. Das Loch in meinem Finger zwickte und schmerzte – und es wurde auch nicht besser dadurch, dass ich darauf herumdrückte, um etwas von meinem Blut in die Zuckerbasis zu geben.

Rote Wolken bildeten sich in der klaren Flüssigkeit. Ich spürte die Energie aus dem Zucker, sobald ich mich mit den Fingern näherte.

Die Hände in den Schoß gelegt verharrte ich einen Moment vor der Schale und wappnete mich für den letzten Schritt.

Der Flakon stand vor mir, die Flüssigkeit darin war wie dunkler Bernstein und meine Finger zitterten, als ich den Verschluss abschraubte. Karamellduft kam mir entgegen, süß, verführerisch. Irgendwann während dieser zwei Jahre war das hier mein Lieblingsduft geworden. Er klebte an mir und verriet mich.

Ich hob die Schale mit dem halbfertigen Zauber an.

»Rosa?«

Er stand hinter mir. Seit wann?

Er hatte schon wieder nicht gehorcht, wie er es eigentlich sollte. Er durfte erst auftauchen, wenn ich Sirup benutzte. Wenn er doch einfach ...

Ich presste die Lippen fest aufeinander und legte den Schalenrand auf die Öffnung von Javids Flakon.

»Rosa, was machst du da?«

Ruhig wie immer.

Und währenddessen musste ich all meine Kraft aufwenden, um meine Hände ruhig zu halten. Um den Zauber in den Flakon zu gießen. Die Magie darin pulsierte.

Mir wurde warm und dann wieder kalt.

Mein eigenes Blut war dort gefangen zwischen Sirup und Zucker und Wasser. Es rief nach mir, zog an mir, bis mir schwindelig wurde.

Ich nahm den Flakon in meine magielose linke Hand – und dann hielt mich jemand fest, hatte seine Hände auf meine rechte gelegt. Javid. »Rosa, bitte. Tu das nicht.«

Es klang gar nicht mehr so ruhig. Ich wandte den Kopf und da kniete er neben mir. Seine Miene war traurig, das Licht der Lampe glomm in seinen Geisteraugen. Meine kalte Entschlossenheit löste sich auf und machte viel zu schnell Platz für Verzweiflung.

Ich wollte das nicht. Und gleichzeitig wollte ich.

Ich schüttelte den Kopf, wie immer nicht fähig meine Gedanken auch nur annähernd in Worte zu fassen.

Tut mir leid. Aber wir beide zusammen – das ist nicht gut. Das muss aufhören.

Javid war es, was mich verletzlich und emotional machte. Der einzige, der meine Barriere durchbrochen hatte – und gerade jetzt musste ich stark und undurchdringbar sein.

Vorsichtig löste ich meine Hand aus seiner und legte Daumen und Zeigefinger aufeinander.

»Rosa, bitte. Ist das wirklich das, was du willst?«

Ja. Nein.

Die Energie aus meinen Fingern fand den Zucker im Flakon, breitete sich rasend schnell aus, so schnell, dass es mich selbst fast umwarf. Das hier war anders als die Asche. Es war schnell und heftig – und gefährlich. Ich musste mich konzentrieren, damit die Magie nicht aus dem Gefäß sprang und sich im Raum verteilte – wahrscheinlich hätte ich dann die Inneneinrichtung auseinandergenommen. Mein Halt war Javids Blick. Sein Schmerz.

»Javid.« Meine Stimme zitterte. »Ich löse unseren Deal. D…« Meine Stimme versagte. Ich hob erneut an, während er langsam den Kopf schüttelte. »Dein Teil gilt als erfüllt. Du bist frei von mir und meinen Bedingungen.«

Es würde alles besser werden. Bestimmt. *Ich* würde danach besser werden.

Der Zauber brachte das Glas zum Glühen, meine linke Hand wurde warm und kribbelte vor Hitze. Ich sagte: »Leb wohl.«

Es gehörte nicht zum Zauber. Nicht zum Deal. Aber ich konnte nicht anders.

Javid schloss die Augen, als würde er aufgeben. Gleich war es geschehen. Gleich.

Ich schluckte.

Und dann öffnete Javid die Augen wieder und lächelte. Er nickte.

Es wurde dunkel.

Javid war fort.

Kapitel 20

Ich wartete auf das Gefühl der Erleichterung. Darauf, dass die Entschlossenheit anhielt und ich nach vorne blicken konnte.

Aber da war nichts.

Der Raum war leer und ich ebenso.

Es fühlte sich ein wenig kalt an, jetzt wo mir bewusst wurde, dass er nicht zurückkommen würde. Seine Wärme war fort. Der Karamellduft war fort. Das eben war das letzte Mal gewesen, dass ich ihn gerochen hatte. Er war jetzt gefangen im nächstbesten Gefäß, wieder ein ganz normaler Flaschengeist ohne Karamellduft und mit drei Wünschen fast unendlichen Ausmaßes, die er demjenigen erfüllen musste, der ihn als Nächstes fand.

Und das letzte Bild von ihm in meinem Kopf war das traurige Lächeln, weil ich unseren Deal gelöst hatte.

»Aber es musste sein«, sagte ich mir.

Dennoch konnte ich mich in diesem Moment nicht dazu aufraffen, aufzustehen und aufzuräumen. Ich fühlte mich auch nicht müde genug, um wieder ins Bett zu gehen. Ich saß einfach nur da und starrte das Flammende Käthchen auf dem Küchentresen an.

Irgendwann hörte ich Wasser im Bad und dann trat Elyar vor die Tür, in schlabberigen Jogginghosen und einem Langarm-Shirt. Er blieb wie angewurzelt stehen und sah auf mich hinunter. Langsam verengte er die Augen und legte den Kopf leicht schräg. »Will ich es wissen?«

»Nein.«

Er nickte. Sein Blick schweifte über den Tisch hinter mir, auf dem noch der Flakon und die Überreste des Zaubers standen. Seine vollen Lippen öffneten sich und es schien, als wollte er etwas sagen. Schließlich aber machte er den Mund zu, trat weiter in den Raum hinein und schloss die Badezimmertür hinter sich. »Kannst du auch nicht schlafen?«

Und als ich den Kopf schüttelte, machte er noch einen Schritt. »Wärmflasche und Schokolade?«

Ich hätte kühl ablehnen und ins Bett gehen sollen, aber ich konnte keins von beidem. Ich war zu leer, um Schokolade abzulehnen. Also nickte ich und er reckte den Daumen in die Höhe. »Kommt sofort.«

***

Wenig später saßen wir gemeinsam auf dem Teppich vor dem Wohnzimmertisch, vor uns eine riesige Tafel Schokolade und auf meinem Schoß eine Wärmflasche, die zumindest einen Teil der Kälte vertrieb.

Ich stopfte mir ein Stück Schokolade in den Mund und der Geruch von Süßigkeit und Wärmflasche brachte die Erinnerung an das letzte Mal zurück, dass Elyar das Herz gebrochen worden war.

Zu der Zeit hatte ich Schokolade und Wärmflasche besorgt.

Ich zog die Knie an und sah zu ihm auf. »Warum kannst du nicht schlafen?«

»Hm?« Er kaute und schluckte. »Dies und das. Wie man das halt manchmal so hat.«

Mehr schien er nicht sagen zu wollen. Vielleicht ging es um seine neue Flamme? Immerhin hatte er Schokolade vorgeschlagen.

»Wie läuft es eigentlich mit ...« Ich kannte ihren Namen nicht einmal. »... deiner Freundin? Ist sie deine Freundin?«

Elyar war gerade dabei, sich gleich vier Stücke auf einmal in den Mund zu schieben. Er hielt inne und hob die Augenbrauen. »Interessiert dich das echt?«

»Sonst würde ich nicht fragen.«

»Na ja, vorher hast du nie gefragt. Du hast am Ende nur die Wärmflasche mit Wasser gefüllt.«

Ich wollte protestieren, aber ehrlich gesagt hatte er recht. Ich kannte auch den Namen seiner letzten Freundin nicht. Ich hatte nur gelauscht, wenn er sich mit den anderen um das Thema gezankt hatte.

Ich hob die Schultern und setzte einen auffordernden Blick auf.

Elyar ließ die Schokolade sinken. »Es macht Spaß und ist total entspannt. Letztens, zum Beispiel, wollten wir uns zum Eis-Essen treffen, aber der Laden war übelst voll. Also meinte sie, wir könnten einfach ein Eis auf die Hand nehmen und spazieren gehen. Und das haben wir gemacht – vier Stunden lang. Es ist irgendwie schön zu wissen, dass nichts von mir verlangt wird außer mir selbst – und vielleicht einer Kugel Himbeereis.« Ich schmunzelte und er nickte vor sich hin. »Also drück mir die Daumen, dass ich das noch eine Weile so aufrechterhalte. Es wäre schade, das so schnell aufgeben zu müssen.«

»Du weißt aber jetzt schon, dass du es aufgeben möchtest.«

»Natürlich.« Er klang, als läge das auf der Hand. »Ich bin ein Geist, Rosa. Ich wohne in einer Flasche und kann zu Haselnussnebel werden, wenn ich Lust darauf hab. Das ist nicht gerade eine glorreiche Zukunft – wer will schon einen Partner, der in einer Flasche schläft, die wem anders gehört?«

»Wieso machst du es dann überhaupt – das Daten und Treffen? Wenn du weißt, dass es eh nichts wird.«

»Weil das Gefühl schön ist.« Er klang so selbstverständlich, als wäre das ganz logisch. Aber nichts war logisch.

»Und am Ende ist es schmerzhaft für dich.«

»Ja, am Ende.« Elyar zuckte mit den Schultern und aß mehr Schokolade.

Ich dachte an seine Tränen und an die Leere in meinem Körper. Das Ende würde früher oder später kommen. Ich mochte mir nicht ausmalen, wie es sich angefühlt hätte, wenn ich nicht so früh gehandelt hätte. »Aber wenn es schmerzhaft ist, wäre es doch besser, es komplett zu lassen.«

Elyar dachte einen Moment lang nach und grinste dann. »Ehrlich? In einer Flasche zu schlafen ist auch schmerzhaft. Die Jahre ziehen an dir vorbei, die Welt bewegt sich weiter und alles findet ohne dich statt. Die Frage ist einfach: Welchen Schmerz ertrage ich lieber?«

»Das klingt nach einer dämlichen Frage.«

»Hey.« Er suchte meinen Blick. »Ich weiß, dass Javid Bedenken hatte, einen Deal mit dir einzugehen. Und Nika auch, wenn ich ihre Geschichte richtig verstanden habe. Versteh ich, immerhin bindet man sich an eine Person, die man gar nicht kennt – ohne zu wissen, was sie von einem verlangen wird. Aber ich hab nicht gezweifelt. Keine einzige Sekunde. Ich wollte einfach raus aus diesem Gefängnis und leben. Und da gehören Gefühle dazu, sonst lebt man nicht. Also nenn das nicht dämlich.«

»So war das nicht gemeint.« Ich starrte zu Boden. Das hatte ich gar nicht gewusst – dass Elyar sein Gefäß als so schmerzhaft empfand. »Ich meine nur, dass ich gut auf Schmerz verzichten könnte.«

»Das muss jeder für sich selbst wissen. Mach, was dir guttut.«

»Aber deine Weinkrämpfe tun mir nicht gut.«

»Ich tu dir gleich auch nicht gut, nur dass du Bescheid weißt.« Er boxte mich in die Schulter. »Und außerdem hast du jedes Mal mit mir Schokolade gegessen.«

»Nur ein paar Stücke!«

»Die halbe Tafel.«

»Gar nicht.«

»Und ob.« Er grinste. »Und die halbe Tafel liegt noch vor uns. Die muss weg, bevor Nika wach wird. Machst du mit?«

Die Alternative wären ein Bett, ein Starren an die Decke und ein Gedankenkarussell, das ich jetzt nicht gebrauchen konnte.

Ich griff nach der Schokolade. »Machen wir sie fertig.«

***

Da waren sie weg, die hellen Strähnchen der vergangenen Tage. Und damit hoffentlich auch der letzte Rest einer emotionalen, verletzlichen Rosa. Die neuen Strähnchen waren goldgelb, ein bisschen wie unsere Bluse im *Honigmond.* Goldgelbe Positivität. Die goldgelbe Rosa, die ihr Leben aufräumen und verbessern würde.

Die goldgelbe Rosa sah ein bisschen fertig aus, fand ich, wenn ich so in den Spiegel der Uni-Toilette sah. Aber das mochte auch am Licht liegen und daran, dass ich wusste, wie wenig ich geschlafen hatte. Wir hatten nämlich nicht nur die Schokolade geleert, sondern Elyar hatte mir auch direkt die Haare neu gefärbt, damit ich keinen weiteren Blick auf mein altes Ich im Spiegel werfen musste.

Ich rieb mir die Wangen, bis sie ein wenig durchbluteter aussahen, und verließ dann die Toilette.

Draußen im düsteren Foyer warteten Nika und zu meiner Überraschung auch Robin auf mich.

Nach gestern herrschte eine unangenehme Stille zwischen Nika und mir. Wir hatten auf dem Weg zur Uni kaum gesprochen, doch sie blieb an meiner Seite, und wieder fragte ich mich, ob der Deal sie bei mir hielt oder ich selbst.

Ich hörte ein Kichern hinter mir und dann schritt Vanessa mit zwei ihrer Freundinnen an uns vorbei. Die beiden anderen begutachteten unsere Gruppe mit amüsierten Blicken, ehe sie sich umdrehten und weitergingen.

Sie sagten etwas zu Vanessa und Vanessa erwiderte: »Glaube ich nicht.«

Ich sah ihr nach, doch da wandte sich Robin an mich. »Ist auch echt lang geworden bei dir, gestern. Oder?«

»Was? Eigentlich nicht, nein.«

Er musterte mich und spielte währenddessen mit dem Rand seines Baseballcaps. »Du siehst sehr müde aus.«

»Ach was.« Ich setzte ein Lächeln auf. »Sieht schlimmer aus als es ist. Das macht das Licht hier.«

Eigentlich war ja auch alles gut. Ich war das losgeworden, was mich langsam die Kontrolle hatte verlieren lassen. Nur mein Kopf musste das noch begreifen. Und mein Herz, das sich immer noch seltsam leer anfühlte.

Heute Morgen hatte ich versucht, die Müdigkeit innen und außen mit einer großen Tasse Kaffee wegzuspülen. Ich hatte Haselnusssirup in meine Tasse gegeben – und dann festgestellt, dass mir der Kaffee gar nicht wirklich schmeckte.

Ich hatte ihn nach drei Schlucken in die Spüle gestellt und später weggekippt.

Wir traten durch die erste Tür in Richtung Hof, abgestandene Luft begrüßte uns und machte schließlich einer frischen Brise Platz, als wir durch die zweite Tür nach draußen traten.

Ich hoffte, dass das abwechselnde Spiel von Wolken und Sonne ausreichte, um die Blässe auf meinem Gesicht ein bisschen zu kaschieren.

Ich hätte den Kaffee heute früh einfach trinken sollen.

Ich hätte gestern Abend nicht so emotional werden sollen.

Ich hätte Javid niemals so nah an mich heranlassen sollen.

Vielleicht hätte ich besser nie einen Deal mit ihm abgeschlossen. Dabei war ich so stolz gewesen, einen erfahrenen Flaschengeist in meinem Team zu haben. Er war der Skeptischste gewesen, ganz zu Anfang, und ich wusste eigentlich bis heute nicht, warum er sich am Ende dafür entschieden hatte, mit mir zu kommen.

»Ich hab gehört, du planst schon die nächste Party?«, fragte Nika an Robin gewandt.

»Woher weißt du das?«

»Hat Flo erzählt.«

»Wieso hat Flo ...?« Er blinzelte. »Aber ja, stimmt. Wir planen da wieder was.«

»Klingt super. Wir sind doch eingeladen?«

Nika sah amüsiert aus, sie hatte ihr Sphinx-Lächeln aufgesetzt und strich sich langsam das lange dunkle Haar hinters Ohr. Robin Mund wurde schmal, dann öffnete er die Lippen, presste sie wieder zusammen, öffnete sie erneut. Nein, offenbar waren wir nicht eingeladen. »Doch, klar.« Es klang nicht sehr überzeugend. Sein Babylöwen-Blick wirkte eher unsicher. »Gerne. Habt ihr denn Zeit?«

»Natürlich.«

»Vielleicht«, sagte ich. »Je nachdem, ob ich arbeiten muss.«

»Das ist das Dornröschen, das ich kenne.« Er grinste. »Lässt sich nicht in die Karten schauen. Ich weiß noch nicht mal, ob dir die letzte Party gefallen hat, oder nicht.«

Wenn ich an die Party dachte, dachte ich an Javid.

»Die Party hat Spaß gemacht«, sagte ich und es klang hoffentlich nicht so hohl, wie ich mich dabei fühlte.

Ich machte ein paar große Schritte, um ein Stück vor den beiden zu gehen.

»Das hör ich doch gerne«, sagte Robin fröhlich.

Ich ging weiter voraus, ließ Nika und Robin reden. Ich wusste, dass Nika es genoss, sich mit anderen zu unterhalten – und vielleicht würde das Schweigen zwischen uns sich dann weniger gezwungen anfühlen. Es tat mir leid, was ich gesagt hatte. Und doch hatte ich es irgendwie so gemeint.

Dass man einen Geist normalerweise nur für drei Wünsche hatte, war wahrscheinlich gar nicht so schlecht.

Das Summen um mich herum hatte ich zunächst einfach in das Hintergrundrauschen der Umgebung eingeordnet, ein normales Geräusch – aber jetzt surrte es direkt neben meinem Ohr und ich wandte verwundert den Kopf. Wir hatten gleich den Sandweg entlang der Bäume erreicht, der vom Campus in Klein Flottbek zur Straße führte. Nika und Robin waren stehengeblieben.

»Rosa ... Sei bloß vorsichtig«, sagte Robin.

»Es sind nur Bienen«, erwiderte ich. »Die tun nichts.«

Sie taten auch nichts. Sie waren einfach nur da, schwirrten diesmal um mich herum, kamen mal näher und scheuten dann vor mir zurück. Ein ganzer Schwarm über und neben mir. Mein Herz klopfte schneller.

Ich streckte die rechte Hand aus und wartete – und es dauerte nicht lang, da saß das erste Tierchen auf meinem Finger, ein leichtes Kribbeln unter meiner Haut sagte mir, dass wir in die Verbindung standen.

Beas Bienen.

Ich sah mich um. Die Fläche vor mir war groß, dünne Bäumchen und Sträucher reichten bis zur Ohnhorststraße hinunter. War sie hier? Diesmal wirklich?

Eine Bewegung zwischen den Büschen lenkte mich ab, nur für den Bruchteil einer Sekunde. Ich erkannte einen dunklen Umriss, den ich nicht richtig wahrnehmen und doch nicht ignorieren konnte.

Bea?

Ich wusste nicht, ob ich es dachte oder sagte. Ich wollte loslaufen, tat einen Schritt ...

Und dann durchfuhr mich ein heftiger Schmerz in der Hand. Ich kam ins Straucheln und blieb stehen, hielt mir ungläubig die Hand vors Gesicht.

Die Bienen waren fort, ihr Summen verklang im Wind – nur ein letztes Tierchen war zurückgeblieben. Ich konnte dabei zusehen, wie es seinen Stachel in meinen Handteller trieb. Dumpfer Schmerz pochte durch meine Finger, es war ein dunkles, zähes Gefühl, das sich mit meiner Verwirrung mischte.

Beas Biene hatte mich gestochen.

»Rosa!«

Erst jetzt merkte ich, dass Nika neben mir stand und mir die Hand auf die Schulter gelegt hatte. »Was ist passiert?«

Wenn ich das nur gewusst hätte.

Ich sah zu, wie die Biene davonschwirrte, eine Wildbiene, die immerhin nicht ihr Leben für diesen Stich lassen würde.

Aber ihr Stich schmerzte, das Gift umschlang die Magie in meiner Hand und es war, als würde mir jemand die Nerven abschnüren.

»Was ... Was war das denn?« Robin tauchte neben mir auf, mit großen Augen und vielleicht sogar so blass wie ich.

»Was war was?«, fragte ich müde, meine linke Hand umklammerte das rechte Handgelenk.

»Das, was du da mit den Bienen gemacht hast. Die waren plötzlich alle um dich herum!«

»Ich mag Bienen eben.« Und normalerweise mochten sie auch mich. Und stachen mich nicht.

Ich hörte Nikas ruhige Stimme neben mir. »Lasst uns was zum Kühlen holen und dann weiter. Es gucken schon alle.«

Sie hatte recht. Die Umstehenden starrten herüber, als hätten sie einen Geist gesehen und nicht ein Mädchen und einen Haufen Bienen.

Ich ließ die Hand sinken. »Ist schon gut. Es tut kaum weh.«

»Du wurdest gerade von einer Biene gestochen«, sagte Robin.

»Ich weiß. Und es tut kaum weh.«

Das würde schnell getan sein. Jav... Nika konnte sich darum kümmern, wenn ich im Café war. Ein bisschen Arnika und Basilikum würden ebenfalls helfen. Das war nicht das Problem.

Ich hob den Kopf und sah mich noch mal um, aber die Bienen waren fort.

Mein Blick schwang über das dichte Grün der Büsche, dorthin, wo ich eben etwas zu sehen geglaubt hatte. Aber was immer es gewesen sein mochte, es war fort.

Oder?

War es der Schock oder der Schlafmangel? Oder nichts davon?

Ich war mir nicht sicher.

Ich blinzelte ein paar Male, aber es verschwand nicht. Dann bog jemand um die Ecke, passierte die Bäume. Und es war weg.

»Dann kommt jetzt«, sagte Nika und zog uns mit sich. In der Ferne hörte man die Bahn, die Blätter bewegten sich im Wind, es roch Abgasen vom Parkplatz her und dem Parfüm eines Passanten.

Alles war normal.

Und doch hätte ich schwören können, dass gerade dort zwischen den Bäumen die Luft geflackert hatte.

***

»Was war mit den Bienen los?«

Nika saß mit überschlagenen Beinen auf der Bank bei den Spinden, während ich mir die Bluse zuknöpfte. Ich hatte ihr den Rücken zugewandt und das war mir nur recht so.

In letzter Zeit schien ich niemandem mehr so recht in die Augen sehen zu können. Das fühlte sich nicht gut an – aber auch das würde ich ändern.

»Ich weiß es nicht.«

»Sicher? Es ist nicht das erste Mal, dass die Bienen in deiner Nähe verrücktspielen.«

»Ich weiß.«

»Hat das was mit dem zu tun, was du in Beas Räumen versucht hast?«

Die unteren Knöpfe ließ ich offen, damit ich die Bluse besser in die Hose stecken konnte. »Ich denke nicht. Die Bienen an der Ratsmühlendammbrücke haben sich ja auch nicht normal verhalten und das war, bevor ich ... noch mal in Beas Räumen war.«

»Die Bienen an der Brücke haben dich aber nicht gestochen.«

»Vielleicht hätten sie das, wenn ...«

Ja, wenn was? Wenn nicht irgendetwas geschehen wäre, das sie verjagt hätte? War das so gewesen? Und was war dann heute passiert?

»Irgendwas stimmt hier nicht, Rosa.« Nika klang eindringlich. »Ich würde ja Javid fragen, ob er etwas weiß. Aber den habe ich seit heute Morgen kein einziges Mal gesehen.«

Ich hatte seinen Flakon auch nicht aufgestellt. Sie hatte es sicher längst bemerkt. Das Regal in meinem Spind fühlte sich unfertig an ohne ihn. Aber daran würde ich mich gewöhnen müssen.

»Also.« Noch eine Spur eindringlicher. »Was ist hier los?«

Bea war fort. Javid war fort. Und Amber und Pa ... Ich wusste es nicht. Das war los.

Aber es war alles gut. Jetzt wieder. Und deshalb wandte ich mich mit einem Lächeln zu Nika um. »So genau weiß ich das nicht – aber das ist nichts, was ich nicht wieder hinkriege.«

Und damit schnappte ich mir meine Schürze und verschwand in den Hauptraum.

***

Seit ich in Beas Wohnung den Zauber ausprobiert hatte, war ich bei Isa in Ungnade gefallen und sie bei mir. Immerhin hatte sie Bea an die Matri verraten, ohne uns zu fragen. Oder zumindest mich.

Unsere Blicke trafen sich, als ich in die Küche trat, ihre Augenbraue zuckte und ich lächelte. Dann holte ich eine Schale aus dem Schrank und beträufelte darin Arnika und Basilikum mit Schokoladensirup, alles unter einem Blick aus wachsamen Augen, den ich gekonnt ignorierte.

»Was hast du jetzt schon wieder angestellt?«, fragte Isa schließlich.

Ich ließ die aneinandergelegten Finger sinken und erwiderte: »Nichts. Das waren einfach Bienen.«

Jetzt schon wieder.

Sie klang, als würde ich absichtlich Ärger machen. Und das hatte ich weder heute noch vor ein paar Tagen in Beas Privaträumen getan. Ich wusste doch auch nicht, was hier los war.

Wenn Javid beim letzten Mal nicht gekommen wäre ... Nein. Ich hätte es sicher auch so geschafft. Ich hatte ihn nicht gebraucht, hatte ich nie. Er war nur einer von fünf Geistern.

Gewesen.

Ich presste die Lippen fest aufeinander und die Finger wieder zusammen.

»Es soll kühlend wirken und Schmerz ...«

»Bienen?«, unterbrach Isa mich. »Wieso Bienen?«

»Es soll kühlend wirken und Schmerzen lindern.«

»*Rosa.*« Sie klang warnend. »Wieso Bienen? Beas Bienen?«

Ich wandte mich ihr zu, meine Stimme scharf. »Ich weiß es nicht. Wenn ich es wüsste, hätten sie mich nicht gestochen, weißt du?«

Damit riss ich ruppig ein wenig Küchenpapier von der Rolle in der Ecke ab und tupfte den Zauber auf den Bienenstich. Das Pulsieren unter meiner Haut ließ nach und damit auch die Wut in meinem Kopf.

Ich starrte das Küchenpapier an und atmete tief durch. Wieso hatte ich Isa so angefahren? Ich hätte ruhig antworten sollen, um ihr keine Zielscheibe zu bieten. Das war dumm gewesen. War das die goldgelbe Rosa?

Ich tunkte das Küchenpapier noch einmal in den Zauber und tupfte ihn auf meinen Handteller. Und sagte so beiläufig wie möglich: »Ich verarzte den Stich nur kurz, dann kümmere ich mich um die Kunden. Meine Arbeit wird nicht darunter leiden, versprochen.«

Das hier war die Küche des Cafés. Hier hatte Bea jeden Tag gestanden und Honig-Gebäck gemacht. Wir hatten geplaudert, über Magie und Zauber, über das Lernen und so banale Dinge wie Trompetenärmel und Rüschen an Röcken. Und so würde es wieder sein.

»Wenn du das sagst«, sagte Isa und ich nickte einfach. Die Luft in der Küche schien zu knistern und ich war froh, als ich dieser Atmosphäre wenige Minuten später entfliehen konnte und erst einmal damit beschäftigt war, Kaffee zu machen und Kuchen auf Teller zu verteilen.

»Zwei Kaffee und unser Kuchen des Tages, Apfelkuchen mit Karamellsoße.« Ich stellte die Tassen vor den Gästen an Tisch zehn ab, danach die Teller und zum Schluss die Kännchen mit Karamell. »Ich empfehle euch, die Soße direkt am Anfang drüberzumachen und den Teig ein wenig damit einzuweichen, das macht ihn saftiger und ergänzt den Geschmack des Apfels. Aber das ist natürlich nur die Empfehlung einer …« Ich stockte, musste den Satz aber zu Ende führen. »… Karamellliebhaberin.«

Natürlich achtete niemand auf meinen kleinen, kurzen Stolperer. Sie wussten es ja auch nicht. Javid würde niemandem fehlen, außer den Geistern und m… Außer den Geistern.

Ich wünschte den Gästen einen guten Appetit und durchmaß den Raum, mein Blick suchte nach etwas, das ich tun konnte, um mich abzulenken. Da, Tisch zwölf musste abgeräumt werden und gerade öffnete sich die Tür und kündigte einen neuen Gast an.

Aber durch die Tür schritt niemand, den ich gern bedienen wollte. Ich erkannte sie an ihren bedächtigen Bewegungen, noch ehe ich ihr Gesicht sah.

Martha Waris.

Ich wusste nicht, ob sie nur so tat, als würde sie mich nicht sehen – oder ob sie mich tatsächlich nicht bemerkte. So oder so schaute sie sich um und setzte sich schließlich an Tisch neun.

Ich trat an Tisch zwölf, beobachtete aus den Augenwinkeln, wie Martha Waris sich die leichte Jacke von den Schultern streifte und die Karte studierte.

Wozu war sie hier?

Hatte sie Gefallen an diesem Laden gefunden oder war es meinetwegen? Das letzte Mal hatte sie mir Tipps gegeben und eine Show abgezogen. Was würde heute passieren?

Schließlich klammerte ich mich an meinen Notizblock und trat an ihren Tisch. »Willkommen im *Honigmond.* Falls Sie schon einen Wunsch haben, nehme ich ihn gerne auf. Falls nicht, finden Sie hier unsere Getränke und den Kuchen des Tages. Geben Sie mir einfach Bescheid, wenn Sie bestellen wollen.«

Martha Waris griff nicht nach der Karte. Stattdessen traf ihr Lächeln mich und meine Miene gefror augenblicklich zu einer Maske, unter der ich meine Nervosität verbarg.

»Das Gleiche wie beim letzten Mal, bitte«, sagte sie.

Und ich hätte mich wirklich gerne dumm gestellt, aber mein Stolz verbat es mir. Bea hatte immer Wert darauf gelegt, dass wir es den Gästen so heimelig wie möglich machten. Ich wusste noch genau, was sie bestellt hatte. »Wollen Sie die Macarons diesmal hier essen?«

Das Lächeln wurde eine Spur breiter. »Diesmal ja. Und das Wasser bitte ohne Zauber, so sehr ich deine Geste vom letzten Mal zu schätzen weiß.«

Ich zückte meinen Stift. »Natürlich.«

Den Block in die linke, den Stift in die rechte Hand. Ich dachte gar nicht darüber nach, bis sie sagte: »Du hast offenbar wieder experimentieren müssen. Ein Insektenstich?«

Min Wasser
Macarons, 4

Ich malte an der 4 herum. »Ein Bienenstich.«

»Arnika?«

»Arnika und Basilikum.«

Sie nickte und ich hoffte, dass das Gespräch damit vorbei war. Aber ich hatte mich zu früh gefreut. »Und welche Komponente deblockiert die Magie?«

Keine.

Ich hatte davon gehört, Ma hatte oft über Deblocker gesprochen. Verletzungen oder Krankheiten blockierten den magischen Fluss im Körper und diese Staudämme in den magischen Adern lösten sich erst nach Tagen oder Wochen wieder von allein, hatte sie gesagt. Niemand wollte darauf warten und so hatte sie die Stellen in ihren Behandlungen stets direkt deblockiert. Ich hatte allerdings keine Ahnung, was genau Deblocker waren und wie man sie benutzte. Wie auch? Ich hatte keine medizinische Ausbildung.

Mein Blick blieb weiter auf dem Block, aber ich war mir ihres neugierigen Blickes durchaus bewusst. »Das wollte ich später erledigen.«

»Man deblockiert am besten, indem man die Katalysatoren für Deblockade, Heilung und Kühlung verwebt. So geht es Hand in Hand und die Zauber stören sich nicht gegenseitig bei der Arbeit.«

»Ah.«

Sie beäugte meine Hand. »Zudem macht es den Heilungsprozess einfacher, wenn die Magie ungehindert durch deine Knotenpunkte fließen kann. Ein Bienenstich kommt aus einem natürlichen Gift, einer sehr energievollen Substanz. Das kann eine unschöne Blockade sein – du hast bestimmt den Unterschied gemerkt.«

Und wieder fragte ich mich, ob sie etwas ahnte. Natürlich hatte ich nichts gemerkt – den Zauber hatte Nika ausgeführt. Ich steckte den Notizblock zurück in meine Tasche und verschränkte die Hände hinter dem Rücken. »Kann ich Ihnen sonst noch etwas bringen?«

»Möchtest du nicht erst mal deine Hand versorgen?«

Die war versorgt. Ich lächelte so breit wie möglich. »Ich hatte nicht geahnt, dass ich heute eine Unterrichtsstunde haben würde – während der Arbeit.«

Nein, auch mein Lächeln konnte nicht über meinen süßsauren Tonfall hinwegtäuschen. Dabei hatte ich doch nett sein und mich zusammenreißen wollen.

»Wenn ich diesen Eindruck erwecke, tut mir das leid«, sagte Martha Waris. »Ich bin nicht hier, um dich zu unterrichten. Es war als wertvoller Tipp gemeint, zur Vorbereitung.«

Vorbereitung.

Auf die Prüfung?

Ich runzelte die Stirn. »Ich kann mich sehr gut vorbereiten. Was auch immer Sie und Pa beredet haben, aber ich brauche nicht mehr Hilfe als andere auch. Danke.«

Sie schmunzelte. »Das habe ich keinen Moment bezweifelt. Und auch mit deinem Vater hat das nichts zu tun. Ich suche mir meine Schüler selbst aus, auf Zuruf nehme ich niemanden an. Du hast mich beeindruckt bei meinem ersten Besuch, Rosa, und deshalb gebe ich dir Tipps und möchte dich voranbringen.«

Konnte ich ihr das glauben? Machte es überhaupt einen Unterschied? Sie hatte mich aufgrund meiner Geister ausgewählt, nicht meinetwegen. Ich konnte nicht vorangebracht werden und das würde sie früher oder später erfahren. Ich war eine Sackgasse, ein totes Ende wie die magischen Adern meiner linken Hand.

Erst nach diesem Gedanken merkte ich, dass das Schmunzeln verschwunden war. Martha Waris suchte meinen Blick. »Aber etwas ist anders seit letztem Mal.«

Nein, nichts. Nichts, was mit meiner Arbeit oder meiner Magie zu tun gehabt hätte.

Ich schwieg und Martha Waris griff plötzlich nach einem der Kärtchen mit Goldschrift. »Vielleicht möchte ich doch noch etwas von der *Wish-Hour*-Karte bestellen. Darf ich?«

***

Mein Kopf fühlte sich an wie nach einem Marathonlauf, als ich mit dem goldenen *Wish-Hour*-Kärtchen in die Küche zurückkehrte.

Meine Finger zitterten, während ich den Wasserkocher anstellte, aber ich versuchte das zu ignorieren.

Es war alles gut.

Martha Waris' Schrift war klein und spitz, unerwartet direkt und weniger schnörkelig, als ich gedacht hätte. Sie trug seltsame Häkeljacken und altmodische Blusen und beherrschte einen weltfremden Blick – und das alles offenbar nur, um darüber hinwegzutäuschen, welch wachsamer und vor allem treffsicherer Geist sich dahinter verbarg. Ihre Schrift passte zu ihren Worten, nicht zu ihrem Äußeren.

Ich wünsche mir ein wenig Erholung für meinen Rücken und meine Füße.

Natürlich.

Ich legte das Kärtchen in eine Schale und atmete tief durch. Natürlich. Sie verlangte einen Heilzauber von mir und würde ihn sicher mit meinem anderen vom letzten Mal vergleichen.

Der Wasserkocher klickte und ich eilte hinüber zu den Teedosen, schnappte mir einen Teebeutel und löffelte Pfefferminztee hinein.

»Gib mir das Kärtchen, dann kümmere ich mich um den Zauber«, bot Isa hinter mir an. Sie hatte ihre Hand bereits auf den Schälchenrand gelegt, als ich mich zu ihr umwandte.

»Nein.« Nicht Isa. Nicht jemand, dem ich nicht mehr traute. Meine Stimme verhallte in der Küche und Isa sah mich prüfend an. Ich fuhr fort, ruhiger und sachlicher: »Die Kundin wollte den Zauber von mir. Also werde ich ihn machen.«

Isa zog ihre Hand zurück, verschränkte die Arme vor der Brust. »Warum will sie das? Hat sie das gesagt?«

»Quasi.«

»Quasi? Was ist das für eine Kundin, die das verlangt?«

Ich wollte nicht wieder streiten. Ich wollte nur diesen Tee machen. Ich legte den Teebeutel in eine Tasse und während ich zurück zum Wasserkocher ging, antwortete ich: »Eine Bekannte meines Vaters. Sie will sehen, was ich kann.«

»Wozu?«

Um mich zu ärgern. Oder weil sie ahnte, dass ich nicht gut genug war. Vielleicht auch, weil Amber etwas verraten hatte. Letzteres war, so hoffte ich, einfach ein Hirngespinst meiner Müdigkeit. »Weiß ich nicht. Ich mach es einfach. Sie ist immerhin zahlende Kundin.«

»Rosa, hast du ...«

Wasser schwappte auf den Boden, als ich mit Wasserkocher in der Hand zu Isa herumwirbelte. »Es ist nur eine Kundin, Isa. Ich hab nichts verbrochen.«

Isa stand weiterhin mit vor der Brust verschränkten Armen da und sicher hätte ihre Erwiderung die Situation nicht entschärft – aber zum Glück schwoll das Stimmengewirr der Gäste in diesem Moment an, wie immer, wenn sich die Tür zur Küche öffnete.

Juli ließ sie hinter sich zuschwingen und blieb stehen. Ihr Blick wechselte zwischen mir und Isa hin und her. »Ich bin nur hier, um einen Lappen zu holen, lasst euch nicht stören.«

»Es ist gut, dass du störst«, sagte ich. »Das Wasser wird nicht wärmer, wenn ich damit herumstehe.«

»Du hast da, glaub ich, auch ein bisschen was verloren.«

»Ja.« Ich betrachtete die kleinen Pfützen zu meinen Füßen. »Ich wisch das gleich weg.«

Ich goss den Tee auf und wandte mich wieder dem Zauber zu, alles unter Isas misstrauischem Blick.

Mechanisch schraubte ich den Deckel von der Flasche, wollte etwas Sirup auf das Kärtchen träufeln – und bemerkte gerade noch rechtzeitig, dass ich nach dem Karamellsirup gegriffen hatte. Eine Flasche ganz ohne Leben darin.

Ich biss mir auf die Unterlippe und stellte den Karamellsirup rasch zurück.

Meine Finger verharrten vor den anderen Flaschen und Isas Blick brannte mir im Nacken. Wenn ich wollte, dass sie mich in Ruhe ließ, musste ich souverän wirken.

Ich griff nach dem Schokosirup, goss ihn über das Kärtchen, legte die Finger aneinander und las den Wunsch laut vor. Ein Hauch bitterer Schokolade umgab mich, als Nika ihre Magie wirkte. Ich goss den Zauber in den Tee, stellte den Tee auf das Tablett.

Isas und mein Blick kreuzten sich noch einmal, bevor ich den Tee nach draußen zu Martha Waris brachte.

Es war einfach ein harter Tag, sagte ich mir. Morgen war alles wieder besser.

Doch kein Wort der Welt hätte wohl meine Nervosität zum Schweigen bringen können. Ich stellte den Tee vor Martha Waris ab, wie immer mit einem Finger unter der Untertasse, sodass es beim Abstellen nicht laut klirren würde. Meine Bewegung war so fahrig, dass der Teelöffel klapperte.

Morgen. War. Wieder. Alles. Besser.

Martha Waris dankte mir und ich ging los, um die Macarons zu holen. Ich hatte gehofft, dass der Tee zu heiß sein und sie ihn erst später trinken würde, aber natürlich nippte sie bereits daran, als ich mit einem kleinen Teller wieder zurückkehrte. »Die Macarons. Schokolade, Himbeere, Honig-Joghurt, Minze und Blaubeer-Basilikum.«

Ich deutete auf jeden, während ich die Sorten wiederholte, und wollte gehen. Aber sie sagte: »Ein wenig anders diesmal, nicht wahr?«

»Ja. Ich dachte, Sie würden den Blaubeer-Basilikum-Macaron gern probieren. Er passt gut zu Ihrem Tee.«

»Nicht die Macarons und das weißt du genau.« Sie fixierte mich. »Der Zauber. Ein wenig anders.«

»Ist er nicht gut?«

»Oh. Doch, er ist gut.« Nachdenklich sah sie auf den Tee hinunter. Dann stellte sie die Tasse ab. »Aber das meine ich, wenn ich von Blockaden spreche. In solch einem kleinen Zauber ist das nicht schlimm – in größeren Zaubern jedoch verheerend. Ich habe dir doch beim letzten Mal gesagt, dass wir uns beim Zaubern am meisten selbst im Weg stehen.«

»Ich wusste nicht, dass das auch für Bienenstiche galt.«

»Es gilt für eine Menge.« Sie lächelte. »Ich würde dich gerne bei der Auswahl sehen, Rosa, und warte gespannt auf deine Bewerbung. Ich nehme allerdings nur noch welche bis übernächste Woche an, ich hoffe, das ist dir bewusst.«

Ich nickte, obwohl mir das nicht bewusst gewesen war.

Martha Waris neigte leicht den Kopf. »Deine Mutter war eine talentierte Frau. Ich hoffe, dieses Erbe ist dir nicht zu schwer.«

Doch, war es.

Wollte ich sagen.

Aber sie hatte Ma erwähnt und ich war wieder acht Jahre und saß neben Pa auf dem Sofa, er hatte das Gesicht in den Händen vergraben, und ich sagte: »Ich werde wie Ma, versprochen. Dann musst du nicht mehr traurig sein.«

Meine Finger zitterten, trotzdem lächelte ich. »Ist es nicht. Das werden Sie sehen. Versprochen.«

***

Heute tat ich nicht mal so, als wollte ich mich umziehen. Ich saß einfach nur mit angezogenen Knien auf der Bank vor meinem Spind und wartete auf die Motivation, mich umzuziehen und nach Hause zu gehen. Und vielleicht auch darauf, dass das Knäuel an Eingeweiden in meinem Bauch sich endlich löste.

Indessen hatte Juli sich ebenso wortlos umgezogen und war zur Tür gegangen. Sie hob die Hand und ich auch. Und dann verharrten wir einen seltsamen Moment lang voreinander in dieser Position, weil Juli die Tür nicht öffnete. Ihre dünnen Lippen kräuselten sich. »Ich hab übrigens einen neuen Job. Aber verrate es noch nicht, ich muss die Kündigung noch einreichen.«

»Oh.« Sie hatte es ja angekündigt, aber die vollendete Tatsache war etwas anderes. »Glückwunsch.«

Juli nickte vor sich hin. »Sie suchen noch mehr Leute, also wenn du Interesse hast ...«

Ich zögerte einen Moment zu lang. Ich hätte sofort antworten müssen, so überzeugt wie sonst. Aber schließlich sagte ich es langsam und überhaupt nicht überzeugt. »Ich bleib hier. Bis Bea wieder da ist.«

»Ich verstehe.« Juli streckte die Hand nach dem Türknopf aus und ließ sie wieder sinken. »Ich mein ja nur. Du wirkst mit Isa nicht besonders glücklich. Und was, wenn Bea nicht zurückkommt?«

»Sie wird bestimmt zurückkommen.«

Und ich kam mir dumm und naiv vor, während ich das sagte. Ich hatte so viel gesehen, was dagegen sprach. Aber ich klammerte mich an diesen Strohhalm, weil es um mein Leben ging. Um ein bisschen Kontrolle, die ich längst nicht mehr hatte.

»Und bis dahin?«, fragte Juli da. »Es wird ja nicht besser, oder? Sogar Herrn Siemon ist das heute aufgefallen. Er meinte, er wollte dich darauf ansprechen, aber er hat es nicht gewagt, weil du so gestresst wirktest.«

»Ich bin gar nicht gestresst«, sagte ich reflexartig und viel zu monoton, um glaubwürdig zu sein

»Ist schon gut.« Juli hob die Schultern. »Aber falls du dich doch gestresst fühlst: Schau dir *Fondant au coeur* an, das ist ein neuer Film, wirklich niedlich und zum Wohlfühlen. Ich hab den schon jedem empfohlen und alle fanden ihn gut. Sogar mein Freund.«

»Den hab ich tatsächlich schon gesehen.«

»Und?«

Ich grinste. »War niedlich.«

»Na also. Guck ihn einfach noch mal. Und ich geh jetzt was essen, ich hab Hunger.«

»Bis morgen dann.« Ich hob wieder die Hand.

»Ah, ich hab die nächsten zwei Tage frei. Muss ein paar Sachen vorbereiten.«

»Dann bis nächste Woche.«

Juli hob den Daumen. »Bis nächste Woche!«

***

Oder auch nicht nächste Woche.

Ich scrollte durch Isas Schichtplan für die nächste Woche und suchte zum dritten Mal nach meinem Namen. Vergeblich.

Eine Nachricht von Juli bestätigte mir wenigstens, dass ich nicht verrückt geworden war.

Hast du doch gekündigt? Vor mir???

Ich schnaubte und antwortete:

Nein. Hat Isa mich vergessen?

Das war unmöglich nach unseren Auseinandersetzungen. Allerdings hatten wir uns die Tage nach dem Besuch von Martha Waris wieder zusammengerauft – zumindest konnte ich mich an keinen Zwischenfall erinnern. Ich hatte mich wirklich zusammengerissen. Und bemerkt, dass ich nun absolut keinen Spaß mehr an meinem Job hatte. Ich hatte mir die Mundwinkel wundgelächelt, aber keine Freude gespürt.

An diesem Montagabend saß ich müde und mutlos auf dem Sofa. Ich hatte gearbeitet, gegessen und über meinen gestrigen fruchtlosen Besuch in Ohlsdorf nachgedacht, bei dem ich weder Bea noch ihren Bienen noch irgendwelchen Spuren auf eines von beidem begegnet war. Und dann kam auch noch dieser Schichtplan.

Glaub ich nicht.

Juli war noch nicht fertig. Sie tippte weiter.

Frag sie doch mal.

Und dann:

Nein, soll ich sie fragen?

Und danach:

Ich frag sie einfach.

Danke

Nachdem ich die Nachricht abgeschickt hatte, legte ich das Handy beiseite und starrte einen Moment lang das Schlachtfeld vor mir an. Bis Elyar mich anstupste. »Interessante Neuigkeiten?«

»Das muss ich noch rausfinden, fürchte ich.« Ich widmete mich wieder den Kräutern, die ich zum Sortieren aus dem Schrank geholt und quer über den Tisch verteilt hatte. »Gibst du mir die Dose da?«

Elyar seufzte theatralisch auf und reichte mir die kleine Dose, deren Inneres bereits den Duft von Beifuß angenommen hatte. Sie war so gut wie leer. Mein Tütchen mit Beifuß auch. Ich hätte längst eine Inventur machen müssen.

Ich gab den Rest des Beifußes in die Dose und schraubte sie zu. »Müll.«

Elyar seufzte wieder theatralisch, nahm die Tüte und ging zum Mülleimer.

Über den Dunst der Kräuter auf dem Tisch legte sich eine leichte Brise aus dunkler Schokolade, die Nika ankündigte.

Kaum hatte ich das gedacht, sagte ihre samtene Stimme auch schon: »Was ist denn hier los?«

»Inventur«, sagte ich.

»Rosa hat spannende Pläne«, sagte Elyar. Ich verdrehte die Augen.

»Spannende Pläne?«, fragte Nika.

»Ich will die Straße noch mal untersuchen. *Brandsende.* Um mir selbst ein Bild zu machen, statt nur auf alte Schriften zu vertrauen.«

»Mit Zaubern?«

»Ja. Sonst seh ich doch nicht mehr als eine geteerte Straße.«

Das Sofa sackte ein bisschen weiter nach unten, als sie sich neben mich setzte. Sie ignorierte dabei Elyars kleinen Laut des Protests, weil sie ihm den Platz wegnahm. »Hattest du nicht lernen wollen?«

»Hatte ich. Aber ich kann mich nicht konzentrieren.« Ich schraubte das nächste Döschen auf. Minze. Puh. Da war die Nase schlagartig wieder frei. »Außerdem helfen Top-Noten mir hier nicht weiter.«

Ich begutachtete das Chaos aus Tüten mit Kräutern und suchte nach der Minze. Hatte ich keine Minze mehr? Ich musste eine Liste schreiben.

»Und was hilft dir weiter?«, fragte Nika.

Was mir half? Ein Wunder vielleicht.

Aber das sagte ich nicht, weil es nichts gebracht hätte. Wunder hatte ich schon vor zwei Jahren aufgegeben.

Ich zog mein Handy aus der Hosentasche und schrieb stumm meine Liste und die anderen beiden machten stumm etwas anderes und sogar das Kaninchen und der Widder saßen heute stumm auf dem Teppich und dösten vor sich hin.

»Wenn wir hier schon fröhlich sortieren.« Elyars Hand griff nach ein paar Dosen. »Sollen wir dann vielleicht Musik anmachen? Oder direkt einen Film? Ich mach uns Kaffee.«

»Einen Film für nebenbei?«, fragte ich und nahm die Dosen entgegen, die er gerade aufgehoben hatte.

Nika lehnte sich zurück. »Vielleicht hat er wieder Empfehlungen von seinem Date bekommen.«

»Hat er?«

»Ich kann euch hören.« Elyar stand in der Küchenzeile und hielt unschlüssig den geöffneten Karamellsirup in der Hand. Ich musste zum Glück nicht protestieren – er schraubte die Flasche zu und wandte sich zum Schrank. »Und nein, hab ich nicht.«

»Also war dieser Fondant-Film wirklich von deinem Date?«, fragte ich, rutschte vom Dosenrand ab und hätte den Inhalt wahrscheinlich über den Tisch verteilt, wenn noch etwas darin gewesen wäre.

»Und wenn?«

Ich schnupperte an der Dose. Was war das mal gewesen? Und warum war es leer?

»Ist nur witzig«, sagte ich dann, in Gedanken an Juli, die mir den Film auch empfohlen hatte. Und offenbar jedem, inklusive ihrem Freund, den sie zuletzt Bea gegenüber erwähnt hatte. Da hatte er sie gerade frisch angesprochen, richtig.

Offenbar hatten hier einige Leute denselben Geschmack. Immerhin hatte Elyar sich zuerst Julis Lieblingsfarbe für meine Haare ausgesucht und dann ja offenbar etwas, das sie selbst immer ...

Ich ließ die Dose sinken und starrte Elyar an.

Der wiederum hatte Tassen aus dem Schrank geholt und neben die Kaffeemaschine gestellt. »Warum witzig?« Er drehte sich um. »Was ist?«

Zufall. Es war sicher nur Zufall. Oder?

»Es ist nicht Juli, oder?«, fragte ich.

»Was?«

»Deine Freundin?«

»Was?«, sagte jetzt auch Nika.

»Was?«, echote Elyar und winkte ab, versuchte ein Lachen und scheiterte kläglich. Kein Zufall.

Ich hob die Augenbrauen. »Du datest Juli? Meine Kollegin?«

»Wär das ... so schlimm?«

Keine Ahnung. Das war superseltsam. So seltsam, dass ich keine Worte dafür fand.

Nika fand aber welche. »Das ist nicht dein Ernst. Von allen Menschen, die in dieser riesigen Stadt herumlaufen?«

»Wo ist das Problem?«

»Das Problem ist, dass sie im Café arbeitet und damit am ehesten die Möglichkeit hat, dich auffliegen zu lassen.« Nika schüttelte den Kopf. »Was ist bloß los mit euch? Eine überbevölkerte Welt und ihr beide sucht euch das aus, was für euch am gefährlichsten ist.«

Zuerst dachte ich, sie meinte Juli und Elyar. Aber dann verstand ich, dass sie mich mit eingeschlossen hatte. Während Elyar noch empört aus der Wäsche schaute, protestierte ich: »Warum ich? Ich hab mir gar nichts gesucht!«

»Verkauf mich nicht für dumm, Rosa. Wir wissen alle, warum Javid nicht mehr hier ist.«

Bisher hatte niemand es angesprochen. Dass sie es mir jetzt so einfach ins Gesicht sagte, traf mich mehr als erwartet. Ich öffnete den Mund, bereit für eine Ausrede, aber Elyar war diesmal schneller als ich. »Ich weiß nicht, was du hast. Bisher ist alles gut gegangen.«

»Wie viele Wünsche hast du verweigert, weil du ihr hinterhergeschmachtet hast?«, fragte Nika.

Ach so?

»Keinen!« Elyar schrumpfte unter Nikas Blick. »Einen. Vielleicht. Aber demnächst wechselt sie den Job und dann ist es überhaupt nicht mehr gefährlich.«

»Dann sieh bloß zu, dass du dich bis dahin zusammenreißt.«

»Tu ich doch. Es ist ja auch nichts Festes, hab ich doch gesagt. Guck nicht so, als würde ich lügen!«

»Du magst sie.«

»Und? Ich hab das im Griff!«

Ich erinnerte mich an das letzte Mal, an die Abende mit Schokolade und Briefpapier und an die heikle Aktion, in der Javid einen Entschuldigungsbrief aus dem Zimmer des Mädchens hatte entfernen müssen.

Keine Ahnung, wie sehr Elyar das diesmal wirklich im Griff hatte. Ich konnte mir nicht mal mehr wünschen, dass er es schnell beendete – denn das hätte Juli wehgetan.

Vielleicht hatte Nika recht und wir waren einfach beide unheimlich dumm. Wir stürzten uns in Dinge, die nur schiefgehen konnten.

Welchen Schmerz ertrage ich lieber?

Ich wollte keinen Schmerz. War das schlimm? So unmöglich?

Hatte es nicht jahrelang funktioniert?

Oder hatte ich mir nur eingeredet, dass ich unantastbar war, wenn ich mich von allen nur in gewissem Maße fernhielt? Und so hatte Javid sich in meinen Kopf und mein Herz geschlichen und an seiner Statt war jetzt eine Leere, die ebenso wehtat.

Mir war plötzlich überhaupt nicht mehr nach Kaffee.

Ich schnappte mir die Dose mit Lavendel und stand auf.

»Wo gehst du hin?«, fragte Nika.

»Bonbons machen.« Ein wenig zu heftig legte ich die Dose auf der Küchentheke ab.

Elyar, den Finger über der Taste an der Kaffeemaschine, wandte sich zu mir um. »Und was ist mit dem Kaffee?«

»Gerade nicht. Mach lieber Musik an.«

Der Finger bewegte sich keinen Zentimeter weg vom Knopf. »Keinen Kaffee? Sicher?«

»Sicher.« Und damit es nicht zu besorgniserregend klang, grinste ich ihm zu. »Mir ist gerade einfach nicht nach Kaffee. Später. Oder morgen vielleicht wieder.«

Oder einfach nie wieder. Aber das sagte ich nicht.

Bestimmt kam mir das alles hier in ein paar Wochen schon gar nicht mehr so schlimm vor und in ein paar Jahren würde ich wieder die alte Rosa sein und darüber lachen.

Bestimmt.

Ganz sicher.

Dafür hatte ich diesen Weg ja schließlich eingeschlagen.

***

Für den Rest des Abends füllte Musik das Schweigen, das sich über uns legte. Am nächsten Tag gingen Nika und ich zur Uni wie immer, jedoch ohne zu reden. Und doch blieben wir beieinander, vermutlich aber nur aus Gewohnheit, die wir nicht ablegen konnten. Nach jedem Praktikum und nach jeder Vorlesung stand ich am Ende mit gepackter Tasche am Ausgang der Reihe und wartete, dass sie mir folgte, oder umgekehrt. Und so verließen wir das IPM, immer noch schweigend und heute offenbar beide unantastbar für andere, denn niemand gesellte sich zu uns.

»Ich war gestern zu harsch zu dir, oder?«

Nikas Stimme riss mich aus meinen Gedanken. Ich wusste nicht mal so richtig, was sie meinte, da hatte ich schon den Kopf geschüttelt. »Es ist alles gut.«

»Aber es stimmt, oder?« Nikas Finger spielten am Schultergurt ihrer Umhängetasche. »Javid ist zu weit gegangen und deshalb ist er fort.«

»Er hat nichts angestellt.«

Genau genommen, hatte *ich* etwas angestellt. Und wenn Nika das so sagte, sah ich ihn wieder vor mir, die traurigen Augen. Und dann sein Lächeln, bevor er verschwand.

Meine Eingeweide krümmten sich zusammen und ich hatte Mühe, mein Lächeln aufrecht zu erhalten.

Nika seufzte. »Ich hab ihn so oft gewarnt, dass er aufpassen soll. Aber zum Schluss ist er unvorsichtig geworden. Nach Beas Verschwinden. Wir hätten ihn aufhalten sollen. Das tut mir leid.«

Ich erinnerte mich an ihre ernsten Blicke und scharfen Worte.

Javid.

Ich hoffe, du weißt, was du da tust.

Ich hob den Kopf, schaute Nika an. »Unvorsichtig?«

»Es war offensichtlich, dass er dich mehr mochte, als euch beiden guttat. Er hätte sich zurückhalten sollen. Stattdessen hat er mit dir geflirtet.«

Nein.

Zwei Zentimeter.

Sogar, als ich mir das Buch aus seinen Händen hatte schnappen wollen, war er aufgesprungen und mir ausgewichen. Er hatte aufgepasst. *Ich* war es gewesen, die das nicht getan hatte.

»Woher weißt du das?«

»Was?«

»Dass er ... Von seinen Gefühlen?«

»Das war nicht schwer zu erkennen, Rosa.« Sie zuckte mit den Schultern. »Zumindest nicht, wenn man zugesehen hat, wie er dich anschaut. Er hat es sich wirklich nicht leicht gemacht – vielleicht ist es besser, dass er jetzt nicht mehr da ist.«

Ja. War es.

Bestimmt.

Doch auch, wenn Nikas Worte mich nicht komplett überraschten, so taten sie doch ganz schön weh.

Wie lange hatte Javid Gefühle für mich gehabt?

Wie lange hatte Nika dabei zugeschaut und ihn gewarnt?

Hatte er versprochen, mir nicht zu nahe zu kommen?

Hatte ich das alles kaputt gemacht, indem ich ihn geküsst hatte?

Der Drang, mich bei ihm zu entschuldigen, wurde so übermächtig, dass mir die Augen brannten.

»Warum hast du nie was gesagt?«, fragte ich, meine Stimme viel zu leise. Nika hörte mich trotzdem.

»Was sollte ich sagen? Es wäre das Beste gewesen, wenn du es nie gemerkt hättest. Wenn er nie auf deinem Radar gewesen wäre. Zuerst sah es ja auch so aus, als wäre er das nicht.«

Doch, war er gewesen. Ich hatte es nur selbst nicht gemerkt.

»Ich wollte dir sowas Kompliziertes ersparen. Um unser aller Willen«, fuhr Nika fort. »Eine Hexe und ein Flaschengeist – das funktioniert einfach nicht.«

Nein, ganz offensichtlich nicht.

Wie sollte man das auch erklären?

Hallo Pa, das ist mein Freund. Er wohnt in einer Flasche.

Sogar Elyar hatte gesagt, dass das Schwachsinn war.

Es gab einfach Dinge, die nicht sein sollten.

»Stimmt«, sagte ich nur.

»Tut mir leid«, wiederholte Nika noch einmal.

»Schon gut. Du hast ja mit allem recht.«

Ich wünschte nur, mein Herz wüsste das auch. In diesem Moment hätte ich eine Menge dafür gegeben, ihn neben mir zu haben – auch mehr als zwei Zentimeter entfernt – den Karamellduft zu riechen und mich wie zu Hause zu fühlen.

Das Vibrieren meines Handys riss mich aus meinen Gedanken.

Hab Isa gefragt.

Eine Nachricht von Juli tauchte auf meinem Bildschirm auf.

Ich kopiers dir hierhin.

Es folgte ein Screenshot mit Isas Antwort.

Ich habe momentan nicht das Gefühl, dass ich Rosa vertrauen kann. Sobald ich das kann, setze ich sie wieder ein.

Während ich las, hatte Juli bereits weitergeschrieben:

Find ich komisch.
Geht das einfach so?
Was steht in deinem Vertrag?

Ich bedankte mich bei ihr und versicherte ihr, dass ich nachschauen würde. Für mehr fehlten mir Zeit und Kraft. Wir hatten mittlerweile die Ohnhorststraße überquert und standen am

S-Bahn-Gleis. Die Bahn würde gleich kommen und ich musste mich zusammenreißen. Immerhin hatte ich für heute etwas vor.

Auch wenn mir gerade gar nicht mehr danach war.

Ich habe momentan nicht das Gefühl, dass ich Rosa vertrauen kann.

Ich dir auch nicht, Isa.

Es wurde Zeit, dass Bea wieder auftauchte. Es wurde Zeit für Antworten.

Es wäre das Beste gewesen, wenn du es nie gemerkt hättest. Wenn er nie auf deinem Radar gewesen wäre.

Ich stopfte mein Handy zurück in die Tasche und ballte die Hände zu Fäusten.

Es war einfach Zeit, dass ich mein Leben zurückbekam.

Einfach nur das.

***

Nika war mal wieder verabredet und so trennten wir uns in der Innenstadt. Ich stieg am Jungfernstieg aus und strömte dort mit den Massen an Einheimischen und Touristen nach draußen auf die Straße.

Mir kam es vor, als wäre Nika in letzter Zeit häufiger unterwegs als sonst – irgendwann musste sie eine bessere Verbindung zu ein paar Mädchen aus dem Studiengang geknüpft haben und ich hatte es nicht mitbekommen.

Mal wieder.

Oder aber es lag daran, dass wir nicht mehr so innig waren wie zuvor. Die Kluft wurde breiter, unaufhaltsam. Sie nannte mich nicht einmal mehr *Prinzessin.*

Ich wanderte den Ballindamm hinab, diesmal auf der Alsterseite. Der leichte Geruch von Rauch begleitete mich, abgewechselt vom Gestank nach Öl und Industrie, der von den Bahnschienen herwehte.

Ich sehnte mich nach frischem Wind, nach irgendetwas Schönem, das nicht mit Rauch zu tun hatte. In jedweder Hinsicht. Das alles wuchs mir über den Kopf.

Momentan schauspielerte ich um mein Leben, entfernte alles, was mir dabei in den Weg kam – und dennoch fragte mich jeder, wie es mir ging, trotzdem hatte ich die Kontrolle verloren.

Ich ballte die linke Hand zur Faust und spürte die Kälte in meinen Fingern. Es war nur noch eine Frage der Zeit, bis ich aufflog, wenn ich das nicht alles stoppte. Ich würde mir etwas überlegen. Gleich morgen. Pa würde ich sagen, dass ich meine Ausbildung nicht machen konnte. Und dann zog ich mich zurück, kam nicht mehr zu den Familienessen, ließ Amber allein und Indigo ebenso. Sie würden fragen und traurig sein und ich würde einfach nicht antworten. Ich würde unsichtbar werden und allein durchkommen.

Ich musste nur verhindern, dass sie mich verstießen. Ich zog mich lieber selbst zurück, bevor sie sich von mir zurückzogen. Lieber eine Glaswand statt einer Tür. Ich hatte ja noch Nika und Elyar. Gleich morgen. Ja.

Es wurde dämmrig um mich herum. Die Lichter jenseits der Alster spiegelten sich im Wasser.

Ein buntes Treiben, Rascheln in den Bäumen, bunte Lampions über dem Weg und ein kühler Wind. Und das Summen von Bienen.

Ich blieb stehen und wartete darauf, dass der Wind vorüber war. Die Gänsehaut auf meinem rechten Arm blieb.

»Bea?«

Ich tat einen Schritt und spürte Bienen auf meiner Hand. Die Erinnerung an den Stich war zu frisch, der Schmerz war zwar verschwunden, aber meine Nerven erinnerten sich daran. Meine Finger verkrampften sich.

Es war nichts. Es war sicher nichts.

Und doch war da der Schwarm wieder, wie an der Ratsmühlendammbrücke, wie in Klein Flottbek.

Die Fußgänger wichen mit verstörten Mienen aus, ein paar zückten ihre Handys.

Magie lag in der Luft, ich spürte sie wie ein Rauschen in meinen Ohren.

Brandsende lag auf der gegenüberliegenden Straßenseite und war nicht länger wichtig.

Ich konnte sie sehen, sogar von hier.

Dort am Ufer, am Fuße der Kennedybrücke, wo sonst Spaziergänger entlangschlenderten und Hunde ausgeführt wurden, dort unten stand eine Gestalt zwischen den Bäumen.

Ich konnte von hier ihre Gesichtszüge nicht ausmachen, aber das war nicht nötig. Diese Gestalt hätte ich überall erkannt. Die mit einem Tuch gebändigten Haare und die stocksteife Haltung, die Aura von Disziplin und Ordentlichkeit waren unverkennbar.

Der Schauder auf meinem Rücken wurde zu einem Zittern.

»Bea.«

Kapitel 21

Ich hatte mir diesen Moment bewegter vorgestellt. Mit dem Gefühl, nach einer langen Reise am Ziel zu sein. Ich hatte erwartet, mich leicht zu fühlen oder vielleicht sogar in Tränen auszubrechen. Aber jetzt stand Bea einfach da, im Licht des hereinbrechenden Abends, irgendwo hier, wo die Alster ans Ufer schwappte und es nach Abgasen und Rauch roch – und ich war nicht vorbereitet. Ich war außer Atem, weil ich bis ans Ufer hinunter gerannt war, stand nur dumm da und suchte nach irgendeiner Emotion, die nicht Fassungslosigkeit war.

Die Suche war zu Ende. Bea war hier.

Ich hätte gar nicht mit Amber streiten müssen. Oder in die Bibliothek einbrechen. Ich hätte nicht mal Pa erzählen müssen, dass ich die Ausbildung machen wollte. Ich hätte Bea nie suchen müssen, weil sie eines Tages einfach vor mir auftauchen würde. Das war alles umsonst gewesen.

Ich hatte alles umsonst kaputt gemacht.

Ich drückte die Schultern durch und ignorierte mein Zittern. »Bea. Was machst du hier?«

Je länger ich sie anstarrte, desto mehr gewöhnten meine Augen sich an die Lichtsituation. Ich konnte sehen, wie Bea die Augenbrauen hob. »Ich? Das gleiche könnte ich wohl dich fragen, Rosalie.«

Sie mich? Ich sah mich um, als hätte ich irgendetwas übersehen, etwas Wichtiges. »Ich hab nach dir gesucht.«

»Exakt.« Bea stemmte die Hände in die Hüften. »Und warum? Habe ich darum gebeten?«

»Nein, das nicht ...«

»So. Und wenn jemand geht, muss man diesem Jemand dann hinterherlaufen? Ich denke nicht. Ebenso wenig muss man in dessen Wohnung eindringen und sich an Zaubern mit Räucherstäbchen versuchen. Was hast du dir dabei gedacht?«

Allmählich wich das Gefühl aus meinen Fingern und dabei war es nicht einmal kalt. Aber ich war kalt. Und taub. Von innen. »Das weißt du?«

»Natürlich weiß ich das. Himmel, Rosalie, was mischt du dich in Angelegenheiten ein, die dich nichts angehen?«

Für dich.

Es blieb ebenso stumm wie Amber gegenüber. Und jedem anderen. Aber wieder waren es diese Worte. *Für dich, für euch.* »Das geht mich sehr wohl etwas an.«

»Da sind wir wohl unterschiedlicher Meinung.« Bea verlagerte das Gewicht gleichmäßig auf beide Beine, ihre Pose änderte sich. »Und wer nicht hören will, muss fühlen.«

Was meinte sie damit?

Dieser Moment kam mir so surreal vor, dass ich nicht reagieren konnte. Ich hatte Bea gesucht und nun war sie zurück. Oder auch nicht – sie war hier, um mir zu sagen, dass ich sie nicht hätte suchen sollen. Es klang nach Bea und gleichzeitig überhaupt nicht. Würde sie mir das erklären?

Aber während ich mich das noch fragte, hatte Bea bereits gehandelt. Aus ihrer Tasche zog sie ein Fläschchen, dessen Inhalt sie sich über die Hände kippte. Ich hörte etwas Schweres, Zähes zu Boden tropfen, auch wenn ich es nicht genau sah.

Bea klatschte in die Hände und legte dann die Finger aufeinander. Ein Zauber. Aber was ...

Ich konnte den Gedanken kaum fassen, da wurde die Luft um mich herum heiß und der Boden vor meinen Füßen ging in Flammen auf. Schlagartig wurde alles hell und rot und ich verschluckte mich an meinem eigenen Atem, taumelte rückwärts, weg von der Hitze, und hechtete dann zur Seite, weil das Feuer sich in meine Richtung fraß.

»Es tut mir leid, Rosalie«, hörte ich Bea über das Knistern sagen. »Aber du hättest mir einfach nicht folgen dürfen.«

»Hättest du mir das einfach gesagt!«, erwiderte ich, während meine Finger an meiner Tasche herumnestelten.

Ein Feuerzauber – wie war das möglich? Und doch kam es nicht überraschend, ich hatte es doch längst geahnt. Ich hatte es sogar gesehen. Beas Feuer, das die Pflanzen jagte.

Das dachte ich und stolperte den Weg hinunter, weil das Feuer auf dem Sandweg spross wie Unkraut. Ich spürte die Hitze auf meinem Gesicht und schmeckte den Rauch.

In meinem Kopf war lautes Geschrei, das Kreischen von Reifen. Mein Herz klopfte zum Zerspringen und Nebel der Panik flimmerte am Rande meines Sichtfelds. Ich brauchte Hilfe. Und zwar sofort. Wenn ich nichts tat, würde das Feuer mich treffen. Ich würde wieder da liegen. Ich würde sie alle hören und riechen und die Energie würde unter meiner Haut sterben und …

Rosa.

Ich brauchte Javid. Jetzt. Sofort. Hier.

Aber Javid war fort. Meinetwegen.

Das Gefühl, sich zusammenkrümmen zu müssen, wurde übermächtig – aber bevor ich dem nachgeben konnte, stolperte ich. Über meine eigenen Füße oder einen Stein im Boden, das wusste ich nicht. Ich war so gefangen in meinem Kopf, dass ich kaum reagieren konnte. Ich schlug hin, meine Tasche federte den Fall ab und so hörte und spürte ich das Klirren unter mir besonders deutlich.

»Nein.«

Ich richtete mich auf, drehte die Tasche um und sah im flackernden Licht die dunklen Flecken auf dem Stoff. Es roch nach Sirup, durchdringend, unkontrolliert. Die Flakons mussten Schaden genommen haben und wenn ich sie nicht binnen weniger Stunden reparierte, würden die Geister sich ein neues Gefäß suchen – und zwar das nächstbeste, sonst wo. Das konnte ich jetzt gar nicht gebrauchen. Was tat ich denn jetzt?

Jemand zog mich auf die Beine.

»Was hast du nun schon wieder angestellt?« Mit einem energischen Handwink wehrte Elyar das Feuer ab, das nach uns griff. Einen Moment lang verharrte er in dieser coolen Pose, dann war das Feuer zurück und er fluchte leise.

»Wir müssen hier weg. Irgendwohin, wo sie nicht unbemerkt zaubern kann!« Das war Nika auf meiner anderen Seite. Ich drückte meine Tasche fester an mich und starrte auf ihre Füße, in denen sich der rote Schein des Feuers spiegelte.

Nicht unbemerkt zu zaubern würde Bea nicht aufhalten. Das hatte es auch zuvor nicht.

Sie hatte die Pflanzen quer durch die Straßen gejagt, unbeeindruckt von Augenzeugen und Konsequenzen. Wo war die Bea hin, die ich gekannt hatte?

War das jetzt mein sicherer Hafen?

Ich biss mir auf die Lippe und wollte etwas tun, irgendetwas. Aber der Rauch vernebelte meinen Kopf, bis da nur noch ein schmerzender Arm war und die Erinnerung an rote und weiß gewordene Haut über dem Quietschen von Reifen und dem Schreien von Menschen.

Nicht schon wieder. Ich musste hier weg. So weit weg wie möglich.

Deshalb wehrte ich mich nicht, als Leben in Elyar kam. Die Luft um uns herum prickelte von Hitze, als würde sie gleich explodieren. Und in meinem Kopf war Rot und Licht und Schreien.

Die Bäume hinter uns raschelten und knisterten, das Rauschen des Verkehrs schwoll an, die Luft wurde kühler und mein Kopf freier.

Wir jagten den Weg hinab, auf die Straße zu, unsagbar schnell, als würde der Wind uns tragen. Und vielleicht tat er das. Wieder musste ich an Javid denken und diesmal hatte ich keine Möglichkeit, diese Gedanken von mir zu schieben.

Er war fort und ich war die ganze Zeit nur einem Phantom hinterhergelaufen. Das Feuer, der Rauch, die Bestrafung. Das da unten war Bea.

Verzweifelt versuchte ich, gegen die Enttäuschung anzuschlucken, aber mein Mund war trocken und meine Zunge fühlte sich pelzig an.

Das da unten war Bea.

Bea hatte mich angegriffen.

Es gab keine Queen-Bea, sondern nur eine Person, die einst alles hier in Brand gesetzt hatte.

Wieso.

»Ich weiß nicht, was das ist!«, hörte ich Nika sagen, ihre Stimme ungewöhnlich hell. »Aber ich kann sie nicht aufhalten, Elyar!«

Der Griff einer Hand um meinen Arm wurde stärker und Elyar sagte: »Nur noch ein bisschen.«

Wo wollten sie hin?

Ich erkannte es erst, als wir über die rote Ampel jagten, quer über die Straße in Richtung eines Goldhändlers und eines Möbelgeschäfts. Diese düsteren Fenster hatte ich schon einmal aufglimmen sehen, vor gar nicht allzu langer Zeit.

Brandsende.

Ich schnappte nach Luft, als wir in die dunkle Straße einbogen, weg von dem Rauschen und Knistern und Plätschern – und erst als wir ein paar Meter weitergestolpert waren, ließ die Hitze auf meinen Wangen nach und mit ihr der Nebel in meinem Kopf.

Meine Lunge war zu klein für die Luft, die ich brauchte. Ich krümmte mich vornüber, nur noch von Elyars Hand gehalten, und versuchte, wieder zu atmen.

Es war alles gut.

Kein Feuer.

Keine Narben.

Und doch war nichts gut.

»Javid hatte recht«, sagte Nika und es klang seltsam hohl und weit weg. »Es ist wie eine Grenze.«

»Natürlich hatte er recht«, sagte Elyar.

Ich sagte nichts, doch ihre Worte klingelten in meinen Ohren. Javid. Hatte recht. Javid. Natürlich.

Ich sog so viel Luft ein, wie ich konnte, und wandte mich um. Und als ich es tat, stand Bea dort, hell erleuchtet von den Laternen, am Eingang zur Straße und starrte zu uns hinüber.

Meine Lunge brannte.

Ich löste mich von Elyar und Nika und machte einen Schritt auf sie zu.

Ich hatte keine Frage, die ich ihr stellen konnte. Nichts, was mir einfiel, was das liefern würde, wonach ich suchte. Also suchte ich es in ihrem Gesicht. Irgendwo einen Funken der alten Vertrautheit unter all der Strenge und Wut.

Meine Queen-Bea.

Sie schien von innen zu lodern, als hätte das Feuer sie längst gefressen. Keine Bienen. Kein Leben. Keine kleinen Götter.

Und doch handelte sie nicht, und die Luft blieb lau, wie sie in einer Mainacht nun einmal war. Bea konnte nicht weitergehen. Zwischen uns war die unsichtbare Grenze, deren Sinn ich noch nicht verstanden hatte.

Oder?

Ich musste an etwas denken, etwas, das ich nicht recht zu greifen bekam. Wie auch, wenn das Feuer weiter in meinen Gedanken wütete und mein sicherer Hafen vor meinen Augen innerlich verbrannte. Ich schluckte. »Bea.«

Bitte. Komm zurück.

Aber Bea strafte mich mit ihrem lodernden Blick. »Es ist zu spät, Rosalie. Du hast dich mit Dingen angelegt, die dich nichts angehen. Versuch das nie wieder.«

Würde ich ja nicht. Ich hatte sie doch nur finden wollen. Ich hatte doch nur ... Ich hatte ...

Ich schüttelte den Kopf und konnte nichts sagen.

»Du hast genug Geister, mit denen du umgehen musst. Du brauchst nicht noch einen weiteren«, sagte Bea.

Ich wollte keine Geister mehr. Ich wollte ein Leben.

»Du hast keine Ahnung, was ich brauche«, sagte ich und klang wie eine störrische Tochter. Und doch war das alles, was ich erwidern konnte.

Bea hob die Mundwinkel. »Lass dir das eine Lehre sein.«

Sie setzte sich in Bewegung und verschwand nach rechts, einfach hinter der nächsten Hausecke. Ich wollte ihr hinterher, aber kaum hatte ich einen Schritt getan, hielten Elyar und Nika mich fest.

»Sie wird dich angreifen, wenn du jetzt gehst!«, rief Nika, während ich versuchte, meinen Arm zu befreien.

»Wird sie nicht. Sie ist fertig.«

Und sie hatte sich nicht einmal erklärt. Das war nicht richtig.

Ich versuchte, meine Arme aus ihren Griffen zu ziehen, aber ich kam nicht vorwärts. Ich konnte mich nicht bewegen, nicht zaubern, nicht einmal denken, sobald Feuer in der Nähe war.

Nutzlos.

Ein Fehler.

Der Frust quoll über und nahm mich mit sich. »Lasst mich!« Ich zog ein letztes Mal. »Ich *wünsche* es!«

Es war nicht fair. Sie mussten loslassen und ich wirbelte zu ihnen herum: »Kommt mir nicht nach!«

Und auch das mussten sie tun. Weil sie meine Geister waren. Nicht meine Freunde, nicht meine Familie. Nur Geister, in deren grauen Augen Enttäuschung schimmerte. So war ich nie mit ihnen umgegangen und es tat mir leid, kaum dass ich den Wunsch ausgesprochen hatte. Ich öffnete den Mund und wusste doch nichts zu sagen. Und so drehte ich mich wieder um und lief los, um die Ecke und quer über die Straße im Licht eines heranfahrenden Autos.

Bea war nirgends zu sehen.

»Bea!«

Ich tauchte erneut ein in die Dunkelheit des Alsterufers, eine Gänsehaut überkam mich und mein Herz schrie mich an, umzukehren. Aber ich war noch nicht fertig.

Und ich hatte nichts mehr zu verlieren.

»*Bea*!«

Aber Bea war nicht mehr da.

***

Es war spät, als ich nach Hause zurückkehrte.

Eine Weile noch hatte ich am Ufer auf das Summen von Bienen gelauscht oder auf irgendetwas, das mich in eine Richtung wies.

Meine Tasche war verklebt und roch süßlich – wo Elyar und Nika waren, wusste ich nicht. Ich wusste auch nicht, ob ich sie rufen konnte, nun da ihre Flakons beschädigt waren. Ich musste sie reparieren, damit ich die Geister nicht verlor. Aber eigentlich brauchte ich dafür ihre Hilfe.

Im Treppenhaus roch es durchdringend nach Kräutern, als hätte jemand eine ganze Palette aus dem Supermarkt mitgenommen.

Oder seine Kräuter umgefüllt, wie ich gestern.

Wofür hatte ich all das getan? Ich konnte noch nicht verarbeiten, was gerade passiert war. Es waren nur Fetzen, die mir durch den Kopf gingen. Amber und Pa und Indigo und Javid. Martha Waris, die bereits zweimal ins Café gekommen war.

Meine Wohnung begrüßte mich mit Stille und Dunkelheit.

Ich schaltete das Licht ein, doch die Stille wich nicht und ebenso die Kälte, die sich um mich geschlungen hatte.

Am Wohnzimmertisch kniete ich mich hin und öffnete meine Tasche. Die Flakons im vorderen Fach waren in mehrere Teile zerbrochen. Die Trennwände zu beiden Seiten waren durchweicht und mein Notizblock im hinteren Fach auch. Der einzig heile Flakon stand im Schrank – der, in dem noch immer Karamellsirup war. Ich hatte ihn nicht wegwerfen können und jetzt war er als einziger noch übrig.

Ausgerechnet.

Ich lächelte freudlos, spöttisch über mich selbst, und wandte mich zur Küchenzeile um.

Und dann klingelte es an der Tür.

In der Stille war das Geräusch so laut, dass ich zusammenzuckte. Ich war unheimlich angespannt, selbst jetzt noch. Das Feuer wütete in meinem Kopf und ich wusste nicht, wie ich Beas Blick loswerden sollte.

Ein naives Ich in meinem Kopf hoffte, dass es Nika und Elyar dort an der Tür waren. Sie konnten zwar auch so in die Wohnung – sie hatten sogar einen Schlüssel – aber vielleicht wollten sie testen, ob ich bereit für Gesellschaft war.

Was ich nicht war.

Aber ich musste diese Stille irgendwie füllen.

Ich ging zur Tür und betätigte die Sprechanlage. »Hallo?«

»Hier ist Amber.«

Es klang nicht so beschwingt wie sonst. Eigentlich klang es nur unsicher.

Die Wohnung fühlte sich direkt noch ein wenig beklemmender an. »Hey.«

»Ich brauche mein Buch zurück. Kann ich hochkommen?«

Das Buch über medizinische Grundlagen lag immer noch neben dem Sofa.

Mein Herz wurde schwer, als ich an Ambers ersten Besuch zurückdachte.

Alles wie damals. Du Schoko und ich Karamell.

Ich betätigte den Summer und öffnete die Tür einen Spalt. Durch das Treppenhaus hallte das Zufallen der Haustür, dann langsame Schritte nach oben. Sonst hatte Amber energischer geklungen, wenn sie ging.

Aber sonst hatten wir auch nicht gestritten. Sonst hatte sie mich nicht gehasst, weil sie mich für einen undankbaren Roboter hielt.

Ich verharrte viel zu lang an der Tür und starrte die Fußmatte der Nachbarn an. Erst als Amber in meinem Blickfeld auftauchte, fiel mir ein, dass ich das Buch längst hätte holen können. Ich würde es ihr in die Hand drücken und sie konnte gehen, ohne dass sie mit mir reden musste.

Und gleich morgen würde ich Pa sagen, dass ich die Ausbildung nicht machte.

Amber hatte den Treppenabsatz erreicht, den Blick hielt sie gesenkt. Ich ging zum Buch hinüber, kniete mich hin, hob es auf und wandte mich wieder um.

Und bemerkte, dass jemand hinter mir stand.

Es war eine Frau in dunkler Kleidung, woher auch immer sie gekommen war. Binnen einer Sekunde war sie neben mir und hielt meine Hände fest. Ich wusste nicht einmal, was ich denken, geschweige denn tun sollte.

Amber trat durch die Tür und schloss sie leise hinter sich. Sie sah mich nicht an, ihre Miene war starr und trüb.

Mit einem leisen Rascheln füllte sich der Raum, es waren insgesamt sieben weitere Personen. Eine davon tauchte neben der Küchenzeile auf, die Finger noch aneinander gepresst von dem Tarnzauber, den sie sich bis eben auferlegt hatte.

Ich kannte ihr Gesicht, ich hatte es schon öfter gesehen. Nur trug sie heute keine hässliche Strickjacke, sondern die hochgeschlossene Kleidung der Matri mit den Taschen und Gürteln für Katalysatoren und Basen.

»Haben wir dich«, sagte Martha Waris und schaute mit ihrem spitzen Lächeln auf mich hinunter.

***

Mein Kopf versuchte krampfhaft eine Erklärung für diesen Moment zu finden.

Das war unmöglich Martha Waris. Konnte es gar nicht sein. Martha Waris war eine harmlose Heilerin, ich hatte ihre Website im Internet gesehen.

Dennoch – es waren ihr Gesicht und ihre Stimme, ganz eindeutig.

Ich blinzelte und merkte erst jetzt, dass ich sie fassungslos angestarrt hatte. Das alles war so surreal. Hier standen sieben Matri in meiner Wohnung, um mich festzuhalten. *Mich.*

Waren sie gekommen, weil ich in Beas Privaträume eingedrungen war? Hatte Isa sie gerufen? Aber nein, Martha Waris war bereits im Café gewesen, bevor ich den Aschezauber versucht hatte.

Also … was war es dann?

»Es tut mir leid, dass unsere nächste Begegnung so aussehen muss«, sagte Martha Waris. »Ich habe dich gewarnt, Rosa. Aber natürlich war das nicht genug.«

Gewarnt?

Wovor?

Mein Blick schwenkte von Martha Waris zu Amber und wieder zurück. Das war ganz klar ein Irrtum. Hier stimmte etwas nicht.

»Was machen Sie hier?«

Ich konnte nichts bieten. Weder Wissen noch Magie noch eine Verbindung zu Bea. Ich hatte *nichts.* Mit diesem Abend hatte ich meine letzte Hoffnung verloren und jetzt kniete ich hier auf dem Boden und schwankte zwischen Hoffen und Bangen, dass Elyar und Nika sich meinem Wunsch widersetzen und zur Tür hereinkommen würden.

Wäre ich doch einfach nach Italien geflohen.

Der Gedanke tat so weh, dass mir die Tränen in die Augen traten und ich die Luft anhalten musste, damit ich mich nicht verriet. Martha Waris sollte es für Wut halten und nicht für dämlichen Liebeskummer.

Wenn sie eine Regung in meinem Gesicht bemerkte, so zeigte sie es nicht. »Wir wollen eine Erklärung von dir, Rosa.«

»Wofür?«

Sie warfen sich Blicke zu, skeptische, prüfende. Martha Waris musterte mich einen Moment lang, einen viel zu langen Moment. »Seit einiger Zeit webt sich eine Masse an seltsamer Magie um dich. Sie taucht immer häufiger sprungartig um dich herum auf. Sie war um dich, als wir uns das erste Mal begegnet sind und sogar jetzt ist sie da. Das war ... zunächst interessant.« Sie verschränkte die Arme vor der Brust. »Aber dann warst du in problematische Vorfälle verwickelt. Du warst anwesend, als die Magie an der Alster ausgebrochen ist. Und heute hast du offenbar mit Feuer experimentiert.«

Ich?

Nein.

Nein, nein, nein.

»Das war ich nicht. Das war Bea.«

Die Brandstifterin. Das Feuer. Warum wussten sie das nicht?

Martha Waris erwiderte: »Deine Chefin ist nicht mehr da, soweit ich weiß.«

Nicht. Mehr. Da.

Ich schüttelte den Kopf. »Sie ist da.«

»Deine momentane Chefin sieht das anders.«

Meine ... Isa? Ja, natürlich sah Isa das anders. Sie wusste ja auch nichts von den Bienen und all dem ... oder? Andererseits hatte sie mit den Matri geredet.

Und hatte ihnen von Bea erzählt.

»Sie hielt es sogar für möglich, dass du sie hast verschwinden lassen«, sagte Martha Waris. »Und dass ihr gemeinsam etwas geplant habt, von dem wir alle noch nichts wissen.«

Ihre Worte erreichten mich nur zäh und langsam und mit ihnen kam das Gefühl, ein Loch täte sich unter mir auf. Isa verdächtigte mich einer Sache, zu der ich nie fähig gewesen wäre. Sie hatte nicht nur Bea an die Matri verraten, sondern auch mich. Vor allem mich.

Das war absurd.

Meine Kehle war trocken, als ich sprach. »Ich hab nichts geplant. Was ihr wollt, ist Bea. Sie ist irgendwo hier und sie war das mit dem Feuer.«

»Und sie hat auch ganz allein mit Aschezaubern experimentiert?«, fragte die Frau, die mich festhielt.

Waren sie noch mal in der Wohnung gewesen oder hatte Isa ihnen von meinem Zauberversuch erzählt? Was hatte Isa noch erzählt? Ich biss mir auf die Innenseite meiner Wange, um das Gesicht nicht zu verziehen. »Ja, hat sie. Und ich wollte wissen, was sie da versucht hat.«

Eine Masse seltsamer Magie. Um mich. Was für ein Unsinn. Sie verwechselten meine Magie – die ich nicht einmal hatte – mit der von Bea.

Martha Waris kam ein paar Schritte auf mich zu und kniete sich vor mich. Da war es wieder, das leichte Lächeln. »Und sie ist auch in die Bibliothek der WUH eingedrungen?«

Nein.

»Das war ...« Ich stockte.

Woher wussten sie das?

Entweder stellte sie mir eine Falle oder aber ... Oder aber ...

Mein Blick fand Amber, die noch immer neben der Tür stand.

Und diesmal sah Amber mich ebenfalls an, ihre sonst so energisch funkelnden Augen groß und ihr Kiefer angespannt. »Tut mir leid, Rosie. Wenn die Matri mich fragen, muss ich die Wahrheit sagen.«

Seit du wieder da bist aus Asien, riechst du nach Karamell, weißt du das?

Das Schlimme war nicht, dass die Matri es wussten. Ich hatte nichts kaputt gemacht. Nichts geklaut. Ich hatte nur gelesen.

Das Schlimme war, dass Amber es so sagte. Müde und zugleich monoton, als sei sie der Roboter und nicht ich.

»Deine Freundin hat sich Sorgen um dich gemacht«, sagte Martha Waris, ihre Stimme klang weit weg, obwohl sie kaum mehr zwei Schritte von mir entfernt stand. Aber ich sah nur Amber, mit der ich Blumenkränze geflochten und Tapeten bemalt, Klamotten getauscht und Make-up ausprobiert hatte. »Dass du von der rechten Bahn abkommst. Und sie hatte recht, oder nicht? Du hast mit Magie experimentiert.«

Ich konnte keine Magie nutzen.

Aber das konnte ich nicht sagen. Nicht vor Martha Waris und erst recht nicht vor Amber.

Ich hatte die rechte Bahn bereits vor zwei Jahren verlassen, die rechte Bahn wären ein Studium und eine steile Heilerinnenkarriere gewesen, mit der ich mein Versprechen Pa gegenüber erfüllt hätte.

Stattdessen würde Pa nun erfahren, dass ich von den Matri besucht worden war. Und dass Amber ihnen dabei geholfen hatte. Weil sie sich *Sorgen machte.*

»Ich benutze keine Magie außer meiner eigenen«, sagte ich. »Ich weiß nicht, was Sie wollen.«

»Wem versuchst du, etwas vorzumachen, Rosa? Sogar jetzt ist sie noch präsent. Wenn du uns belügen willst, hättest du sie besser verstecken müssen.«

Meinte sie die Geister? Aber von denen war niemand hier.

Ich spürte es nicht. Ich hatte keine Ahnung, was sie meinte.

»Es gibt keine andere Magie.«

»Rosie.« Amber klang fast flehend. »Bitte, hör auf damit.«

Meine Augen brannten, die Innenseite meiner Wange schmerzte. »Ich weiß wirklich nicht, was Sie meinen.«

Ich blinzelte nicht, damit ich nicht weinte. Meine Lippen blieben aufeinander gepresst, obwohl mir mehr nach lautem Schreien war. Ich erwiderte Martha Waris' Blick so furchtlos wie möglich.

Martha Waris musterte mich mit diesem Blick, der alles und jeden erdolchte. Ihr zweiter Besuch im Café war Teil ihrer Ermittlungen gewesen – wegen einer Magie, die angeblich sprungartig um mich herum auftrat. Was mir aber nie aufgefallen war.

Ob Pa bereits davon wusste?

Ich biss noch ein wenig heftiger zu.

Die Luft schien zu knistern. Unsere Überzeugungen prallten aufeinander.

Und schließlich gab Martha Waris nach. Sie seufzte. »Schön. Wir nehmen sie mit. Blockiert ihre Magie.«

Mitnehmen?

»Mitnehmen – wohin?«

»Dahin, wo du viel Zeit zum Nachdenken haben wirst«, sagte die Frau, die mich festhielt. Ihre Finger glitten meinen Arm hinunter zu meinen Händen. Ihre Finger schlossen sich fest um meine. Meine rechte Seite prickelte, wurde heiß und schmerzte, wie von Nadeln durchbohrt.

Meine linke blieb stumm.

Einfach stumm.

Und nach einem kurzen Moment ließ das Prickeln nach.

»Martha.« Die Stimme der Frau klang irritiert.

Ich verstand, bevor sich jemand regen konnte, Panik überkam mich wie eine kalte Dusche. Ich durfte sie nicht sprechen lassen, unmöglich. »Ist schon gut, ich komme mit! Ohne mich zu wehren!«

Ich wandte mich nach der Frau um, doch sie warf mir nur einen kurzen Seitenblick zu.

»Was ist los mit ihr?«, fragte Martha Waris.

»Ich komme mit!« Ich versuchte es erneut, versuchte, meine Hände zu befreien. »Reicht das nicht?«

Martha Waris trat einen Schritt auf mich zu, das Klackern ihrer Schuhe auf dem Boden dröhnte in meinen Ohren.

Ich ballte die Hände zu Fäusten, wollte aufstehen. Mein Puls raste so sehr, dass ich nicht mehr atmen konnte.

Ein weiterer Blickaustausch. Und die Frau sagte: »Da ist keine Magie in ihrem Arm. Sie sagt die Wahrheit.«

Automatisch sah ich wieder Amber an, die das Ganze wie erstarrt beobachtete.

Mein Puls war in meinen Ohren.

Sie durfte es nicht sagen. Sie durfte gar nichts mehr sagen.

Ich spürte Finger auf meinem Arm.

Stille.

Und dann sagte die Frau: »Siehst du. Das Mädchen kann gar keine Magie wirken.«

Das Echo dieses Satzes hallte in meinem Kopf.

Und gleichzeitig spürte ich Ambers Blick, der meinen festhielt. Ich sah, wie die Erkenntnis langsam in ihr Bewusstsein sickerte. Wie sich ihre Augen eine Spur weiteten.

Wie sie langsam den Kopf schüttelte.

Und wie alles, was ich in zwei Jahren versucht hatte, aufzubauen, einfach vorbei war.

Kapitel 22

Die Matri interessierten sich nicht für das, was sie angestellt hatten. Für sie war wichtig, wer die seltsame Magiequelle war, der sie nachjagten.

Sie fragten mich danach, wie es zu meiner Verletzung gekommen war und ich erzählte ihnen von dem Unfall in Thailand. Sie fragten, wie ich das hatte verbergen können, und ich sagte, mit Schauspielerei, Zwei-Finger-Zaubern und der Magie meiner Kolleginnen im Café wäre ich durchgekommen.

»Das kann nicht sein«, protestierte eine der Frauen, die mich umzingelt hatten, aber Martha Waris brachte sie mit einer knappen Geste zum Schweigen. »Wir sind hier fertig.«

Und dann ließen sie mich zurück.

An der Tür wandte Martha Waris sich noch einmal um und sagte: »Ich werde ein Auge auf dich haben, Rosa Winter. Aber ich danke dir für deine Ehrlichkeit.«

Wahrscheinlich meinte sie das wirklich so. Momentan allerdings kam es mir vor wie blanker Hohn. Vor meinem inneren Auge brannte Ambers Blick, der letzte, bevor sie durch die Tür verschwunden war.

»Ist das wahr?«, hatte sie nur gefragt. Und dann war sie gegangen.

Es wurde spät, die gedämpften Geräusche der Nacht legten sich über die niemals schlafende Stadt, der Schein durch das Fenster hinter dem Sofa wurde rötlicher und weicher.

Und irgendwann hörte ich einen Schlüssel im Schloss.

Die Tür öffnete sich langsam und Nika und Elyar schlichen herein – bis sie mich auf dem Sofa sitzen sahen.

»Du bist noch wach?« Nika streifte sich die Jacke von den Schultern. »Hast du geweint?«

Ich schüttelte den Kopf, dabei war es offensichtlich, dass ich geweint hatte. Ich hatte mich eben im Bad gesehen und auch eine Ladung kalten Wassers hatte da nicht mehr geholfen.

Amber wusste es.

Amber würde es Pa erzählen.

Es war alles vorbei.

Ich war nicht mehr Rosa.

Ich war nur noch eine Enttäuschung, ohne Hülle.

Nika und Elyar kamen zögerlich näher und setzten sich mir gegenüber auf den Boden. Der Widder und das Kaninchen kamen hinzu und ließen sich neben den Scherben der Flakons nieder, die immer noch auf dem Tisch lagen.

»Das ist doch kein Problem«, sagte Elyar. »Das ist mit einem kleinen Zauber wieder getan, bevor es uns in ein neues Gefäß ziehen kann.«

Er dachte wirklich, ich weinte wegen der Flakons.

Ich brachte ein Lächeln zustande, nickte und er begann damit, die Scherben seines Flakons wieder zusammenzusetzen.

Indessen sagte Nika: »Wir haben die Stelle noch einmal auf Spuren abgesucht. Und auch die Straße, *Brandsende.* Da ist überall Magie, aber nichts, was uns weiterhilft. Und hier im Treppenhaus stimmt auch etwas nicht. Da hängt Magie in der Luft.«

»Und hier drinnen erst«, sagte Elyar und verzog das Gesicht, als ihm eine Scherbe aus der Hand rutschte und dem Widder vor die Füße kullerte. Er sah das Tierchen an. »Du könntest ruhig helfen, weißt du?«

Der Widder gehorchte mit großen Augen.

Nikas Worte kamen nur zäh in meinem Kopf an.

Da ist überall Magie.

Was hatte Martha Waris noch gesagt?

Ich schloss die Hände um den Saum meines Shirts. »Nika. Kann man eure Magie um mich herum spüren?«

Sie sahen alle auf. Sogar der Widder, der gerade mit der Schnauze eine Scherbe über den Tisch schob.

»Um dich herum?«, wiederholte Nika. »Ich weiß nicht. Wenn wir in unseren Gefäßen sind, auf jeden Fall nicht. Möglicherweise, wenn wir einen Zauber wirken. Wieso?«

Und wenn sie einen Zauber wirkten, trat die Magie sprunghaft auf.

»Fast wie neu!« Elyars Finger berührte noch das Glas. Sein Zauber hatte die Kanten der Scherben verschmolzen, der Flakon wirkte milchiger und nicht mehr ganz so gleichmäßig wie zuvor, aber er war heil. Elyar nickte zufrieden. »Nichts, was man nicht wieder hinbekommt.«

Er stand auf und ging in die Küche, nahm erst den Karamellsirup, öffnete ihn, stellte ihn stirnrunzelnd wieder zurück und griff nach der Flasche mit Haselnusssirup.

Nichts, was man nicht wieder hinbekam.

Ein Wunsch, ein Traum.

Aber da ich die Geister an den Deal gebunden hatte, konnten sie mir nicht erfüllen, was ich in diesem Moment am meisten wollte. Sie konnten nur das, was Hexen und Trickster konnten, und die wiederum waren nicht in der Lage, eine Tatsache aus den Köpfen der Menschen verschwinden zu lassen.

Sollte ich einen weiteren Geist suchen? Einen Level-5-Geist mit uneingeschränkter Magie, um das alles rückgängig zu machen?

»Rosa?«

Mein Blick wanderte zurück zu Nika, deren dunkelgraue Augen mich ernst musterten. »Wieso fragst du, ob man unsere Magie spüren kann?«

Aber vielleicht wussten sie eine andere Lösung.

Ich schluckte, schloss die Finger noch fester um den Saum meines Shirts. Und erzählte von den Matri.

***

»Du siehst total unterzuckert aus.« Robins Blick schwankte von mir zu seiner Brötchentüte und zurück. Dann hielt er sie mir hin. »Hier, nimm mein Croissant. Ich brauch es nicht mehr.«

»Warum hast du es dann gekauft?«, fragte ich.

»Für die Pause. Aber Konstantin schuldet mir noch ein Essen und das ist heute, also ess ich vorher nichts.«

»Hast du eine Wette gewonnen?«, fragte Nika und Robin grinste.

»So in der Art.«

Ich hatte die Tüte noch immer nicht entgegen genommen. Also legte er sie auf meinen Tisch und beugte sich zu mir vor, bis ich den Geruch von seinem Waschmittel in der Nase hatte und damit ganz viele Erinnerungen, die ich gar nicht haben wollte. »Schlaf mal mehr, Dornröschen. Morgen will ich dich ohne Augenringe sehen.«

Ich lächelte und nickte, dabei war mir danach nicht zumute. Ich fürchtete mich vor dem Vibrieren meines Handys, vor Nachrichten und Anrufen, davor, dass Pas Name auf dem Display auftauchen würde. Oder Ambers. Hatte sie es den anderen schon erzählt? Wartete sie bis zum nächsten Samstagsessen?

»Er hat recht.« Nika beäugte mich mit gerunzelter Stirn, nachdem Robin hinter Konstantin her aus dem Vorlesungssaal verschwunden war. »Irgendetwas bereitet dir Sorgen, oder?«

»Nicht mehr als sonst.«

»Du hast gesagt, die Matri hätten von dir abgelassen. Also ist es Bea? Das Feuer?«

Es gab keine Bea mehr. Nur noch eine Brandstifterin, die andere fühlen ließ, indem sie sie mit Feuerzaubern bombardierte. Das war nicht Bea.

Das war ein Albtraum.

»Diese Feuerzauber hätte es nicht geben dürfen.« Nika hatte die Stimme gesenkt, sodass sie fast unterging in der Unterhaltung der Mädchengruppe zwei Reihen vor uns. »Bist du sicher, dass es Bea war?«

Nach allem, was ich wusste – ja.

Und es war egal. Ich brauchte Bea nicht mehr und ebenso wenig das Café. Keine Ausreden, keine Lügen. Ich hätte erleichtert sein müssen, aber ich fühlte mich schrecklich.

Und dennoch konnte ich nicht einfach aufhören, die Rosa von früher zu mimen. Es war eine solche Gewohnheit geworden, dass ich auch jetzt keine Worte fand, energisch die Croissanttüte an mich nahm und aufstand. »Ich weiß es nicht. Aber lass uns das nicht hier besprechen.«

Dabei gab es gar nichts mehr zu besprechen.

Wir schoben uns aus der Reihe an Sitzen und stiegen die Stufen hoch in Richtung Tür.

»Oder? Rosa!«

Eines der Mädchen aus der Gruppe vor uns rief mich zurück. Ich wandte mich um und begegnete neugierigen Blicken. Die, die gesprochen hatte, stützte sich mit den Händen auf den Tisch und wirkte ganz vergnügt. »Hast du jetzt eigentlich was mit Robin oder habt ihr schon wieder Schluss gemacht?«

»Wart ihr je zusammen oder war das nur was Lockeres?«, fragte ein anderes Mädchen neben ihr.

Ich hob die Augenbrauen und schwankte zwischen eisigem Schweigen und einer trockenen Bemerkung. Aber nichts von beidem würde dieses Gerücht zerschlagen – wo auch immer es herkam. Also sagte ich nur: »Weder noch. Wie kommt ihr darauf?«

»Hm? Da hab ich aber was anderes gehört.«

Sie grinsten und dachten sich ihren Teil, man sah es an ihren Gesichtern. In diesem Moment war ich nicht mehr Dornröschen im Turm, sondern Rosa, eine von Robins Verflossenen.

Ich schüttelte den Kopf. »Ihr irrt euch.« Und damit wandte ich mich wieder um und ging und hatte nicht das Gefühl, dass man mir glaubte.

Meine Hände zitterten und ich versteckte sie im Ärmel meines Pullovers. Wie lange ging dieses Gerücht schon um?

Wer erzählte sowas? Konstantin?

»Was war das denn gerade?«, fragte ich Nika, nachdem wir den Raum verlassen hatten.

»Sie denken, dass du was mit Robin hast.«

»Das hab ich gemerkt. Aber wieso?«

Ich wollte möglichst unbeteiligt klingen, aber meine Stimme gehorchte nicht. Ich zitterte vor unterdrücktem Ärger.

Das war nicht so schlimm wie die Matri gestern – aber frischer. Und der Tropfen, der das Fass gewaltig nah ans Überlaufen brachte.

Nika presste die Lippen fest aufeinander und schien nicht zu wissen, was sie antworten sollte.

Aber da sagte jemand hinter uns: »Weil Robin das allen erzählt hat.«

Ich drehte mich um – und da stand Vanessa, die Hände so fest um den Gurt ihrer Tasche geschlossen, dass ihre Fingerknöchel weiß waren. »Sie haben drum gewettet – er und Konstantin.«

Atmen. Ein und aus. »Um was gewettet?«

Vanessa zögerte, löste die verkrampften Finger und schob sich die Brille wieder ein Stück hoch. »Es tut mir leid, Rosa. Ich hatte dich vorwarnen wollen. Auf der Party. Aber du warst nirgendwo zu sehen.«

Ich erinnerte mich an die Party. An Konstantin. An Robin, der mich auf den Balkon zog. An Vanessas suchenden Blick im Raum.

»Um was gewettet?«, wiederholte ich und diesmal gehorchte meine Stimme. Ich klang weitaus ruhiger, als ich mich fühlte.

»Wir sollten dafür vielleicht nach draußen gehen«, sagte Nika, aber ich wollte nicht warten, bis ich an der frischen Luft war.

»Um was gewettet?«, beharrte ich.

Vanessa schluckte. »Darum, ob er dich rumkriegt. Robin. Dafür hat er dich zur Party eingeladen.«

Woher wusste sie das?

Die Frage schien in meinem Blick zu liegen, denn hastig sprach sie weiter: »Konstantin hat es mir erzählt – kurz vor der Party. Ich hab ihm gesagt, dass das eine dämliche Idee ist, und hab ihn stehenlassen. Ich hab aber auch nicht geglaubt, dass Robin es schafft.«

»Hat er auch nicht«, sagte ich, immer noch mit dieser ruhigen Stimme, die sich gar nicht mehr wie meine anfühlte.

»Das hab ich mir gedacht – aber Robin hat auf der Party allen gesagt, ihr hättet rumgemacht und du wärst dann weggelaufen.« Sie sah Nika an. »Dir hat es auch niemand geglaubt, oder? Wenn du gesagt hast, da läuft nichts? Das hast du doch, oder?«

Aus dem Zittern wurde Taubheit. Mein Körper gehörte nicht mehr mir. Mein Kopf wandte sich Nika zu und meine Stimme sagte: »Du hast das gewusst?«

Sie hob die Schultern. »Die Leute reden darüber. Auch in einigen Gruppen. Da bekommt man das halt mit.«

Ich sah sie beide nicht an, sondern einen Punkt zwischen ihnen. »Und keiner von euch wollte mir davon erzählen?«

»Na ja.« Nika trat von einem Bein aufs andere, ganz entgegen ihrer sonst so ruhigen Art. »Zwischendurch sah es schon so aus, als ob ...«

Ich schüttelte den Kopf, sah Vanessa an, die unglücklich zurückblickte. Und dann Nika, die aussah, als wollte sie noch etwas sagen. Ich gab ihr die Chance, wartete. Aber da kam nichts.

Sie ließ es einfach so stehen.

Einatmen, ausatmen.

Aber alles blieb weit weg und falsch. Ich runzelte die Stirn. »Ihr beide seid echt das Letzte.«

Damit drehte ich mich um und stapfte zur Tür.

***

Wenn ich danach ins Café gegangen wäre, wäre diese Auseinandersetzung schnell wieder vergessen gewesen. Wir hätten zusammengearbeitet, ich hätte mich beruhigt, die goldene Stimmung unter dem Blauregen in mich aufgesogen und danach mit Nika gesprochen.

Aber ich konnte nicht mehr dorthin gehen.

»Sieh es positiv. Du hast jetzt eine Menge Freizeit.« Elyar strich mit den Fingern durch mein Haar und meine Kopfhaut kribbelte, während er die gelben Strähnen entfernte. »Du kannst wieder mit Zucker experimentieren wie früher und mehr lesen. Du hast immer gesagt, du vermisst das Lesen. Und wir können mal Ausflüge machen.«

Nach Italien?

Ich presste die Lippen fest aufeinander und starrte einen Punkt zwischen meinen Füßen an.

»Juli hat dagegen gerade ganz schön Stress im Café. Sie hat Isa auf den Arbeitsplan angesprochen und die beiden hatten Streit deshalb. Ich hoffe, ich kann sie heute mit Ramen aufmuntern, mal schauen. Sie vermisst dich im Café, hat sie gesagt. Das soll ich dir ausrichten«, sagte Elyar, als ich still blieb.

»Sie darf mich nicht vermissen, sie wechselt bald den Job.«

Immerhin dachte sie an mich und ließ es sogar über Elyar ... Moment. Ich wollte den Kopf drehen, aber Elyar ließ mich nicht, und so sagte ich es scharf in Richtung Schlafzimmertür: »Wieso lässt sie das über *dich* ausrichten?«

Elyar bearbeitete meine Haare weiter mit den Fingern und ließ sich viel Zeit zu antworten. »Ich hab eventuell erwähnt, dass ich dich kenne.«

»Eventuell? Und hast du eventuell auch erwähnt, dass du ein Flaschengeist bist?«

»Nein!« Elyar klang empört. »Niemals würde ich das sagen.«

»Bis du es *eventuell* erwähnst.« Ich sagte es leise in Richtung Tür, aber er verstand mich sehr gut.

»Niemals. Wirklich. Nicht ohne deine Erlaubnis. Vertrau mir.«

Konnte ich das noch?

Der Deal ließ sie frei leben. Das Schweigen taten sie freiwillig. Bisher.

Das Kribbeln auf meiner Kopfhaut ließ nach und mit einem Hauch von Haselnussaroma trat Elyar um den Stuhl herum, auf dem ich saß, und kniete vor mir nieder. »Vertraust du mir nicht? Warum?«

»Ich weiß nicht mehr, wem ich vertraue«, erwiderte ich wahrheitsgemäß, weil ich einfach keine Lüge über die Lippen brachte.

Wenn die Matri mich fragen, muss ich die Wahrheit sagen.

Die Leute reden darüber. Auch in einigen Gruppen. Da bekommt man das halt mit.

Ich hab eventuell erwähnt, dass ich dich kenne.

Ich wollte so was nicht mehr hören. Nicht mehr in die Uni gehen. Meinem Vater nicht unter die Augen treten.

Es war alles falsch.

Ich war falsch.

»Vielleicht hätte das alles nicht sein sollen«, sagte ich leise, noch leiser als zuvor.

»Was? Was hätte nicht sein sollen?«

Alles.

»Vielleicht sollten wir …«

Ein Schlüssel wurde in die Wohnungstür gesteckt und wenig später wehte ein Hauch Schokolade mit dem lauen Maiwind durch die Tür in die Wohnung.

»Du bist spät. Warst du unterwegs?«, fragte Elyar.

»Ein bisschen«, kam es von Nika.

Ich sah mich nicht zu ihr um. Ich hörte nur zu, wie sie ihre Schuhe auszog, die Jacke aufhängte und die Tasche neben dem Couchtisch abstellte. Ich hörte ihre leisen Schritte in meine Richtung. Wie sie stehenblieb. Durch den Vorhang an Haaren zu meiner Linken sah ich das Rot ihres Pullovers blitzen. »Bist du noch böse, Rosa?«

Ich richtete den Blick auf einen Punkt zwischen meinen Füßen. »Vielleicht.«

»Sei nicht böse auf Vanessa. Sie hat wirklich versucht, es dir zu sagen. Ihr wurde auch übel mitgespielt – nachdem sie Konstantin hat stehenlassen, haben er und Robin verbreitet, Konstantin hätte ihr einen Korb gegeben, damit ihre Version der Geschichte nach Rache aussieht.«

»Das tut mir leid für sie.«

»Es war wirklich einfach für die beiden, weil ihnen klar war, dass du Vanessa nicht besonders magst.«

»Also ist es meine Schuld.«

»Das hab ich nicht gesagt. Ich wollte nur ... Sie sagte, sie wäre gern mit dir befreundet. Aber sie ist zu unsicher, um dich einfach anzusprechen. Sie hat wirklich versucht, die Gerüchte zu zerschlagen, wenigstens das kannst du mir glauben.«

Das glaubte ich ihr.

Während ich ihr zuhörte, wurde mir auch klar, dass ich gar nicht auf Vanessa wütend war. Wieso auch? Selbst wenn sie nur halb so selbstlos gewesen wäre, wie Nika es gerade darstellte – Vanessa hatte nichts verbrochen. Ich war dumm gewesen. Und Robin hatte diese Wette abgeschlossen. Und Nika ... Nika hatte es nicht einmal für nötig gehalten, mir davon zu erzählen. Meine einzige Vertrauensperson in der Uni war jemand, dem ich nicht vertrauen konnte.

»Ich verstehe«, sagte ich deshalb nur.

»Und ich habe mich wirklich nur zurückgehalten, weil ich nicht sicher war, wie viel davon der Wahrheit entspricht.«

»Du hättest mir davon erzählen können. Dann hätte ich dir schon gesagt, wie viel davon wahr ist.« Ich knetete meine Hände, um ihr Zittern zu verbergen. »Aber stattdessen hast du jedem in der Uni mehr geglaubt als mir.«

Und mit jedem darüber gesprochen außer mir.

»Ich dachte, du würdest vielleicht irgendwann selbst davon erzählen.«

»Aber es gibt nichts zu erzählen!«

Elyar stieß einen kleinen Laut des Protests aus, als ich aufstand. Aber ich konnte nicht mehr ruhig sitzenbleiben, nicht solange Nika neben mir stand und ich den Duft dunkler Schokolade in der Nase hatte. »Wie kannst du auch nur einen Moment lang darauf kommen, dass ich was mit Robin anfangen würde? Ist das dein Ernst?«

»Oh. Was?«, kam es von Elyar, aber wir beide übergingen ihn.

»Warum solltest du nicht? Du fandest ihn nett«, sagte Nika.

Aber doch nicht so. Vor allem nicht, solange es Javid gab.

In meinem Kopf verschmolzen die Erinnerungen, der Spaziergang nach der Party, zwei prickelnde Zentimeter, Javids Hand, der Duft von Karamell, sein Lächeln, als ich ihn fortschickte.

»Vielleicht ...« Ich schüttelte den Kopf. »Vielleicht fandest du es auch nur nett, mit anderen über mich reden zu können und Teil irgendwelcher Gruppen zu sein. Ist es nicht eher das? Immerhin wusstest du, was Javid mir bedeutet.«

Nikas Augenbrauen zogen sich zusammen, auf ihrer Nasenwurzel entstand eine steile Falte. »Ich hab gar nichts gewusst, Rosa. Wie auch? Es ist nicht so, als würdest du uns an irgendetwas teilhaben lassen. Sogar jetzt habe ich keine Ahnung, warum du so aggressiv bist.«

Das war meine Sache. Nicht ihre. »Ich muss mich nicht in allem vor euch rechtfertigen, nur damit du in solchen Momenten zu mir stehst.«

»Aber du könntest – zumindest hin und wieder. Dann müsste man nicht ständig um dich herumtanzen in der Hoffnung, den richtigen Ton anzuschlagen. Wir haben einen Deal, sollten wir uns da nicht gegenseitig vertrauen?«

»Ja, und offenbar können wir das nicht!«

Und was war unser Deal dann noch wert?

Ich brauchte ihn ohnehin nicht mehr. Ich musste niemandem mehr etwas vorspielen. Ich verschwand besser einfach. Komplett. Irgendwohin, nur nicht nach Italien.

Eine neue Rosa.

Eine, die keine Hexe mehr war.

Dann musste ich Pa auch nicht ins Gesicht sehen, mir nicht von ihm anhören, dass ich von nun an nicht mehr zu ihm gehörte.

Ich sah die Frustration in Nikas Gesicht und die Besorgnis in Elyars. Ich hatte sie damit getroffen, doch diesmal bereute ich es nicht. Diesmal meinte ich das wirklich so. Es war vorbei mit dieser Familie, die keine war. Wir waren nichts, ebenso wie ich nichts war.

Keine seltsame Magie mehr um mich.

Ich würde einfach weg sein.

Es war beängstigend, aber das einzig Richtige. Ich schluckte. »Ich löse unseren Deal.«

***

Es war anders als beim letzten Mal.

Nicht nachts. Ich war nicht aufgewacht, nicht verzweifelt. Ich war seltsam taub, spürte kaum den Sirup in den Flakons vor mir auf dem Tisch. Durch das Fenster drang das rötlich graue Abendlicht.

Es gab auch niemanden, der mich aufhielt. Weil ich es so wünschte. Schon wieder hatte ich einen unfairen Wunsch ausgesprochen, dem sie gehorchen mussten.

Hundert Jahre wurde eine Hexe alt. Einst hatten wir darüber gescherzt, dass sie mich so lange begleiten würden.

Was für ein Fehler.

Ich entließ zuerst den Widder und das Kaninchen, denen ich eine leise Entschuldigung zuflüsterte, die nichts wiedergutmachen würde. Sie hatten nichts getan.

Nika ging mit einem starren Blick, sie sagte nichts und doch so viel durch ihre Geisteraugen.

Nur Elyar öffnete den Mund, während ich den Blutzauber in seinen Flakon füllte.

»Kannst du Juli Schokolade als Entschuldigung von mir schenken? Und vielleicht eine Wärmflasche?«

Ich sah zu ihm auf, zu dem Gesicht mit den vollen Lippen, dem herzförmigen Haaransatz, dem ein wenig rötlich schimmernden Haar. Den traurigen Augen.

Die Leere füllte sich mit Bedauern, mit Erinnerungen an Abende voller Tränen und Briefe und Schokolade.

Er durfte mich nicht aufhalten und doch wusste ich, dass er es mehr wollte denn je. Alles, was ihm am Herzen gelegen hatte, war, aus der Flasche zu entfliehen. Und dorthin schickte ich ihn nun zurück. Irgendwohin. Ins nächstbeste Gefäß.

»Hat Spaß gemacht«, sagte ich, meine Stimme brach.

Elyar nickte. »Sehr. Danke.«

Atmen. Ein. Aus. »Ich löse unseren Deal. Dein Teil gilt als erfüllt. Du bist frei von mir und meinen Bedingungen.«

Ich sagte es zu seinem Flakon. Es duftete nach Haselnuss und dann nach nichts mehr.

Es wurde still in der Wohnung.

Die Geisterzeit war vorbei.

Kapitel 23

Die Stille fühlte sich unerwartet gut an. Als wäre eine schwere Last von mir genommen worden. Keine Geister mehr, die mich verraten konnten.

Auch wenn es nichts mehr zu verraten gab.

Ich kippte den Inhalt der Flakons in die Spüle, wusch sie sorgfältig aus und stellte sie in den Schrank zum Karamell-Flakon, den ich bisher noch nicht geleert hatte.

Ich schloss die Schranktür, trat ein paar Schritte zurück, zögerte und ging dann wieder zum Schrank.

Der leichte Duft von Karamell ließ meinen Kopf schmerzen, während ich den Sirup endlich wegkippte, und so hielt ich den Atem an, bis alles davon im Abfluss verschwunden und mit viel heißem Wasser weggespült war.

Fünf Flakons in meinem Schrank.

Alle leer.

Die Hexe namens Rosa war fort.

Mein Blick fiel auf die Kaffeesirupflaschen auf der Anrichte. Vielleicht sollte ich sie auch fortkippen, damit ihr Geruch keine Erinnerungen wecken würde, aber das brachte ich noch nicht über mich. Ich verließ die Küche.

Im Bad sah ich, dass Elyar es nicht geschafft hatte, mir neue Strähnen zu machen. Meine Haare waren einfach nur schwarz.

Ich band sie mir zusammen, tuschte meine Wimpern nach und lief dann zum Supermarkt, um Schokolade zu kaufen. Ich wusste nicht genau, was Juli mochte. Sie mochte Obstkuchen lieber als Sahnetorte, das hatte sie mal gesagt – also kaufte ich drei verschiedene fruchtige Sorten, darunter Erdbeer-Joghurt und Zartbitter-Orange.

Morgen würde ich ins Café gehen und sie ihr überreichen. Mit Elyars Nachricht.

Ich ignorierte, dass Pa mir geschrieben hatte. Und Robin ebenso. Ich ignorierte sie alle, machte mir Abendessen aus Resten, die noch im Kühlschrank waren, suchte minutenlang vergeblich nach einem Film, den ich schauen wollte, und sah mir schließlich ein Video über biotische Interaktionen an.

Ich funktionierte immer noch weiter.

Und hatte doch keine Ahnung, was als Nächstes kommen würde.

Die nächste Rosa musste ich mir gut überlegen. Die ohne Strähnen, ohne Magie. Aber erst morgen.

Morgen, wenn die Kopfschmerzen weg waren und die Leere sich besser anfühlte. Wenn ich bereit dazu war, ein neues Leben anzufangen.

Einatmen, ausatmen.

Morgen wurde alles besser.

Bestimmt.

***

In meinem Traum stand alles in Flammen. Der Bus neben mir und die Stadt dahinter und mein Körper ebenso.

Es war hell und heiß und roch nach Rauch und verbrannter Haut. Ich hatte Angst. Das war der Punkt, an dem ich meine Magie verlor.

»Ist schon gut.« Unter den Gestank von Rauch mischte sich eine süßliche Note. Warme Hände berührten meine Haut. Ich hob den Blick und sah Javid neben mir knien, das sanfteste Lächeln der Welt auf seinem Gesicht. »Das kriegen wir wieder hin.«

Das Feuer stoppte, erst in meinem Körper, dann um mich herum. Ich fühlte mich gut und erleichtert.

Und dann wachte ich auf.

Ich kannte diese Art von Traum bereits gut genug, um nicht allzu lang in diesem Halbschlaf zu verbringen, in dem man Traum und Realität auseinandersortieren musste. Mein linker Arm war kalt, der Rest meines Körpers verschwitzt und steif. Die Wohnung war still.

Weil niemand mehr da war.

Weil ich jetzt neu war.

Ich richtete mich auf, zog die Knie an und bettete die Stirn darauf. Neu zu sein hatte sich auch schon mal besser angefühlt. Das sollte eine Chance werden – stattdessen kam es mir ausweglos vor.

Ich brauchte einfach Schlaf.

Aber der Gedanke, mich wieder hinzulegen und in den nächsten Traum zu fallen, jagte mir einen Schauer über den Rücken. Also verharrte ich in meiner Position, mein Kopf umrahmt von meinen Armen.

Es hatte zu regnen begonnen, Wasser klopfte ans Fenster, das Rauschen der Autos auf der Lübecker Straße wurde untermalt vom nassen Asphalt. Ein Auto rauschte durch die Reismühle, Licht erfüllte den Raum und verschwand wieder.

Wind heulte, ein weiteres Auto fuhr vorbei.

Aber mit dem Licht stimmte etwas nicht. Es wurde nicht so hell wie gerade eben – stattdessen warf es diffuse Schatten an die Wand neben meinem Bett.

Vielleicht war ich auch wieder eingeschlafen, denn mir war, als würde es nach Karamell riechen. Nur ein wenig, aber genug, um dutzende Erinnerungen wieder aufleben zu lassen.

Ich sah auf.

Und da war er.

Vor meinem Bett.

Eine durchscheinende Gestalt im schummrigen Nachtlicht, mehr Einbildung als Realität. Aber ganz klar der Junge mit den hellen Geisteraugen.

Ich blinzelte und wartete, dass dieses Bild verschwand, aber es blieb dort und verzog die Mundwinkel zu einem Lächeln.

Ich schluckte. »Bist du ein Traum oder Wirklichkeit?«

»Was wäre dir denn lieber?«

Das war keine schwere Frage. »Lass das hier alles ein großer Albtraum sein, aus dem ich bald aufwache.«

Das Lächeln wurde eine Spur breiter. »Dann bin ich wohl ein Traum.«

Das musste er sein. Einer dieser Träume, aus denen ich erleichtert aufwachte, damit die Realität noch schwerer auf mir lastete.

»Du hast sie wirklich alle gehen lassen?«, fragte dieser Traum jetzt und ich legte das Kinn auf meinen Unterarmen ab. »Ich musste. Es hat nicht mehr funktioniert.«

»Aber was ist mit dem Café? Und der Heilerin?«

»Ist nicht mehr wichtig.« Ich wollte gar nicht daran denken. »Ins Café muss ich nicht mehr. Und die Heilerin weiß, dass ich keine Magie wirken kann. Es ist egal.«

Sein Blick lastete auf mir. Ich spürte es, auch wenn ich lieber die Schatten auf der Bettdecke anstarrte.

»Es ist eine Menge passiert, was?«

Meine Augenwinkel brannten und ich zwang mich, nicht zu blinzeln. »Scheint so. Also habe ich sie losgelassen. Ich muss was anderes ausprobieren.«

»Du läufst weg.«

Ich schüttelte den Kopf. »Das ist nicht Weglaufen. Ich muss einfach vorwärtsgehen.«

»Du vermeidest die Probleme, statt sie zu lösen. Das ist Weglaufen.«

Ich hob den Blick. »Das ist nicht wahr.«

Er musste nichts sagen. Seine Miene sprach für sich. Und ich spürte Wut in meinem Kopf. Ich versuchte seit zwei Jahren, mein Leben unter Kontrolle zu halten und er glaubte, das wäre Weglaufen?

»Für was hältst du mich eigentlich?«, fragte ich und konnte die Wut dabei nicht komplett zurückhalten. Sie ließ mich rau klingen und als hätte ich nicht genug Luft für die letzten Buchstaben.

»Rosa.« Er klang ernst, fast enttäuscht. »Du läufst weg, seit ich dich kenne. Für was hältst du *mich*?«

Für einen Albtraum. Einfach einen Albtraum. »Das ist nicht wahr.«

Javid fuhr erbarmungslos fort. »Du hast die anderen gehen lassen, um dich ihnen nicht stellen zu müssen, und du hast mich aus dem gleichen Grund gehen lassen. Du magst keine Fragen, die dir zu nahe gehen. Du magst niemanden, der dir solche Fragen stellt. Du liebst das Café, weil Bea sich nie für dich interessiert hat. Meinst du nicht, dass es an der Zeit ist, stehenzubleiben?«

Das war nicht wahr.

Ich hatte alles getan, was ich konnte.

Ich funkelte ihn an. »Was weißt du schon davon?«

»Nicht viel, das ist wahr.« Er klang weiterhin ruhig. »Aber ich sehe dich hier und kann nicht glauben, dass dein Weg bisher der richtige gewesen sein kann.«

Es gab keinen richtigen Weg. Das hatte er wohl noch nicht verstanden. Ich war eine Hexe ohne Magie.

Langsam löste ich mich aus meiner Haltung, kniete mich hin, um ihm mit geradem Rücken entgegenzuschauen. »Und wozu sagst du mir das jetzt? Was machst du überhaupt hier? Ich hab den Deal gelöst, du solltest in irgendeiner Flasche auf jemanden warten, der seine Wünsche erfüllen möchte.«

»Und nichts anderes tue ich gerade. Du unterschätzt uns Geister.« Er grinste. »Ich warte in der nächstbesten offenen Flasche, die ich gefunden habe.«

Ich streckte den Rücken noch ein wenig mehr durch. »Ich hab keine Ahnung, wovon du redest. Aber du gehst jetzt besser. Ich muss schlafen. Es ist mitten in der Nacht.«

»Tut mir leid. Ich wollte dich nicht aufregen. Du sollst wissen, dass ich da bin, wenn du mich brauchst. Du bist nicht allein, Rosa. Bist du nie gewesen.«

Ich wollte nicht darauf antworten. Ich starrte ihn an, bis seine Gestalt verblasst war. Dann legte ich mich hin, zog die Decke bis zum Kinn und rollte mich zusammen wie eine Katze. Mein Herz pochte vor Anspannung und mir war wieder heiß und kalt zugleich.

Ich war allein.

Das war nur ein Traum.

Aber die Note von Magie und Karamell blieb.

Ich sog sie ein und fragte mich, wie das überhaupt möglich war. Javid konnte nicht hier sein. Und doch ...

Auch wenn ich mir sagte, dass Javids Besuch mich aufregte, dass ich wütend auf ihn war und vor Wut nicht würde schlafen können – trotz all dem hüllte mich sein Duft in eine warme Decke und ich schlief, ohne dass ein Traum mich aus dem Schlaf schreckte.

***

»Warum ausgerechnet Schokolade?«, fragte Juli verdutzt, nahm aber alle drei Tafeln entgegen. »Und gleich so viele?«

»Na ja.« Bei der Erinnerung an unsere Schokoladen-Abende fiel mein Lächeln etwas trauriger aus als geplant. »Er sagte, ich soll dir Schokolade vorbeibringen. Mehr weiß ich nicht.«

»Das ist nicht gerade die feine Art.« Juli kräuselte die mit Sommersprossen bedeckte Nase. »Einfach abzuhauen. Ich hab mich ganz schön in ihm getäuscht.«

»Es ist nicht seine Schuld«, erwiderte ich. »Das kannst du mir glauben.«

»Das ist schwer, einfach so zu glauben.«

»Mehr kann ich dir leider nicht sagen.«

Sie würde mich für verrückt halten, wenn ich ihr eröffnete, dass Elyar nicht mein Mitbewohner gewesen war. Und in einer Flasche wohnte. So gesehen hatte sie sich in ihm getäuscht, das stimmte. Aber wer ahnte das schon?

Juli seufzte. Sie wirkte verwirrt, was ich gut verstehen konnte. Ihr Freund – oder derjenige, der es mal werden sollte – war weg und alles, was sie von ihm hatte, waren drei Tafeln Schokolade.

Wir saßen im Umkleideraum, damit Isa mich nicht sah. Es war mäßig voll, ich hatte einen guten Zeitpunkt erwischt.

»Ich muss allmählich zurück«, sagte Juli jetzt und stand auf. »Danke für die Schokolade, Rosa. Bis nächste Woche dann, hoffentlich. Herr Siemon hat nach dir gefragt. Er macht sich Sorgen.«

»Sag ihm, dass alles gut ist.«

Ich sagte nicht, dass ich wiederkommen würde. Momentan konnte ich mir das nicht vorstellen, nicht wenn ich Isa ins Gesicht schauen und mir ihre Lügen anhören musste.

Die Matri waren wegen der Alster bei ihr gewesen – von wegen. Es war die ganze Zeit um Bea und mich gegangen und um etwas, das es zwischen uns nie gegeben hatte.

»Ist denn alles gut?«, fragte Juli. »Du hast nicht mal mehr Farbe im Haar.«

»Es ist alles gut.« Ich stand auch auf. »Isa kriegt mich nicht klein.«

Und genau so war es.

Javid hatte Unrecht, wenn er sagte, dass ich weglief. Ich tat alles, um mit meiner Situation zu leben. Das war etwas anderes.

Es war auch nicht so, dass ich das Café nur gemocht hatte, weil Bea keine unangenehmen Fragen stellte – auch wenn ich zugeben musste, dass es einer der Aspekte war, wegen derer ich mich so wohlgefühlt hatte.

Ich verließ die Umkleide, schlenderte links am Gebäude vorbei und den Neuen Wall hinunter zurück in Richtung S-Bahn.

Ich lief nicht weg.

Wenn ich weggelaufen wäre, wäre ich doch nicht in Hamburg geblieben, wo mein Vater lebte.

Jetzt im grauen Tageslicht kam mir dieses nächtliche Gespräch furchtbar unwirklich vor. Hatte es überhaupt stattgefunden? Waren das nur Schnipsel eines Traums gewesen?

Und wenn es ein Traum gewesen war, wo waren diese verletzenden Worte hergekommen? Aus mir selbst?

In der Bahn lehnte ich die Schläfe an die kühle Scheibe und achtete nicht auf das Rattern, das in meinem ganzen Körper echote.

Der Tag kam mir lang und sinnlos vor, jetzt, wo ich Juli besucht hatte. Ich musste nicht arbeiten und nicht zur Uni. Meine Motivation für die Ökologie-Exkursion war komplett gestorben. Bonbons würde ich nicht mehr brauchen, das Kaninchen und der Widder waren fort. Es gab nichts mehr zu tun, außer vielleicht, meinen nächsten Schritt zu planen. Wo ich hinging. Denn ich musste weg, das war klar.

Zurück in meiner Wohnung stellte ich meine Tasche ab und wartete aus Gewohnheit auf den Geruch nach Zuckersirup und die Präsenz meiner Geister.

Ich brauchte eine Weile, um zu verstehen, dass nichts folgen würde. Die Wohnung war still und verloren.

Ich setzte mich aufs Sofa, klappte den Laptop auf und überlegte.

Die Uni in Göttingen war bekannt für ihren Biologie-Studiengang. Ich konnte dorthin wechseln und einen Studentenjob annehmen. Wenn ich Biologie überhaupt weitermachen wollte. Was ich damit anfing, hatte ich ja auch nicht gewusst.

Also startete ich mich vielleicht komplett neu. Ohne Magie, ohne Biologie. Weit weg. Ich würde es niemandem sagen. Einfach verschwinden.

Vor ihnen allen ...

... davonlaufen.

Ich schüttelte den Kopf.

Aber das war etwas anderes. Was sollte ich denn sonst tun?

Pas enttäuschtes Gesicht anschauen und mich verstoßen lassen?

Aber würde ich nicht auch wie verstoßen sein, wenn ich aus der Stadt verschwand? Ich hatte Pa damals versprochen, dass er nicht traurig sein musste. War er denn glücklicher, wenn ich verschwand? War *ich* glücklicher, wenn ich verschwand?

Ich sah Julis enttäuschte Miene vor mir, während sie über Elyars Verschwinden redete.

Nein, so richtig glücklich war damit keiner. Man machte sich nur Sorgen, wie wir uns um Bea gesorgt hatten.

War es das, was mein Traum mir hatte sagen wollen?

Wenn es denn einer gewesen war.

Ich warte in der nächstbesten offenen Flasche, die ich gefunden habe.

Was hatte er damit gemeint?

Ich stand auf und ging hinüber in die Küche. Im Schrank standen alle Flakons sauber aufgereiht. Geschlossen und leer. Ich legte die Finger daran und spürte nichts. Da war keine Magie.

Mein Blick fiel auf den Kaffeesirup. Schoko, Haselnuss, Kokos, Pumpkin Spice. Karamell.

Die Karamellflasche, die Elyar nicht geschlossen hatte.

Hatte er ...

Ich legte meine Hand an das Glas und tatsächlich – es kribbelte, ganz leicht, weniger als die Berührung von Beas Bienen.

Die Flasche war voll mit Sirup, meiner Basis, eine Beschwörung sollte leicht sein. Ich legte den Daumen an die eine und den Zeigefinger an die andere Seite des Flaschenhalses und konzentrierte mich darauf, Energie durch den Zucker vom einen in den anderen Finger zu leiten.

So war es leichter.

Nicht-magische Menschen konnten an der Flasche reiben, um Energie zu erzeugen – das dauerte aber. Und war viel weniger stilvoll.

Kleine Feuerwerke an Energie sprangen durch die Zuckermoleküle in meine Finger. Die Flasche vibrierte leicht, und dann erfüllte Karamellduft den Raum und jemand hinter mir sagte: »Glückwunsch. Du hast mich gefunden.«

Ich wirbelte herum.

Es war Javid. Und er war nicht mehr halb durchsichtig und nicht im diffusen Dunkel der Nacht verborgen. Er sah aus, als wäre alles wie immer, als würde er gleich losgehen, um die Pflanzen zu gießen. Das T-Shirt war eng, die Hose bequem und weit. Ein leichtes Lächeln lag auf seinen Lippen, das ich erwidern musste, obwohl ich gar nicht wollte. Und ich wollte wirklich nicht. Ich blinzelte, wartete darauf, dass er wieder verschwand, doch er tat es nicht. »Du warst also wirklich kein Traum«, sagte ich.

Er tat einen Schritt auf mich zu und streckte den Arm aus. Ich hielt die Luft an – und er gab mir einen sanften Stoß mit der Faust auf den Kopf.

»Hey!«

»Reicht das als Beweis?«

Ich starrte zu ihm auf. »Das wolltest du doch schon lange tun.«

»Stimmt. Sehr lange.«

Ich rieb mir die Stelle, an der seine Hand meinen Kopf berührt hatte. Nicht, weil es wehtat. Eher, weil ich es nicht glauben konnte. Javid war hier. Wirklich, ehrlich. Ein Teil von mir wollte ihn berühren – und damit ich es nicht tat, schritt ich an ihm vorbei zum Sofa. »Sehr lange? Wie lange? Wie kommst du hierher? In diese Sirupflasche? Und bitte komm nicht wieder mit rätselhaften Andeutungen.«

Javid wandte sich zu mir um und kam langsam näher. »Dank Elyar, wenn du es weniger rätselhaft möchtest. Er hat den Aufhebungszauber für den Deal gesehen und die Flasche geöffnet, nachdem du ins Bett bist. Genau rechtzeitig. Er hat die Flasche auch zwischendurch offengelassen, falls ich mich zeigen will.«

»Was du offenbar nicht wolltest.« Ich sah zu, wie er sich in den Sessel setzte, dieselbe Haltung wie immer, die Beine schräg über der Lehne hängend. »Du wolltest lieber zusehen, wie alles den Bach runtergeht.«

»Ich wollte dir Zeit lassen, Rosa. Du hast mich fortgeschickt.«

»Und dann dachtest du dir gestern Nacht, es wäre ein guter Zeitpunkt, mir Dinge an den Kopf zu werfen.«

»Ich dachte, die anderen würden auf dich aufpassen.« Seine Mundwinkel verzogen sich zu einem Lächeln. »Ich hab vergessen, wie starrköpfig du sein kannst.«

»Ganz recht. Ich kann sehr starrköpfig sein.«

Er schnaubte. »Immerhin lächelst du dabei. Das heißt, du bist mir nicht mehr böse wegen der Dinge, die ich gestern gesagt habe.«

»Natürlich bin ich noch böse.« Trotzdem wirkte seine Anwesenheit auf mich in diesem Moment wie ein Zelt, ein Schutz vor allem, was die letzten Tage auf mich eingeprasselt war. Ich hatte das vermisst. Ich hatte *ihn* vermisst.

Und das war nicht gut, aber gleichzeitig hatte ich nichts mehr zu verlieren und konnte dieses Lächeln noch ein paar Minuten länger in mich aufsaugen.

»Und du hast mich gerufen, um mir das zu sagen?«, fragte Javid amüsiert und ich schüttelte den Kopf.

Nein. Ich hatte ihn gerufen, um zu schauen, ob er da war. Weil ich mir selbst nicht mehr getraut hatte. Rannte ich weg, wenn ich verschwand? Hatte ich das schon immer getan? Welche Alternativen blieben mir?

Ich hasste es tatsächlich, wenn mir jemand Fragen stellte. Das wusste ich. Ich wollte nichts preisgeben, das mich angreifbar machte. Aber Javid war ein Geist in einer Flasche. Ein Wunsch von mir und er würde verschwinden.

»Das, was du gestern Nacht gesagt hast – war das ernst gemeint? Ist es das, was du über mich denkst?«

Ich starrte beim Sprechen meine Füße an und löste den Blick auch nicht, während ich auf eine Antwort wartete.

Schließlich sagte Javid: »Ich denke über dich, dass du eine wunderbare Persönlichkeit bist. Dass du dich um andere sorgst und deine Familie unheimlich gern hast. Dass du ein wunderschönes Lächeln hast. Dass ich recht hatte, als ich vor zwei Jahren dachte, dass ein Deal mit jemandem wie dir interessant werden könnte. Jemand, der Geister um sich geschart hat, weil er seine eigene Macht nicht erkennt. Und ja. Auch, dass du vor ein paar wichtigen Dingen davonläufst. Und dass der Punkt gekommen ist, an dem du das nicht mehr kannst.«

Ich schluckte. Das war nur teilweise das, was man gerne hörte.

Ein Teil von mir wollte aufstehen und gehen, mich ins Schlafzimmer verkriechen und nicht mehr mit ihm reden. Aber ein anderer Teil wusste nur zu gut, dass das Davonlaufen war. Und dass ich Javid so nur recht geben würde.

»Und das sagst du mir erst jetzt.«

»Ich hab dir das schon öfter gesagt. Oder eher – ich hab versucht, dir zu sagen, dass du mehr kannst, als du glaubst. Aber ich war zu vorsichtig und du zu starrköpfig.«

»Ich kann keine Magie wirken. Das hat mit starrköpfig sein nichts zu tun.«

Javid atmete hörbar aus. Dann richtete er sich auf, setzte sich in den Schneidersitz und streckte die Hand in meine Richtung aus.

Ich legte meine Hand nur zögerlich in seine – diese Art von Berührung war ich von ihm nicht gewohnt. Es schien, als habe auch er nichts mehr zu verlieren.

Seine Finger malten über meinen rechten Handteller, meinen Daumen und Zeigefinger entlang. »Diese beiden Finger haben fünf Flaschengeister gebändigt, Rosa. Das ist nicht normal. Das ist nichts, was jede Hexe tun würde. Diese Finger haben Magie durch Asche hindurch gewirkt. Wenn das so einfach möglich wäre, gäbe es mittlerweile dutzende Aschezauber. Aber so was gibt es nicht.«

»Weil es verboten ist.«

»Weil es nicht gut ist. Und niemand es mehr versucht.« Er fing meinen Blick auf und hielt ihn fest. »Es spricht für deine Magie. Sie ist noch da. Du hast sie benutzt – anders als Hexen es tun würden. Aber macht das einen Unterschied?«

Ja. Niemand führte einen Zehn-Finger-Zauber aus, indem er ihn in hundertneununddreißig kleine Zwei-Finger-Zauber aufteilte. Das war langsam und ineffizient. Das würde niemand akzeptieren. Und darauf kam es an. Akzeptiert zu werden.

Ich schloss die Hand um Javids Daumen und spürte die Magie durch meine Fingerspitzen fließen.

»Jede Änderung beginnt mit ein bisschen Reue«, sagte Javid. »Wir alle wünschen, irgendetwas nicht getan zu haben, und lernen dazu. Und ja, das wird für immer auf uns lasten. Aber es verdammt uns nicht dazu, für immer unglücklich zu sein.«

Er beugte sich vor und gab mir einen Kuss auf die Stirn. Das kam so unerwartet, dass es meinen Kopf leerfegte und damit den Strudel an Selbstzweifeln und den gewohnten Gedanken hinforttrieb. Es gab kein ›ich wollte sein wie Ma‹ mehr und kein ›es kommt drauf an, was die Leute denken‹. Es gab nur Javids Stimme, die sagte: »Von allen Optionen, die du jetzt hast – welche davon würdest du am Ende am wenigsten bereuen?«

Elyar hatte mal etwas Ähnliches zu mir gesagt.

Die Frage ist einfach: Welchen Schmerz ertrage ich lieber?

Aber ich wollte keinen Schmerz. Hatte ich dann nicht schon immer so gelebt, dass ich wenig bereute?

Aber warum bereute ich dann jetzt alles, was in letzter Zeit passiert war? Dass ich Pa belogen und meine Geister hatte gehen lassen? Dass es so weit hatte kommen müssen?

Je mehr ich darüber nachdachte, desto deutlicher erkannte ich, dass Schmerz und Reue nicht das Gleiche waren. Dass diese beiden Fragen zu verschiedenen Enden führten.

Und dass Javid recht hatte: Ich konnte nicht mehr unbeschadet davonlaufen.

Ich musste wissen, wo ich stand.

Und deshalb gab es nur eine Sache, die ich jetzt tun konnte.

Kapitel 24

Vor dem Unfall hatte ich Pa oft selbstgemachte Bonbons geschenkt. Wenn er viel Stress hatte, waren es solche mit Salbei und Baldrian geworden, einmal in Form von Blumen und einmal sogar in Form von kleinen Pferden. Und wenn er traurig gewesen war, dann hatte ich ihm rosafarbene mit Brennnessel gemacht oder gelbe Sternchen mit Zitrone und Löwenzahn.

Heute kaufte ich ihm wieder nur Blumen.

Ich lief durch den Laden und Karamellduft folgte mir wie ein alter Freund, etwas, das mich mehr in Sicherheit wiegte, als mir guttat. Und doch schickte ich ihn nicht fort.

»War das eigentlich ein Wunsch?«, fragte ich, während ich vor den Lilien stand und weder weitergehen noch welche auswählen konnte.

»Was?«

»Dass du mich begleitest. Zählt das als Wunsch?«

Javid neben mir schmunzelte. »Du hast gefragt und ich habe geantwortet. Das ist kein Wunsch.«

Zum Glück. Ich riss mich von den Lilien los. »Ab jetzt muss ich immer aufpassen, was ich dir sage. Damit ich nicht aus Versehen einen meiner drei Wünsche aufbrauche.«

»Ich werde dich nicht oft begleiten können«, sagte Javid hinter mir. »Ich bin an mein Gefäß gebunden und an seinen Radius. Die Außenwelt ist ziemlich anstrengend für mich.«

Ich nickte und lief rasch weiter. Diesmal rannte ich wirklich weg, vor seinem Blick und dem Nicht-Wissen zwischen uns, das keiner so richtig verschwinden lassen konnte.

Ich hatte einen Flaschengeist mit fast unendlichem magischem Potenzial, das sich auf drei Wünsche beschränkte. Das war ein kurzes Beieinander und fühlte sich falsch an. Aber ich konnte Javid auch keinen Deal anbieten. Wir konnten nicht mehr einfach so zusammenleben und ich konnte mir nicht mehr einreden, dass er mein Mitbewohner war oder ein Teil meiner Familie. Ich konnte nicht zurück, das hatte ich begriffen. Also würde ich ihn entweder gehen lassen und nie wiedersehen – was ich nun, da ich das einmal gedacht hatte, gar nicht mehr wollte. Oder aber er blieb bei mir und ich wäre meinen eigenen Gefühlen ausgesetzt, dem Herzklopfen in seiner Nähe und dem Wunsch, dass er mich zumindest noch einmal auf die Stirn küsste. Und das machte mir Angst.

Ich hatte keine Ahnung, was zu tun war – und so konzentrierte ich mich lieber darauf, Blumen zu kaufen, und genoss es, dass Javid mich dabei begleitete.

Am Ende wählte ich rosa Rosen und zartgelbe Ranunkeln. So ein Frühlingsstrauß würde Pas schwarz-weißer Wohnung etwas Frische geben. Und er konnte ihn leidenschaftlich in den Müll werfen, wenn er wusste, welch eine Versagerin seine Tochter geworden war.

Meine Finger wurden kalt und das Papier um den Strauß feucht, als ich daran dachte.

Aber ich hatte mich entschieden und ich würde herausfinden, was Pa wusste. Ich musste ihm nichts sagen. Ich konnte danach immer noch verschwinden. Aber ich musste wissen, ob Amber ihm alles verraten hatte. Oder Martha Waris. Irgendjemand.

Wir verließen den Blumenladen und schlenderten in Richtung Alster. Der Himmel war wolkenverhangen, es nieselte leicht und wir teilten uns meinen Regenschirm, der eigentlich zu klein dafür war. Ich fragte mich, wie Javid diese zwei Zentimeter zwischen uns empfunden hatte und wie er jetzt darüber dachte.

Was ich sagte, war: »Du hast gesagt, dass jeder von uns mal etwas bereut.«

»Hab ich.«

»Was bereust du?«

Ich konnte mir nicht vorstellen, dass etwas Javid so sehr aus der Ruhe brachte. Er war der Wald, der alles dämpfte. Ich erwartete beinahe, dass er eine Antwort verweigerte. Aber er sagte: »Etwas, das lang her ist.«

»Wie lang?«

»Hunderte Jahre.«

»Ein Wunsch, den du erfüllt hast?«

Er lachte leise. »Nein.«

Aber was hatte er sonst vor Jahrhunderten getan? Er und Elyar und Nika hatten immer betont, wie wenig man an der Außenwelt teilnahm, wenn man als Geist in einer Flasche wartete.

»Eine Person, die du getroffen hast?«

»Nein.«

»Dass du ein Geist bist?«

»Nein«, sagte er wieder, aber diesmal mit einem leichten Seufzer. Ich schob den Blumenstrauß von der rechten in die linke Hand.

»Wie wird man ein Geist, Javid?«

»Indem man wegläuft.«

Seine Antwort brachte mich beinahe ins Straucheln. Ich schob den Strauß zurück in die Rechte.

»Indem man Angst hat und glaubt, sich selbst austricksen zu können. Um dann einen riesigen Fehler zu begehen, den man nie wiedergutmachen kann.«

Er sprach schon wieder in Rätseln. Aber etwas an seinem Tonfall machte, dass ich nicht weiterfragte.

Indem man wegläuft.

Vielleicht zog er mich auf. Vielleicht. Vielleicht auch nicht. Ich wusste nicht, was ich erwidern sollte, also deutete ich auf den Starbucks schräg gegenüber. »Können wir wenigstens vor dem Regen weglaufen und was Warmes trinken?«

»Ich dachte, du trinkst keinen Kaffee mehr.«

»Sie haben ganz guten Chai.«

»Ich verstehe.« Er schmunzelte. »Dann lass uns laufen. Einmal sollte nicht schaden.«

Ich nickte und wir trabten los, weg vom Regen und den Dingen, die zwischen uns standen. Und weg von den Gedanken, die ich nicht hören wollte.

***

Nach dem Chai fing es an zu schütten und so erreichte ich die Scheffelstraße durchnässt und mit von Pfützenwasser durchtränkten Schuhen, die wahrscheinlich hässliche Flecken auf Pas cremeweißen Fliesen hinterlassen würden.

Darüber dachte ich allerdings erst nach, als ich ins Wohnzimmer trat. Den Weg den Flur hinunter hatte ich keinen klaren Gedanken fassen können, dafür war meine Angst zu groß. Bisher aber hatte er noch nichts gesagt – nichts zu Martha Waris, über Amber oder darüber, dass er es wusste.

Ich hatte in seinem Blick danach gesucht, aber nichts gefunden. Erleichterung mischte sich mit einem Gefühl der Schwere, das ich nicht zuordnen konnte.

Der große Tisch im Wohnzimmer war übersäht mit Notizzetteln, Büchern und Stiften, und inmitten dieses Chaos thronte sein Laptop. Wahrscheinlich korrigierte er gerade Prüfungen seiner Studentinnen und Studenten.

»Möchtest du Kaffee?«, fragte Pa, schon halb auf dem Weg in die Küche, seine Stoffschlappen machten leise Geräusche auf dem Parkettboden.

»Tee, bitte. Wenn du welchen da hast.«

»Ist das gerade so ein neuer Trend unter jungen Menschen? Amber trinkt plötzlich auch keinen Kaffee mehr.«

Ich hob die Schultern und legte die Hände auf die Lehne des nächstbesten Stuhls. »Wann hast du Amber denn zuletzt gesehen?«

»Neulich, um ihr ein Buch auszuleihen. Es ist nicht leicht, sie momentan zu erwischen. Sie ist sehr beschäftigt. Macht alles auf einmal – und irgendetwas davon beschäftigt sie, das merkt man ihr an.«

»Hat sie gesagt, was?«

»Würde sie das nicht am ehesten dir erzählen?«

Früher vielleicht.

Ich senkte den Blick auf meine Finger. »Wir sind nicht mehr so eng miteinander.«

»Ich weiß. Verschiedene Schulen, verschiedene Lebenswege. Nicht jede Freundschaft übersteht das.«

Er sagte das so einfach. Aber ich hatte auch Amber gegenüber ein Versprechen gebrochen. Wir hatten uns einen gemeinsamen Lebensweg geschworen und ich war ausgerissen, um ihr nicht die Wahrheit sagen zu müssen.

Pas Worte klangen, als seien wir gleichsam daran schuld oder hätten uns nicht genug angestrengt. Aber das war es nicht. Wir hatten uns beide angestrengt. In verschiedene Richtungen. Das Schweregefühl in meinem Körper wurde stärker. »Mein Lebensweg kam unerwartet für sie.«

»Nicht nur für sie.«

Pa trat in die Küche. Ich folgte ihm und beobachtete, wie er den Tee aufsetzte. Noch immer zeigte er keine Regung, keine Andeutung, dass er etwas wusste. Im Gegenteil, er klang fröhlich, obwohl wir hier über meine verbaute Zukunft sprachen.

»Warst du damals sehr enttäuscht? Über meinen Lebensweg?«, fragte ich.

Der Wasserkocher klickte.

Pa stellte eine von zwei Tassen in seinen Händen auf der Ablage ab, die andere drehte er nachdenklich hin und her. »Anfangs war ich sehr irritiert. Aber dann dachte ich mir, du wüsstest schon, was du tust. Das hast du immer, genau wie deine Ma. Der konnte man auch nie etwas vorschreiben – ihr seid da beide gleich starrköpfig.«

Beide gleich.

Nichts an uns war gleich.

Ich lächelte matt und reichte Pa wahllos den ersten Teebeutel, den ich aus der Teebox zog.

Draußen trommelte Regen gegen das Fenster und hier drinnen zog eine leichte Kräuternote an mir vorbei, die unter dem durchdringenden Geruch nach Kaffee verschwand, sobald Pa die Maschine anstellte.

»Ich habe Martha Waris neulich getroffen«, sagte Pa da und mit einem Mal wurde mir schwummrig und der Kaffeeduft kam mir unerträglich vor.

»Wirklich? Wann?«

Ich trat in den Türrahmen zum Wohnzimmer, in der Hoffnung, dass der Geruch dort schwächer war. Er erinnerte mich zu deutlich an das Café und alles, was ich verloren hatte.

Pa schien das nicht zu merken. »Das müsste letzte Woche gewesen sein. Sie sagte, sie hätte noch keine Bewerbung von dir erhalten.«

Letzte Woche. Das war bevor ... bevor ich aufgeflogen war. Aber zu der Zeit hatte sie mich bereits verdächtigt, Beas Zauber verbrochen zu haben. »Da habe ich ja auch noch an der Bewerbung geschrieben.«

»Das heißt, du bist jetzt fertig?«

War ich. Obwohl es keinen Sinn hatte. Ich sagte nichts, aber Pa verstand trotzdem. Er strahlte. »Soll ich sie mir anschauen? Vielleicht jetzt direkt? Bist du deshalb hier?«

Ich schüttelte hastig den Kopf. »Ich hab sie nicht hier.«

»Wenn du sie in einer Cloud oder auf einem USB hast, können wir sie hier ausdrucken. Der Drucker ist noch an.«

»Nein, beides nicht. Sie ist auf meinem Laptop.«

»Ich verstehe.« Pa lächelte weiter. »Dann schick sie mir einfach sobald wie möglich, damit wir die Einsendefrist nicht verpassen.«

Wir.

Ich lächelte zurück und sagte: »Klar.«

Und dann entschuldigte ich mich und floh auf die Toilette.

***

Der Spiegel im Gästebad zeigte mir eine blasse Rosa, eine mit leichten Schatten unter den Augen und verkniffenen Mundwinkeln. Nicht größer als eine Parkuhr und momentan gefühlt so schwer wie ein Lastwagen.

Ich war hergekommen, um herauszufinden, ob Pa Bescheid wusste. Was er offenbar nicht tat. Doch anstatt mich gut darüber zu fühlen, war mir übel bei der Vorstellung, dieses Spiel noch lange weiterzuspielen.

Wenn ich Pa jetzt die Bewerbung zeigte, wenn ich sie einreichte, würde Martha Waris mich ablehnen, weil sie die Wahrheit kannte. Und dann würde Pa es ebenfalls erfahren.

Außer, er erfuhr es vorher durch Amber. Es kam einem Wunder gleich, dass es ihm nicht längst jemand gesagt hatte.

Was für ein Akt der Verzweiflung war es dann, lächelnd zu erklären, ich würde ihm die Bewerbung zuschicken? Wie armselig war das bitte?

War das die neue Rosa? So etwas Trauriges?

Ich atmete tief durch, wich meinem eigenen Blick im Spiegel aus.

Bisher hatte ich die Fassade doch auch aufrechterhalten können. Warum war das plötzlich so schwer?

Vor meinem inneren Auge tauchte Pas strahlendes Gesicht auf, erfüllt von der Freude, die ich ihm einst versprochen hatte. Ich wurde noch schwerer, so schwer, dass ich bald durch den Boden brechen würde.

Ich hatte gedacht, Pas Enttäuschung wäre das Schlimmste, was mir passieren konnte. Aber das stimmte nicht. Dieses falsche Strahlen war schlimmer. Ihm Hoffnung zu machen, war schlimmer.

Panik überrollte mich wie eine eiskalte Welle und trieb mir die Tränen in die Augen.

Den Bruchteil einer Sekunde dachte ich daran, einfach zu gehen. Aber das war Weglaufen, genau wie Javid es gesagt hatte.

Nein.

Das Laufen hatte ein Ende.

Mit zitternden Fingern drückte ich die Klinke herunter und ging zurück ins Wohnzimmer, wo Pa vor seinen Notizen saß.

Er sah auf. »Da bist du ja wieder. Dein Tee wird kalt.«

Wahrscheinlich würde er das werden, ja. Wahrscheinlich war das hier das letzte Mal, dass ich meinem Vater gegenüberstand, bevor er die Tür hinter mir zumachte.

Vielleicht drehte ich mich doch um und ging.

Aber nein.

Pa hob die Augenbrauen. »Ist etwas? Was ist los?«

Einatmen. Ausatmen. Ich hatte die Geister gehen lassen und Bea aufgegeben, mich mit Isa verkracht, verbotene Magie gewirkt. Ich hatte keinen Ausweg mehr. Ich konnte mich nicht mal mehr selbst verachten.

»Ich kann die Ausbildung nicht machen, Pa.«

»Wieso? Wegen der Bewerbung?«

Diesmal funktionierte ich nicht. Ich brauchte zwei Anläufe voll stummer Worte, um es schließlich mit rauer Stimme auszusprechen. Drei Sekunden bis zum Ende. Zwei. Eins.

»Weil ich keine Magie mehr wirken kann.«

Ende.

***

Es war natürlich nicht das Ende von allem. Aber der Anfang davon. Pas Lächeln und meine Fassade waren Geschichte. Es gab nur noch mich – das Nichts, das auf einem Stuhl hockte und panisch die Teetasse umklammerte – und Pa, der währenddessen auf und ab ging.

Das hieß, er war ans Fenster getreten, ging nun regelmäßig zwei Schritte nach rechts, trank einen Schluck Kaffee, und trat dann zurück nach links und trank wieder. Hin und her. Hin und her, die ganze Zeit.

Ich hatte von meiner Zeit im thailändischen Krankenhaus erzählt, von meinen Verletzungen – und davon, wie ich alles heruntergespielt und meiner Familie mit alten Handyfotos vorgegaukelt hatte, dass alles in Ordnung sei.

»Zwei Jahre.« Pa trat nach links. »Zwei Jahre lang hast du nichts gesagt. Stattdessen hast du uns etwas vorgespielt. Habe ich dich so erzogen?«

»Ich wollte dich nicht enttäuschen«, sagte ich mit gesenktem Blick.

Keiner von uns beiden sprach aus, dass ich das soeben getan hatte. Ich schluckte.

Das war der Moment, vor dem ich mich am meisten gefürchtet hatte. Und jetzt blieb mir nichts mehr, als auf Pas Urteil zu warten. Dann würde ich ihm ein letztes Mal in die Augen schauen. Momentan schaffte ich es gerade mal, seine Füße anzusehen, die gestreiften Socken in Stoffschlappen.

»Ich habe die ganze Zeit gedacht, du würdest deinen eigenen Weg gehen.« Pa trat nach rechts. Trank Kaffee. »Stattdessen bist du uns ausgewichen. Und das sagst du jetzt.«

»Es tut mir leid.«

»Das kann ich kaum glauben, wenn du es zwei Jahre lang durchgehalten hast.« Er drehte sich in meine Richtung. »Warum hast du nichts gesagt? Wir hätten etwas unternehmen können!«

»Das kann man nicht.«

»Es gibt Mittel und Wege für alles.«

»Gibt es nicht!« Ich sprang auf. Mein Tee schwappte über, lauwarmes Wasser lief über meine Hand und den Tisch. Was glaubte Pa? Dass ich mich freiwillig aufgegeben hatte? Aus Faulheit? »Ich hab's versucht, Pa, und es gibt keine *Mittel und Wege*. Ich wollte ja wieder zaubern! Ich wollte meinen Weg gehen, ich wollte wie Ma werden, so wie ich es dir versprochen habe! Ich hab gehofft, eine Lösung zu finden, irgendeine Heilung, aber es gibt keine.« Meine Stimme brach. »Es gibt nichts, was mir helfen kann.«

»Auch das kann ich nicht glauben!« Er machte einen Schritt auf mich zu, dann wieder einen zurück ans Fenster. »Ich hätte es zumindest gern selbst versucht. Was kann ich denn jetzt noch tun? Ebenfalls alle anlügen oder die Maßnahmen deiner Ausgliederung einleiten? Vor was für eine Wahl stellst du mich damit?«

Natürlich. Ich brachte auch ihn in einen Konflikt.

»Das hab ich nie gewollt, Pa.«

»Und doch sind wir jetzt an genau diesem Punkt.« Er setzte zum Trinken an, tat es jedoch nicht. »Ich verstehe das nicht. Du hast es so lange versteckt, du hast in diesem Café gearbeitet. Das du angeblich nicht aufgeben wolltest!«

Das war nicht gelogen gewesen. Ich hatte doch versucht, ihn so wenig wie möglich anzulügen. Aber wie sollte ich ihm das jetzt noch zu verstehen geben?

Ich schüttelte den Kopf und stellte die Teetasse ab. »Wollte ich auch nicht.«

»Und dort wussten alle Bescheid? Nur wir nicht?«

»Nein, so ist das nicht!« Ich starrte weiter nur seine Füße an und verschränkte die Arme vor dem Oberkörper, als wäre mir kalt. »Das waren die Geister.«

»Was für Geister? Wovon redest du denn da?«

»Von Flaschengeistern, Pa.« Oh, warum hatte ich sie gehen lassen? Ich wünschte, Javid wäre hinter mir, aber ich hatte die Flasche in meiner Tasche gelassen. »Ich hab einen Deal mit Flaschengeistern gemacht. Die haben für mich gezaubert.«

Ich musste Javid holen. Er musste das beweisen.

Aber ehe ich etwas sagen oder mich umwenden konnte, kam ein stoßartiges Ausatmen von Pa. Und dann schritt er an mir vorbei und verließ den Raum und warf die Tür hinter sich zu.

Ich zuckte zusammen und wagte es nicht, mich zu rühren. Seine Schritte stapften den Flur hinab und dann die Treppe hinauf.

Einen Moment lang war ich wie versteinert.

Ich hatte ihm nicht einmal ins Gesicht gesehen. Natürlich war er wütend. Damit hatte ich ja gerechnet.

Trotzdem schluckte ich emsig Tränen hinunter.

Ich saß gerade das letzte Mal in diesem Haus. Hatte das letzte Lächeln gesehen, was er mir jemals schenken würde.

Er würde es Leo erzählen und Indigo.

Meine Lunge war plötzlich zu klein für meinen Atem. Ich vergrub das Gesicht in den Händen, wartete darauf, dass die Panik nachließ.

Ich konnte das nicht.

Ich hatte gedacht, ich würde den Schmerz ertragen. Aber das konnte ich nicht. Ich war dumm gewesen. Ich würde das rückgängig machen. Javid würde es rückgängig machen.

Meine Beine fühlten sich steif an, fast, als wäre ich wirklich versteinert gewesen. Aber sie wurden schneller, ich riss die Tür zum Flur wieder auf und rannte hinüber zu meiner Tasche neben der Haustür. Holte die Flasche heraus.

Meine nervösen Finger rutschten zweimal am Deckel ab und ein drittes Mal, weil Pas Schritte wieder auf der Treppe erklangen.

Ich hielt kurz inne.

Das war Weglaufen.

Und das durfte ich nicht mehr.

»Rosa.«

Trotzdem drehte ich den Deckel. Nur noch ein paar Sekunden.

»Weißt du eigentlich, wie viel Geschick es erfordert, das zu tun, was du da behauptest?«

Ich nahm den Deckel in die rechte Hand. Karamellduft kam mir entgegen, weich und bittersüß und tröstend.

Du läufst weg.

Zitternd, mit der Flasche in der Hand drehte ich mich um.

Pa stand im Flur, zwischen mir und der Treppe, ein Buch in der Hand. Sein funkelnder Blick flog über die Seiten und dann zu mir. »Ich lese das gerade nach. Ein Deal – das ist ein Zehn-Finger-Zauber.«

Er glaubte mir nicht. Natürlich.

»Einer, der in Zwei-Finger-Zaubern funktioniert.« Ich hielt den Deckel in der linken Hand und die Flasche in der rechten. »Das dauert eben nur lange.«

Ich hatte Ewigkeiten vor einer Schale mit Zuckersirup mit schmerzenden Schläfen und schlaffen Gliedern verbracht. Und doch war es eine schöne Erinnerung. Das war etwas, das ich selbst geschafft hatte. Und etwas, das die Geister an meine Seite gebracht hatte.

»Und was hast du dem Geist geboten?«

Lass mich aus dieser Flasche. Lass mich ein Mensch sein.

»Sie durften sich frei bewegen. Außerhalb ihrer Flaschen.«

»*Sie*?«

»Es waren fünf. In Sirupflaschen.« Ich hob die in meiner Hand. »Weißt du, deshalb hab ich nur noch mit Sirup gezaubert. Sie brauchten ein Gefäß.«

Es genügte nur ein bisschen Magie. Es knisterte in meinem Finger. Der Karamellduft wurde stärker.

»Ich zeig ihn dir, er ist hier.« Und dann war er da. Halbdurchsichtig, in Jeans und T-Shirt und mit einem Lächeln auf den Lippen wie immer. Mein Javid.

Und Pa klappte mit steinerner Miene das Buch zu.

***

Meine Schuhe hatten dunkle Flecken auf den Fliesen hinterlassen.

Ich stellte sie auf die Fußmatte und zog sie dort an, unter den Blicken von Javid und Pa. Das Geräusch des Reißverschlusses und das Rascheln meiner Jacke, als ich mich aufrichtete – all das kam mir unheimlich laut vor im sonst so stillen Flur. Und ich kam mir viel zu langsam vor. Wenn es draußen nicht geregnet hätte, hätte ich die Schuhe vielleicht vor der Haustür angezogen.

Für einen Moment schaute ich Pa in die Augen und er schaute zurück und alles, was ich ihm erzählt hatte, lag zwischen uns und trennte uns voneinander.

Ich öffnete die Tür und hob die Hand zum Gruß und er sagte: »Leb wohl.«

Javid reichte mir meinen Regenschirm und ich spannte ihn auf, während ich über die Schwelle trat.

Dieses Treffen kam mir unfertig vor, als sei etwas Wichtiges liegengeblieben, und doch war alles gesagt. Er musste es nicht aussprechen. Wir wussten beide, dass ich von heute an nie wieder herkommen würde. Dass ich nun offiziell nicht mehr zur Familie gehörte.

Es gab nur mich und das war nicht genug für Leute wie ihn.

Auf dem Weg zum Gartentor wurde mein Atem kürzer und meine Lippen zittrig. Jetzt war es vorbei. Das konnte nicht einmal Javid mich vergessen lassen, der stumm neben mir ging und mich Abschied nehmen ließ.

Ich hatte meinen Wunsch nicht ausgesprochen, Pa das alles vergessen zu lassen. Dieses Gespräch würde wieder passieren. Und es würde jedes Mal genauso wehtun. Ich konnte davor nicht weglaufen, nicht ewig.

Ich hatte die Grenze des Grundstücks schon fast erreicht, als Pas Stimme mich erreichte, rau, aber ganz deutlich.

»Rosa!«

Langsam wandte ich mich um. Er stand noch immer in der offenen Tür, zögerte einen Moment. Dann räusperte er sich. »Wirst du nächsten Samstag zum Essen kommen?«

Was?

Der Schirm sank zur Seite weg und ich richtete ihn hastig wieder über mir und Javid auf. »Ich weiß nicht ...« Ich wusste gar nichts mehr. »Soll ich denn? Die anderen werden sich aufregen, wenn sie erfahren, dass ich …«

Ich sprach es nicht aus. Pa hob die Schultern. »Wenn sie das tun, können sie ja gehen. *Ich* will es.«

Aber warum? Das ergab keinen Sinn.

Pa trat in seinen dünnen Stoffschlappen einfach auf den nassen Steinweg. Er kam auf mich zu, das helle Hemd und die Socken ganz nass, und legte die Arme um mich.

Deo und eine leichte Note von Lavendel.

Ich werde wie Ma, versprochen. Dann musst du nicht mehr traurig sein.

Pas Stimme vibrierte durch meinen Körper. »Es sollte anders sein, ich weiß. Aber ich möchte nie wieder jemanden gehen sehen, ohne dass ich ihm gesagt habe, wie sehr ich ihn liebe. Was auch immer dein Unfall für uns bedeutet, Rosa – du bist hier immer willkommen. Immer. Bitte komm zurück.«

Einst hatte es ihn und mich und Ma gegeben. Und dann war Ma verschwunden, von einem Tag auf den anderen, umgekommen bei einem dummen Unfall. Sie war aus der Tür getreten wie jeden Tag. Ich hatte ihr vor der Schule gewunken, aber Pa war zu Hause gewesen und hatte das Frühstück vorbereitet. Er hatte sie nicht verabschiedet. Er hatte sie einfach nie wieder gesehen.

Und danach hatte es nur noch uns beide gegeben. Mich hatte er jeden Tag verabschiedet. Auch am Flughafen. Immer.

Bis ich auch verschwunden war.

Erinnerungen an seine Trauer, an sein Lächeln und die Zufriedenheit, mit der er mir meine Chancen auf eine Ausbildung eröffnet hatte, nur um mich wieder in den Kreis der Familie zurückzuholen – das alles schwappte über mich und trug die Roboter-Rosa hinfort. Binnen weniger Sekunden war Pas Hemd nicht nur nass vom Regen, sondern auch von meinen Tränen.

Ich hatte vergessen, wie wichtig unser *Wir* war.

Es tat mir leid.

Alles. Tat. Mir. So. Leid.

Pas Hand strich über mein Haar. »Wir kriegen das schon wieder hin.«

Ich schüttelte den Kopf. Es gab keine Heilung.

»Die Magie ist noch in dir. Du hast einen Zehn-Finger-Zauber für Flaschengeister gewirkt, Rosa. Das wäre nicht möglich, wenn du nicht mehr zaubern könntest. Lass mich dir helfen – ich muss natürlich recherchieren, wie viele Fälle von Abkommen mit Geistern es schon gab, aber das ist mir nicht oft begegnet und sicher kein Kinderspiel.«

Unter meinen Tränen musste ich lachen, weil das typisch Pa war. Er musste erst mal recherchieren.

»Es ist vielleicht nur so leicht, dass niemand es dokumentiert hat«, sagte ich trotzdem.

»Das bezweifle ich. Dafür dokumentierten Menschen sich zu gerne.« Das Streicheln ging in ein Tätscheln über. »Und du bist zu sehr wie deine Mutter, um jetzt aufzugeben.«

»Ich bin nicht wie Ma.«

Ich wünschte, ich wäre es gewesen.

Aber Pa erwiderte: »Dass du das jetzt sagst, spricht nur noch mehr dafür. Ihr beiden Sturköpfe.«

Vielleicht hätte ich ihm glauben können, wenn ich sie länger hätte kennenlernen dürfen. Wenn sie nicht so früh gegangen wäre.

»Ich vermisse sie«, sagte ich leise.

»Ich auch.« Er drückte mich fester. »Sie hätte hundert Jahre leben sollen.«

»Zweihundert.«

Er lachte leise. »Starrköpfig genug wäre sie gewesen, das Unmögliche möglich zu machen.«

»Sie hätte eine Lösung gefunden.«

»Nein.« Er klang immer so sanft, wenn er über sie sprach. Da war Sonne in seiner Stimme. »Sie hätte gewusst, was richtig ist. Ein überlanges Leben ist eine Strafe. Unsterblichkeitszauber waren ein Fluch für diejenigen, die sie gewirkt haben.

Und sogar das Verhängen von echten Flüchen für zweihundertjährige Strafen wurde verboten. Obwohl es Fälle gab, in denen ...«

»Pa.«

»Ja?«

»Du bist nicht in einer Vorlesung.«

»Tut mir leid.«

Er löste sich von mir, hielt mich ein Stück auf Abstand, um mich betrachten zu können. Aber sein Blick war weniger durch Enttäuschung getrübt. »Du hast mir heute viel zum Nachdenken gegeben, Rosa. Versprich mir, dass du nie wieder vor mir verheimlichst, dass es dir nicht gut geht. Versprich mir, dass du nicht einfach verschwindest.«

Damit ich nicht war wie Ma.

Sondern wie ich.

Ich wischte mir über die Augen und erinnerte mich zu spät daran, dass ich Make-up trug. Das war hoffentlich wasserfest. Und sonst schaute ich jetzt mit Pandaaugen zu meinem Vater auf.

Die neue Rosa ohne bunte Strähnen, mit dunklen, verweinten Augen. Aber auch die, die nicht wie ihre Mutter sein würde.

»Ich verspreche es, Pa.«

Kapitel 25

SOS.
Brauche neue Schokolade.
Alles leer.

Ich antwortete auf Julis Nachricht:

Das ging schnell.

Ihre Antwort kam fast sofort.

Ja.
Viel Frust braucht viel Schokolade.
Sei nächste Woche wieder da.
Bitte.

Ich schnaubte.

Du bist du eh bald weg?

Ja? Bis dahin will ich hier nicht alleine sein.
Herr Siemon vermisst dich auch.
Hat nach dir gefragt.
Nächste Woche kommen seine Enkel.

Ich sank tiefer in den unbequemen Holzstuhl im Vorlesungssaal. Was ich mit meinem Job im Café anfing, wusste ich noch nicht. Aber Herrn Siemon musste ich vorher noch mal sehen.

Ich konnte ihm seine Schokolade nur nicht mehr zubereiten – ohne Geister.

Deshalb hatte ich gestern Abend nach dem Gespräch mit Pa beschlossen, zu kündigen. Es gab nichts mehr, was mich im *Honigmond* hielt. Keine Farce, kein Geld, keine Bea, keine Juli, nichts.

Ich hatte Pa gesagt, dass ich Martha Waris persönlich absagen würde. Auch das stand noch aus. Er hätte es für mich getan, aber das wollte ich nicht. Ich wollte mit ihr reden – hören, was sie dazu sagte. Auch wenn ich eiskalte Panik bekam, wenn ich nur an sie dachte.

Ich atmete tief durch und stand dann auf. Ohne eine Nika, die neben mir ihre Tasche packte, war ich viel langsamer. Ich schulterte meine Tasche und verließ die Sitzreihe.

»Hey, Dornröschen!«

Und da stand Robin vor mir, gefolgt von Konstantin. Beide grinsten fröhlich.

»Deine bunten Haare sind weg«, stellte Robin fest und schloss zu mir auf, als ich einfach an ihnen vorbeiging. »Aber du siehst wacher aus. Schläfst du wieder?«

»Dornröschen schläft wieder«, erwiderte ich.

»Also keine Croissants mehr?«

»Nein.«

Ich überlegte, ob ich zu den Toiletten abbiegen sollte, um sie abzuschütteln. Aber das konnte ich nicht für den Rest meiner Unizeit machen. Ich sah Robin an. »Hast du allen erzählt, wir hätten was miteinander?«

Immerhin stolperte er bei meinen Worten über den Saum seiner Hose. »Was? Nein?«

»Da hab ich was anderes gehört.«

»Dein Ernst?«, kam es von Konstantin. »Hab ich dir umsonst einen Burger spendiert, oder wie?«

Aber Robin reagierte gar nicht auf ihn. Er setzte sein Babylöwen-Gesicht auf. »Bist du sauer deshalb?«

»Natürlich bin ich das.« Ich blieb stehen und perplex taten sie es mir nach. Konstantin sah momentan empörter drein als ich. Ich fand das ziemlich lächerlich. »Warum erzählst du so was? Wegen eines Burgers?«

»Es war immerhin einer mit Angus Beef und Pommes und einem Drink dazu, okay?« Zum Babylöwen-Gesicht kam das gewinnende Lächeln. »Das war doch nur ein Spaß, Rosa. Du verstehst doch Spaß, oder nicht?«

Er hatte eine komische Definition von Spaß. Aber das hatten alle, die diese Frage stellten.

Ich lächelte zurück. »Natürlich versteh ich Spaß.«

Dabei zog ich den Reißverschluss meiner Tasche auf und schraubte den Deckel vom Karamellsirup. Ich brauchte nicht viel. Das bisschen Sirup, das im Deckel klebte, genügte. Ich legte Daumen und Zeigefinger aneinander.

Robin begutachtete meine Finger, die gerade eine Geschichte von Wachstum und Verschwinden in den Zucker auf meinen Fingern webten.

»Was tust du da?«

Ich lächelte ein wenig breiter. »Ist nur Spaß. Du verstehst doch Spaß, oder?«

Ich tätschelte seinen Arm und, bevor er zurückweichen konnte, auch den von Konstantin. Dann sagte ich: »Wir sollten uns beeilen, die nächste Vorlesung geht gleich los.«

Die beiden wechselten einen Blick. Und dann hatte der Zauber sich seinen Weg in die Fäden ihrer Kleidung gebahnt. Konstantin, der nicht wie Robin weite Schlabberpullover trug, merkte es zuerst. Sein Shirt zog sich zusammen und spannte gefährlich über seinen Armmuskeln. Die Nähte quietschten und Robin mit ihnen, als sein Pullover sich enger um ihn schloss.

»Was hast du gemacht?«, fragte Robin und zupfte panisch an seinem Pullover, während Konstantins Shirt an den Armen aufriss.

Ich reckte den Daumen in die Höhe. »Nur ein bisschen Spaß.«

Und dann ließ ich sie zurück.

***

Keine Schicht zu haben, war ich nicht mehr gewohnt. Ich hatte mich stets für so viel eingetragen, dass ich meine Zeit außerhalb der Uni im *Honigmond* verbrachte. Im Café hatte ich alles andere vergessen können.

Javid lag richtig: Ich hatte es vor allem gemocht, weil mir dort niemand zu nahe kommen konnte.

Jetzt kehrte ich nach der Uni nach Hause zurück und der ganze Abend lag vor mir. So viel Zeit brauchte ich nicht, um die Vorlesungen nachzubereiten. Ich stellte den noch offenen Karamellsirup zurück neben die Kaffeemaschine, lernte, lief hinunter zum Supermarkt und kehrte mit allen Zutaten für Pas berüchtigte Feuerpfanne zurück – gebratenen Reis, der so scharf war, dass man kaum etwas anderes schmeckte.

Ich hatte das Gericht zwei Jahre lang gemieden, weil es mich an Abende nach langen Schultagen erinnerte und an Pas amüsiertes ›Na, machen wir einfach Feuerpfanne?‹. Kurz vor meinem Abi hatten wir dieses Gericht viermal pro Woche gegessen.

Ich hatte das Gefühl, Pa und meine eigenen Gefühle erst wiederfinden zu müssen, bevor ich die neue Rosa fand. Die magielose Tochter einer Hexe und eines Tricksters.

Nach dem Essen saß ich etwas planlos auf dem Sofa herum und fragte mich, wie ich den Rest des Abends verbringen sollte. Mein Kopf war wach und wollte etwas tun. Etwas, das mir Freude bereitete. *Mir*. Für mich. Aber was bereitete *mir* Freude?

Vor meinem inneren Auge tauchte ein klarer Gedanke auf, einer, gegen den ich mich einen Moment lang wehrte. Aber schließlich juckte es mich zu sehr in den Fingern und mein Kopf spann die ersten Ideen, ganz ohne dass ich etwas dagegen tun konnte. Und so kramte ich Stift und Notizblock aus meiner Tasche.

Mai – das war die Zeit von Salbei und Thymian, Rosmarin, Brennnessel, aber auch von Birke mit der Kraft des Neuanfangs und Eiche mit der Kraft des Mutes. Ich hatte früher mal Blüten in Bonbons gegossen – das eignete sich sicher auch für einen Neuanfang. Der Mut würde rot sein, am besten in einem dunklen Tiefrot, vielleicht verziert mit Weiß oder Minzgrün. Ich würde Förmchen dafür brauchen – einfache Formänderungen waren ein Vier-Finger-Zauber.

Ich malte verschiedene Formen auf, notierte Kombinationen aus Kräutern und Fruchtsäften, deren Energien auf derselben Welle liefen. Ideen kamen nach zwei Jahren Stille langsam an die Oberfläche gekrochen und wollten allesamt aufs Papier gebracht werden.

Nicht einmal ein Kitzeln auf meinem Oberarm konnte mich dazu bringen, den Stift beiseitezulegen. Ich schrieb, während meine linke Hand meinen rechten Arm kratzte. Wieder. Und wieder.

Meine Güte.

War ich von einer Mücke gestochen worden? War eine hier im Raum?

Ich schob meinen Ärmel hoch, der Stoff kratzte über die aufgestellten Härchen. Eine Gänsehaut?

Ich hatte das Gefühl, das Innere meines Arms wurde vom Sofa fort gezogen. Irritiert sah ich mich um, wandte mich zum Fenster und hielt nach Bienen Ausschau. Aber draußen sah ich nur den Regen und die gegenüberliegende Häuserfront.

Waren die Matri hier?

Ich ließ den Blick durch den Raum schweifen und schließlich blieb er am Einblatt hängen, das leicht zu vibrieren schien. Was zum …?

»Du hast Magie in der Öffentlichkeit benutzt?«

Ich fuhr zurück, schob mir gleichzeitig hastig den Ärmel wieder hinunter, und sah empört zu Javid hinüber, der neben der Küchenzeile lehnte. Leicht durchsichtig, wie so oft.

»Wie machst du das?«, fragte ich und klang ziemlich beleidigt. »Ich hab dich nicht gerufen.«

Er grinste. »Wie du wissen solltest, musst du das nicht.«

»Ich dachte, Flaschengeister sind an ihr Gefäß gebunden und dürfen erst raus, wenn sie gerufen werden.«

»Das ist auch richtig. Quasi.« Er trat näher und setzte sich auf den Teppich vor dem Wohnzimmertisch. »Bis zu einem gewissen Magie-Level.«

»Kannst du vielleicht einmal nicht in Rätseln sprechen?« Ich lehnte mich zurück und verschränkte die Arme vor der Brust.

Er grinste. »Ihr habt die Geister in fünf Level unterteilt. Wobei Level 5 meint, dass man eine menschliche, feste Gestalt annehmen und kommunizieren kann.«

»Was du kannst. Oder nicht?«

»Natürlich. Es ist nur so, dass auch unter uns Level-5-Geistern noch wesentliche Unterschiede bestehen – was ihre Energie angeht. Wenn wir davon ausgehen, dass Elyar ein Level-5-Geist ist, wäre Nika eher ein Level-6.«

Das war mir neu. Obwohl ich das Gefühl hatte, dass Nikas Kontrolle über ihre Zauber und ihr Gespür für Magie anders gewesen waren als Elyars. Aber ich hatte immer gedacht, das sei Elyars Charakter geschuldet. Ehrlich gesagt.

Vielleicht hätte ich auch das besser gewusst, wenn ich mehr Interesse gezeigt, mehr Fragen gestellt hätte. Aber die alte Rosa hatte das nun mal gehasst. Und dafür die Geister dorthin zurückgeschickt, wo sie es am meisten hassten. Grausamkeit aus Verzweiflung. Ich schluckte schwer und zwang mich zurück zum Thema. »Und was bist du?«

Javid lächelte. »Level 8 vielleicht?«

Angeber.

In seiner Miene suchte ich nach dem alten Spott, aber der blieb aus. Level 8? Ehrlich?

Ich setzte mich wieder gerade hin. »Und woher weißt du das? Wie entsteht das? Durch euer Alter? Nika sagte immer, du wärst der Älteste von ihnen.«

»Möglich. Ich weiß es nicht. Vielleicht auch vom Potenzial, das man hatte, bevor ... Wenn wir entstehen.«

Bevor?

Bevor was?

Über was für Zeitspannen redeten wir eigentlich?

Es war möglich und doch schwer, sich vorzustellen, dass Flaschengeister seit Tausenden von Jahren auf dieser Erde waren. Aber doch wohl erst, seit es Gefäße gab? Damals hatten die sicher nicht nach billigem Bier gerochen wie die Flasche, in der ich Elyar gefunden hatte.

»Wie lange ist es her, seit du ... *entstanden* bist?«, fragte ich schließlich und Javid hob die Schultern.

»Lange. Ich habe aufgehört, die Jahre zu zählen.«

Ich hatte mich früher stolz gefühlt, weil Hexen im Schnitt älter wurden als nicht-magische Menschen. Aber gegen Flaschengeister waren wir nichts. Unser magisches Potenzial war endlich.

Ein überlanges Leben ist immer eine Strafe. Das hatte Pa gesagt.

Eine Strafe.

Und sogar das Verhängen von echten Flüchen für zweihundertjährige Strafen wurde verboten.

Ich blinzelte. »Javid.«

»Hm?«

»Ist Bea verflucht worden? Eine zweihundertjährige Strafe?«

»Nach dem, was dein Vater gesagt hat? Möglich.«

Ein Fluch für eine überlange Strafe. Hatte Bea der Stadt gedient, indem sie die Bienen aufgenommen hatte? Indem sie Kuchen gebacken hatte? Etwas anderes?

Hatten die Bienen mir das zeigen wollen?

Und viel wichtiger ... »Warum hat der Fluch sie nicht bekommen?«

»Flüche sind ein komplexes Muster in einem Zauber«, sagte Javid. »Wenn es ein Fluch ist – dann wird dein Vater es wissen, oder nicht?«

»Aber das kann ich ihn nicht einfach fragen. Was soll ich ihm denn sagen?«

»Die Wahrheit, Rosa.« Er schüttelte lächelnd den Kopf, als müsste ich das wissen. Und wahrscheinlich musste ich das auch wissen. Ich hatte es nur wieder vergessen. Ich hatte mich zu sehr ans Schweigen gewöhnt. »Die Wahrheit ist das Verständlichste, was du ihm geben kannst. Wenn du es wirklich wissen willst. Ich dachte, du hättest die Suche aufgegeben.«

Hatte ich auch.

Was mit Bea passierte, war egal. Sie wollte nicht gesucht werden, das hatte sie mir gezeigt. Sehr deutlich. Es gab keinen Grund, sich weiter darüber Gedanken zu machen.

Außer, dass es für immer ein loser Faden im Teppich meines Lebens sein würde. Etwas, das ich nie wissen würde und deswegen nie richtig abschließen konnte.

Ich suchte Javids Blick. »Ich glaube, wenn ich es nicht selbst herausfinde, würde ich es bereuen.«

»Ich verstehe.« Seine Mundwinkel hoben sich und er hielt mir die Hand hin. »Wenn du Hilfe brauchst: Ich habe drei Wünsche übrig.«

Das stimmte. Aber das hier musste *ich* schaffen. Dennoch legte ich meine Hand in seine. Sie fühlte sich nicht wirklich wie Haut an, sie war nicht ganz da aber auch nicht ganz fort.

Einen Augenblick lang dachte ich daran, meinen ersten Wunsch dafür zu opfern, dass er diese Halb-Gestalt aufgab, wieder er selbst wurde, damit ich ihn wieder richtig berühren konnte. Seine Finger fühlen und seine Lippen schmecken.

Aber das war ein dämlicher Wunsch und ein unfairer noch dazu. Ich kannte mich nicht einmal selbst. Ihn zu wollen – das ging erst, wenn ich wieder ein Ich war. Damit ich ihn nie wieder strafte, indem ich ihn wortlos gehen ließ.

Ich löste meine Hand aus seiner und griff nach meinem Handy. »Erstmal frage ich Pa.«

Und davor schaute ich mir an, was Juli geschickt hatte. Ich sah nämlich nur:

???

Sie hatte mir einen Link geschickt. Es war ein Artikel in der Zeitung. Und als ich ihn aufrief, wusste ich nicht so recht, was ich denken sollte. Trauer und Bestätigung, Frust und Erleichterung mischten sich.

Die Schlagzeile bestand aus fünf Wörtern.

Hamburger Café Honigmond soll schließen

»Er war heute früher da«, sagte Juli, ein Tablett mit schmutzigem Geschirr auf dem Arm. »Hat eine Untersuchung, hat er gesagt. Schreib mir doch vorher, dann hätte ich dich gewarnt.«

»Ich komm einfach morgen wieder«, sagte ich. »Dann ist er bestimmt da.«

Dass ich ausgerechnet den Tag erwischte, an dem Herr Siemon nicht nachmittags zu seinem Kakao erschien, war wirklich schlechtes Timing.

Zum ersten Mal seit Tagen stand ich wieder hier im Café, ohne meine Uniform, ohne etwas zu tun, dem Goldlicht und dem raschelnden Blauregen völlig ausgeliefert. Meine Kopfhaut juckte, obwohl die babyblauen Blüten mich nicht ansatzweise erreichten. Der Duft nach Kuchen und Kaffee und warmen Holz weckte Erinnerungen an fröhliche Sommertage und gemütliche Winterabende mit heißem Mokka. Zwei Jahre. Ich fuhr mir zum dritten Mal durchs Haar. Dieses Jucken ... furchtbar.

Was hatte ich denn momentan nur?

In der Wohnung hatte ich es auf Javid geschoben, aber die Karamellsirup-Flasche war diesmal geschlossen.

»Ungewohnt, dich ohne bunte Haare zu sehen«, sagte Juli jetzt und beäugte mich prüfend. »Aber steht dir auch.«

Ich lächelte und zog eine Tafel Cranberry-Nussschokolade aus der Tasche. »Ich hab dir übrigens Schokolade mitgebracht. Nervennahrung.«

Juli strahlte, bedankte sich fünfmal nacheinander und erklärte, sie wäre mir um den Hals gefallen, wenn sie kein Tablett tragen würde. »Das können wir eigentlich gerne so beibehalten.«

»Was?«

»Ich arbeite für dich mit und du bezahlst mich in Schokolade?«

Ich schürzte die Lippen. »Darüber muss ich nachdenken.«

»Kannst du ja. Und morgen teilst du mir deine Antwort mit.«

»Ach so.«

Ich verabschiedete mich von ihr und ging zur Tür.

»Ah, Rosa!«, rief Juli mir nach

»Ja?«

»Da hatte gestern wer nach dir gefragt. Ein ...«

In diesem Moment ging die Tür auf und jemand mit breiten Schultern kam zum Vorschein. Vor Überraschung sagte ich nur: »Indigo.«

Und Juli sagte: »Ja. Genau der.«

***

So blieb ich doch im Café.

Wir setzten uns an Tisch elf, meinen Lieblingstisch neben einer der Holzbalken, die die Decke stützten. Blauregen krabbelte vorwitzig daran hinunter.

Ich legte die Hände in den Schoß und nahm mir vor, nicht meinen Kopf zu berühren. Meine Haare sahen wahrscheinlich schon zerzaust genug aus.

Indigo hängte seine helle Stoffjacke über die Lehne seines Stuhls, schob sich das dunkelblonde Haar aus seiner Stirn und sah sich um. »Ich bin ewig nicht mehr hier gewesen. Damals war alles rot und so silbrig.«

»Dann warst du im Winter da?«

»Wahrscheinlich.« Auf seinem Gesicht zeigte sich Erkenntnis. »Der wechselt die Farbe je nach Jahreszeit?«

Ich grinste. »Hexenspielerei.«

»Ich find's hübsch. Schöne Energie.« Er griff nach der Karte und bot mir eine an, aber ich schüttelte den Kopf. Ich kannte das Menü auswendig.

»Wie lange ist dein letzter Besuch denn her?«, fragte ich. Ich hätte ihn doch eigentlich bemerken müssen. Aber Indigo zuckte mit den Schultern. »Letzten Winter? Vorletzten Winter? Es war ein Date – wir sind danach noch weiter ins Kino.«

Ich hob die Augenbrauen. »Ist was aus dem Date geworden?«

»Ja. Aber nur für ein paar Monate.«

»Oh.«

»Sie ist ins Ausland gegangen und hat wen anders kennengelernt.« Er verdrehte die Augen und legte die Karte beiseite. »Auch sonst hat sie mich an dich erinnert. Sie war auch ein bisschen trocken und sehr zielstrebig.«

»*Auch sonst*?«

»Du bist wie sie ins Ausland gegangen und hast mir danach das Herz gebrochen.«

Er klang scherzhaft, aber auch nicht ganz.

»Ich hab dir das Herz gebrochen?«

»Als du dich von mir getrennt hast? Klar.«

»Genau genommen waren wir nie zusammen.« Zumindest nicht offiziell. Das war ein Teenie-Geheimnis gewesen, verstohlene Blicke und heimliche Küsse. Das konnte einem natürlich das Herz brechen, aber getrennt hatten wir uns nie.

Ich war einfach verschwunden.

»Richtig«, sagte Indigo. »Deshalb haben wir auch nicht drüber geredet, was passiert, wenn du für ein Jahr ins Ausland verschwindest. Und als du wiederkamst, haben wir gar nicht mehr geredet. Du warst einfach weg. Das ist schon irgendwie eine Trennung.«

»Das tut mir leid.« Ich haderte mit mir, aber ich hatte beschlossen, es ihnen allen gleichzeitig zu erzählen. Beim nächsten Familienessen. Wenn Pa dabei war. Deshalb sagte ich nur: »Es war viel passiert. Ich erzähl dir Samstag davon.«

»Warum nicht jetzt? Ich hab Zeit.«

»Dann habt ihr doch bestimmt auch schon ausgesucht, was ihr bestellen wollt.« Wie aus dem Erdboden gewachsen stand Juli an unserem Tisch. Der Schalk funkelte in ihren Augen – vielleicht passten sie und Elyar wirklich ganz gut zusammen.

Ich dachte an sein Gesicht, kurz bevor ich ihn freigelassen hatte, und das schlechte Gewissen raubte mir einen Moment lang den Atem. Das musste ich wiedergutmachen. Irgendwie.

»Ich nehm den Honig-Marmorkuchen und einen Cappuccino dazu«, sagte Indigo und setzte ein gewinnendes Lächeln auf.

»Macarons«, sagte ich schnell. »Drei Stück, deiner Wahl. Und eine heiße Schokolade dazu.«

»Meiner Wahl?« Juli beendete schwungvoll ihre Notizen und hob den Daumen. »Ich werde dich nicht enttäuschen, Schoko-Lieferant.«

»Da reden wir morgen drüber.«

Ich wartete, bis Indigo ihr gebührend nachgeschaut hatte, bevor ich sagte: »Ihr wurde übrigens auch das Herz gebrochen. Neulich.«

Indigo grinste. »Wir sollten einen Club aufmachen. Morgen?«

»Morgen hab ich zu tun.«

»Du hast gerade gesagt, du wärst morgen hier.«

»Ja, aber das ...« Ich gab es auf. »Warum bist du hier? Du hast nach mir gefragt?«

Indigo seufzte. »Ja, richtig. Ich wollte mich entschuldigen.«

»Wofür?«

»Dein Treffen mit Amber. Das ist nicht so gut gelaufen, oder?«

Mach was du willst, Rosa. Hauptsache, du wirst glücklich damit.

Ich senkte den Blick auf die Tischplatte. »Hat Amber etwas erzählt?«

»Sie hat gesagt, dass ihr gestritten habt. Und dass sie dich nicht mehr versteht. Dass du dein Leben wegwirfst.«

Ich nickte und Indigo rutschte auf seinem Stuhl herum. »So wollte ich das nicht. Ich wollte, dass ihr ordentlich miteinander redet. Aber das hat nicht so richtig geklappt und das tut mir leid.«

Na ja. Amber hatte sich ausgesprochen. Es war nur kein gegenseitiges Aussprechen gewesen.

Wenn die Matri mich fragen, muss ich die Wahrheit sagen.

Die Aussprache würde dann wohl am Samstag kommen. Mir wurde flau, wenn ich daran dachte. »Nein. Das hat nicht so gut geklappt.«

»Und deshalb bin ich hier. Damit ihr nicht meinetwegen gar nicht mehr redet.«

»Ich weiß nicht, ob das so einfach ist.«

»Karamell, Schokolade und – ganz experimentell – Joghurt-Minze.« Juli stellte einen der kleinen mit Schnörkeln verzierten Teller für Macarons vor mir ab. »Und einmal der Kuchen, ein Cappuccino und eine heiße Schokolade. Lasst es euch schmecken!«

Hinter Indigos Rücken schnitt sie mir eine Grimasse, um mir zu bedeuten, dass ich lächeln sollte. Ich schmunzelte und schüttelte den Kopf, bevor ich mich wieder Indigo zuwandte. Der rührte nachdenklich in seinem Cappuccino.

»Ich weiß nicht, worüber ihr geredet habt.« Er warf mir einen bittenden Blick zu. »Aber sei nicht so streng mit ihr, ja? Sie ist gerade echt gereizt. Hat viel Stress und macht alles gleichzeitig.«

»Ihr Stress darf aber kein Freifahrtschein sein, andere zu verletzen.«

Was sie mir an den Kopf geworfen hatte, konnte ich verstehen. Aber die Matri konnte ich ihr nicht verzeihen. Da hätte sie lieber zu Pa gehen können.

»Ach komm.« Der Cappuccino war gleich besser durchmixt als ein Cocktail, wenn Indigo so weiterrührte. »Als wärst du damals nicht auch immer richtig wütend geworden, wenn man dich beim Lernen gestört hat. Und heute wirst du das wahrscheinlich auch noch.«

»Hier geht es nicht darum, dass jemand einen anderen beim Lernen gestört hat«, erwiderte ich. Dieses Gerühre machte mich wahnsinnig. Ich nippte an meinem Kakao, um ihn daran zu erinnern, dass er sein Getränk auch trinken musste.

Es funktionierte. Er zog den Löffel aus dem Milchschaum-Kaffee-Mix und deutete damit auf mich.

»Wie du meinst. Aber Amber hat es, egal, was sie getan hat, nicht böse gemeint. Sie arbeitet sich tot und zwar umso mehr, weil sie nicht mehr mit dir gemeinsam lernen kann. Im Grunde ... vermisst sie dich.«

»Tut sie das?« Das fiel mir momentan schwer zu glauben. Jetzt vermisste sie mich wahrscheinlich nicht mehr.

Indigo lächelte und legte den Löffel endlich beiseite. »Früher war das alles irgendwie einfacher, oder? In der Schule?«

Ich nickte und nippte wieder am Kakao. »Immerhin hast du alles richtig gemacht. Du hast einen guten Job und bildest Leute aus.«

»Hm.« Indigo hob seine Tasse. »Ich hasse es.«

Es klang tief und ehrlich und ich starrte ihn überrascht an. Er wirkte weiterhin locker, aber sein Lächeln hatte einen ironischen Zug bekommen. »Ja, das könnt ihr euch vielleicht nicht vorstellen. Ich hab das Beste abbekommen, was ich abbekommen konnte, und ich hasse es.«

Die Medizin? Seine Karriere?

»Aber ... Wieso?«

»Weißt du, seit ich klein bin, schaue ich euch bei euren großen und kleinen Zaubereien zu und kann nichts davon nachmachen. Und das nur, weil ich ein Trickster bin – das kann ich nicht ändern. Und manchmal hasse ich das einfach. Ich hab gehofft, du würdest das verstehen. Es wird ja einen Grund gehabt haben, dass du nicht an die WUH gegangen bist. Aber vielleicht versteht man das als Hexe einfach nicht.« Er trank einen Schluck. »Nicht, dass ich dich deshalb beleidigen wollen würde. Du hast es dir ja auch nicht ausgesucht, eine Hexe zu sein. Der Cappuccino ist großartig, wow.«

Ich hatte es mir nicht ausgesucht. Aber ich hatte nie gewusst, dass er sich so fühlte. Warum hatte ich das nie gewusst?

»Du solltest nicht so denken«, sagte ich.

»Ich weiß. Aber ich kann es nicht ändern. Und Amber geht es wahrscheinlich ähnlich. Und dir auch.« Er hob die Schultern. »So sind wir nun mal. Vom Ehrgeiz zerfressen. Nie zufrieden.«

»Das klingt richtig traurig.«

»Ist es aber im Grunde nicht. Ich mein ja nur, dass wir das alle irgendwie kennen. Und wir trotzdem eine Familie sind. Das sollte uns nicht auseinanderreißen. Sei Amber bitte nicht böse. Ich will wieder, dass alle samstags zum Essen kommen. Wie früher.«

Wie früher.

Seine Worte klangen in meinem Kopf nach, eine hoffnungsvolle Melodie. Vielleicht ... Ja, vielleicht hatte ich über die Regeln zur Ausgliederung nicht-mehr-magischer Hexen vergessen, was nicht nur Pa und mich, sondern auch mich und Indigo verband. Vielleicht hatten diejenigen, die diese Regeln aufgestellt hatten, nie jemanden verloren, der ihnen etwas bedeutete. Vielleicht war die Regel falsch und nicht ich. Warum war mir das nie in den Sinn gekommen?

»Du siehst aus, als würdest du gleich heulen.«

Ich trat Indigo unter dem Tisch gegen das Schienbein und nahm einen Macaron. »Ich denke nur darüber nach, was für ein dummer Mensch ich bin.«

»Du bist nicht dumm, Rosa.« Er klang ernst dabei. »Du bist nur echt stur und hast ein unglaubliches Talent dafür, Leute von dir zu stoßen. Warum auch immer du das machst.«

»Damit ihr nicht in meinen Kopf gucken könnt.«

»Als könnte das irgendwer. Wir haben doch alle nur unsere eigene kleine Welt, aus der wir nicht rauskönnen.«

Ich grinste. »Stimmt schon.«

Wir waren auch nicht anders als Flaschengeister. Wir saßen in unseren Flaschen, unsere Horizonte und Möglichkeiten waren begrenzt. Wir brauchten andere Menschen, um aus unserer Welt herauszukommen.

Ich war in meinem Kopf.

Die Geister in ihrem Gefäß.

Sichtbare und unsichtbare Wände.

Wie ...

Ich ließ den Macaron sinken.

Indigo schaute mich verdutzt an, aber ich schüttelte nur den Kopf. Diesen Gedanken musste ich fassen, bevor er mir entglitt.

Wände.

Ich sah Bea vor der unsichtbaren Wand in *Brandsende.*

Du hast genug Geister, mit denen du umgehen musst. Du brauchst nicht noch einen weiteren.

Ein Urteil, eine Strafe.

Die Blumen und das Feuer.

Die Bienen.

Das Puzzle setzte sich langsam zusammen. Das war es, woran ich erinnert worden war, als Bea mich angegriffen hatte.

Und ich wusste jetzt, wie ich sie finden würde.

Kapitel 26

»Sie ist wie du«, sagte ich und nippte wieder an meinem Tee, während Javid fragend auf mich hinuntersah.

»Wie ich? Ich kann mich nicht erinnern, dass sie dir einen Wunsch erfüllt hat, seit sie verschwunden ist.«

»Sie ist ja auch kein Wunschgeist, sondern verflucht.« Und das war sie. Pa hatte mir gestern Abend geschrieben, dass der Brandstifter von 1842 mit einem Fluch belegt worden war – und dann gefragt, warum ich mich für den Brand von Hamburg interessierte. Ich hatte dreimal eine Antwort begonnen und sie dann wieder gelöscht, weil sie lang und kompliziert wurde. Ich machte ihm später eine Sprachnachricht. Erst einmal musste ich diese Gedanken sortieren und dazu musste ich sie Javid erklären. »Aber wie du kann sie ihre Grenzen nicht verlassen. Sie wurde nach dem Brand dazu verurteilt, der Stadt zu dienen. Wahrscheinlich ist sie an die Stadt gebunden – oder eher an ein bestimmtes Gebiet um das Café und die niedergebrannten Stadtteile.«

»Sie hat also ein Gefäß, in dessen Umkreis sie sich bewegen darf. Das meinst du.«

»Es ergibt Sinn, oder nicht? Sie konnte *Brandsende* nicht überschreiten. Jeder Angriff ihrerseits war im Brandgebiet – und wann immer sie mir außerhalb schaden wollte, musste sie ihre Bienen schicken.«

»Aber sie hat dir nicht geschadet.«

»Aber sie wollte.« Der Bienenschwarm auf der Brücke. Die Bienen in Klein Flottbek. Der Stich. »Vielleicht wurde sie unterbrochen. Vielleicht hat der Fluch sie gefunden.«

»Aber warum sollte sie dir schaden wollen?«

»Weil ich auf der Suche nach ihr war.«

Hatte sie selbst gesagt.

Javid sagte nichts und ich hatte das Gefühl, dass er mir nicht widersprechen wollte, obwohl es ihm auf der Zunge lag. Ich nippte wieder an meinem Tee und schaute ihn fragend an. »Liege ich falsch?«

Javid verschränkte die Arme vor der Brust. »Ich glaube, wir übersehen etwas. Sie hat dich selbst auf ihre Spur geführt. Es gibt keinen Grund für sie, dich deshalb anzugreifen. Und doch hat sie es getan.«

Ich nickte langsam und er fuhr fort: »Aber wenn man bedenkt, dass jede Magie ihre natürlichen Grenzen hat, dann klingt deine Theorie nicht falsch. Die Frage ist: Möchtest du sie wirklich finden?«

»Möchte ich.« Ich hatte darüber nachgedacht, auf dem gesamten Rückweg vom *Honigmond* zurück nach Hause.

Abgesehen von meiner persönlichen Beziehung zu der alten Bea, gab es immer noch ein fast zweihundert Jahre altes Urteil, dessen Schuldiger und Vollstrecker sich offenbar hier in Hamburg ein Katz-und-Maus-Spiel lieferten. Eines, das mich auf das Radar der Matri gebracht, an meine Familie verraten und mir eine Seite an Amber gezeigt hatte, die ich gar nicht kennen wollte.

Wenn ich wusste, wie man Bea fand, würde das alles ein Ende haben. Dann konnte der Fluch sie holen oder die Matri oder alle gemeinsam.

Ein Ende – ich wollte dieses Kapitel nicht offen lassen.

Und deshalb: Ja. Ich wollte sie finden.

Javid trat von der Küchenzeile weg auf mich zu. »Wenn dem so ist, müssen wir ihr Gefäß finden. Und wissen, wie man sie rufen kann, damit sie sich uns zeigt.«

»Ich glaube, ich weiß, wo ihr Gefäß ist.« Ich glaubte das nicht. Ich war mir sehr sicher. Es gab keinen anderen Ort. Und Javid wusste es ebenfalls. »Das Café?«

»Das Café.«

Wenn er lächelte, musste ich zurücklächeln. Die alte Regel. Etwas, für das ich mir kein Ende wünschte.

Ich strich mir über den Arm, weil der Stoff meiner Bluse dort kratzte. »Aber bevor ich dahingehe, brauche ich mehr Infos über Flüche. Zur Sicherheit.«

»Wann möchtest du gehen?«

»Heute.«

Javid hob die Augenbrauen. »Heute?«

»Warum nicht? Jeder weitere Tag ist verlorene Zeit, in der Amber oder die Matri oder Bea oder irgendjemand etwas anstellen kann.« Ich grinste. »Und ich habe einen Level-8-Geist bei mir. Was soll schiefgehen?«

»Dass du nur drei Wünsche hast, zum Beispiel.« Seine Miene wurde ernst. »Und dass ich nach dem dritten Wunsch verpflichtet bin, mir in ein neues Gefäß zu suchen und jemand anderem zu dienen. Du wirst mich nicht noch einmal finden können.«

Ich strich wieder über meinen Arm. Dieses Jucken hörte nicht auf. Hatte ich doch trockene Haut? Aber nein, ich hatte Gänsehaut. Ich atmete tief durch. »Zum dritten Wunsch wird es nicht kommen. Ich lass mir was einfallen.«

Außer, dieses Jucken hörte nicht auf. Dann konnte ich mich nicht konzentrieren. Ich schloss die linke Hand um den rechten Arm, als würde das helfen. »Bist du das eigentlich? Ärgerst du mich mit magischen Strömen oder so?«

Sein Blick war schon Antwort genug. »Warum sollte ich das tun?«, fragte er und ich hob die Schultern.

»Schon gut. Ich hab nur ... Meine Nerven spielen verrückt. Glaube ich.«

»Denkst du, jemand ist hier?«

Diese Wohnung lag nicht im Gebiet des Brands. Und dennoch ... Vielleicht übersah ich wirklich etwas.

Der Raum war still bis auf uns, es polterte leise in einer der Wohnungen unter mir. Kein Kräutergeruch, kein kaltes Gefühl in der Brust. Nur dieses Kribbeln. Vielleicht war es auch nichts. Nur trockene Haut.

Ich stand auf. »Wenn jemand hier ist, darf er gerne rauskommen und einen Tee mittrinken. Das Versteckspiel hat heute Abend eh ein Ende.«

»Du klingst da ja sehr sicher.«

»Es muss einfach funktionieren.« Ich tat es ihm nach und verschränkte die Arme vor der Brust. »Ich habe nichts zu verlieren. Ich hab keine Angst.«

Dann holte ich meinen Laptop und begann zu recherchieren.

***

Der Tag ging in den Abend über. Der Regen verebbte, das Licht wurde dämmrig und wich dem Flackern hunderter Autoscheinwerfer. Auf den nassen Steinen auf dem Bürgermeister-Petersen-Platz spiegelte sich das Licht der Schaufenster ringsum.

Im Café war es kühl. Gespenstische Schatten im blauen Nachtlicht und das mulmige Gefühl einer fremden Präsenz ließen mich erschaudern. Letzteres bildete ich mir wahrscheinlich nur ein – immerhin hatte ich es vorher nie gespürt.

Mein Körper kribbelte und eine Gänsehaut zog sich über meinen Körper, die nur meinen linken Arm ausließ.

Rasch stellte ich die Sirupflasche in die Küche, schraubte den Deckel ab und legte die Finger an das kühle Glas.

Es duftete nach Karamell, und dann war er da und wir lächelten uns an.

Ich atmete tief durch. »Also. Fangen wir an?«

»Du hast ja doch Angst.« Er klang amüsiert.

Ich holte eine Schale aus dem Schrank und wanderte damit zum Apothekerschrank. »Ich bin nervös. Ich hab keine Ahnung, was passieren wird.«

»Macht das nicht den Spaß aus?«

Ich warf einen tadelnden Blick über die Schulter. »Du hast gut reden. Du bist noch nicht mit Feuer beworfen worden.«

»Stimmt.« Er klang amüsiert. »Du musst das nicht machen. Was hältst du noch gleich von Italien?«

»Ich muss leider am Samstag zu meinem Pa zum Essen.«

»Der könnte auch nach Italien kommen.«

Ich lachte auf. »Nur, wenn du ihn mit einer spannenden historischen Sache anlockst, die ihm in seinen Notizen noch fehlt.«

Brennnessel, Gänseblümchen, Alant, Ackerschachtelhalm, Mariendistel, Kornblume, Eisenkraut, Bärentraube. Ich verstieß gegen alle Grundsätze, die man mir in der Schule eingetrichtert hatte, niemals mehr als drei Katalysatoren zu verwenden und diese sich ergänzend auszuwählen. Hier warf ich alles in die Schale, was für Kraft und Stärke stand. Ich brauchte keine feine Mischung, nicht einmal einen perfekt ausgeführten Zauber. Ich brauchte nur etwas, das meine Magie weitertrug. Dieses Haus war weitaus größer als eine Flasche, für die zwei Finger genügten. Und ich wollte meinen ersten Wunsch nicht dafür aufgeben, Bea zu beschwören, wenn ich nicht wusste, was danach auf mich zukam.

Die Schale mit den Kräutern in der einen und eine Flasche mit Karamellsirup in der anderen Hand kehrte ich zurück in den Haupttraum. Javid folgte mir lautlos, mehr Geist als Mensch. Ich wusste nicht, ob er diese Gestalt absichtlich annahm oder ob seine Energie nicht für mehr reichte.

Ich wusste so wenig über die Geister, obwohl ich zwei Jahre lang mit ihnen unter einem Dach gelebt hatte. Allgemein wusste ich zu wenig über Magie. Ich hatte von Flüchen nichts gewusst, nichts von den Energien um mich herum, die die Matri gespürt hatten. Nichts über Bea und ihre Beweggründe. Mein Turm war mein Gefängnis gewesen.

Dornröschen in ihrem Schlaf.

Und jetzt hatte ich Fragen.

Javid, warum bist du nicht richtig sichtbar?

Javid, wieso hast du mehr Magie als andere Geister?

Ich weiß es nicht. Vielleicht auch vom Potenzial, das man hatte, bevor ... Wenn wir entstehen.

Bevor.

Weitere Echos und Erinnerungen waren in meinem Kopf.

Indem man wegläuft.

Die sind seit Ewigkeiten verboten.

»Javid?«

Ich stellte die Schale auf den Boden, goss den Sirup hinzu und schauderte, weil das Kribbeln stärker wurde und mein Körper in Richtung des Zuckers strebte. Die Kräuter taten bereits ihre Wirkung.

»Ein Wunsch?«, fragte Javid hinter mir.

Ich schüttelte den Kopf. »Eine Frage.«

»Du weißt mehr über Kräuter als ich.«

Ich ließ mich im Schneidersitz vor der Schale nieder. »Bist du zum Geist geworden, weil du einen Unsterblichkeitszauber versucht hast?«

Ich hörte ihn leise schnauben.

Dann setzte er sich mir gegenüber, den Spott in seinen Mundwinkeln. »Ich bin als Trickster geboren worden, Rosa. Ich konnte keine Hexenmagie wirken.«

Es war eine ausweichende Antwort. Im Schoß legte ich die Finger aneinander und spürte die Energie fließen. »Aber hast du ihn getrunken? Den Zauber?«

Die Energie in meinen Fingern sprang in den Zucker über, suchte nach Mustern zum Weben. Was wollte ich noch gleich?

»Ich hab geahnt, dass du es eines Tages herausfindest«, sagte Javid und klang amüsiert. Seine Miene wirkte aber nicht so, obwohl der Spott noch da war.

»Also ist das Dasein als Geist eine Strafe? So wie Pa gesagt hat?«

Was tat ich hier? Ich wollte keinen Zauber wirken. Das Haus war ein Gefäß. Ich musste dieses Gefäß magisch berühren.

Ich löste die Finger wieder voneinander, ließ Javid aber nicht aus den Augen. Sein Blick wurde dunkler und der Spott verschwand. »Eine Strafe. Ja, das ist es.«

»Das, was du am meisten bereust?«

»Ich hab dich nicht angelogen, als ich sagte, dass es das nicht ist.« Er schloss für einen Moment die Augen. »Was ich bereue, ist meine Arroganz, Gott spielen zu wollen. Ich hatte Angst vor dem Tod und wollte allen ein Schnippchen schlagen. Und dann habe ich den Zauber auch meinen Schwestern gegeben und sie für immer an dieses Leben gebunden. *Das* bereue ich mehr, als selbst ein Flaschengeist geworden zu sein.«

Er hatte Familie gehabt. Geschwister. »Weißt du, wo sie jetzt sind?«

Er schüttelte den Kopf. »Aber ich werde sie eines Tages finden. Und mich entschuldigen.«

Ich musste an sein Magie-in-Dosen-Buch denken und fragte mich, ob er sich deshalb mit Gefäßen auseinandergesetzt hatte. Ich lächelte. »Du hast das nicht aus böser Absicht getan, oder?«

»Es war dumm und sie müssen mich dafür hassen.«

»Lass sie das entscheiden. Manchmal denken andere Leute ganz unglaubliche Dinge über einen selbst.«

Ich hatte Pa vor Augen und Indigo.

Javid schmunzelte. »Sprichst du aus Erfahrung?«

»Vielleicht.« Ich legte die Finger an die Schale. »Eines Tages – erzählst du mir dann mehr darüber?«

»Möchtest du wirklich die Geschichte eines dummen Jungen hören, der aus Angst vor dem Tod seine Familie zerstört hat?«

»Wenn es derselbe dumme Junge ist, der mich davor bewahrt hat, aus Angst auch meine zu zerstören – ja.« Ich fing seinen Blick auf. »Ich möchte sie kennenlernen. Erzähl mir von ihnen. Wenn das hier vorbei ist.«

Er öffnete den Mund, schloss ihn wieder. Und lächelte. »Wenn das hier vorbei ist.«

Noch während er sprach, kippte ich die Schale um. Sirup und Kräuter ergossen sich über die Holzdielen, der Blauregen seufzte auf. Ich legte die Hände in die klebrige Masse, Energie floss durch meine Finger, durch den Zucker, zurück durch meinen Arm, in meinen Körper. Die Katalysatoren machten die Mischung zäh und schmerzhaft, als würden meine Adern anschwellen und zu dick werden für meinen Arm.

»Wo bist du, Bea?«, fragte ich und presste die Zähne aufeinander. Es tat weh. Aber das Haus reagierte. Die Blüten über mir raschelten, das Gebälk knarzte, das Lied des Gebäudes erwachte zum Leben, die Mauern kreischten auf.

Ich hörte ein tosendes Summen, aber meine Finger lösten sich nicht aus dem Zauber. Stattdessen zogen sie mich tiefer, tiefer ...

»Rosa.«

Das war Javid. Er berührte mich am Arm. Ich zog mich daran hoch, japste nach Luft, krabbelte rückwärts weg von der Lache aus Zucker und Kräutern.

Dann sah ich auf. Dort zwischen mir und der Theke war ein riesiger, dunkler Bienenschwarm. Und in seiner Mitte stand eine aufrechte Gestalt mit strenger Haltung, steif und diszipliniert, das bunte Tuch in ihrem Haar noch genauso wie an dem Tag, an dem sie verschwunden war.

»Himmel, Rosalie«, sagte Bea mit ihrem gewohnten Tadel in der Stimme. »Dass du es auch immer übertreiben musst.«

Kapitel 27

Ich war nur für einen Moment unfähig, mich zu rühren oder etwas zu sagen.

Für diesen einen Moment wartete ich auf Verzweiflung oder das Gefühl von Wärme und Familie. Stattdessen waren da nur Adrenalin und das mächtige Verlangen danach, diese Geschichte endlich zu Ende zu bringen.

Rasch kam ich auf die Füße. »Ich habe einen Flaschengeist bei mir. Level 5. Falls du wieder auf mich losgehen möchtest, lasse ich ihn die Matri rufen. Nur dass du das weißt.«

Javid trat neben mich.

Bea gab ihren Bienen einen Handwink und sie schwirrten auseinander, der Schwarm verschwand zwischen den Blättern des Blauregens. Ich sah ihn nicht mehr, aber ich spürte ihn weiterhin.

»Was ist das für ein Ton, Rosalie? Warum sollte ich auf dich losgehen?«, fragte Bea.

»Ich weiß nicht. Warum hast du es letzten Mittwoch getan?«

»Herrje. Es würde mir nicht einmal im Traum einfallen, irgendjemanden anzugreifen. Das war fraglos nicht ich und ich bin entsetzt, dass du das nicht gemerkt hast.«

»Sie sah genauso aus wie du«, erwiderte ich. »Sie hat mich *Rosalie* genannt.«

Bea schnalzte mit der Zunge. »Befürchtet hab ich es ja. Aber das war trotzdem nicht ich, Rosalie. Ich habe kein Interesse daran, irgendwen anzugreifen.«

»Und wer soll es dann gewesen sein?«

»Nun, da du mich gerufen hast«, ihr Blick schwang nach rechts und dann nach links, »wirst du sie kennenlernen, fürchte ich.«

»Wen?«

Ich ballte die Hände zu Fäusten, bereit zu reagieren auf was auch immer jetzt geschah.

»Ich hätte dir das wirklich gern erspart«, sagte Bea und trat nach links. »Aber ich war ja selbst so dumm und habe dich auf die Idee gebracht. Da schicke ich dir eine Biene zum Trost, und zum Dank schleichst du dich in mein Hinterzimmer und ziehst ihre Aufmerksamkeit auf dich. Nicht einmal beschützen kann man dich vernünftig. Ein Schwarm Bienen ist leichter unter Kontrolle zu halten als deine neugierige Nase. Das haben wir nun alle davon.«

Was?

Irgendetwas stimmte hier nicht.

Ich sah zu Javid hinüber, doch der behielt Bea im Blick, seine Geisteraugen erdolchten sie, sein Kiefer war angespannt.

Und dann schien dem Raum der Ton entzogen zu werden, kleine Erschütterungen bebten in der Energie um uns herum. Die Blüten an der Decke zitterten und Gänsehaut überzog meinen Körper. Genau wie an dem Tag, als der Blauregen zu welken begonnen hatte.

Im Grün über uns schwoll das Summen zu einem Sturm an und wurde dann schlagartig still. Und genau in diesem Augenblick war sie plötzlich da.

Es war Bea, das gleiche Tuch, die gleichen Kleider, die gleiche Haltung, und doch nicht Bea.

Sie waren anders. Diese Bea war wütender. Ihr strenger Blick nagelte mich fest, ließ mich erschaudern, und traf dann die erste Bea. »Beatrice Maria Uschdraweit. Ich bin gekommen, um deine Strafe zu vollenden und dich mit mir zu nehmen.«

»Himmel.« Bea stützte die Hände in die Hüften. »Das hatten wir doch schon. Und ich habe dir gesagt, dass ich nicht bereit bin, meine Pflicht hier aufzugeben. Du hast sie gesehen, meine Mädchen sind noch nicht so weit.«

Der Fluch. Diese Bea dort war der Fluch.

Ich hatte nicht nur Bea gerufen, sondern auch den Fluch, der an sie gebunden war – ich hatte nur nicht gewusst, dass der Fluch menschliche Form haben würde.

Mist.

»Beatrice Maria Uschdraweit.« Der Fluch sprach es beinahe überdeutlich, jeder Konsonant war gestochen scharf. »Du sollst bis zu deinem zweihundertsten Lebensjahr der Stadt Hamburg dienen. Nach Vollendung deines zweihundertsten Lebensjahres sollst du deine Schuld mit dem Tod sühnen.«

»Ich kenne mein Urteil«, erwiderte Bea. »Aber die Todesstrafe gibt es nicht mehr und ich werde nicht gehen, bis ich nicht eine Nachfolgerin ernannt habe, die das Café weiterführt.«

»Dein Urteil wurde gesprochen und du hast es akzeptiert.«

»Ganz recht. Vor *hundertachtzig* Jahren. Vor hundertachtzig Jahren und zwei Wochen, um es genau zu sagen. Und es werden mehr sein, wenn du weiterhin glaubst, mich fangen zu können.«

Sie floh vor dem Fluch. Weil sie das Café nicht verlassen wollte. Sie hatte gewusst, dass sie fliehen musste, hatte Vorbereitungen getroffen ... und dann was? Hatte der Fluch sie doch überrascht? War der Ginko-Zauber deshalb nicht vollendet gewesen?

Ich schluckte und wusste plötzlich noch viel weniger, was ich glauben sollte. Gerade noch hatte ich mich damit abgefunden, Bea den Matri zu übergeben und sie die Böse sein zu lassen. Aber ...

»Das Fangenspielen hat ein Ende«, sagte der Fluch.

»Und was macht dich da so sicher?«

Bis eben hatte der Fluch die Finger ineinander verschränkt gehalten. Jetzt löste er sie und seine Handinnenflächen wirkten, als würden sie glimmen.

Ich hatte gelesen – eine der wenigen verlässlichen Quellen, die kein Fantasy-Roman-Wiki gewesen war – dass Flüche an eine Sünde gebunden wurden. Aber dass sie die Form des Sünders annahmen, das hatte ich nicht gewusst.

Javid neben mir spannte den Körper an und mir stockte der Atem.

An eine Sünde gebunden.

Dieser wütende Blick.

Das war derselbe Blick, der mich vor sieben Tagen hinter der Grenze des Brands getroffen hatte. Kurz bevor meine Welt in sich zusammengefallen war.

Der Fluch sah aus wie Bea. Aber gebunden war er an das größte Feuer in Hamburgs Geschichte.

Ich dachte an das Feuer an der Alster. An die flimmernde Luft wie über heißem Asphalt in Klein Flottbek – und in Beas geheimem Zimmer.

Das war alles der Fluch gewesen, weil ich mich eingemischt hatte. Nur dass er mir außerhalb der Grenzen vielleicht nicht hatte schaden können. Hatte er dann auch im Supermarkt …?

»Dein Schützling ist hier«, sagte der Fluch in diesem Moment und fixierte mich. »Verlasse dieses Haus, Rosalie. Ich habe dich davor gewarnt, dich einzumischen.«

Rosalie.

Ja, er hatte mich gewarnt. Mehrfach. Ohne Rücksicht auf Passanten oder das Café. Der Fluch hatte kein Gewissen, keine Moral, sondern nur einen Auftrag. Er würde sich nicht erweichen lassen und genau deshalb konnte ich Bea nicht mit ihm alleinlassen. »Nein.«

Der Fluch seufzte. »So sei es.«

Dann klatschte er laut und energisch in die Hände – und der Boden unter mir ging in Flammen auf.

Ich spürte die Hitze am Körper, mein Puls schoss in die Höhe, mir wurde schwarz vor Augen. Ich hörte Javids Stimme und dachte, dass ich einen Wunsch aussprechen musste, aber ich konnte nicht. Ich konnte weder sprechen noch schreien.

Ich wich zurück, halb blind vor Hitze, stolperte gegen einen Stuhl, einen Tisch, mein ganzer Körper brannte und ich wusste nicht, ob ich das nur spürte oder ob ich wirklich Feuer gefangen hatte.

Ein Rauschen wie von Gischt auf Wellen übertönte das Lodern, ich taumelte und wurde festgehalten von etwas, das meine Nerven wieder die richtige Richtung wies. Der Blauregen hatte sich von der Decke herabgelassen und seine knorrigen Äste und Blätter hielten mich davon ab, zu fallen.

Um mich herum summte es, die Bienen waren da und schwirrten kreuz und quer durch mein Sichtfeld. Die kleinen Götter waren in Aufruhr, es wisperte aus den Schatten, aus den Blättern und Blüten.

»Bist du verletzt?« Plötzlich stand Javid neben mir. Am meisten Angst machte es mir, dass sich Panik in seinen Augen spiegelte. Er war nicht der Typ für Panik. »Du musst einen Wunsch aussprechen, Rosa. Ich kann nichts tun, wenn du es nicht befiehlst.«

Richtig. Ich musste mir etwas wünschen.

Mein Blick suchte im Raum nach Bea und dem Fluch und ich fand ein Schlachtfeld vor: umgekippte Stühle und einen lodernden Fußboden, brennende Kräuter, Lilien und Efeu und durchdringend duftender Rosmarin.

Zwischen dem Rauch und dem Dunst der ätherischen Öle sah ich zwei Gestalten, deren Finger die Pflanzen und Flammen dirigierten, ein Kampf aus Leben und Tod.

Ich musste sie stoppen. Ich musste den Fluch von Bea lösen. Ich musste das Café beschützen.

Aber ich wusste nichts. Nichts über den Fluch, nicht über Bea. Nichts.

»Noch nicht«, sagte ich und meine Stimme war heiser, als hätte ich geschrien. »Ich habe nur zwei Wünsche frei. Ich kann mir nicht einfach irgendetwas wünschen!«

»Wenn wir nichts tun, fliegt uns hier alles um die Ohren!«

Das wusste ich auch.

Sollte ich die Matri rufen? Die Zeit anhalten? Wie viel Kraft hatte Javid inmitten eines Feuers, dessen Energie aus einem dreitägigen Brand rührte?

»Pass auf!«

Eine Flammenwand schoss auf uns zu und wurde gestoppt von einem Teppich aus Blauregen und Salbei. Die Pflanzen erstickten das Feuer und gingen kreischend zu Boden.

Hatten die Pflanzen am Ballindamm auch so geschrien? Es dröhnte in meinen Ohren und mischte sich mit meinem Puls.

»Wenn du mich mitnehmen willst, richte deine Angriffe auf mich und nicht auf unschuldige Menschen!«, rief Bea und jagte peitschenden Efeu auf den Fluch, der ihr eine Wand aus glühendem Feuer entgegenschleuderte.

»Beatrice Maria Uschdraweit. Du vergisst, aus wessen Essenz ich meine Energie beziehe.«

»Ich habe diesen Brand nie gewollt. Und ich habe keine unschuldigen Tode gewollt.« Bea machte eine energische Handbewegung, der Blauregen um sie herum senkte sich auf den Boden und verknotete sich zu einem Wirbel aus Blau und Grün. »Ich wollte nur diesen Speicher vernichten. Ich wollte, dass sie arm werden, nicht dass sie sterben.«

Energie fraß sich durch den Boden. Eine unsichtbare Welle schwappte über uns hinweg in den Blauregen und stürzte sich auf den Fluch.

»Und doch bist du schuld.«

Der Blauregen ging in Flammen auf. Ein Feuersturm versengte Stühle und Tische und die Theke.

Die Luft wurde warm, ich schmeckte Rauch und Tod. Durch das Flimmern und fallende Asche fing ich den Blick des Fluchs auf. Er legte die Hände aufeinander.

»Und deshalb wird jeder hier büßen müssen, wenn du dein Urteil nicht antrittst.«

Es wurde urplötzlich kalt. Die Flammen erloschen. Der Blauregen weinte. Totes Laub rieselte auf mich herab. Die Energie bebte.

Kurz – ganz kurz – hatte ich die Hoffnung, es sei vorbei. Aber das war Unsinn. Der Fluch war aus einem Feuer entstanden. Eines, das einundfünfzig Menschen das Leben gekostet hatte. Und Tausenden von Leuten ihre Häuser.

Du vergisst, aus wessen Essenz ich meine Energie beziehe.

Das Gebäude seufzte auf und im selben Moment verstand ich, was der Fluch gemeint hatte. Ich dachte an die nie schlafende Stadt dort draußen, an die Fußgänger, die das Lodern hinter den Fensterscheiben sehen würden, und die Autos an der Graskellerbrücke auf der anderen Seite des Gebäudes. Ich dachte an Partygänger und das Treiben auf dem Neuen Wall. Kein Gewissen, keine Moral.

»Javid!« Ich hatte keine Zeit. Nicht, um nachzudenken. Nicht, um zu planen. »Javid, ich will, dass wir abgeschlossen von der Außenwelt sind, bis das hier vorbei ist! Das Feuer darf das Café nicht verlassen ... Eine Schutzwand!«

Einmal hatte ich bei Nika gesehen, wie sich die Wunschmagie auf meinen Befehl hin bündelte und über den Körper des Geistes flackerte wie Licht auf einer Wasseroberfläche. Javids Konturen wurden klar, seine Augen glänzten, die kleinen Götter machten ihn lebendig. »Es ist geschehen.«

Zumindest glaubte ich, dass er das sagte. Denn seine Worte gingen unter in tosender Hitze, als der Fluch sein Feuer über uns rollen ließ und das Café in ein Inferno verwandelte.

Kapitel 28

Brennen.

Über mir, unter mir, in mir.

Die Fluchmagie hatte mich von den Füßen gefegt, hinein in eine Höhle aus Blauregen und Efeu. Die Pflanzen knisterten und weinten, und auch wenn sie keinen Laut von sich gaben, konnte ich sie hören. Ich spürte sie, genauso wie ich alles Lebendige in meinem Umfeld spürte. Ich spürte die Bienen, die Pflanzen, den Zucker auf den Dielen, sogar durch den Rauch und das Feuer.

Im Inneren des Hauptraumes war es heiß geworden, Bea hatte nicht alles abfangen können. Die Theke brannte, ein paar Stühle brannten. Wenn wir nichts taten, würde das Feuer sich im ganzen Raum ausbreiten.

Die Panik rumorte in meinem Kopf wie ein Raubtier auf der Lauer, doch sie verlor gegen Javid und die Stadt jenseits der Fenster und gegen Bea und den Fluch.

Ich hatte keine Zeit, panisch zu werden.

Es war nicht wichtig, ob ich mich verbrannte, ob ich eine weitere Narbe davontrug. Ich konnte nicht verlieren.

Ich kroch unter den sterbenden Pflanzen hinweg und kam schnell wieder auf die Füße. Es war zu heiß, die Luft flimmerte und die Stühle und Tische bekamen dunkle Flecken. Bea öffnete gerade ein Fläschchen aus ihrer Tasche. Sie sah mich und nickte mir zu.

Ich nickte zurück und wandte den Blick gen Fluch, der in der Nähe der Eingangstür stand, umgeben von einem Kreis aus Ruß und Asche. Er hatte Bea fixiert. »Beatrice Maria Uschdraweit. Du kannst deiner Strafe nicht entfliehen.«

Bea warf mir einen zweiten Blick zu. Sie wirkte zögerlicher, musterte mich. Wägte sie wirklich ab, aufzugeben, damit ich gehen konnte?

Ich schüttelte heftig den Kopf.

Das Café brauchte sie. Und die Leute brauchten das Café, für kleine und große Wünsche, eine Flucht aus dem Alltag. Die Bienen brauchten ihre Oase und ihre Königin. Bea konnte nicht einfach verschwinden.

Aber das hier konnte auch nicht so weitergehen.

»Ich möchte eine zweite Anhörung«, sagte Bea. »In hundertachtzig Jahren ist viel geschehen. Lieber will ich der Stadt weiterdienen, als jetzt zu gehen.«

Ihre Hände machten eine kurze, schnelle Bewegung und von der Decke stürzte sich Blauregen auf den Fluch hinunter. Der wiederum konterte den Angriff mit einer kurzen Explosion, die Tische und Stühle umwarf, mich abermals von den Füßen riss und Bea gegen die Wand schleuderte.

»Bea!«

Meine Stimme klang kratzig.

Bea rappelte sich auf und griff in ihre Tasche, holte ein weiteres Fläschchen hervor und goss es sich über die Hände.

Wie viele von diesen Zaubern hatte sie noch? Wie lange hielten Zauber bei dieser Technik?

Ich hatte das Gefühl, dass die Macht des Fluches wuchs, während Bea nicht mehr dagegen ankam.

Und ich stand hier herum und tat nichts.

Bea ließ das Fläschchen fallen und nahm die Schlacht wieder auf. Grün überzog die schwelenden Tische, erstickte die Feuer und jagte auf den Fluch zu. Ich spürte ein weiteres Beben in der Energie um uns herum, ein weiterer Schlag.

»Rosalie!«

Atemlos wandte ich mich in Beas Richtung. Sie konzentrierte sich auf den Fluch, ihre Miene steif und angespannt. »Honig!«

Zwischen mir und der Küche hinter der Theke lagen der halbe Raum und ein Teppich aus sterbenden Pflanzen. Und wenn ich den Honig aus ihren Privaträumen ... Aber wenn jemand die Tür zur Wohnung verschlossen hatte, verlor ich Zeit.

Ich sah zu Javid, der meinen Blick erwiderte. »Was willst du tun?«, fragte er.

»In die Küche.« Der Fluch zog gerade einen Kreis aus Feuer um sich. Beas Pflanzen peitschten durch die Flammen. »Jetzt.«

Ich wartete nicht ab, sondern jagte los, so schnell ich konnte.

Es raschelte und knisterte um mich und ich wusste nicht mehr, ob das Kribbeln an meinem Körper das Adrenalin war, die Angst oder die Magie des Fluchs.

Ich stolperte über irgendwas, taumelte beinahe gegen die Theke. Gerade noch so konnte ich mich aufstützen und den Schwung nutzen, um durch die Tür zu stürmen.

Auch in der Küche hatte das Feuer Schaden angerichtet. Es roch verbrannt. Der Vorhang zum Vorratsraum war halb verkohlt.

»Selbst mit dem Honig kann sie nicht mehr lange so weitermachen«, sagte Javid hinter mir, während ich bereits zu den Schränken eilte.

»Ich weiß.« Wie viel Honig brauchte sie? Ein Glas? Zwei? Ich griff wahllos zu. »Ich hab nur noch einen Wunsch. Ich muss die Matri rufen, aber auch den Fluch einsperren.«

»Können die Matri bei so einem Feuer einen Fluch bändigen?«

»Kannst du ihn denn bei so einem Feuer einsperren?«

»Das kommt drauf an.«

Ich schritt an ihm vorbei, war schon halb aus der Tür und drehte wieder um. »Er darf nicht mehr zaubern können. Das meine ich.«

»Ich habe noch nie einen Fluch aufgehalten. Ich weiß nicht, ob ich Magie auf Magie wirken kann.«

Wenn Nika meinen Arm nicht heilen konnte, dann vielleicht nicht. War es das Risiko wert?

Neben der Kaffeemaschine standen sie noch aufgereiht, Schokolade, Haselnuss, Pumpkin Spice, Kokos. Und Javids Gefäß.

Ich griff nach Schokolade und Haselnuss und klemmte sie mir ebenfalls unter den Arm.

Javid oder die Matri – auf wen setzte ich eher? Mehr als einen Wunsch wollte ich nicht mehr einsetzen, weil Javid sonst verschwand.

»Rosa.«

Ich war schon fast wieder bei der Tür. »Ja?«

»Wenn du den dritten Wunsch brauchst, halte dich nicht zurück. Ist schon gut.«

Ich wirbelte zu ihm herum. »Ist es nicht. Ich lass dich nicht gehen.«

Und er musste seine Schwestern suchen. Das konnte er nicht aus einer Flasche heraus, bis ihn jemand fand und für drei Wünsche nutzte.

Ich wandte mich wieder um und stieß die Tür auf – nur um direkt in die nächste Explosion hineinzulaufen.

Die Theke fing den Druck ab, das Glas splitterte, die Dosen im Regal neben mir klirrten, es regnete Fetzen von Laub und Salbei. Und dort drüben zwischen zwei umgeworfenen Tischen lag Bea auf dem Boden.

Ich schnappte nach Luft, einen Mund voll Rauch und vibrierender Energie, und stürzte zu Bea hinüber.

Schon erreichte mich die Stimme des Fluchs, streng und reserviert. »Beatrice Maria Uschdraweit.«

»Hör doch endlich damit auf!«, fauchte ich ihm entgegen. »Wir wissen alle, wie sie heißt!«

Und dann fiel ich neben Bea auf die Knie und rief ihren Namen – aber eine Wunde an ihrem Kopf sagte mir, dass sie nicht so schnell wieder aufwachen würde.

Mist.

Ich konnte sie nicht heilen. Ich war darin nicht ausgebildet. Sie musste hier raus, irgendwohin, wo man ihr helfen konnte …

Und dann blickte ich auf, nur um zu sehen, wie der Fluch auf mich zukam.

Er würde Bea kriegen.

Und dann war alles vorbei und das Café eine Ruine.

»Bleib weg von ihr!« Ich rutschte zwischen Bea und den Fluch, als würde das irgendetwas bringen, als wäre ich nicht vollkommen nutzlos. »Du kriegst sie nicht.«

Der Fluch schritt näher. Noch zehn Schritte. Neun. Acht.

»Lass Bea in Ruhe. Sie hat ihre Schuld gebüßt!« Ich sprach so schnell, dass ich mich fast selbst überholte. »Bleib stehen! Bleib stehen, *ich will, dass du stehenbleibst*!«

Nein.

Der Fluch blieb stehen.

Nein.

Ich sah zu Javid, der neben der Theke stand, das Schimmern der Wunschmagie flatterte noch über seine Haut. Seine Lippen formten ein: »Es ist geschehen.«

Und das war mein zweiter Wunsch.

***

Noch ein letzter Wunsch.

Der Welt verschwamm vor meinen Augen, weil ich vergaß zu blinzeln, vergaß, wo ich mich befand.

Es gab mich und den Fluch und ein Café voller Asche und Pflanzen.

Ich hatte mein Ass im Ärmel verspielt. Jetzt blieb mir nur noch ein Wunsch – und dafür würde ich Javid auf Wiedersehen sagen müssen.

Mein Atem klang rasselnd in meinen Ohren, mein Puls hämmerte in meinem Kopf. Ich musste nachdenken. Aber ich konnte nicht nachdenken, nicht, während der Fluch vor mir stand und mein Körper wie unter einem Ameisenhaufen begraben war.

»Beatrice Maria Uschdraweit«, sagte der Fluch wieder. »Du bist verurteilt zum Tod durch den Scheiterhaufen. Möge deine Strafe beginnen.«

Nein.

Er durfte nicht zaubern. Es durfte nicht so enden, niemand sollte hier mehr durch Feuer verletzt werden. Die neue Rosa sollte nicht mit dem Tod eines Menschen anfangen.

Ich stand auf.

Um mich herum schwirrten die Bienen, aufgeregt, wütend auf den Fluch, der ihnen ihre Königin genommen hatte. Das Summen mischte sich unter das Rauschen meines Blutes.

Das letzte Mal, als ich mich so gefühlt hatte, hatte ich die Hände unter eiskaltes Wasser gehalten.

Nachdem ich Javid geküsst hatte.

Den Jungen, den ich jetzt gehenlassen würde.

Schon wieder.

Nein.

Das konnte ich nicht.

Ich wollte nicht schon wieder denselben Fehler machen, nicht bereuen, ich wollte das hier *nicht* bereuen.

Es musste einen anderen Weg geben. *Meinen* Weg. Einen, der keinen Wunsch brauchte und keinen Zehn-Finger-Zauber, den ich nicht wirken konnte.

Denk nach, Rosa.

Pa und Javid hatten es gesagt.

Du hast Aschezauber gewirkt und mit Flaschengeistern gehandelt. Es würde auch hier eine Lösung geben.

Es musste.

Ich ließ den Fluch nicht aus den Augen, während ich nach einer der Flaschen mit Sirup griff und den Deckel drehte. Die Energie des Zuckers erreichte mich sogar durch die Flasche und schickte Stromstöße durch meine Fingerkuppen.

Seit wann war ich so empfindlich?

»Diese Frau hat eine Stadt angezündet«, sagte der Fluch. »Sie hat ihre Strafe erhalten und muss sie antreten.«

»Sie wurde gestraft. Mit Reue.« Ich ließ den Deckel zu Boden fallen, das Auftreffen auf dem Boden wurde von den Pflanzen gedämpft. »Menschen ändern sich.«

Denk nach Rosa.

»Das Urteil ist gefällt«, sagte der Fluch.

»Du bekommst sie nicht«, erwiderte ich.

Und meine Worte schienen ihr Echo in den Bienen zu finden, als würde meine Stimme das Summen verstärken.

Als wären wir verbunden.

Ich blinzelte.

Natürlich waren wir das.

Die Bienen und die Pflanzen und ich – unsere Energien, unsere kleinen Götter fanden immer einen Weg zueinander. Ich war eine Hexe, *natürlich* spürte ich das. Immer. Wie hatte ich das die letzten Jahre vergessen können?

Die Nacht, in der ich mich krank und wund gefühlt hatte. Die Gänsehaut in meiner Wohnung. Das Kribbeln auf meiner Kopfhaut hier im Café. Die kleinen Götter hatten nach mir gerufen. Ich hatte mir zwei Jahre lang eingeredet, sie nicht hören zu können, und nun hatte mein Kopf sie wieder zu mir vordringen lassen.

Weil ich eine Hexe war.

Weil ich sie hören konnte.

Immer.

Weil Pa und Javid recht hatten und ich es vielleicht früher gemerkt hätte, wenn ich nicht damit beschäftigt gewesen wäre, einen Turm um mich herum aufzubauen.

Hier war ich, nur ich, und ich hörte sie.

Sie waren da.

Ich ließ die Flasche fallen. Haselnusssirup verteilte sich auf dem Boden, auf den Blättern von Salbei und Lilien. Ich legte die Hände aufeinander und spürte nur meine toten linken Finger.

Denk nach, Rosa.

Die Magie war noch da.

»Geh aus dem Weg, Rosalie«, sagte der Fluch.

Ich schüttelte den Kopf. »Das kann ich nicht.«

Ich würde nicht mehr weglaufen.

»Dann sollst du ebenfalls brennen.«

Der Fluch hob die Hände und in diesem Moment brach ein Sturm aus, ein Sturm aus Bienen. Er stürzte sich auf den Fluch und hüllte mich und Bea in eine schützende Wolke.

Die Tierchen setzten sich auf meine Schultern, auf meine Hände, auf meine Fingerkuppen und hinterließen kleine, kitzelnde Punkte auf meiner Haut.

Die Magie war noch da.

Nur nicht in meinen Fingern.

Laut dem Buch von Amber war der nächste magische Knotenpunkt in der Schulter. Das genügte nicht.

Den Zauber in Schichten zu zerlegen – dafür hatte ich keine Zeit. Aber wenn ich meine Energie ...

Ah.

Ich starrte hinunter auf die Biene, die über meine Fingerkuppe krabbelte.

Das war absolut irrsinnig und doch ...

Und doch ...

»Rosa!«

Mein Blick folgte Javids Stimme und so sah ich, wie der Fluch die Hände zusammenlegte und mit einem Aufschrei die Bienen hinwegfegte. Sein Blick traf mich. »Zur Seite.«

»Niemals.«

Ich handelte schnell, ohne nachzudenken, rein instinktiv. Ehe ich es selbst verstand, hatte ich den Schokosirup über meinen Arm gegossen, er durchweichte den Ärmel meiner Bluse, floss an mir herunter, süßlicher Geruch umgab mich.

Ich streckte den Arm aus, hinein in den Schwarm aus Bienen, konzentrierte mich auf die Magie in mir, auf das, was in meiner Schulter sein musste.

Funken flogen, stoben durch die Basis auf meiner Haut – aber es genügte nicht. Noch nicht.

Der Fluch hob die Arme wieder.

»Kommt schon.« Ich sah hoch zu den Bienen. »Helft mir. Helft Bea.«

Und dann kamen sie. Wenige zuerst. Sie setzten sich in den Sirup und suchten nach der Energie.

Mehr.

Ich brauchte mehr.

Ich versuchte, es durch meine Magie zu sagen.

Kommt.

Für Bea.

Kleine Füße setzten sich auf meinen Arm, auf jeden Zentimeter.

Mein Körper fühlte sich an wie unter tausend Nadeln.

Mehr.

Mehr.

Ein Funke fuhr durch mich hindurch, etwas, das ich auf diese Weise schon lange nicht mehr gespürt hatte.

Mein Körper brannte, aber nicht von Feuer.

Ich öffnete die Augen und sah meinen Arm, voller Bienen, von meiner Schulter bis hinunter zu meinen Fingern. Energie pulsierte durch uns, durch die Tierchen und meine Basis und mich. Die Bienen waren mein Katalysator und meine Ader.

Ich legte die Hände aufeinander, alle zehn Finger, ein Feuerwerk explodierte auf meiner Haut.

Ich brauchte einen Schutz. Etwas nicht Brennbares.

Mein Blick traf den des Fluches. Gleichzeitig ließen wir unsere Magie los.

Ich hatte es nie studiert, nie gelernt, ich dachte nur an die Schichten eines Zaubers, an eine Barriere und suchte wie zuletzt in Beas Privatzimmer nach dem Zucker zwischen der Asche um mich herum, unterdrückte den Drang zu würgen und loszulassen. Ich hatte das schon mal geschafft. Ich würde es wieder schaffen.

Da.

Gerade noch rechtzeitig riss ich eine Wand aus Salbei und Lilien nach oben, bettete Bea in einen Kokon aus Blauregen. Um uns herum explodierte das Feuer und doch erreichte es uns nicht. Die Pflanzen fingen es ab, starben für uns.

Ich taumelte, Schweiß lief mir über das Gesicht.

Ich würde das nicht lange durchhalten.

Ich war nicht Bea.

»Rosa! Dein Wunsch!«, schrie Javid.

Nein, ich musste das selbst schaffen.

Weil ich ihn nicht gehen lassen konnte.

Und weil es Spaß machte.

Richtig.

Zaubern sollte Spaß machen. Zaubern hatte mir immer Spaß gemacht. Und die Magie dafür war noch in mir.

Ich atmete aus und hatte das Gefühl, zum ersten Mal seit Langem einen freien Kopf zu haben. Wirklich frei, leicht, trotz der Asche und der Angst.

Dieser Fluch hatte keinen Spaß. Er war nur Magie, geboren aus einer Sünde. Und Magie war gebunden. Magie hatte Grenzen.

Ich atmete tief aus.

Der Fluch schüttelte langsam den Kopf. »Es genügt.«

»Ja.« Ich nickte. »Das tut es wirklich.«

Und dann suchte ich nach dem Zucker mit Gänseblümchen und Bärentraube und Alant und noch mehr stärkenden Katalysatoren, den ich vorhin über den Boden verschüttet hatte und der irgendwo hinter dem Fluch ins Holz gesickert sein musste.

Meine Muskeln zitterten, ich konnte die Hände nicht mehr lang oben halten. Die Bienen surrten, die Pflanzen kreischten, es wurde kühl, als der Fluch seine Energie sammelte.

Und dann wirkte ich die größte Magie, die ich je gewirkt hatte – ziemlich schlampig, aber schnell. Ich webte ein Muster aus Grenzen und Gefangenschaft in den Sirup am Boden, meinen ersten richtigen Zehn-Finger-Zauber. Einen, der die Geschichte einer Reise erzählte und die einer Sünde, die weggesperrt werden musste.

Der Fluch riss die Finger hoch.

Ich knüpfte mein Muster fertig, fahrig und ungenau, die Magie tat ihre Wirkung, ich spürte es in meinen vor Anstrengung und Energie brennenden Fingerkuppen.

Mir wurde die Luft aus den Lungen gepresst, vor meinen Augen wurde es schwarz. Jemand rief etwas, aber die Stimme schien weit weg. Ich konnte weder antworten noch reagieren. Der Zauber sog meine Kräfte aus mir heraus.

Ich merkte, dass ich zu Boden ging.

Hitze stob über mich hinweg, doch das Knistern von Feuer blieb aus.

Und dann war es plötzlich still.

Ich presste meine Stirn zu Boden und wartete, bis der Schwindel aufhörte. So fühlte es sich also an, wenn man seine Magie nicht richtig beherrschte.

Karamellduft umhüllte mich. »Rosa? Rosa!«

»Ist er weg?«, fragte ich gen Boden gerichtet.

Javid stellte die leere Flasche vor mir ab, in der vorher Haselnusssirup gewesen war. »Er ist hier.«

Also hatte es geklappt.

Ich ließ mich auf die Seite sinken, mein klebriger linker Arm berührte den Teppich aus Pflanzen unter mir. Die Bienen waren fort und surrten wieder um uns herum.

Und unter dem Surren erklang das Rascheln von Schritten.

Eine Frau in dunklen Kleidern tauchte vor mir auf.

Ich rollte mich auf den Rücken, um besser zu ihr aufsehen zu können, und begegnete Martha Waris' tadelndem Blick.

Es war nur ein stummes Gespräch.

Ein stummes *Was hast du angestellt?*

Ich hatte eine Verurteilte gerufen, zwei Wünsche ausgesprochen und Magie gewirkt. Und das mit nur einem funktionierenden Arm.

Ich grinste.

Und schloss die Augen.

Kapitel 29

»Ihre Tochter darf man wirklich nicht aus den Augen lassen, Professor.«

Martha Waris hatte die Arme vor der Brust verschränkt und schaute Pa so vorwurfsvoll an, als hätte er gerade mit dem Fluch gekämpft und nicht ich.

Sie hatten Pa gerufen. Offenbar hatten sie die Feuermagie bemerkt, doch wegen Javids Barriere, die uns von der Außenwelt abgeschirmt hatte, hatten sie das Café nicht sofort betreten können.

Pa war direkt gekommen. Draußen hatte er mich in die Arme geschlossen und genau das tat er jetzt immer noch. Ich musste mich aus seinem Griff befreien, um mich Martha Waris zuwenden zu können.

Pa hielt mich weiterhin an der Schulter fest, als würde ich ihm sonst weglaufen. Dabei würde ich das nicht tun. Nicht mehr.

»Was ist hier überhaupt los?«, fragte Pa. »Hat es etwas mit dem Urteilsfluch zutun, wegen dem ihr mich vor Kurzem angesprochen habt?«

Sie hatten Pa also auch gefragt?

»Ganz recht. Der Fluch sitzt mittlerweile in einer Flasche fest und die Verurteilte wird medizinisch versorgt.« Martha Waris' Blick traf mich. »Du hättest uns diese Sache überlassen sollen, Mädchen. Sowohl diese Frau als auch der Fluch haben so oft versucht, auf dich einzuwirken, dass sich um dich massive magische Muster gebildet haben. Sie waren überall. Du hast quasi um eine Verhaftung gebettelt.«

Die Bienen. Die flimmernde Luft.

Diese sprunghafte Magie war nie von den Geistern ausgelöst worden, sondern von Bea. Es war die ganze Zeit Bea gewesen, meine Queen-Bea. Na ja – und der Fluch.

»Ich konnte Sie nicht einweihen«, sagte ich. »Sie hätten sie einfach mitgenommen.«

»Nichts anderes werden wir auch jetzt tun. Aber wir hätten dich dort herausgehalten und nicht ins offene Messer laufen lassen.«

Also hatten sie nach Bea gesucht, die ganze Zeit. Aber gedacht, dass ich etwas mit ihrem Verschwinden oder dem Feuer zu tun gehabt hatte. Und deshalb ...

Moment.

»Was meinen Sie – ins offene Messer?«

Martha Waris neigte den Kopf ein wenig, eine vornehme, kaum reuevolle Entschuldigung. »Was denkst du, warum wir dich sonst einfach haben gehen lassen? Du warst unser größter Anhaltspunkt, diese Magie ist schließlich immer in deiner Nähe aufgetaucht. Also sind wir dir in der Hoffnung gefolgt, ihr Ursprung würde sich irgendwann offenbaren. Und das hat er – wenn auch weit explosiver als gedacht.«

Ich war sprachlos. Vor allem, weil sie es mit einem Schmunzeln sagte, als sei das alles ein Witz.

Sie wandte sich an Pa. »Indessen haben wir nach dem Hintergrund des Ganzen gesucht. Aber die Aufzeichnungen über den Matri-Fluch lagen bereits der Abteilung für alte und vollstreckte Urteile vor, die wiederum nicht ahnte, dass die Vollstreckung nicht ordnungsgemäß abgeschlossen worden ist. Bürokratie ist eines Tages unser Verderben.«

Eindeutig.

»Dann hat der Matri-Fluch diese Frau nicht geholt?«, fragte Pa – der wahrscheinlich im Kopf schon wieder Notizen für das nächste Buch machte. »Wie ist das möglich?«

»Sie war vorbereitet. Sie hatte hunderte Zauber aus Schutz-Pflanzen und zahllose Räucherstäbchen, um den Fluch zu schwächen und fernzuhalten – eine sehr gefährliche Angelegenheit, vor allem der Rauch.« Martha Waris' Blick wechselte zwischen Pa und mir hin und her. »Ein interessanter Schachzug, ihn in ein mit Wunschzaubern durchwirktes Gefäß zu sperren. Sehr wirkungsvoll, aber risikoreich.«

»Wer?«, fragte Pa.

Bevor Martha Waris antworten konnte, fragte ich: »Wird er darin bleiben?«

»Für kurze Zeit, ja. Möglich. Aber ein Fluch muss gelöst werden, um endgültig zu verschwinden.«

»Und werden Sie den Fluch lösen?«

»Soweit ich weiß, gibt es keinen Anlass dazu. Beatrice Maria Uschdraweit hat nach dem Mord an ihren Geschwistern Rache üben wollen. Die Rache ist außer Kontrolle geraten und hat uns Menschen, Wohnraum und wertvolle Güter genommen. Sie hat keine Reue gezeigt und ihr Urteil akzeptiert.«

»Das ist hundertachtzig Jahre her«, erwiderte ich. »Menschen ändern sich. Das Café ist wichtig für diese Stadt – wichtiger als Beas Tod.«

Martha Waris' Lippen wurden schmal und sie sagte nichts. Ob aus Ärger oder Spott, wusste ich nicht.

Es entstand eine unangenehme Pause, bis jemand die Tür zum Café öffnete und rief: »Die Verurteilte ist wieder bei Bewusstsein!«

Ich wollte losstürmen, aber Martha Waris' Blick hielt mich auf. »Dieser Gefängnis-Zauber mit den Bienen – das ist nicht die saubere Art, einen Zauber auszuführen. Es ist viel zu unkontrolliert und ungerichtet. Und ineffizient. Das möchte ich in meinem Unterricht nicht sehen.«

»Wie Sie wissen, hab ich da nicht allzu viele Möglichkeiten«, erwiderte ich trocken.

»Oh, offenbar mehr als gedacht. Habe ich dir nicht gesagt, dass wir uns nicht selbst hemmen sollten? Deine Umstände sind mir egal. Ich möchte den Ehrgeiz sehen, etwas zu ändern.«

»Ehrgeiz kann ich bieten«, sagte ich und konnte einen bissigen Unterton nicht unterdrücken. Dann würde halt etwas anderes die Magie in meine Finger transportieren. Sie war noch da, also würde ich sie benutzen. Ich war immer noch eine Hexe und das konnte mir niemand nehmen.

Und erst dann verstand ich, was Martha Waris da angedeutet hatte. Mein Mund klappte auf und ich wusste nicht, was ich sagen sollte. Martha Waris hob die Augenbrauen.

»Ich erwarte morgen deine Bewerbung, Rosa Winter. Noch längeren Aufschub dulde ich nicht. Ich wäre enttäuscht, wenn du es nicht wenigstens versuchen würdest.«

Dann verabschiedete sie sich höflich von Pa und verschwand in Richtung der Tür. Ich blieb ratlos stehen, Pas Hände noch immer auf meinen Schultern.

»Du musst sie beeindruckt haben«, sagte Pa. »Das überrascht mich nicht.«

»Mich schon.« Ich schüttelte mich. Mir war noch immer leicht schwindelig und mein Kopf schien mit Götterspeise gefüllt zu sein. Darüber würde ich morgen nachdenken. Jetzt musste ich zu Bea. Und zu Javid, der bei der Flasche mit dem Fluch geblieben war.

Ich löste mich aus Pas Händen und wandte mich zu ihm um. Vermutlich gab ich ein sehr klägliches Bild mit dreckigen, verrauchten Kleidern und wirren Haaren ab. »Komm, Pa. Ich muss dir meine Chefin vorstellen. Und die Bienen.« Ich zögerte. Aber dann sagte ich: »Und eine wichtige Person, mit der du noch nicht ausreichend geredet hast.«

Pa wirkte ein bisschen entsetzt. »Eine wichtige Person?«

Ich suchte nach Worten. Und schließlich schmunzelte ich. »Ja. Eine sehr wichtige.«

***

Es war einer der sonnigeren Tage im Hamburger Frühling, windig, aber warm. Ich saß draußen vor dem IPM mit einem

Buch auf dem Schoß, die schwarzen Haare zu einem Zopf gebunden, die Arme in einer dunklen Bluse.

Der Wind trug Gesprächsfetzen einer Gruppe Studierender herbei, die sich zum Rauchen zusammengestellt hatte. Zigarettenrauch und Parfüm lagen unter den Worten, eine schwere, unangenehme Note, die ganz zum Thema passte.

»In der Innenstadt ist dieses Café abgebrannt. Das mit den Wünschen.«

»Das *Honigmond*? Ehrlich? Da war ich mal. Das ist doch das mit den Blumen an der Decke.«

»Ja, das. Komische Geschichte ist das ...«

Ich blieb nicht, um mir das restliche Gespräch anzuhören, sondern schritt auf eine Gruppe Mädchen zu, die gerade durch die Tür gekommen war.

Die Hälfte von ihnen sah mich nicht. Nur zwei blieben stehen und an eine davon trat ich heran. »Kann ich kurz mit dir sprechen?«

Das Mädchen neben Vanessa schaute skeptisch, aber Vanessa nickte ihr zu. »Geht schon mal vor, ich komm gleich nach. Oder?«

Ich nickte. »Dauert nicht lang.«

Dann spazierten wir los.

Ich brauchte einen Moment, um anzufangen, dann sagte ich: »Ich wollte mich entschuldigen. Ich hätte nicht so grob mit dir sein sollen – das tut mir wirklich leid.«

»Ist schon gut. Du hattest alles Recht, wütend zu sein.«

»Schon. Aber ich war nicht auf dich wütend. Nur ...« Ich warf ihr einen Seitenblick zu. »Nächstes Mal schreibst du mir einfach, ja?«

Vanessa nickte vorsichtig. »Wenn das okay ist.«

»Es ist okay. Wirklich.«

Ich konnte verstehen, dass sie es nicht getan hatte. Wer schickte schon dem Dornröschen im Turm eine Nachricht über Uni-Gerüchte? Wenn Dornröschen nie mit einem redete? Und ein Talent dafür hatte, andere von sich zu stoßen?

»Ist es wahr, dass das Café abgebrannt ist, in dem du gearbeitet hast?«, fragte Vanessa.

»Ja. Es ist auch noch nicht klar, ob sie es wieder aufbauen.«

Wobei ich das hoffte. Für Herrn Siemon und seine Enkel, die ich noch immer nicht kannte.

»Wie furchtbar. Es war schön da – und du hast deinen Job verloren.«

Ich hob die Schultern. »Ich hab eh darüber nachgedacht, den Job zu wechseln. Das Café, das du letztens fotografiert hast, sah auch sehr hübsch aus.«

Vanessa machte große Augen. »Du kennst meine Fotos?«

»Du lädst sie auf Instagram hoch, das ist nicht schwer zu finden.« Ich lachte bei ihrer Miene. »Außerdem mag ich deine Fotos. Sie sind so verspielt.«

»Ehrlich? Du interessierst dich für Fotografie?«

»Ich mag kreative Sachen. Aber ich selbst mache keine Fotos. Bonbons sind mir lieber.«

Vanessa sah überrascht drein. »Bonbons? Was für welche?«

»Kräuter und Früchte? Gute-Laune-Bonbons und Trost-Bonbons und welche in Herzchenform zum Valentinstag ...«

Ich grinste und sie grinste zurück.

»Das Café heißt *Zuckermonarchie*«, sagte Vanessa dann, so leise, dass ich sie über ein losfahrendes Auto kaum verstand. »Wenn du möchtest ... Also, weil du ja Zucker magst ...«

»Ja. Klingt gut.«

Dabei ist Vanessa doch ganz nett. Ein bisschen unsicher halt, aber sonst?

Das hatte Nika gesagt. Und ich hatte mir vorgenommen, ihrem Urteil mehr zu vertrauen als meinem. Weil ich auch hier vor unbequemen Fragen und Wahrheiten weggelaufen war.

Vanessa strahlte. »Samstag vielleicht?«

»Freitag oder Sonntag passen mir besser.« Ein Lächeln schlich sich auf meine Lippen, ganz unwillkürlich. »Samstag hab ich was anderes vor.«

Epilog

Leo hatte exakt einen Monat später Geburtstag als Pa. Wir feierten auf der Terrasse von Pas Haus unter der strahlenden Junisonne, umgeben von gut gepflegtem Grün und nur sehr wenigen Blumen.

Mir machte das nichts aus, so waren es ein paar kleine Götter weniger, die auf mich einredeten und auf meiner Haut kribbelten. Zwei Jahre lang hatte ich sie ausgeblendet und mir gesagt, dass ich sie mit einem magielosen linken Arm eh nicht hören konnte.

Wir hatten viel nachzuholen.

Es gab Salate und Baguette und Wein und lustige Anekdoten aus Pas und Leos Jugendzeit. Indigo ließ das Baguette quer über den Tisch schweben, bis man ihm androhte, er würde gleich dem Baguette hinterherschweben, wenn er so weitermachte.

Als ich mich auf den Weg nach Hause machte, war die Nacht hereingebrochen.

»Bye, Rosa.« Indigo umarmte mich extra fest und presste mir damit die Luft aus den Lungen. Ich boxte ihm mehrfach gegen den Arm, bis er losließ und lachte. »Gehen wir dann morgen einen Kaffee trinken?«

»Ich bin morgen verabredet …« Ich überlegte. »Außer du möchtest dazukommen.«

»Ist das wieder das nicht-magische Mädchen? Mit den Fotos?«

Ich nickte.

»Wenn sie möchte? Ich würd mich freuen, mal unter Leuten zu sein, die nicht mit vier Fingern meine Augenbrauen pink färben können.«

Er verdrehte die Augen und der Seitenhieb war sicher an Amber gerichtet, die dafür aber nur ein müdes Lächeln übrig hatte. Allgemein wirkte sie müde. Seit Wochen.

Ich umarmte erst Leo und dann Pa.

»Beas Prozess beginnt nächste Woche«, sagte Pa leise, als er die Arme um mich schloss. »Aber psst. Die Verhandlung findet hinter verschlossenen Türen statt.«

Ich nickte und legte einen Finger auf die Lippen.

Sie hatten Bea eine Neuverhandlung genehmigt – mit ihrer Arbeit im Café, ihrer verzweifelten Flucht vor dem Fluch und vor allem mit ihren Versuchen, mich durch die Bienen zu warnen und zu schützen, hatte sie bewiesen, dass die Menschenleben ihr mehr wert waren als noch vor einhundertachtzig Jahren.

Wenn alles klappte, würde Bea eine Nachfolgerin suchen dürfen, eine neue Bienenkönigin und Herrin einer Wunschoase mitten in Hamburg. Und erst dann würden wir Abschied von ihr nehmen müssen.

Ich hatte ihr bereits gesagt, dass ich mich der Bienen annehmen wollte. Ich wollte von ihr lernen – auch wenn meine Wunschoase vielleicht eher kleine Zuckernaschereien enthalten würde und weniger Kuchen, ganz so, wie ich es mir früher immer gewünscht hatte.

Ich hoffte, dass ich mich ihr gegenüber beweisen konnte. Dass ich ihr Erbe antreten durfte.

Isa war auch noch im Café und mit ihr hatte ich noch nicht über alles gesprochen. Sie hatte sicher gedacht, das Richtige zu tun, als sie mich belogen und an die Matri verraten hatte. Und einfach so stehenlassen wollte ich diese Sache nicht. Ich wollte zumindest ihre Erklärung hören.

Ich löste mich von Pa und trat vor die Tür, den Weg zur Straße hinunter.

»Bring das nächste Mal deinen Freund mit!«, rief Indigo mir hinterher.

Und ich reckte wortlos den Daumen in die Höhe.

Die Scheffelstraße spielte ein Lied von hektischen Tagen und dem Alsterwind, der durch die Bäume fuhr. Die Blätter flüsterten mir Geschichten ins Ohr und sandten ihre Energien durch meine Kopfhaut, bis in meine Haarspitzen.

Ich war nicht mehr in meinem Turm, sondern draußen in der Welt.

Aus meiner Tasche zog ich einen Flakon und tropfte mir ein wenig Sirup auf die Handfläche. Einen Wimpernschlag später stand er neben mir.

Ich lächelte. »Sie haben gesagt, du sollst das nächste Mal auch vorbeikommen.«

»Haben sie das? Dein Vater auch?«

»Bei Pa musst du aufpassen. Der wird dich beiseite nehmen und zu allen historischen Ereignissen der letzten tausend Jahre befragen.«

»Leider war ich in einer Flasche und weiß von nichts. Zwischendurch war ich auch in einer komischen Vase. Und einmal in einem Flachmann. Das war ... gewöhnungsbedürftig.«

Ich schnaubte. »Das wirst du ihm selbst sagen müssen.«

»Das hab ich schon, als er im abgebrannten Café vor mir stand.«

»Du wirst es ihm wieder sagen müssen.«

Er seufzte und ich lachte vor mich hin.

Wir gingen eng beieinander, kaum ein Millimeter war zwischen uns und immer noch war es mir nicht nah genug. Ich bewegte den Arm, berührte seine Hand und er verschränkte seine Finger mit meinen.

»Wie war es heute?«, fragte er wie nach jedem Samstagsessen, von dem ich bisher zurückgekommen war. Ich wusste genau, was er damit meinte.

Ich hob die Schultern. »Noch nicht besser.«

Zwischen Amber und mir herrschte noch immer Stille. Sie hatte entsetzt reagiert, als ich ihnen alles erzählt hatte. Entsetzt darüber, dass ich nach Hexennorm keine Magie mehr wirken konnte. Dass ich Hilfsmittel brauchte.

Leo und Indigo hatten ein paar Tage gebraucht, um die Nachricht zu verdauen.

»Ich würde es bereuen, Rosa jetzt von mir zu stoßen, nur weil das immer so gemacht wurde«, hatte Leo schließlich eines Tages gesagt. »Bis vor Kurzem hieß es, wir dürften uns niemals gegenüber Nicht-magischen offenbaren. Und siehe da: Das geht jetzt auch.«

So war es nur noch Amber, die mich bei den Familienessen und allgemein im Familienkreis nicht mehr dabeihaben wollte.

Ich hatte versucht mit ihr zu reden, über alles, sogar über den Abend, als die Matri bei mir gewesen waren. Ich hatte nicht weglaufen wollen, aber Amber lief weg. Meine beste Freundin wollte die neue Rosa nicht. Und die neue Rosa musste nun irgendwie damit umzugehen lernen.

Die Rosa, die keine bunten Haare mehr trug und sich allmählich von Mas Klamotten verabschiedete, die immer seltener von ihrem Unfall träumte und wieder mit Zucker spielte, aber dafür nicht mehr die linken Finger verwenden konnte.

»Vielleicht wird es besser, wenn ich die Ausbildung anfange. Dann können wir gemeinsam lernen«, sagte ich, glaubte aber noch nicht so recht daran.

»Gib ihr Zeit. An neue Umstände muss man sich immer eine Weile gewöhnen«, sagte Javid. »Ich weiß das, ich musste regelmäßig Jahre an technischen Entwicklungen aufholen.«

Ich rempelte ihn spielerisch an. »Pa und Leo waren da schneller mit dem Umgewöhnen.«

»Jeder hat sein eigenes Tempo. Du hast auch immer noch deine Sirupflakons im Schrank stehen und wäschst sie alle drei Tage aus.«

»Die anderen werden sie brauchen, wenn ich sie wiedergefunden habe.«

»Du möchtest sie also immer noch suchen?«

»Ich glaube nicht, dass sie weit gegangen sind.« Ich hatte sie schon mal gefunden. Elyar und Nika und den Widder und das Kaninchen. Ich musste mich entschuldigen dafür, dass ich sie zurück in ihr Gefängnis gesperrt hatte, und ihnen einen Deal anbieten, um das wiedergutzumachen. Und dann musste ich hoffen, dass sie mir genug vertrauten, um anzunehmen. Dass sie mir verziehen. »Wenn die Biologie-Prüfungen vorbei sind, fange ich an zu suchen. Nach den anderen – und nach deinen Schwestern.«

Javid schüttelte den Kopf. »Die könnten überall sein.«

»Ich weiß.« Ich blieb stehen und sah zu ihm auf. Geisteraugen und das sanfteste Lächeln der Welt. Ich griff auch nach seiner anderen Hand. »Meine Ausbildung beginnt im Oktober. Es ist noch viel Zeit. Wir sollten unsere Suche ausweiten – hab ich überlegt.«

Javid hob die Augenbrauen. »Ausweiten? Wohin?«

»Na ja.« Ich musste grinsen. »Was hältst du von Italien?«